피에르, 혹은 모호함 2

세계문학의 숲 045

Pierre; or, The Ambiguities

피에르, 혹은 모호함 2

허먼 멜빌 지음
이용학 옮김

시공사

일러두기

1. 이 책은 1852년 하퍼 앤드 브라더스에서 출간된 허먼 멜빌(Herman Melville)의《피에르, 혹은 모호함(Pierre; or, The Ambiguities)》을 우리말로 옮긴 것이다.
2. 번역은 1996년 펭귄클래식스에서 출간된《피에르, 혹은 모호함(Pierre; or, The Ambiguities)》을 대본으로 삼았다.
3. 본문의 주는 모두 옮긴이 주이다.

차례

11부
루비콘 강을
건너다

I

큰 소용돌이 안에 빨려들면 사람은 팽이처럼 돌게 된다. 상상할 수 있는 한 가장 길게 당구공들을 한 줄로 붙여 세운 후 한쪽 끝을 치면, 나머지 공은 모두 가만히 서 있는데 가장 먼 쪽의 공이 앞으로 나아간다. 그 멀리 있는 마지막 공은 조금도 가격을 받지 않았는데 말이다. 이와 마찬가지로, 출생 때문이든 사상 때문이든 운명은 이전의 긴 세대들을 통과하여 지금, 현재에 있는 사람을 가격한다. 타격을 느낀 바도 없고 실제로 타격을 받지도 않았기 때문에, 그는 하릴없이 그 가격과 자신과의 관계를 부인한다. 그러나 지금은 '피에르'가 '정해진 운명'과 '자유 의지'에 대해 논쟁하고 있는 것이 아니라 '정해진 운명'과 '자유 의지'가 그에 대해 논쟁하고 있고, '정해진 운명'이 승리했다.

　이사벨과의 마지막 만남 후, 밤과 이른 아침 동안 피에르를 설득하여 최종 결심을 내리게 한 그 영향들의 특성이, 일찍이 느림보로 알려졌던 그를 현저히 신속하게 움직이도록 저항할 수 없을 정도로 밀어붙였다.

그것이 가리키는 길이 어디인지 의식도 하지 못한 채, 자신과 이자벨의 결혼이라는 가정에 대해 이자벨이 제기할 수 있는 그 어떤 반대도 앞서가려는 욕망으로 지금, 피에르는 실행된 의도로서 유효한 효력을 가져야 하는 행동을 그에 상응하는 동기도 없이 성급하게 서두르고 있었다. 애초의 결심이 매우 한탄스럽게도 루시를 포함시키고 있었기에 그녀의 이미지가 당시 그의 마음에 두드러지게 떠올라 있었고, 그녀를 더 이상 애태우게 하지 않고 싶다는 일종의 잔인한 동정심으로 인해 그는 루시에게 그녀의 운명을 알려야 한다는 조급함을 견딜 수가 없었다. 그리하여 그날 아침 루시에게 가는 것이 그의 첫 번째 최종 결정들에 들어 있게 된 것이다. 그리고 이에 덧붙여, 그녀가 이사벨보다 지리적으로 더 가까이 있다는 사소한 정황이 현재의 숙명적 심경에 무의식적으로 약간의 영향을 미쳤음은 의심할 여지가 없다.

결단을 내리지 못하던 이전의 날들 동안 피에르는 옷차림에 정성을 들이고 멋을 냄으로써 어머니에게 자기의 감정을 감추려고 세심하게 노력했다. 하지만 이제 바로 그의 영혼이 가면을 써야 했으므로, 그는 몸에 하찮은 고식적 수단과 위장술을 쓰려 하지 않았다. 그는 얼굴이 수척해진 만큼 풍채도 흐트러진 채 루시의 집으로 갔다.

II

루시는 아직 일어나 있지 않았다. 그러자 새로 생긴 이상하고 오만한 조급에 사로잡힌 그는 곧장 그녀의 방문으로 가서, 온화하지만 완강한 목소리로, 급한 문제로 즉시 만나고 싶다고 요구했다.

무언가 불가사의하고 밝힐 수 없는 일로 인해 48시간 동안 집을 비운 연인 때문에 이미 형언할 수 없이 걱정하고 불안해하던 루시는 이 불시의 호출에 별안간 공포에 사로잡혔다. 그리하여 그녀는 평상시의 모든 예절을 망각하고 즉각적인 승인으로 피에르의 요청에 응했다.

그는 문을 열고, 천천히 그리고 신중히 그녀를 향해 나아갔다. 루시가 그의 창백하고 결연한 모습을 보고 불행의 원인을 알고 싶어 하는 비명 소리와 함께 떨면서 침대에서 몸을 일으켰지만, 한마디 말도 하지 못했다.

피에르는 침대 곁에 앉아, 시선을 그녀의 겁에 질린 순결한 용모에 고정시켰다.

"눈같이 하얀 옷을 차려입고 뺨은 창백한 그대는 정말 제단에 어울리는 모습이군. 하지만 그대의 다정한 마음이 꿈꾼 제단은 아니야. 너무나 아름다운 산 제물이군!"

"피에르!"

"자신의 적들이 서로를 살해하게 하는 폭군들의 마지막 잔인함."

"내 사랑! 내 사랑!"

"아니…… 루시, 나는 결혼했소."

처녀는 창백하다 못해 나환자처럼 하얘졌고, 침대보는 그 아래 감춰진 팔다리의 떨림을 따라 파르르 떨렸다. 한순간 그녀는 피에르의 멍한 눈을 공허하게 들여다보며 앉아 있다가 정신을 잃고 그를 향해 쓰러졌다.

순간적인 착란이 피에르의 머리에 솟구쳤다. 모든 과거가 꿈처럼 보였고, 모든 현재는 이해할 수 없는 공포 같았다. 그는 그녀를 일으켜 미동도 않는 몸을 침대 위에 눕히고 발을 구르며 도움을 청했다. 하녀 마사가 방 안으로 달려 들어와 불가사의한 두 사람의 모습을 보고 비명을 지르며 혼비백산하여 돌아섰다. 하지만 피에르의 거듭된 외침에 마사는 다시 정신이 들었다. 그녀는 방에서 쏜살같이 달려 나가 강한 강장제를 가지고 돌아왔고, 마침내 루시는 정신을 차렸다.

"마사! 마사!" 거의 들리지 않을 정도로, 속삭이듯 루시가 중얼거렸다. 그러고는 하녀의 떨리는 팔에 안겨 떨면서 말했다. "빨리, 빨리, 이리 와. 저걸 쫓아내! 나를 깨워줘! 나를 깨워줘!"

"아니에요, 제발 다시 잠드세요." 마사가 그녀를 굽어보고 껴안으며, 미워서 견딜 수 없다는 분노의 시선으로 피에르에게 반쯤 몸을 돌리고 소리쳤다. "도대체, 도련님, 이게 무슨 일입니까? 어떻게 여기에 오셨어요, 가증스럽게!"

"가증스럽다고? 그렇지. 마사, 루시는 다시 정상으로 돌아왔나?"

"도련님이 아가씨를 죽인 거나 다름없어요. 그런데 어떻게 다시 정상이 됩니까? 예쁜 우리 아가씨! 오, 우리 아가씨! 말 좀 하세요! 말 좀 해보세요!" 이렇게 말하며 마사는 루시를 가까이 굽어보았다.

피에르는 이제 침대 쪽으로 다가가며 하녀에게 둘만 있게 해달라는 손짓을 했으나, 루시가 그의 수척한 모습을 다시 보자마자 속삭이듯이 "마사! 마사! 쫓아내! 저기…… 저기! 그를…… 그를!" 하고 다시 울부짖었고, 두 팔을 질색하듯이 내뻗치며 발작적으로 눈을 감았다.

"괴물! 이해할 수 없는 악마!" 다시금 겁에 질린 하녀가 소리쳤다. "떠나세요! 보세요! 아가씨가 당신을 보고 혼절했어요. 썩 물러가요! 다시 아가씨를 죽이렵니까? 썩 물러가요!"

강렬한 감정이 엄습하여 몸이 굳고 얼어붙은 피에르는 말없이 돌아서서 방을 나갔다. 그러고는 느릿느릿 계단을 내려가서 천천히 큰 짐을 지고 가는 사람처럼 길고 좁은 통로를 무거운 걸음으로 터벅터벅 걸어가, 그 집 뒤에 있는 문에 이르러 래닐린 부인의 방문을 노크했다. 그녀에게 루시를 부탁하고 루시가 기절했다고 간단히 전했다. 그리고 나서 그는 아무런 응답도 기다리지 않고 그 집을 나와 곧장 대저택으로 갔다.

III

"어머니가 벌써 일어나셨나?" 피에르가 복도에서 만난 데이츠에게 말했다.

"아직 아닙니다, 도련님. 맙소사, 도련님! 어디 편찮으세요?"

"죽도록 아프다네! 그냥 못 본 척해주게."

어머니의 방을 향해 올라가면서 그는 다가오는 발소리를 들었고, 계단 중간에 있는 큰 층계참에서 어머니를 만났다. 그곳의 넓은 벽감 안에서 이빨을 드러내고 덤비는 뱀들에게 빠져나갈 길 없이 붙잡힌, 사원을 오염시킨 라오콘*과 그의 결백한 두 아들이 영원한 고통 속에서 몸부림치고 있었다.

"어머니, 저와 함께 방으로 돌아가요."

그녀는 불길한 예감을 억누르며 갑자기 나타난 아들을 훑어보았고, 오만하고 밀어내는 듯이 몸을 세우며 떨리는 입술로 말했다. "피에르, 너는 스스로 나에게 네 속내를 털어놓기를 거부했으니, 그렇게 쉽게 나를 몰아붙이지 못할 거다. 말해라! 지금 네가 나에게 숨기고 있는 것이 무엇이냐?"

"저 결혼했어요, 어머니."

"세상에! 누구하고?"

---

*트로이 전쟁 당시 그리스군의 목마 계략을 알아채고 경고했던 트로이의 아폴론 신전 사제. 이후 두 아들과 함께 두 마리의 커다란 바다뱀에 감겨 죽었는데, 그 이유에 대해 그리스 편에 섰던 포세이돈의 분노를 샀기 때문이라는 설과 아폴론의 뜻을 거역하고 결혼을 했고 사원 안에서 아내와 정을 통한 것 때문이라는 설이 있다.

"루시 타탄하고는 아니에요, 어머니."

"누구인지 말하지 않고 단순히 루시는 아니에요라고 하는 걸 보니, 이건 그 여자가 좀 상스러운 여자라는 좋은 증거로구나. 루시가 네 결혼을 아느냐?"

"방금 루시의 집에서 오는 길입니다."

긴장으로 굳어서 뻣뻣해진 글렌디닝 부인의 몸이 천천히 풀리고 있었다. 이제 그녀는 난간을 꽉 잡고 몸을 앞으로 숙인 채 잠시 동안 파르르 떨었다. 그러고 나서 다시금 모든 오만함을 곧추세우고, 그에 대한 달랠 수 없는 슬픔과 경멸이 깃든 냉담한 표정으로 피에르 앞에 섰다.

"내 어두운 영혼이 어두운 무언가를 예언했다. 아직 네가 이 집에서 주는 것이 아닌 다른 숙소와 식탁을 찾지 못했다면 당장 구하도록 해라. 과거에 피에르 글렌디닝이었던 자는 내 지붕 밑과 내 식탁에 더 이상 머물지 못한다."

그녀는 그에게서 돌아서서 비틀거리는 걸음으로 나선식 계단을 올라가 그의 시야에서 사라졌다. 한편 피에르는 붙잡고 있던 계단 난간을 통해 돌연한 전율이 어머니의 경련하듯 떨리던 손에서 자신에게로 흘러내리는 것이 느껴지는 듯했다.

그는 백치의 눈으로 주변을 응시했고 말없이 그 집을 떠나기 위해 비틀거리며 아래층으로 내려갔지만, 문지방을 건너다가 발이 한 단 높은 가로대에 걸려 석조 주랑에서 앞으로 고꾸라졌다. 조상 대대로 내려오는 지붕 아래에서 조롱당하며 세게 내동댕이쳐진 것 같았다.

IV

넓은 안뜰의 뒷문을 통과한 피에르는 문을 닫고 돌아서서 문에 기댄 채 두 눈을 대저택의 커다란 중앙 굴뚝에 고정했다. 굴뚝에서 담청색 연기가 아침 대기 속으로 조용히 소용돌이치며 올라가고 있었다.

"네가 피어오르는 노변을 이제 이 두 발은 더 이상 밟지 못할 것이라고, 나는 깊이 느낀다. 오 하느님, 이렇게 피에르를 방랑자로 만든 것을 당신은 무엇이라 부르십니까?"

그는 천천히 걸어서 떠나갔다. 루시의 창문들을 지나면서 올려다보자 하얀 커튼들이 단단히 쳐져 있고, 하얀 집은 깊은 적막에 잠겨 있고, 하얀 승용마 한 필이 문 앞에 묶여 있었다.

"들어가고 싶지만, 견딜 수 없는 그녀의 통곡이 다시 쫓아낼 테지. 지금 내가 더 이상 그녀에게 무엇을 말하고 무엇을 할 수 있나? 설명할 수 없다. 그녀는 내가 털어놓으려고 생각하는 모든 것을 알고 있어. 아아, 하지만 게다가 너는 잔인하게도 갑자기 그녀 앞에 나타났어. 너의 성급함, 너의 조급성이 그녀를 죽였어, 피에르! 아냐, 아냐, 아냐! 잔인한 소식을 누가 점잖게 알리나? 불가피하게 찔러야 한다면, 그때 단검은 신속할지어다! 저 커튼들은 그녀를 단단히 가리고 있어. 그러니 그녀의 아름다운 영상 위로 내 영혼의 장막들을 쳐다오. 잠들어라, 잠들어라, 잠들어라, 잠들어라, 그대 천사여! 더 이상 피에르에게도, 그대 자신에게도 깨어나지 마오, 나의 루시!"

16

허둥지둥 무턱대고 길을 지나가다가 그는 마주 오는 행인과 부딪혔다. 그 남자는 놀라서 멈추었고, 고개를 들어 쳐다보자 피에르는 그가 대저택의 하인임을 알아보았다. 행동에 나설 때마다 그를 몰아대는 그 조급증이 지금 다시 그를 사로잡았다. 이런 식으로 젊은 도련님과 마주친 바람에 당황한 사내의 표정을 무시한 채, 피에르는 그에게 따라오라고 명령했다. 곧장 마을의 작은 여인숙 '블랙스완'으로 가서, 그는 첫 번째 빈 방에 들어가 그 사내에게 앉으라고 명하고 여인숙 주인을 찾아 펜과 종이를 주문했다.

　　보기 드문 고통의 시간에 적절한 기회가 주어지면, 어떤 기질의 사람들은 그 경우에 전혀 어울리지 않기 때문에 더욱더 마음을 끄는 엉뚱하고 괴팍한 익살스러움에서 이상한 히스테리성 위안을 찾는다. 단순한 철학자의 냉정한 검열은 이런 행위를 아주 일시적인 광기로 명명할 텐데, 희석하지 않은 단순한 이성의 냉혹하고 무자비한 눈에는 우리 자신 때문이든 타인들 때문이든 모든 슬픔은 순전한 부조리와 광기이므로, 아마 그럴지도 모른다.

　　이제 완성된 편지는 다음과 같았다.

　　사람 좋은 오랜 친구, 데이츠에게
　　데이츠, 나의 오랜 친구, 당장 움직이게. 내 방으로 가, 데이츠, 자물쇠를 채운 마호가니 돈궤, 사라사 무명으로 씌운 것을 가지고 내려와서, 아주 꼼꼼하게 끈으로 잡아매게. 친절한 데이츠, 좀 무거울 테지만, 그것을 그냥 뒷문 밖에 놔두게. 그다음에 다시 내 책상을 가지고 와서 그것도 그냥 뒷문 밖에 놔둬주게. 그다음에 한 번 더 돌아가서, 오래된 야전 침대(모든 부분이 있는지 꼭 확인하게)를 가져와서 끈으로 케이스를 잘 묶게. 그러고 나서 내 옷장 왼쪽 모퉁이에 있는 작은 서랍을 보면 내 명함들이 있을 거야. 그걸 돈궤와 책상과 야전 침대 케이스에 한 장씩 붙이게. 그다음에 내 옷을 모두 모아서 트렁크들 속에 꾸리고(오래된 군용 망토 두 벌을 잊지 말게나), 거기에도 명함을 붙이게, 친절한 데이츠. 자, 그러면 일정치 않은 간격으로 세 번을 왔다 갔다 했으니 땀을 좀 씻어내게나. 그러고 나서…… 그런데…… 그다음에, 친절한 데이츠…… 에 그다음에는 무엇을? 아, 여기까지. 내 방 주위에 널려 있을지도 모르는 온갖 종류의 서류들은 전부 수거하여 꼭 불태우게. 그러고 나서…… 늙은 말 '화이트 후프'를 가장 가벼운 짐마차에 매어, 돈궤와 책상과 야전 침대와 트렁크들을 블랙스완으로 보내주면, 내가 준비가 될 때 그것들을 가지러 가겠네. 그렇지만 그전에는 안 돼, 착한 데이츠. 그러면 그대에게 신의 가호가 있기를 비네, 나의 좋은 친구, 오랜, 침착한 데이츠. 그럼 안녕!

그대의 오랜, 젊은 도련님,
피에르

추신. 노타 베네.* 그래도 조심하게, 그래도, 데이츠. 혹시 어머니가 자네를 저지하면, 그건 내 명령이라고 말하고 내가

보내달라고 주문한 것이 무엇인지를 말하게. 하지만 절대 이
편지를 자네 마님에게 보여드리진 말게. 알겠나?

다시, 피에르

피에르는 이 갈겨쓴 편지를 괴상한 모양으로 접어서 그 사
내에게 주고는 즉시 데이츠에게 가지고 가라고 명령했다. 하지
만 사내는 어찌할 바를 모르고 편지를 손에 든 채 이리저리 돌
리며 머뭇거렸다. 마침내 피에르는 버럭 하며 큰 소리로 그에
게 어서 가라고 명했다. 그렇지만 사내가 공포에 싸여 서둘러
떠나려고 하자 피에르는 그를 도로 불러 자신이 내뱉은 무례한
말들을 철회했다. 하지만 그 하인이 피에르의 후회하는 기분을
이용하여 그에게 동정조나 충고조로 뭔가 말해볼 생각이라도
한 듯 다시 시성이자 더욱 화를 내며 어서 가라고 명령했고 썩
물러가라며 발을 굴렀다.

똑같이 난처해진 늙은 여인숙 주인에게 그는 어떤 물건들
이 오전 중에 그(피에르)에게 여인숙으로 송달될 것이라고 알
리고, 그날 밤 자신과 아내가 쓸 드레스룸이 있는 널찍한 방이
딸린 특실과 하인이 쓸 또 하나의 방을 준비해달라고 했다. 피
에르는, 멍하니 그를 응시하며 무슨 끔찍한 일이 일어나서 자
기가 좋아하는 훌륭한 젊은이이자 오랜 사냥 동료인 피에르
도련님의 머리가 돌아버린 건지 아무 말 없이 수상쩍게 여기고

*Nota bene. '주의하라'라는 의미의 라틴어.

있는 늙은 여인숙 주인을 그대로 남겨둔 채 그곳을 떠났다.

이내 그 키 작은 노인은 모자도 쓰지 않고 여인숙의 낮은 현관으로 나가 한 단으로 된 계단을 내려갔고 한길 가운데로 건너가서 피에르의 뒷모습을 유심히 바라보았다. 그리고 피에르가 먼 골목길에 모습을 나타냈을 때에야 놀라움과 걱정을 토로했다.

"내가 피에르 도련님을 가르쳤어. 그래, 오랜 친구 사이지. 이 고장 최고의 사수는 바로 피에르 도련님이야. 제발 도련님이 자기 자신을 쏴서 명중시키지 않기를 빈다. 결혼했다고? 결혼했다고? 그리고 여기로 온다고? 이건 참 너무나 이상하군!"

12부
이사벨,
글렌디닝 부인,
초상화,
그리고 루시

I

전날 밤 피에르가 이사벨이 사는 농가를 떠났을 때, 밤이든 낮이든, 어떤 시간도, 어떤 특별한 시간도 다음의 만남을 위해 정해지지 않았음을 기억할 것이다. 자기 나름의 어떤 충분한 이유에서, 첫 만남의 시간을 어두워진 후의 이른 시간으로 정했던 것은 이사벨이었다.

해가 중천에 떠 있는 지금 얼버네 농가 가까이 다가가면서 피에르는 작은 낙농용 부속 건물 밖에 서서 햇빛을 정제하듯이 받고 있는, 긴 선반 위에 빛나는 방패같이 생긴 수많은 우유 접시들을 수직으로 가지런히 정렬해놓는 데 전념하고 있는 이사벨을 보았다. 피에르는 열린 작은 쪽문을 지나 짧고 부드럽고 파란 잔디밭을 건너면서 무의식적으로 발소리를 죽였고, 지금 누이의 뒤에 가까이 다가서서 그녀의 어깨를 건드리고 가만히 서 있었다.

그녀는 깜짝 놀라 몸을 떨며 재빨리 그를 향해 돌아서더니, 낮고 이상한 소리를 내며 못 박힌 듯 몸을 고정하고 애원하듯이 그를 응시했다.

"내가 좀 이상해 보이지요, 이사벨, 그렇지요?" 피에르가 마침내 비틀리고 고통스러운 미소를 지으며 말했다.

"피에르, 고마운 내 동생 피에르! 말해요. 말해봐요. 무슨 일이 있었어요, 무슨 일을 했어요? 오! 오! 미리 경고를 해주었어야 했는데, 피에르, 피에르, 그건 내 실수예요. 내 실수, 내 실수!"

"무엇이 그대의 실수인가요, 이사벨?"

"당신 어머니에게 이사벨의 정체를 밝혔군요, 피에르."

"아뇨, 이사벨. 글렌디닝 부인은 그대의 비밀을 조금도 몰라요."

"글렌디닝 부인? 그분이…… 그분이 당신 어머니군요, 피에르! 제발, 내 동생, 알아듣게 설명해줘요. 내 비밀을 모르시는데, 그런데도 당신은 왜 이렇게 갑자기 이런 끔찍한 모습을 하고 여기에 온 건가요? 들어가요, 집 안으로 함께 들어가요. 어서, 피에르, 왜 꼼짝도 안 해요? 오, 세상에! 이따금 무모한 나 자신이, 나를 가장 사랑하는 사람을 그리고 어떤 식으로든 나를 위해 자신을 망친 사람을 무분별하게 만든다면, 그런 거라면, 더 이상 나를 이 잔디 위에 똑바로 서 있게 놔두지 말고 그 밑에 고꾸라지게 해줘요! 내가 숨을 수 있도록! 말해줘요!" 극도로 흥분한 그녀는 두 손으로 피에르의 두 팔을 잡으면서 말했다. "말해줘요, 내가 바라보는 곳은 시들어버리나요? 내 얼굴이 고르곤의 얼굴인가요?"

"아뇨, 이사벨, 하지만 그대의 얼굴은 더 탁월한 힘을 가지고 있어요. 고르곤의 얼굴이 바라보는 곳은 돌로 변했지요. 그렇지만 그대의 얼굴은 흰 대리석을 모유로 변화시킬지도 몰라요."

"따라와요. 어서 와요."

그들은 낙농장 안으로 들어가, 인동덩굴이 덮인 창가의 벤치에 앉았다.

"피에르, 만일 지금, 막 남매간의 사랑이 싹트는 이 시기에, 당신이 기만적으로 나를 가지고 장난치고 싶은 마음이 있다면, 비록 당신이 설령 그것을 나를 위해서라고 생각한다 할지라도, 나의 간절한 마음이 당신을 나에게 불렀던 날은 영원히 불운하고 저주받을 거예요. 내게 말해줘요. 오 말해줘요, 동생!"

"누군가를 위해 그 사람을 속인다는 말을 암시하고 있군요. 나의 이사벨, 생각해봐요. 나는 결코 그대를 기만하지 않아요, 그 어떤 경우에도. 그렇다면 그대는, 그대와 내가 다른 사람들을 위선적으로 속인다 해도 괜찮은가요? 다른 사람들과 우리 모두에게 좋은 일이라면? 아무 말이 없군. 이제, 그러면, 이사벨, 내가 그대에게 말하라고 명령할 차례예요, 오 말해줘요!"

"솔직하지 못한 전령들을 앞세워야 하는, 다가오는 미지의 일은 언제나 불길한 것만 같아요. 오, 피에르, 친애하는, 친애하는 피에르, 조심스럽게 다뤄줘요! 이 이상하고 신비하고 유례가 없는 우리의 사랑은, 나를 당신의 손으로 완전히 마음대로 조형할 수 있게 만들어요. 조심해줘요, 나를. 나는 나밖에는 거의 아는 것이 없어요. 세상은 나에게 모두 미지의 나라 인도 같아요. 고개를 들고 나를 봐요, 피에르. 이제, 조심하겠다고 말해요. 그렇게 말해요, 그렇게 말해요, 피에르!"

"제노바의 가장 절묘하고 파손되기 쉬운 장식물이 그것을 만든 장인의 손에 조심스레 다루어지듯이, 신성한 자연이 미세하고 신기한 배(胚)를 감싸고 따뜻이 하고 상상할 수 없는 집중력으로 그것을 에워싸 알을 만들듯이 그렇게, 이사벨, 나는 그대를, 상냥한 그대를, 그리고 그대의 운명을 정말로 조심스럽게 상냥하게 알로 만들 겁니다! 위대하신 하느님 말고는, 이사벨, 그대를 그보다 더 신중하고 한없이 더 사려 깊고 자상하게 대할 자는 존재하지 않아요."

"마음속 깊이 나는 당신을 믿어요, 피에르. 그럼에도 당신은 어떤 점에서 보면 섬세함이 가장 불필요한 일에서 대단히 섬세하고, 어떤 성급한 충동에 휘말린 순간 부주의가 가장 치명적으로 작용하는 일에서 세심하게 주의하는 일을 잊어버릴지도 몰라요. 아냐, 아니에요, 동생, 내가 당신을 책망하거나, 피에르, 당신에 대한 불신을 나타낼 생각이 있다면, 이 머리카락을 백설처럼 하얗게 세게 하세요, 태양 같은 그대여! 하지만 진지함은 때때로 의심스러워 보여야 해요. 그렇지 않으면 그건 아무것도 아니에요. 피에르, 피에르, 당신의 모습은 온통, 갑자기 생긴, 이미 수행한 어떤 결심에 대해 웅변적으로 말하고 있어요. 지난번 당신을 본 이후로, 피에르, 어떤 돌이킬 수 없는 행위를 당신은 한 거예요. 내 영혼은 그것 때문에 긴장하고 있어요. 이제 그것이 무엇인지 말해주겠어요?"

"그대와 나, 그리고 델리 얼버는, 내일 아침 이 인근을 완전히 떠나 먼 도시로 간다. 그것뿐이에요."

"단지 그뿐이에요?"

"그걸로 충분치 않아요?"

"뭔가 더 있어요, 피에르."

"그대는 방금 전에 내가 한 질문에 아직 대답을 안 했어요. 잘 생각해봐요, 이사벨. 그대와 내가 오롯이 우리 자신과 관련된 일에서 다른 사람들과 우리 모두의 이익을 위해 다른 사람들을 속이는 것. 그러겠어요?"

"당신의 영원해야 할 최고의 행운을 망쳐놓는 일이 아니면 무엇이든 하겠어요, 피에르. 당신과 내가 함께 하길 바라는 것이 무엇이에요? 난 기대가 돼요. 기대돼요!"

"이중창이 있는 방으로 들어가요, 누이." 피에르가 일어서며 말했다.

"안 돼요, 여기서 말할 수 없는 거라면, 그런 거라면 나는 어디서도 그것을 할 수 없어요. 왜냐하면 그것은 당신에게 해로울 것일 테니까요."

"아가씨!" 피에르가 준엄하게 소리쳤다. "만일 그대를 위해 내가 잃었다면." 그러나 그는 자제했다.

"잃었다고요? 나를 위해서? 내가 염려했던 최악의 것이 지금 어둡게 다가오는군요. 피에르! 피에르!"

"내가 어리석게도 그대를 겁주려고만 했군요, 누이. 내가 아주 어리석은 짓을 했네요. 그대는 지금 여기서 해될 것 없는 그대의 일을 계속해요. 그러면 난 지금부터 몇 시간 후에 다시 올게요. 이제 날 놔줘요."

그가 그녀로부터 돌아서는 순간 이사벨이 튀어나와 두 팔로 그의 허리를 감싸고 그를 발작적으로 껴안은 바람에 그녀의 머리카락이 비스듬히 피에르를 쓸어내리며 그를 반쯤 가렸다.

"피에르, 내 머리카락이 지금 당신에게 드리우는 것과 똑같은 검은 그림자를 정말로 내 영혼이 당신에게 드리운다면, 당신이 나를 위해 무엇이든 잃었다면, 그러면 영원히 이사벨은 이사벨에게 죽은 것이고, 이사벨은 오늘 밤이 지나도록 살아남지 못해요. 내가 정말 저주를 내리는 존재라면, 나는 주어진 역할을 하지 않고, 공기를 마시지 않고 죽어버리겠어요. 봐요. 내가 모르는 어떤 독이 내게서 당신에게 스며들지 않도록 당신을 보내줄게요."

그녀는 서서히 힘이 빠져 떨면서 그에게서 떨어졌다. 그러나 피에르가 그녀를 붙잡고 부축했다.

"어리석은, 어리석은 사람. 봐요, 나를 놓자마자 그대는 비틀거리고 쓰러지는군요. 이건 내가 그대에게 없어서는 안 될 마음의 지주라는 결정적인 상징이에요. 사랑스럽고 또 사랑스러운 이사벨! 그러니 쓸데없이 헤어진다는 말 하지 마요."

"나 때문에 무엇을 잃었어요? 말해줘요!"

"이익이 있는 손실이라오, 누이!"

"그건 번지르르한 말일 뿐이에요! 무엇을 잃었어요?"

"지금 마음속 깊이 되새길 만한 것은 아무것도 잃지 않았어요. 그 액수가 크건 작건, 이제 나는 나에게 되돌려주지 못할 가격으로 정신적 사랑과 영광을 샀으므로, 내가 과거에 산 것을 되돌려주어야 합니다."

"사랑은 차갑고 영광은 하얀가요? 당신의 볼이 눈처럼 하얘요, 피에르."

"그래야죠. 왜냐하면 세상이 어떻게 생각하든 간에 나는 맹세코 내가 순수하다고 생각하니까요."

"무엇을 잃었어요?"

"그대도 잃지 않았고, 그대를 영원히 사랑하고 그대에게 계속 남매로 남는 긍지와 영광도 잃지 않았어요, 더없이 소중한 누이여. 아니, 어째서 지금 얼굴을 내게서 돌리는 건가요?"

"솔깃한 말로 나를 속이고 나를 구슬려 어떤 은밀한 일을 숨기려는 거군요. 가요, 가서, 피에르, 언제든지 다시 와요. 나는 이제 악에 받쳐 더없이 강해졌어요. 다시 말하는데, 나는 무슨 일이든…… 그래요, 피에르가 하라면 무슨 일이든 하겠어요. 외부의 비난이 우리에게 쏟아진다 하더라도, 마음속 깊이 당신은 나를 소중히, 아주 소중히 여길 거니까요, 그렇죠, 피에르?"

"그대는 하느님이 천사를 만드신 그 순수하고 귀하기 그지없는 소재로 만들어졌어요. 그러나 그대의 나에 대한 신성한 헌신은, 그대에 대한 나의 헌신으로 충족됩니다. 이사벨, 그대가 나에게 의지하는 것은 당연하고, 내가 아무리 이상한 것을 그대에게 제안한다 할지라도, 그대는 나를 신뢰하니까…… 나를 지지해주지 않겠어요? 내가 먼저 물속에 뛰어들면, 틀림없이 그대는 주저하지 않고 물속에 뛰어들 것이고…… 이미 나는 물속에 뛰어들었어요! 이제 그대는 둑 위에 가만히 있을 수 없어요. 잘 들어요, 내 말을 들어요. 나는 지금 아직 하지 않은 일에 대해 그대의 우선적 동의를 얻으려고 하는 게 아닙니다. 나는 지금, 이사벨, 지나간 행위의 심연으로부터 소급하여 그대의 동의를 구하며 그 일을 재가하라고 그대에게 소리치는 겁니다. 그렇게 뚫어지게 보지 마요. 잘 들어요. 다 말해줄게요. 이사벨, 그대는 살아 있는 모든 것이 혹시라도 그대의 동생을 해칠까봐 노심초사하고 있지만, 그래도 그대의 진실한 마음은, 인간들 사이의 무수한 동맹과 엇갈림, 모든 사회적인 일들의 무한한 얽힘을 미리 알지 못해요. 잘 들어요. 지금 이 순간까지 일어난 모든 일, 앞으로 일어날 모든 일이, 내가 누이를 처음 본 시간부터 불가피하게 발생한다는 것을, 어떤 뜻밖의 영감으로 인해 나는 지금 확신하고 있어요. 그건 그렇게 될 수밖에 없었거나 아니면 그럴 수밖에 없지요. 그러므로 나는, 약간의 인내심이 내게 있다는 것을 느낍니다. 잘 들어요. 어떤 물질적인 것들을 혹시 내가 갖게 되고 외관상 눈부시게 빛나는 무슨 은총을 받게 된다 할지라도, 이제 그대에게 위안이 되지 못하고 그대를 사랑하지 않고 사는 것은, 이사벨, 그대로부터 떨어진 곳에서 살며 오직 야밤에 살며시 남몰래 남매로서 그대에게 올 수 있는 상황, 이것은 말할 수 없이 불가능한 일이 될 것이고 불가능해요. 내 가슴에 자책과 자기 오명의 은밀한 살무사가 그 독침을 쏘기를 결코 멈추지 않을 테니까요. 잘 들어요. 하지만—목적이야 옳고 그르건 간에—나에게 있어 영원히 절대로 침범할 수 없는 신성한 기억에 불필요한 오명을 씌우지 않고서는, 그대에게 공개적으로 남동생 노릇을 할 수 없어요. 하지만 그대가 공개되는 것은 원하지 않는데, 그것은 그대가 공허하게 이름뿐인 것이 아니라 생생한 진정성을 갈망하고, 그대가 바라는 것은 남매로서의 나의 사랑을 이따금 터놓는 것이 아니라 그것을 계속하여 집 안에서 터놓는 것이기 때문이지요. 내가 그대의 숨겨진 마음을 그대에게 말하지 않나요? 그렇지요, 이사벨? 좋아요, 그러면, 가만히 듣고 있어요. 한 가지 유일한 방법이 있는데, 대단히 이상한 방법이에요. 이사벨, 사랑 속에서 그대를 위해 가슴 두근거리지 않는 세상 사람들에게는 대단히 기만적인 방법이지만, 모두에게 해롭지 않은 방법이에요. 피에르가 그 건에 대해 하늘과 의논했고, 하늘이 아니라고 말하지 않은 것처럼 보일 만큼, 본질적으로 무해한 방법이지요. 가만히, 들어봐요, 잘 들어요. 그대는 내가 없으면 이제 맥이 빠지고 죽을 것 같듯이, 그대가 없으면 나도 그럴 겁니다. 우리는 그 점에서 입장이 같은데, 그것에 또한 주목해야 해요, 이사벨. 나는 그대에게 굽히지 않고, 그대도 나에게 그렇지만, 우리는 둘 다 마찬가지로 영광스러운 이상을 추구해요! 지금 우리 사랑의 계속성, 은밀성, 게다가 항시 현존하는 가정적 분위기, 그것을 우리가 어떻게, 내가 암시한 언제나 신성한 기억을 위험에 빠뜨리지 않고, 가장 잘 성취할 수 있을까요? 한 가지 방법—한 가지 방법—오직 한 가지 방법! 이상하지만 가장 순수한 방법. 잘 들어요. 긴장해요. 자, 이제 내가 그대를 껴안고, 그러고서 그 방법을 속삭이게 해줘요, 이사벨. 자, 내가 그대를 안고 있으면, 그대는 쓰러질 리가 없어요."

그는 떨면서 그녀를 안았고, 그녀는 그에게로 몸을 숙였고, 그의 입은 그녀의 귀를 축였고, 그는 그 방법을 작은 목소리로 속삭였다.

여자는 꼼짝도 안 했고 떨던 것도 모두 그쳤고, 새롭고 설명할 수 없는, 강렬한 사랑의 형언할 수 없는 기이한 감정으로 그에게 더 가까이 기대었다. 피에르의 얼굴에 무서운 자기 계시의 빛이 스쳐 지나갔고, 그는 그녀에게 거듭거듭 불타는 키스를 했고, 그녀의 손을 꽉 쥐고 감미롭고 두렵게 순종하는 그녀를 놓아주려 하지 않았다.

그때 그들은 변했고, 서로 감겼고, 엉킨 채 묵묵히 서 있었다.

II

글렌디닝 부인은 방 안을 거닐었고, 드레스는 흐트러져 있었다.

"이런 저주받은 수치가 나로부터 나왔다니! 이제 혀가 달린 세상 사람들은 죄다 '메리 글렌디닝의 타락한 아들을 봐'라고 말하겠지! 기만적이야! 말할 수 없이 정직하고 가장 점잖고 유순하다고 생각한 곳이 죄악으로 가득 차 있는 꼴이니. 그런 일은 없었어! 그런 날은 없어! 이 일이 사실이라면, 나는 미쳐버리고, 문을 걸어 잠그고, 모든 문이 나에게 열려 있는 이곳에서 걸어 다니지도 못할 거야. 내 외아들이 어떤 알지도 못하는…… 것과 결혼을 하다니! 내 외아들이 가장 신성하게 서약한 공개적인 맹세를 배반하고, 온 세상 사람들이 그 사실을 알고 있다니! 그놈은 내 이름, 글렌디닝을 가지고 있어. 나는 그 이름과 인연을 끊겠어. 그것이 이 드레스 같다면, 나는 내 이름을 내게서 떼어내 바삭바삭하게 오그라들 때까지 태우겠어! 피에르! 피에르! 돌아와, 돌아와서 그렇지 않다고 맹세해! 그럴 리가 없어! 잠깐, 벨을 울려 사람을 불러서 사실 여부를 알아봐야겠어."

그녀는 맹렬히 벨을 울렸고, 곧 대답하는 노크 소리가 들렸다.

"들어와! 아니, 머뭇거리지 마."(몸에 숄을 걸치면서) "들어와. 거기 서서 내 아들이 오늘 아침 이 집 안에 있었고 계단에서 나를 만났다고, 용기가 있으면 말해. 그렇게 말할 용기 있어?"

데이츠는 그녀의 예사롭지 않은 모습에 당황한 듯했다.

"그렇다고 말해! 입을 열어! 그렇지 않으면 내 혀를 뽑아 자네한테 내동댕이칠 거야! 그렇다고 말해!"

"존경하는 마님!"

"나는 자네의 마님이 아니고! 자네가 나의 주인이야. 왜냐고? 자네가 그렇게 말하면, 자네는 나에게 미치라고 명령하는 거니까. 오, 나쁜 사람! 나한테서 썩 물러가!"

그녀는 그가 나가자 문을 잠갔고, 미친 듯이 빠르게 방을 오 갔다. 그녀는 걸음을 멈추고 커튼을 흔들어 내리고 두 개의 창 문에서 햇빛을 가렸다.

또 한 번, 하지만 부르지 않은 노크 소리가 문에서 들려왔 다. 그녀가 문을 열었다.

"마님, 목사님이 아래층에 와 계세요. 저는 마님에게 알리려 하지 않았지만, 그분이 고집하셨어요."

"올라오시라고 해."

"여기로요? 즉시요?"

"내 말 못 들었어? 폴즈그레이브 씨에게 올라오시라고 해."

마치 갑자기 경고하듯이, 데이츠를 통해 글렌디닝 부인의 억제할 수 없는 기분을 알아차리게 된 것처럼, 목사는 탄원하 듯 그러나 정직하게 불편함을 드러내며 자신이 모르는 것에 대 해 염려하면서 그녀의 방의 열린 문으로 들어왔다.

"앉으세요, 목사님. 잠깐, 그 문을 닫고 잠그세요."

"부인!"

"내가 하겠어요. 앉으세요. 그 아이를 만났습니까?"

"누구요, 부인? 피에르 도련님 말씀이십니까?"

"그래요! 빨리 말하세요!"

"제가 온 것은 도련님에 대해 말하기 위해서였습니다, 부인. 어젯밤 그것도 한밤중에 대단히 특별한 방문을 하셨습니다."

"그래서 당신이 그 아이를 결혼시켰어요? 빌어먹을!"

"아뇨, 아뇨, 아닙니다, 부인, 여기엔 제가 모르는 무언가가 있군요. 저는 부인에게 새 소식을 전하려고 왔습니다만, 오히려 부인께 제게 알려줄 굉장한 소식이 있나봅니다."

"양해를 구하진 않겠어요. 하지만 어쩌면 내가 미안해해야 하는지도 모르겠군요. 폴즈그레이브 씨, 루시 타탄과 공개적으로 약혼을 서약한 상태로 있던 내 아들이 다른 아가씨, 어떤 품행이 좋지 못한 여자와 남몰래 결혼을 했어요!"

"그럴 리가요!"

"당신이 거기에 있듯이 확실해요. 당신은 그러면 그 일에 대해 아무것도 모르나요?"

"아무것도, 아무것도. 지금까지 티끌만큼도. 도련님이 혼인한 여자가 누구입니까?"

"어떤 단정치 못한 여자예요, 정말로! 나는 이제 예의 바른 숙녀가 아니고, 무언가 더 절실한 존재, 한 여자! 모욕을 당하고 자존심이 독살당한 여자일 뿐이에요!"

그녀는 즉시 목사에게서 돌아서서 다시 극도로 흥분한 상태로 누구도 전혀 개의치 않는 듯이 다시 방 안을 서성거렸다. 그녀가 멈추기를 기다렸으나 허사이자 폴즈그레이브 씨는 조심스럽게 그녀를 향해 앞으로 나아가서, 거의 비굴할 정도로 마음 저 깊은 곳에서 우러나는 경의를 표하며 말했다.

"부인께는 슬픔의 시간이고, 제가 성직자라는 것이 당분간 부인에게 전혀 위안이 되지 않으리라는 것을 실토합니다. 지금 가려놓은 이 태양이 지기 전에, 부인께서 약간 마음의 평온을 찾도록 제가 최선의 기도들을 남겨두고 부인에게서 물러가도록 허락해주십시오. 제가 필요하면 언제든지 사람을 보내십시오. 이제 가도 되겠습니까?"

"썩 물러가요! 그리고 당신의 낮고 점잔 빼는 목소리가 들리지 않게 해줘요, 그건 남자에게 수치예요! 썩 물러가요, 도움도 안 되고, 도와주지도 않는 사람 같으니!"

그녀는 다시 방 안을 재빨리 거닐었고, 혼자서 빠르게 중얼거렸다. "이제야, 이제야, 이제야, 이제야 상황이 더 분명히, 더 분명히…… 이제야 대낮처럼 분명하게 보이는군! 처음에 느꼈던 어렴풋한 의혹이 바로 적중했어! 아주 정확해! 아아…… 그 바느질 모임! 그 바느질 모임이었어! 그 비명 소리! 나는 그 애가 그녀를 응시하며 꼼짝 못하고 서 있는 것을 보았어. 함께 집으로 오면서 그 애는 말이 없었지. 나는 그 애의 침묵을 책망했지만, 그 애는 거짓말, 거짓말, 거짓말로 나를 피했어. 아아, 아아, 그 애는 그녀와 결혼했어, 그녀와…… 그녀와! 아마 그때 했을지도 몰라. 그런데도…… 그런데도…… 어떻게 그럴 수가? 루시, 루시…… 나는 그 애가 그 후에 마치 루시를 위해 죽어서 그녀를 위해 지옥에라도 가고 싶은 것처럼 루시를 바라보는 것을 보았어. 그놈은 그리로 가도 싸! 오! 오! 오! 한 번의 추잡한 관능적 탈선으로, 명예로운 혈족의 흠 없는 계승을 이렇게 무자비하게 끊어놓다니! 정선한 포도주를 천한 웅덩이에서 퍼낸 오염된 물과 섞어서 온통 등급도 알 수 없게 바꿔놓다니! 오 독사 같으니! 내가 지금 너를 배 속에 가지고 있다면, 나는 자살을 해서 일거에 살인자가 될 것이야!"

또 한 번 노크 소리가 문에서 들려왔다. 그녀는 문을 열었다.

"마님, 그게 마님을 방해할 거라고 생각했습니다. 바로 위층이라서요. 그래서 아직 그것들을 옮기지 못했어요."

"알 수 없는 소리 그만하고 알아듣게 말해! 무슨 일이야?"

"용서하세요, 마님, 저는 아무래도 마님께서 아시리라고 생각했지만, 그럴 리가 없지요."

"자네 손 안에 움켜쥔 그 편진 뭐지? 이리 내."

"젊은 도련님께 그러지 않겠다고 약속했어요, 마님."

"그러면, 내가 그걸 잡아 뺏어서 자네는 죄가 없는 걸로 해두지. 뭐라고? 뭐? 그놈이 확실히 미쳤군! '사람 좋은 오랜 친구 데이츠……' 뭐? 뭐? 미쳐 날뛰는군! 돈궤? 옷? 트렁크? 그놈이 그것들을 원해? 그것들을 창문 밖으로 내팽개쳐버리게! 그놈이 만일 바로 밑에 서 있는 거라면, 그것들을 밖으로 던지라고! 그 방 전부를 싹 비워버려. 그 양탄자를 뜯어내. 맹세코, 이 집 안에 그놈이 아주 작은 흔적도 남기지 못하게 하겠어. 여기! 바로 이 자리. 여기, 여기, 내가 서 있는 곳에, 그놈이 서 있었을지도 몰라. 그래, 그놈이 여기서 내 구두끈을 맸어, 그게 잘 풀리지! 데이츠!"

"마님."

"그놈이 시킨 대로 하게. 생각해보니 그놈이 세상 사람들 앞에서 나를 치욕스럽게 만들었으니, 나는 그놈을 치욕스럽게 만들겠어. 잘 듣게, 그리고 내가 정신 나간 걸로 착각하지 마. 저

방으로 올라가게." (위를 가리키며) "그리고 그 안에 있는 모든 물건을 없애버리고, 그놈이 자네에게 금궤와 트렁크들을 내려다놓으라고 말한 곳에, 그 방에 있는 모든 것을 내려다놓으라고."

"그게 집 앞이었어요. 이 집요!"

"거기가 아니었으면, 내가 자네한테 그것들을 거기에 갖다 놓으라고 말했을 거야. 바보! 나는 그놈과 의절하고 그 녀석을 수치로 여긴다는 것을 세상 사람들에게 알릴 것이야! 내가 하라는 대로 하게! 잠깐. 그 방은 그대로 놔둬. 하지만 그놈이 요구하는 것을 가져다줘."

"그렇게 하겠습니다, 마님."

데이츠가 방을 떠나자 글렌디닝 부인은 즉각 다시 방 안을 왔다 갔다 했고 다시 중얼거렸다. "내가 덜 강하고 덜 오만한 여자라면 더 일찍 흥분을 가라앉혔겠지. 하지만 깊은 분화구들은 다 타버리기까지 시간이 오래 걸려. 오, 이 세상이 그 앞에서 우리 가슴의 가장 열렬한 소원을 무모하게 행하고도 불안해하지 않을 융통성 있는 성분으로 되어 있다면 좋으련만. '예절'이라는 비열한 낱말을 구성하는 두 음절의 소리는 저주받을지어다. 그것은 질질 끌어야 할 쇠공이 사슬에 달린 족쇄야…… 질질 끌어? 저건 무슨 소리야? 질질 끌고 있군. 트렁크들, 여행 자용 트렁크들을 질질 끌어내고 있어. 오 나의 가라앉은 행복을 끌어올릴 수 있도록, 어부들이 익사자들에게 하듯이, 나도 내 마음을 끌어낼 수 있다면! 아들아! 아들아! 익사하여 물을 뚝뚝 흘리며 내 앞에 끌려온 것보다 더 끔찍하게 차가운 오명 속에 빠졌구나! 오! 오! 오!"

그녀는 침대 위에 몸을 던진 채 얼굴을 가리고 꼼짝도 하지 않고 누워 있었다. 그러나 갑자기 다시 일어나 다급하게 벨을 울렸다.

"저 책상을 열고, 저 작은 탁자를 내 쪽으로 끌어와. 그러고 나서 기다렸다가 이것을 루시 양에게 전하게."

연필로 그녀는 신속하게 다음과 같은 글을 써나갔다.

"내 가슴은 너를 위해 피를 흘린다. 마음씨 고운 루시, 나는 아무 말도 할 수 없구나. 나는 모든 상황을 다 알고 있다. 내가 심신을 회복하면 맨 먼저 나를 찾아오너라."

다시 그녀는 침대 위에 몸을 던지고, 꼼짝도 하지 않고 누워 있었다.

III

그날 저녁 해 질 녘에 피에르는 블랙스완 여인숙에 예약한 세 개의 방 중 하나에 서 있었고, 그의 앞에는 푸른색 사라사 무명이 덮인 돈궤와 책상이 있었다. 그는 두 손으로 주머니를 열심히 뒤지고 있었다.

"그 열쇠! 그 열쇠! 없어, 그러면, 저걸 억지로 열어야 해. 그 또한 나쁜 징조야. 그래도 다행이야. 어떤 은행가들은 다른 수단들이 통하지 않을 때 자기 금고들을 부수고 들어가기도 하니까. 아니, 그럴 수야 없지. 보자, 그래, 집게들이 저기 있군. 자, 그러면 금화와 은화가 기분 좋게 놓여 있는 광경을 볼까. 이날까지 나는 그걸 좋아한 적이 없어. 얼마나 오랫동안 그 돈들이 저축되었던가. 오래전에 숙모들, 삼촌들, 무수한 사촌들에게, 그리고…… 그들을 언급하지 않겠는데, 지금부터 나한테는 죽은 거나 다름없는 사람들에게 받은 작은 기념품들인데! 확실히 이렇게 오래된 금화에는 할증금이 붙어 있을 거야. 넙적한 것들이 몇 개 있는데, 반세기도 더 전의 과거에 나의—그분 이름은 말 안 해—어떤 분에게 기념품으로 보내온 거지. 그래, 그래, 나는 그 돈들을 본래의 더러운 유통 속으로 재투입할 생각을 한 적이 없었어. 하지만 그 돈들이 소비되어야 한다면, 이 마지막 긴급한 필요에, 그리고 이 신성한 목적에, 지금이 그때야. 이건 아주 둔하고, 투미한 쇠지레로군. 자! 그럼! 아, 이번에는, 뱀 소굴 같군!"

갑자기 뒤로 밀리며 돈궤 뚜껑이 별안간 열리자 나머지 모든 것들 위에 놓인 그 의자 초상화가 그 앞에 드러났다. 며칠 전에 그가 거기에 숨겨놓은 것이었다. 얼굴을 위로 하고 그것은 그 소리 없는, 영원히 알 수 없고, 애매모호하고, 변함없는 미소를 띠고 그를 마주 보았다. 맨 처음 그가 그 그림에 대해 품었던 반감은 이제 전혀 새로운 감정으로 인해 증폭되었다. 훨씬 다르고 더 상냥하고 더 고상한 특징들과 섞여 이상하게 이입된 모습을 한, 그 초상화 속에 숨어 있는 저 일정한 생김새를 이사벨의 용모에서 볼 수 있었다. 어쩐지 지금 피에르는 초상화 속의 그 생김새가 몹시 싫었다. 아니, 진저리 나게 싫어서 견딜 수 없고, 말로 다 표현할 수 없이 싫었다. 그는 왜 이런지를 스스로 따져보지 않았고, 단지 그것을 대단히 예민하게 느꼈을 뿐이었다.

교묘하게 꼬이는 이 주제에 대한 더욱 치밀한 조사는 생략하겠다. 아마도 이 새로운 증오심은 때때로 분위기를 타고 아주 평범한 마음속으로도 살며시 스며드는 의미심장한 관념 중하나에서 처음 무의식적으로 생겨난 것일지도 모른다고 내비치는 것만으로 충분할 것이다. 오래전에 죽은 아버지의 초상화와 살아 있는 딸 사이의 이상한 상관성, 상호성, 그리고 유전성에서, 피에르는 눈에 보이고 반박할 수 없는 상징들을 통해 시간과 운명의 횡포가 자신에게 반영된 것을 보는 것 같았을지도 모른다. 그 딸이 잉태되거나 탄생하기 전에 그려진 그 초상화가 무언의 예언자처럼 이사벨이 마침내 빠져나온, 그 텅 빈 허공을 향해 그 예언적 손가락을 아직도 겨누고 있는 것 같았다. 아버지에 대한 기억을 아무리 더듬어보아도 피에르는 이사벨에게 물려진 어떤 분명한 생김새도 기억할 수 없었고, 그 초상화에서 막연하게 그러한 것을 보았을 따름이었다. 그리하여 그의 기억 속 아버지가 아니라 그 초상화에 그려진 '자아'가 이사벨의 진짜 아버지처럼 보였기 때문에 그 그림에는 어떤 신비한 정보와 생명력이 숨어 있는 것 같았다. 왜냐하면 모든 지각의 범위 안에서 그 그림 말고는 어디에서도 찾아낼 수 없는 한 가지 독특한 특성을 이사벨이 물려받았기 때문이다.

그리고 아버지를 가장 받아들이기 어려운 존재로서 마음에서 추방하려고 애썼지만 이사벨은 그에게 강렬하고 두려운 사랑의 대상이 되어 있었으므로, 그 미소 짓고 있는 애매모호한 초상화에서 그녀의 상냥하고 애처로운 이미지가 아주 불길하게 굴곡지고 뒤섞이고 훼손되는 것은 그로서는 견딜 수 없는 일이었다.

최초의 충격이 지나가고 잠시 시간이 흐르자, 그는 두 손으로 그 초상화를 들어 올려 자신에게서 비켜 들었다.

"그 기억을 없애버리겠어. 지금까지 나는 과거의 기념물과 유품들을 저장해왔고, 모든 가보의 숭배자였으며, 편지, 머리타래, 리본, 꽃, 그리고 무수한 세공품들을 맹목적으로 정리하여 보존하는 사람이었지만, 그것은 이제 영원히 지난 일이다! 만일 어떤 기억이 설령 앞으로 소중해진다 할지라도, 눈에 보이는 기념물로 그것을 보관해놓고 지나가는 모든 걸인의 먼지가 그 위에 끼도록 하지는 않겠다. 사랑의 박물관은, 이를 드러내고 웃는 영장류와 천한 도마뱀들이 참으로 마음에 그려진 무슨 매력의 상징이라도 되는 양 방부 처리되어 보존되어 있는 지하 묘지처럼 헛되고 어리석다. 그것은 단순히 부식과 죽음, 끝없는 무수한 세대에 걸친 부식과 죽음을 말할 뿐이고, 그것은 흙으로 하나의 꼴을 만든다. 어떻게 생명 없는 것이 생명의 적합한 기념물이 될 수 있는가? 가장 사랑하는 사람들의 기념물들은, 여기까지로 한다. 그 나머지 것들로 말할 것 같으

면, 이제 나는 다음과 같은 것, 즉 보편적인 기념물에서, 죽음
이라는 비밀스러운 사실이 처음으로 은밀한 방법으로, 죽은 것
들이나 죽은 사람의 모든 모호성을 드러낸다는 것을 알고 있
다. 또한 그것은 간접적으로 암시들을 던져주고 영원히 명백해
질 수 없는 속된 추측들을 넌지시 내보인다는 것을 알고 있다.
죽음은 인생이라는 연극, 즉 그것이 소극(笑劇)으로든 희극으로
든 어떻게 시작된다 할지라도, 언제나 비극적 결말을 갖는 연
극의 마지막 막의 마지막 장이고, 커튼은 필연적으로 시체 위
에 내려진다는 것은 전능하신 신이 정한 것이다. 그러므로 더
이상 나는 보기 흉한 난쟁이 노릇을 하지 않겠고, 죽은 후에 작
은 기념물들로 실제 인물의 영상을 하찮게 영구 보존하려고 시
도함으로써 죽음의 섭리를 바꿔놓으려고 하지 않겠다. 모든 것
이 죽어서 다시 혼합되게 하라! 왜 내가 그것을 계속 보존해야
하는가? 내가 느긋하게 바라볼 수 없는 것을 왜 보존해야 하는
가? 내가 그분의 사회적 명예를 더럽혀지지 않도록 지키겠다
고 결심한 이상, 이 초상화는 없애야 한다. 왜냐하면 나를 거의
미치게 만드는 수수께끼가 담긴, 죄를 입증하는 허위가 아닌
커다란 증거가 여기에 있기 때문이다. 인간의 두뇌에 노망의
굴레가 씌워지고, 베이컨* 학파의 귀납법적 단련 속에서 뇌가
표백되고 지쳐 빠지고, 인간의 사지가 야만적 피부색과 아름다
움을 잃기 전, 고대 그리스 시대에는 둥근 세상이 갓 따낸 사과

---

*영국의 철학자. 경험학파의 시조.

처럼 싱싱하고 장밋빛이고 향긋했건만 지금은 모든 것이 시들
어버렸다! 그 도전적인 시대에 위대한 사람들이 죽으면, 칠면
조처럼 네모난 나무 쟁반 안에 얹힌 채 땅속에 온갖 장식들로
꾸며져 안치되어, 식인종 같은 저주받은 키클롭스*의 식욕을
채우는 것이 아니라, 시샘이 강한 고상한 생명의 신이 게걸들
린 구더기를 속이고 장려하게 시신을 태워서 그 영혼은 하늘을
향해 역력히 갈라진 불꽃으로 승천했건만!

그렇게 이제 나는 당신을 섬기겠소. 평면적으로 복제된 초
상화에 불과한 당신의 진짜 육신의 주인은 소름 끼치는 교회
묘지에 묻혀 저승으로 간 지 오래지만…… 그리고, 하느님이
나 아시겠지! 오직 당신의 일부분에 대해서만 적합한 결산이었
을지도 모르지만…… 나는 지금 또 한 번 당신의 장례식을 치
르는 것을 보고, 지금 당신을 태움으로써 대기라는 커다란 단
지 안에 그대를 납골하겠소! 자 그럼!"

오랫동안 닫아놓은 방 안을 정화하기 위해 난로에 작은 석
탄불을 지펴놓았는데, 이제는 작고 뾰족한 붉은 더미만 남은
잉걸불이 되어 있었다. 금박을 입혔지만 변색된 테두리를 떼어
내고 절단해서, 피에르는 석탄불 위에 네 조각을 올려놓았다.
건조한 상태라서 곧 불이 붙었으므로, 그는 뒤집은 화포를 두
루마리로 말아서 묶었고, 이제 우지직 우지직 소리를 내며 소

---

*호메로스가 시칠리아에 살던 식인종 목동들로 묘사했던, 그리스 신화에 나오는
애꾸눈의 거인.

란스럽게 타오르는 불길에 그것을 맡겼다. 꼼짝도 하지 않고, 피에르는 그 그림 두루마리가 처음에 물결이 일듯이 오그라들고 검어지는 것을 지켜보았는데, 갑자기 그것을 묶어놓은 끈이 불에 타서 풀리자, 눈 깜짝할 순간에 화염과 연기 틈으로 뒤틀리며 솟구치는 초상화가 괴로운 표정으로 애원하듯 공포에 싸여 그를 빤히 쳐다보더니 넓은 바다 같은 기름불에 휩싸여 영원히 사라졌고, 이에 그는 그만 놀라서 움찔했다.

갑자기 엄습한 제어하기 어려운 충동에 굴복하여 피에르는 그 애원하는 얼굴을 구해내기 위해 화염 속에 손을 디밀었지만 재빨리 움켜잡으려던 손만 그을린 채, 소득 없이 거두어들였을 뿐이었다. 손이 불에 그을려 검어졌지만, 그는 그것을 마음에 두지 않았다.

그는 돈궤로 도로 달려가서, 가족 편지 꾸러미들과 종이에 싼 온갖 종류의 잡다한 기념물들을 거듭 움켜쥐고 차례로 불더미에 던졌다.

"이렇게, 이렇게, 이렇게! 그대의 갈기 위에 새로운 노획물을 던지고, 한 잔의 제주로 나의 모든 기억을 쏟아낸다! 그렇게, 그렇게, 그렇게…… 차츰, 차츰, 차츰, 이제 모든 것이 끝났고, 모든 것이 재가 되었다! 이제부터 버림받은 피에르에게는 아버지도 없고, 과거도 없다. 미래는 모두에게 하나의 공백이므로, 그러므로, 두 번 폐적당한 피에르는 속박받지 않고 항상 현존하는 그 자신이다! 마음대로 자신의 의지를 실현하고 어떤 목적에나 상상의 날개를 펼치리라."

IV

바로 그날 해 질 녘 루시는 자기 방에 누워 있었다. 문을 두드리는 소리가 들렸고 그 소리에 응답하여 문을 연 마사는, 이제는 감정이 갈무리된 글렌디닝 부인의 단호한 얼굴과 마주쳤다.

"자네 아가씨는 어떤가, 마사? 들어가도 되지?"

그러나 부인은 대답을 기다리지 않고 단숨에 하녀를 지나쳐 결연하게 방 안으로 들어갔다. 그러고는 침대 옆에 앉아서, 눈은 뜨고 있지만 핏기 없는 입을 다물고 있는 루시를 면회했다. 그녀는 잠시 동안 꼼짝도 하지 않고 캐묻고 싶은 듯이 뚫어지게 응시하다가 문득 떠오른 오싹한 생각의 근거를 구하는 것처럼 마사를 향해 일순간 아연실색한 얼굴을 돌렸다.

"루시 아가씨." 마사가 말했다. "아가씨의…… 글렌디닝 부인이십니다. 말씀하세요, 루시 아가씨."

마지막으로 의지할 데도 없이 남겨진 것처럼, 슬픔에 지쳐 약간 일그러진 자세로, 루시는 보통 사람이 침대에 누울 때 취하는 정상적인 자세로 누워 있지 않았다. 흰색 베개들로 창백한 몸을 받친 채 마치 깃털 하나의 무게만 더해져도 그 하얀 육체가 감당할 수 없을 정도로 심적 부담이 큰 것처럼, 침대보 한 장만 덮은 채 침대 위에 거의 가로로 누워 있었다. 그리고 눈처럼 하얀 대리석 석상에서 주름 잡힌 옷이 팔다리에 착 달라붙듯이, 얇은 침대보가 익사한 채 발견된 사람처럼 윤곽을 뚜렷하게 보여주며 루시를 감싸고 있었다.

"글렌디닝 부인이십니다. 말씀하시겠어요, 루시 아가씨?"

얇은 입술이 잠시 움직이다 떨렸고, 그다음에 다시 가만히 있었고, 한층 짙어진 창백함이 그녀를 감쌌다.

마사가 강장제를 가지고 왔고, 모든 것이 전처럼 되었을 때, 그녀는 부인에게 떠나라는 손짓을 하며 낮은 소리로 말했다. "아가씨는 누구한테도 말을 하지 않으시고, 저에게도 말을 하지 않아요. 의사 선생님이 방금 가셨는데―아침부터 다섯 번이나 여길 다녀가셨어요―무조건 안정을 취해야 한다고 말씀하셨어요." 그러고는 작은 탁자를 가리키며 덧붙였다. "의사 선생님이 남겨둔 것을 보세요. 강장제뿐이에요. 안정이 지금 최선의 약이라고 말씀하셨어요. 안정, 안정, 안정! 아, 달콤한 안정이 언제나 오려나?"

"타탄 부인에게 기별은 했나?" 부인이 낮은 소리로 말했다. 마사가 고개를 끄덕였다.

그래서 부인은 방에서 나가기 위해 걸음을 옮기며 두 시간에 한 번씩 루시의 용태를 알기 위해 심부름꾼을 보내겠다고 말했다.

"그런데 루시 고모님은 어디에 계신가, 마사?" 부인은 문에서 걸음을 멈추고, 갑자기 놀라며 방을 둘러보면서 낮은 소리로 말했다. "설마, 설마, 래닐린 부인이……."

"가엾은, 가엾은 노부인 마님께서." 눈물을 흘리며 마사가 속삭였다. "마님은 고운 루시 아가씨의 슬픔에 전염되셨는데, 황급히 여기로 오셔서 저 침대를 한번 흘끗 보시고는 방바닥에 돌아가신 것처럼 쓰러지셨어요. 의사 선생님에겐 지금 환자가 둘이에요, 부인." 침대를 흘긋 보고 루시의 가슴이 아직도 울렁거리는지 확인하기 위해 부드럽게 촉진하면서 마사가 말했다. "아아! 아아! 오, 뱀 같은 놈! 뱀 같은 놈! 그런 자나 이토록 아름다운 가슴에 독침을 쏠 수 있을 거야! 그런 자에게는 불도 너무 차가울 거다, 이 저주받을!"

"네 혓바닥에 네 입천장이나 데어라!" 글렌디닝 부인이 반쯤 숨이 찬, 속삭이는 듯한 절규로 소리쳤다. "내 아들이 지옥에서 부글부글 끓는 사탄이라 할지라도, 하녀인 네가 감히 내 아들을 욕할 처지는 못 된다! 네 버릇이나 고쳐라, 건방진 것!"

그리고 그녀는, 이런 미인에게 이런 독한 데가 있나 하고 마사를 깜짝 놀라게 한 채, 억제하기 어려운 오만에 부풀어 그 방을 떠났다.

13부
그들,
새들 메도우스를
떠나다

I

피에르가 블랙스완의 짐마차로 얼버네 농가에 다가간 것도 바로 해 질 무렵이었다. 그는 현관에서 숄을 걸치고 보닛을 쓴 누이와 만났다.

"자 그러면, 이사벨, 준비가 다 되었어요? 델리는 어디 있어요? 아주 보잘것없이 작은 여행가방 두 개가 보이는군. 의절당한 자의 물건이 담긴 상자는 조그맣구나! 짐마차가 기다려요, 아사벨. 이제 모두 준비됐어요? 남은 일은 없고요?"

"없어요, 피에르, 이제 떠나는 것 말고는……. 하지만 난 그것에 대해선 생각 안 하겠어요. 모든 것이 정해진 운명대로예요."

"델리! 델리는 어디 있어요? 델리에게 들어가봐요." 피에르가 이사벨의 손을 잡고 재빨리 돌아서며 말했다. 그가 이렇게 그녀를 끌다시피 하며 불 켜진 작은 입구로 들어간 다음 그녀의 손을 놓고 안쪽 문의 문고리에 손을 얹으려고 할 때, 이사벨이 마치 델리에 대해 뭔가 미리 경고해주기 위해 그를 제지하려는 것처럼 그의 팔을 멈추게 했다. 그 순간 그녀는 갑자기 깜짝 놀라며, 그의 오른손을 거듭 가리키면서 피에르에게서 거의 뒷걸음질치다시피 물러났다.

"별거 아니에요. 아프지 않고, 약간 데었어요. 오늘 아침 아주 우연히 입은 화상일 뿐이에요. 하지만 이게 뭐야?" 그가 손을 더 높이 들어 올리면서 덧붙였다. "연기! 검댕! 이런 건 어두운 곳에 다니다가 생기지. 환한 곳에서라면 보였을 텐데. 하지만 내가 누이에게 손을 대지는 않았죠, 이사벨?"

이사벨이 손을 들어 올려 자국들을 보여주었다. "이건 당신한테서 묻은 거예요. 그리고 나는 당신한테 전염병도 옮아 함께 앓아야 해요. 손을 씻어요. 내 손도 씻어야 하겠네요."

"델리! 델리!" 피에르가 소리쳤다. "내가 델리에게 가서 데리고 나와도 괜찮겠지요?"

손가락을 입술에 대면서 이사벨이 조용히 문을 열자 그가 찾는 대상이 목도리를 감은 채 고개를 돌리고 의자에 앉아 있는 것이 보였다.

"말은 걸지 마요, 동생." 이사벨이 귀엣말을 했다. "아직은 그녀의 얼굴을 보려고 하지 마요. 조만간 괜찮아질 거라고 믿어요. 자, 이제 가볼까요? 델리를 데리고 나오지만, 말을 시키지는 마요. 나는 모든 사람들에게 작별인사를 했어요. 노부부는 뒤쪽에 있는 저쪽 방에 있는데, 우리를 배웅하러 나오지 않기로 해서 기뻐요. 자 와요, 빨리요. 피에르, 이런 시간이 나는 싫어요. 빨리 지나가버렸으면."

잠시 후 세 사람 모두 여인숙에 내렸다. 등불을 달라고 주문한 다음 피에르는 위층으로 길을 인도하여, 모두를 위해 준비해둔 세 개의 인접한 방 중에서 가장 바깥쪽의 한 방으로 두 동반자를 안내했다.

"이봐요." 침묵을 지키며 여전히 남의 눈을 피하는 모습의 델리를 향해 그가 말했다. "이것이 자네 방이야, 얼버 양. 이사벨이 모든 것을 말해줘서, 이제껏 비밀로 했던 우리의 결혼에 대해 자네는 알고 있을 테지. 내가 큰 거리에 가서 소소한 업무를 보고 돌아올 때까지, 그녀는 자네와 함께 있을 거야. 내일, 아주 일찍, 우리는 여정에 오를 거야. 그때까지 다시 자네를 못볼지도 모르는데 마음을 굳게 먹고 조금 힘을 내도록 해, 얼버양. 그리고 잘 자. 모든 게 다 잘될 거야."

II

이튿날 아침 동이 틀 무렵 새벽 4시, 분주했던 네 시간이 네 필의 성급한 말을 통해 구체화되었고 그 말들은 여인숙 창문 밑에서 마구를 흔들었다. 세 사람이 차갑고 어둑한 대기 속으로 나타나 마차 안에 자리를 잡고 앉았다.

늙은 여인숙 주인은 말없이 의기소침해져 피에르의 손을 잡고 흔들었고, 자만심이 강한 마부는 마부석에서 소가죽 장갑을 긴 손가락들 사이로 네 개의 고삐를 실에 구슬을 꿰듯이 맞춰 넣고 있었다. 길조심을 당부하는 평소 늘 보이는 몇 안 되는 마부 무리와 일찍 일어난 다른 구경꾼들이 현관 주변에 모였다. 그때—동행들을 위해—이러한 고통스러운 위기에, 조금의 헛된 지연 시간도 단축하기를 간절히 바란 피에르가 마차를 출발시키라고 성급하게 소리쳤다. 즉시, 네 필의 목장에서 기른 어린 말들이 다리를 한껏 뻗쳐 앞으로 뛰어오르자, 민감하게 반응하는 네 개의 바퀴가 완전한 원을 그리며 구르기 시작했다. 채찍을 커다랗게 뒤로 휘두르는 의기양양해진 마부는 허세를 부리는 영웅처럼 텅 빈 허공에 여봐라는 듯이 작별 신호를 띄워 올리는 것 같았다. 그리하여 어둑한 새벽에 그 길고 날카롭게 울려 퍼지는 채찍 소리에 맞춰 세 사람은 새들 메도우스의 아름다운 들판을 영원히 떠났다.

키 작은 늙은 여인숙 주인은 잠시 동안 멀어져가는 마차를 유심히 바라보다 여인숙으로 다시 들어가면서, 반백의 턱수염을 쓰다듬으며 혼자 중얼거렸다. "33년 동안 이 여인숙을 운영해오면서 많은 신혼부부 일행이 오가는 것을 봤지. 짐마차, 작업마차, 4륜 경마차, 2륜 마차의 긴 행렬—즐겁게 낄낄대는 행렬—속에 말이야. 하! 코르크 마개처럼 뻥 소리 나는 웃기는 얘기가 있지! 아아, 전엔 온통 화환으로 장식한 소달구지에서, 아아, 전엔 재미있는 신부가 새로 깎은 클로버 더미의 향긋한 냄새 속에서 첫날밤을 보냈어. 하지만 오늘 아침 같은 신혼

부부 일행은…… 글쎄, 장례식만큼 슬프군. 그리고 용감한 피에르 글렌디닝 도련님이 신랑이야! 휴, 휴, 불가사의한 일이 대유행이로세. 쉰 살이 넘으면서는 호기심을 갖는 일에 무뎌졌다고 생각했는데 여전히 호기심을 버리지 못했군. 아, 어쩐지 지금, 마치 땅 밑에 옛 친구를 묻고 방금 돌아와 아직도 손바닥에서 미끄러져 내린 밧줄 자국이 느껴지는 것 같아. 이른 아침이지만, 한 잔 마셔야겠다. 그런데, 사과술, 한 잔의 사과술, 그건 독하고, 싸움닭의 며느리발톱처럼 따끔따끔 쏘는 맛이지. 슬픔을 달랠 사과술 한 잔. 오, 주여! 뚱뚱한 사람들이 매우 민감해져, 다른 사람들에 대한 순수한 동정으로 괴로워하게 하소서. 민감하지만 여윈 사람은 그의 얇은 피부가 감쌀 성분이 그렇게 많지 않기 때문에 그다지 괴로워하지 않습니다. 그래, 그래, 그래, 그래, 그래, 모든 증상 중에서 멜론컬릭스*만 걸리지 않게 해주소서. 녹색 멜론은 가장 설익은 맛이야!"

*우울증.

14부
여정,
그리고 소책자

I

모든 뜻 깊은 일과 사물에 대한 감정에는 침묵이 앞서고 동반한다. '당신은 이 남자를 당신의 남편으로 삼겠습니까?'라는 성직자의 엄숙한 질문에 '그러겠습니다'라고 대답하기에 앞서 갖는 침묵은 무엇인가? 또한 침묵 속에서 결혼한 두 사람의 손이 꽉 쥐어진다. 그렇다. 침묵 속에서 아기 예수는 세상에 태어났다. 침묵은 우주의 일반적 축성(祝聖)이다. 침묵은 로마 교황의 세상 사람들에 대한 보이지 않는 안수다. 침묵은 모든 자연 속에서 가장 해롭지 않고 동시에 가장 무서운 것이다. 그것은 운명의 예비군에 대해 말한다. 침묵은 우리 하느님의 유일한 목소리다.

그리고 이 너무나 존엄한 침묵은 단순히 감동적이거나 웅장한 것들에만 국한되지 않는다. 공기처럼 침묵은 모든 것에 스며들고, 세상이 존재하기 전 침묵이 바다의 수면 위에 수심에 잠긴 채 드리워져 있던 상상조차 할 수 없는 시대에 그랬던 것과 마찬가지로, 외로운 여행자가 처음 여행길에 나서는 때에도 그 순간 드리운 침묵은 특유의 분위기 속에서 마술적인 힘을 자아낸다.

우리의 열광적인 젊은이, 피에르와 그의 슬픔에 잠긴 일행을 태운 마차가 어둑한 새벽을 뚫고 마을을 떠난 직후에, 길이 꼬불꼬불 이어지는 오래된 숲의 중심부를 아직도 밀려나지 않고 차지하고 있는 깊은 어둠 속으로 달려 나가는 동안 동승한 사람들은 한마디도 말을 하지 않았다.

맨 먼저 마차에 올라 피에르가 도중에 흔들리지 않도록 쿠션으로 받쳐놓은 좌석을 손으로 눌렀을 때, 약간의 구겨진 문서들이 손가락에 닿았다. 그는 본능적으로 그 문서들을 움켜쥐었다. 그리고 그의 영혼에 자리하여 그 본능적 행위를 부추긴, 그 문서를 움켜쥐고자 한 이상한 기분 덕분에, 한 시간 넘게 신비롭고 긴장된 침묵이 계속되는 동안 그는 손에 그 구겨진 문서를 계속 쥐고 있었다. 마차는 그러한 침묵을 싣고 빠른 속도로 아침 녘 들과 숲에 전반적으로 고요하게 깔려 있는 정적의 심장부를 뚫고 달렸다.

그의 생각들은 대단히 어둡고 무모했으며, 잠시 동안 그의 영혼 속엔 반항과 무서운 혼란과 불신이 자리했다. 이 일시적 마음 상태는—어느 성직자가 과거 설교단에서 말한 특이한 이야기에 의하면—어느 훌륭한 신부의 마음에 엄습한 것과 가장 비슷할지도 모른다. 어느 구름 낀 일요일 오후 엄숙한 성당 한 가운데에서 이 신부가 성체를 나누어주고 있을 때, 사탄이 갑자기 신부에게 기독교는 단순히 어리석은 공상에 불과할지도 모른다는 가능성을 제기했다. 지금 피에르의 기분이 바로 이러했는데, 그에게 사탄은 자기희생을 무릅쓰고자 하는 그의 열렬한 마음이 단순히 어리석은 공상에 불과할지 모른다는 가능성을 제기했다. 사탄은 그를 야유했고, 그를 바보라고 불렀다. 하지만 믿음 깊은 신부는 두 손으로 여전히 성체를 모신 채 두 눈을 감고 곧바로 열렬한 기도를 올려 사악한 사탄을 물리쳤다. 그러나 피에르의 경우는 그러지 못했다. 신성한 가톨릭교회라는 불멸의 기념비, 성경이라는 불멸의 기록, 기독교의 본유적 진리가 갖는 불멸의 직관. 이것들은 사탄이 일으킨 갑작스러운 폭풍이 신부를 습격했을 때, 여전히 군건한 신앙의 바위에 그를 붙드는 확고한 고정 장치였다. 하지만 피에르는 그에게 "계속해라. 네가 옳다. 나는 너를 완전히 보증한다. 계속해라"라고 명확하게 말해줄 교회, 기념비, 성경을 어디서 찾을 것인가. 그 신부와 피에르의 차이는 여기에 있었다. 신부에게 그것은 어떤 실체가 없는 그의 생각들이 진실인지 아닌지에 대한 문제였지만, 피에르에겐 그의 극히 중대한 어떤 행위들이 옳은 것인지 그른 것인지에 대한 문제였다. 이 작은 핵심 속에 어떤 헷갈리게 하는 문제들을 풀 수 있는 해법과 함께 그 문제들을 해결한 다음에 추가로 발견되는 한층 더 난해한 문제들이 배아처럼 들어 있다. 바로 앞에서 언급한 마지막 말은 너무나 진실하기 때문에, 몇몇 사람들은 그런 식으로 한층 더 많은 일을 만드는 것이 두려운 나머지 현재의 문제를 어느 것이든 해결하려고 하지 않는다.

지금 피에르는 이사벨의 신비롭고 애처로운 편지를 생각했고, "설레는 마음으로 누이의 존재를 인정하는 내가 그대를 위로하고 그대를 돕고 그대를 위해 싸우겠다!"라는 영웅적인 말들이 가슴에서 터져 나온 그 시간의 신성한 영감을 상기했다. 이 기억들은 그의 영혼 속에서 자랑스러운 기쁨으로 펼쳐졌고 이러한 미덕의 영광스러운 깃발 앞에서 다리가 굽은 사탄은 망연자실하여 절뚝거리며 사라졌다. 하지만 지금 결별을 선고하던 어머니의 두렵고 불길한 표정이 그를 엄습하여 다시 "과거에 피에르 글렌디닝이었던 자는 내 지붕 밑과 내 식탁에 더 이상 머물지 못한다"는 인연을 끊는 가슴 아픈 말들이 들렸고, "내 가슴! 내 가슴!" 하고 부르짖는 괴로운 비명의 메아리가 울려 퍼지는 가운데 눈처럼 하얀 침대 위에 정신을 잃으면서 기절한 루시가 그의 앞에 누워 있었다. 그런 다음 참으로 빠르게 이사벨과, 여전히 불완전한 의식과 막 싹튼 이 신비한 존재를 향한 새로 뒤섞인 감정에서 비롯된 형언할 수 없는 두려움이 마음에 다시 떠올랐다. "자! 내가 가는 곳 어디에나 시체들이 남는다!" 피에르는 혼자서 신음하듯 말했다. "그런데 내 행동이 옳을 수 있는가? 자! 내 행동으로 인해 나는 결코 용서받을 수 없다고 성경이 말하는 죄에 해당할 만큼 너무나 파격적인, 이례적이고 저주받은 죄를 저질렀을 가능성 때문에 위협받고 있는 것 같다. 시체들을 뒤에 남기고, 그 전에 결정적 죄를 지었다면 어떻게 내 행동이 정당할 수 있는가?"

이런 기분 속에 침묵이 그와 함께했고, 바로 이런 기분 속에서 아침 해의 첫 빛이 그에게 비치고 그에게 인사했다. 흥분 상태와 방금 지나간 잠 못 이룬 밤과 이상한 마취약 같은 조용하고 한결같은 고뇌와 대기의 감미로운 정적과 간밤에 내린 상쾌한 소나기로 다져지고 매끈해진 도로 위를 달리는 마차의 단조로운 요람 같은 움직임, 이것들이 이사벨과 델리에게 익숙함을 주었고, 그들은 얼굴을 가린 채 피에르가 보는 앞에서 서로 기대고 깊이 잠들어 있었다. 깊이 잠든…… 이렇게 인사불성인, 오 아름다운 이사벨, 오 버림받은 델리, 눈 깜짝할 사이에 지나가는 그대들의 운명을 나는 나 자신의 운명 속에 짊어진다!

갑자기 그의 슬픈 눈이 신비롭게 조용히 잠든 사람들을 유심히 쳐다보다가 점점 더 아래로 내려가더니, 시선이 무릎 위에 얹혀 있는 자신의 움켜쥔 손에 멈췄다. 문서 일부가 그 움켜쥔 손에서 삐져나와 있었다. 그 문서를 쥐고 있으면서도, 그는 어떻게 그것이 거기에 있고, 또 어디서 왔는지 알지 못했다. 그는 손을 들어 올리고 천천히 손가락을 펴서 그 문서를 펼치고, 그것이 무엇인지 보기 위해 조심스럽게 구겨진 부분을 반드럽게 폈다. 얇고 해지고 건어물 같은 문서는 값싸고 얄팍한 종이에 흐릿한 잉크로 인쇄된 것이었다. 오래된 소책자, 대단히 방대한 논문의 1장(章) 정도가 담긴 소책자의 첫머리 몇 쪽인 것 같았다. 결론 부분은 사라지고 없었다. 그것은 예전에 어떤 나그네가 거기에 우연히 남겼음이 틀림없는데, 그는 어쩌면 손수건을 꺼내다가 무심코 헌 문서를 뽑아냈던 것일지도 모른다.

　대부분의 사람들이 기이하게 심취하는 것이 있다. 규칙적인 업무 사이의 막간에 그리고 조용한 어떤 구석이나 외딴 곳에서 완전히 홀로 있을 때, 사람들은 이따금 단순한 넝마 같은 인쇄된 헌 문서, 어쩌면 유행한 지 오래되는 어떤 광고 쪽지를 까닭 없이 좋아하여 매달리고, 그것을 읽고, 그것을 연구하고, 그것을 다시 읽고, 열심히 읽고, 다른 때나 다른 장소에서 같으면, 그들이 던스턴 성인*의 긴 부젓가락으로도 건드려보지 않았을 보잘것없는 얄팍한 헌 문서에 꽤 필사의 노력을 기울인다. 지금 피에르의 경우도 어느 정도 그러했다. 하지만 그는, 대부분의 다른 사람들처럼 위에서 언급한 이상한 망상을 함께했지만, 건어물 모양의 넝마 같은 소책자의 표제를 처음 홀긋 보고서는 창밖으로 내던지고 싶은 생각이 들었다. 사람의 기분이 어떻다 할지라도 지각 있는 보통 사람이라면 누가 상당한 시간 동안 참을성 있게, 너무나 형이상학적이고 비위에 거슬리게 다음과 같이, 즉 '하느님의 진리와 인간의 진리'라는 표제가 붙은 (그것도 잉크는 대단히 흐릿하고 종이는 대단히 얄팍한 것인) 인쇄된 문서를 알고서 의식적으로 손 안에 쥐고 있을 수 있겠는가?

*캔터베리 대주교. 젊었을 때 그는 글래스턴베리의 암자에서 은둔생활을 했고 그곳에서 환상을 보았다. 전설에 의하면 그는 이 암자 대장간에서 금속 가공 작업을 하는 동안에 사탄의 방문을 받았는데 빨갛게 달군 부젓가락으로 사탄의 코를 붙잡아 쫓아냈다고 한다.

의심할 여지없이 그 문서는 대단히 심원한 것이었지만, 사람이 실제로 의미심장한 기분에 빠져 있을 때, 단순히 말로 표현되었거나 글로 쓰인 모든 뜻 깊은 이론들은 말할 수 없이 혐오감을 일으키고, 그에게는 솔직하게 유치해 보인다. 그럼에도 침묵은 여전히 계속되었고, 도로는 거의 개간되지 않고 사람이 살지 않는 지역을 관통하고 있었고, 잠든 여인들은 그의 앞에서 여전히 잠들어 있었다. 그리하여 불쾌한 기분을 거의 참을 수 없게 된 나머지, 다른 어떤 동기에서보다 그를 둘러싼 어두운 현실로부터 기분을 전환하기 위해 피에르는 마침내 최선을 다해 그 소책자에 몰두했다.

II

현실의 삶에서 진지하거나 열정적인 젊은이는 언젠가는 다음과 같은 놀라운 불합리를 알게 되고 다소 올바르게 인식하게 된다. 즉 하느님에 대한 믿음의 주요한 조건으로 기독교는 모든 사람들에게 현세를 버리기를 요구하지만, 그럼에도 이 세상 대부분의 황금만능주의 지역들—유럽과 아메리카—을 차지하고 있는 것은 죄다, 십중팔구 소유를 자랑으로 여기고 그럴 만한 어떤 까닭이 있는 것 같은, 공공연한 기독교 국가들이다.

이 불합리는 생생하면서도 실제적으로 분명하다. 그러고 나면 복음서들의 열렬한 재독이 따르고, 모든 종교 중 가장 위대한 기적인 산상수훈이 뒤따른다. 그 신성한 산에서 진지하고 열렬한 모든 젊은이들에게 영혼을 녹이는 다함이 없는 친절과 자애의 흐름이 흘러든다. 그리고 신성한 종교의 창시자가 다음과 같은 한없이 아름답고 위로하는 명언을, 과거의 모든 사랑과 생각할 수 있는 어떤 미래에서나 상상할 수 있는 모든 사랑을 구현하는 명언을 말씀했다는 것을 생각하고 그들은 크게 기뻐하며 후닥닥 일어선다. 그 수훈이 열렬한 마음에 일으키는 그러한 감정, 이러한 감정을 모든 젊은 사람들은 그것이 인간성에서 비롯되었다고 여기는 것을 거부한다. 이것은 하느님에게서 비롯되는 것이다!라고 가슴은 소리치고, 그 외침 가운데 모든 호기심을 잠재운다. 이제 새로 읽은 이 수훈을 영혼 속에 지니고 젊은이는 다시 세상을 넓게 내다본다. 즉시, 이전의 불합리가 악화된 가운데, 세상의 터무니없는 명확한 허위에 압도되는 듯한 느낌이 들고 세계가 거짓말들로 가득 차 있고 거짓말에 젖어 있는 것처럼 보인다. 이 당면 문제에 대한 느낌이 너무나 압도적이므로, 젊은이는 처음에는 자신의 감각이 제시하는 증거를 거부하는 경향이 있다. 태양의 하늘에서의 움직임을 둘러싼 문제에서 자신의 눈으로 태양이 지구의 둘레를 도는 것을 분명히 보면서도 자신의 감각이 제시하는 증거를 거부하고 다른 사람들—즉 지동설을 지지하는 그가 본 적도 없는 천문학자들—을 근거로 해서 태양이 지구의 둘레를 도는 것이 아니라 지구가 태양의 둘레를 돈다고 믿는 것과 마찬가지로 말이다. 바로 이런 식으로 그는 다시 선하고 현명한 사람들이 진지하게 말하는 것을 귀담아듣는다. 즉, 이 세상이 단지 거짓말들로 가득 차 있고 흠뻑 젖어 있는 것처럼 보인다 해도, 실제로 세상은 그렇게 거짓말로 젖고 가득 차 있지 않고, 이 세상에는 약간의 거짓말들과 더불어 많은 진실이 있다는 얘기를 말이다. 하지만 다시 성경에 의지하여, 거기서 그는 이 세상이 절대적으로 타락하고 저주받았다는 것과 모든 어려움을 무릅쓰고 인간은 그러한 세상에서 빠져나와야 한다는 것을 대단히 명백하게 읽어 들인다. 하지만 그것이 진실한 세상이고 거짓말하는 세상이 아니라면, 왜 거기서 빠져나오는가? 그렇다면 확실히 이 세상은 사기다.

이 시점에서 열렬한 젊은이의 영혼 속에서 두 집단은 충격에 빠지고, 그가 배반자로 판명되지 않거나, 잘 속는 것으로 판명되지 않거나, 또는 이 세상을 그의 영혼과 융화시킬 신비한 비결을 찾을 수 없으면, 현세에서 그에게는 평화가 없고 휴전도 없다. 지금 의심할 바 없이 이 신비한 비결은 아직 발견된 적이 없었고, 인간사의 성격상 그것은 발견될 리 없는 것처럼 보인다. 어떤 철학자들은 몇 번이고 그것을 찾은 척했지만, 그들이 결국 그것이 망상임을 깨닫지 못한다면 다른 사람들이 곧 그들의 힘으로 그 사실을 밝혀내어, 그 철학자들과 그들의 헛된 철학이 실제의 망각 속으로 소리 없이 흘러 들어가게 방치된다. 플라톤과 스피노자와 괴테와 더 많은 사람들이 머글턴 교파*에 속한 스코틀랜드 사람들과 양키들로 이루어진 터무니없는 무리와 함께, 자기 자신을 속이는 협잡꾼들의 동업조합에

속하고, 상스러운 사투리가 그들의 그리스나 독일의 신플라톤 주의** 본래의 줄무늬에 한 줄을 더 보탠다. 내가 앞서 언급한, 우리의 하느님의 유일한 목소리인, 저 심원한 침묵, 이름 없는 저 신성한 것에서, 저 협잡꾼 철학자들은 아무튼 답을 얻은 척 하지만, 그것은 마치 그들이 돌에서 물을 얻었다고 말하는 것 만큼이나 불합리한데, 왜냐하면 사람이 침묵에서 목소리를 들 을 리가 없기 때문이다.

만일 누군가가 이 세상과 우리 영혼의 융화가 가능한가, 라 는 문제에 대해 특별한 잠재적 흥미를 품고 있다면, 바로 그 사 람이 우리가 지금 서술하고 있는 시기의 피에르 글렌디닝이라 는 것을 모두가 인정해야 한다. 왜냐하면 영혼의 가장 준엄한 명령에 복종하여 그는 어떤 극히 중대한 행동들을 했는데, 그 행동들로 인해 이미 세속적 행복을 잃었고, 그 행동들이 결국 간접적으로 예상치 못한 고뇌를 한층 더 불러일으키는 것을 틀 림없이 느꼈기 때문이다.

맨 처음 그 불가사의한 제목에 대한 혐오감을 느끼고 나서 단지 뭔가에 몰두하기 위해 읽기를 계속한 지 얼마 안 되어, 피 에르는 마침내 그 보잘것없는 허접쓰레기 같은 소책자의 필자

*로도비크 머글턴의 추종자들. 그는 사촌인 존 리브와 함께 공동으로 머글턴 교파 주의를 창시한 종교적 광신자이다. 그와 리브는 자기들이 〈요한의 묵시록〉 11장에 나오는 두 증인이라고 주장했다.
**3~6세기 로마에서 유행했던 철학사조로, 19세기 독일에서 이전의 플라톤 사상 과 구분하기 위해 신플라톤주의라 명명했다. 현실은 이데아 세계의 모방이라는 플 라톤 사상을 더욱 세분화하였으며 여기에 신비주의 철학을 결합했다.

68

의 심원한 의도를 어렴풋이 감지하기 시작했고 자기 안에서 커다란 흥미가 깨어나는 것을 느꼈다. 읽고 또 읽을수록 더욱 더 흥미는 깊어졌지만, 마찬가지로 한층 더 작가의 취지에 대한 이해 부족도 증가했다. 그는 그것과 관련하여 왠지 일반적인 막연한 실마리를 얻은 듯했지만, 그 중심적인 기발한 착상은 분명하게 손에 잡히지 않았다. 그렇지만 그 이유는, 이유를 생각해내는 인간의 마음과 지성, 이 유기적인 것들 자체가 그렇게 쉽게 설명될 수 없으므로, 그렇게 쉽게 규정할 수 없다. 하지만 다소 적절한 무엇인가를 여기서 감히 말할 수 있을지도 모른다.

만일 어떤 사람이 자신의 일반적 인생론과 실제 삶의 과정의 본질적 당위성과 우수성에 대해 막연한 잠재적 의혹에 빠져 있다고 가정해보자. 그런데 그 사람이, 말하자면 무심코, 그런데도 대단히 명백하게 그의 인생의 이론과 실제 둘 다의 본질적 부당성과 단점을 설명해주는, 어떤 다른 사람이나 어떤 작은 논문이나 설교를 우연히 만난다면, 그러면 그 사람은—다소 무의식적으로—이렇게 자기를 비난하는 문제에 대해 스스로 이해해낸 것과 거리를 두려고 열심히 노력할 것이다. 왜냐하면 이 경우에 이해한다는 것은 자기 자신이 스스로를 책망하는 것이고, 그것은 언제나 사람에게 아주 불안하고 불편하기 때문이다. 어떤 사람이 전혀 새로운 것을 전해 듣는다면—그것이 최초로 고지되는 시간 동안에—그가 그것을 이해하는 것은 완전히 불가능하다. 왜냐하면—그것이 아무리 부조리해 보일지라도—인간은 (말하자면 미완의 상태로일 뿐이지만) 과거에 이해했던 것들만을 이해하기 때문이다. 새로운 것들에 관해서 단순히 그들에게 얘기해주는 것만으로 그들을 이해시키는 것은 불가능하다. 때때로 그들이 이해하는 척하고, 마음속으로 자기들이 이해한다고 실제로 믿고, 외견상 마치 그들이 이해하는 것처럼 보이고, 아는 체하며 텁수룩한 그들의 꼬리를 흔드는 것이 사실이지만, 그럼에도 그들은 이해하지 못한다. 아마도, 그들은 나중에 주위의 대기를 통해 이 새로운 지식을 저절로 흡입하게 되고, 그렇게 이해하게 될지도 모르지만, 다른 방법으로는 그럴 수 없다. 위에서 우리가 한 어떤 추측도 그 너덜너덜한 소책자에 대해 피에르가 실로 그러했다고 단정적으로 말할 수 없다는 것을 알게 될 것이다. 아마도, 양자 다 적용할 수 있을지도 모르고, 어쩌면 어느 것도 아닐지도 모른다. 하지만 그 당시 그가 마음속으로 자신이 모든 측면에서 그 이상한 필자의 기발한 착상을 완전히는 이해하지 못한다고 여겼던 건 확실하다. 그럼에도 그 기발한 착상은 분명히 세상에서 가장 명백한 것 가운데 하나였고, 어린아이조차 생각해낼 수 있었을지도 모를 정도로 지극히 당연한 것이었다. 그럼에도, 한편 너무나 심원하여 육글라리우스가 필자일 리가 거의 없었고, 또 한편 너무 심하게 진부하여 육글라리우스의 막내아이조차 그것을 부끄러워할 만했다.

게다가 이 기이한 다 해진 논문이 피에르를 그토록 어리둥절하게 한 점에서 보면, 또한 피에르가 나중에 어쩌면 다른 방법으로 그것을 이해하게 되거나, 뜻밖에도 그가 처음부터 이해했다는 것을 알게 될 때, 그 뜯겨진 소책자로부터 그가 결국 행동에 전혀 영향을 받지 않는 것은 아닐지도 모른다는 것을 예견하면서—또한 그 소책자의 저자가 명성을 통해 피에르에게 알려지게 되고, 피에르가 결코 그와 이야기한 적은 없지만 그의 얼굴을 단지 멀리서 흘긋 본 것만으로 피에르의 정신에 놀랄 만한 요술이 부려지리라는 것을 내다보면서—이 모든 이유들이 내가 다음의 여러 장들에 철학 강의라기보다는 오히려, 나에겐 대단히 기상천외하고 신비로운 강의처럼 보이는 것의 첫머리 부분을 끼워 넣는 것에 대한 충분한 변명이 되리라고 생각한다. 그렇지만 거기서, 나 자신은 그 강의가 각별히 초점을 맞추는 것 같은, 내 영혼 속의 저 특이한 동요를 영원히 충족시키는 어떠한 결론도 이끌어낼 수 없다는 것을 실토하는 바이다. 왜냐하면 나에게는 그것이 어느 문제 자체의 해결이라기보다는, 그 문제에 대한 탁월하게 예시된 재천명처럼 보이기 때문이다. 하지만 이러한 단순한 예증들이 보편적으로는 거의 해결로 간주되므로(그리고 아마도 그것이 인간에게 가능한 유일한 해결일 것이다), 그것은 어떤 캐묻기 좋아하는 사람의 일시적인 마음의 평화에 도움이 될지도 모르고, 그러므로 완전히 소용이 없는 것은 아닐지도 모른다. 아무리 형편없는 것이라 해도, 이제 여러분 각자가 그것을 보지 않고 넘기거나 직접 읽고 욕할 수 있다.

III

〈강좌〉

플로티누스 플린림먼

(333개의 강의 중에서)

1강

하느님의 진리와 인간의 진리

(이 새로운 철학의 입구라기보다는, 그 입구로 가는 임시 발판의
일부이다)

신사 여러분, 우리 중에서, 이승에서의 인간의 삶은 단지 집행
유예 상태일 뿐이라는 것을 의심하는 사람은 거의 없으며, 그
것은 아래 제시될 여러 가지 중에서도 특히 이 세상에서 우리
인간은 잠정적인 일들을 처리하기만 하면 된다는 것을 암시합
니다. 따라서 나는 우리가 지혜라고 부르는 모든 것은 마찬가
지로 잠정적일 뿐이라고 간주하는 바입니다.

　서론은 그만하고, 본론을 시작합시다.

　내 환상 속에는 어떤 아주 진귀한 등급의 인간 영혼들이 있
는데, 육체 속에 그것들이 주의 깊게 옮겨져 있으면, 그 영혼들
은 거의 언제나 도처에서 천국의 진리를 작은 티끌만 한 편차
만을 가지고 전할 것처럼 나에게는 보입니다. 왜냐하면 저 천
국의 진리의 유일한 근원이고, 전 세계의 자오선들이 그곳을

기점으로 멀리 무한히 측정되는, 그리니치 언덕과 탑 격인 하느님으로부터 특별하게 발원되는 이러한 영혼들은 런던의 배가 그리니치를 지나 템스 강 아래로 내려가면서 그리니치 표준시에 의거하여 정확히 시간을 조정하고 주의 깊게 유지할 경우, 아조레스 제도*까지 이동한다 할지라도 여전히 똑같은 시간을 가리킬 런던의 크로노미터(정밀한 해상 경도 측정용 시계)처럼 보이기 때문입니다. 정말로 오랜 기간에 걸친 먼—말하자면 중국으로의—항해의 거의 모든 경우에, 가장 뛰어나게 제작되고 가장 주의 깊게 다루어진 크로노미터라 할지라도 그 오차를 표준시와 직접 비교해서 정정할 수 없으면 점차적으로 그리니치 표준시와 다소 차이가 있게 될 것이지만, 육분의로 노련하고 헌신적으로 별들을 관찰해서 반영하면 실질적으로 이러한 오차들을 줄이는 데 도움이 될 것입니다. 게다가 크로노미터의 '오차를 측정하는 것'과 같은 것이 있는데, 즉 아무리 적다 할지라도 구조상의 부정확성이 어느 정도인지 확인해놓고, 그런 다음 이어지는 모든 경도 측정에서 그 확인된 감소치나 증가치를 경우에 따라 손쉽게 가감할 수 있습니다. 또한 이 긴 항해들에서 크로노미터는 더 최근에 고국에서 출항한, 항해 중인 다른 선박의 크로노미터와 비교함으로써 시간을 바로잡을 수 있습니다.

　지금 우리가 사는 인위적인 세계에서, 인간의 영혼은 중국으

---

*포르투갈 앞바다에 있는 군도.

로 옮겨진 크로노미터보다 하느님과 천국의 진리로부터 더 멀리 떨어져 있습니다. 그리고 그 크로노미터가, 적어도 정확하다면, 중국 지역 시계들이 어쩌면 자정 12시를 알릴 때 정오 12시를 알리게 될 것이듯이, 이승에 있는 크로노미터의 영혼이 저승의 그리니치 표준시에 충실하다면, 옳고 그름에 대한 그것의 소위 직관으로, 언제나 이 지상의 단순한 지역 표준시와 시계 제조인의 지능을 부정하고 있을 것입니다.

베이컨의 지능은 단순한 시계 제조인의 지능이었지만 그리스도는 크로노미터였고, 일찍이 우리에게 있었던 어느 것보다 가장 절묘하게 조정된 정확한 것, 지구상의 모든 진동에 가장 영향을 적게 받는 것이었습니다. 그리고 그분의 가르침이 유대인들에게 어리석은 생각처럼 보였던 이유는, 그분은 예루살렘에 저 천국의 시간을 전한 반면에 유대인들은 그곳에 예루살렘의 시간을 전했기 때문이었습니다. 그분이 '나의 지혜(시간)는 이 세상의 것이 아니다'라고 명백히 말씀하지 않았습니까? 하지만 그리스도의 지혜에서 진실로 특이한 것은 어느 것이나 정확히 1850년 전에 그랬던 것과 마찬가지로 오늘날에도 어리석은 생각처럼 보인다는 것입니다. 그분이 남긴 크로노미터는 여전히 본래의 천국의 시간을 보존하고 있고, 현세의 일반적인 예루살렘은 마찬가지로 조심스럽게 그 자체의 시간을 보존해왔기 때문입니다.

하지만 그리니치에서 중국으로 옮겨진 크로노미터는 정말로 어느 순간에나 그리니치에서 추정되는 시간을 중국에서 표시해야 하고, 게다가 그로 인해 필연적으로 중국의 시간을 부정하게 됩니다. 하지만 그렇다고 해서 그것이 중국의 시계들이 중국에 대해 잘못 판단하고 있다는 것을 의미하지는 않습니다. 정확히 그 반대입니다. 왜냐하면 그 불일치한다는 사실이 중국에 대해서는 중국의 시계들이 옳은 것이 틀림없다는 추정의 근거이고, 결과적으로 중국의 시계가 중국에 대해서는 옳듯이, 그리니치 크로노미터들은 중국에 대해서는 그릇된 것이 분명하기 때문입니다. 더욱이, 그리니치 표준시를 지키는 그리니치 크로노미터가 중국인에게 무슨 소용이 있겠습니까? 중국인이 그것에 의거해 일상의 행동을 규제한다면, 그 중국인은—말하자면 이웃들은 정찬 식탁에 앉아 있을 정오에 잠자리에 드는 것 같은—온갖 종류의 불합리한 일들을 저지르게 될 것입니다. 글자 그대로 말하면 이렇다는 것입니다. 그리고 천국의 그리니치에 계시는 하느님은 이 먼 우리의 중국 땅에서 그리니치의 지혜를 지키기를 기대하시지 않는데, 그것은 이러한 일이 이곳 사람들에게 유익하지 않기 때문입니다. 그 경우에 중국 시간은 그리니치 시간과 동일하게 될 것이고, 그것은 그리니치 시간을 왜곡하게 될 것이므로 사실상 하느님을 곡해하는 행위가 되기 때문이지요.

하지만 그렇다면 왜 하느님은, 부질없게 보이는데도, 세상의 모든 계시원(計時員)들을 거짓말쟁이라고 책망하기 위해 세계로 천국의 크로노미터(예컨대 운석)를 이따금 보내시는 것일까요? 그것은 그분께서 다음과 같은 것, 즉 사물에 대한 인간의 중국식 개념이 이곳에서는 아주 잘 들어맞을지 모르지만결코 보편적으로 적용할 수 없다는 것과, 그분께서 거주하는 그리니 치의 중심부가 이 세상과는 다소 다른 방법을 따른다는 것에 대해 아무 증거도 없는 상태로 인간을 방치하고 싶어 하시지 않기 때문입니다. 그런데도 이로 인한 당연한 결과로 하느님의 진리와 인간의 진리가 별개의 것이 되지 않지만—위에서 암시 했듯이, 그리고 다음의 강의들에서 더욱 밝혀질 것이듯이—바 로 그것들의 모순을 통해 그것들은 부합하게 됩니다.

추론의 결과를 통해, 또한 자기 자신에게서 크로노미터의 영 혼을 발견하면서, 실제로 그 천국의 시간을 지상에 강요하려고 애쓰는 자는 이러한 시도에서 절대적이고 본질적인 성공을 결 코 거둘 수 없습니다. 그리고 그 자신에 관한 한, 만일 그가 그 것에 의거해 자신의 일상 행동을 규제하려고 노력하면, 그는 모든 지상의 인간 계시원들을 그에 대항하여 정렬시키고, 그로 인해 자기 자신에게 슬픔과 죽음을 초래할 뿐일 것입니다. 이 것들은 둘 다 그리스도의 성격과 운명, 그리고 그가 가르친 종 교의 과거와 현재의 상황에서 분명히 명시되어 있습니다. 하지 만 여기서 한 가지 것을 특별히 주시해야 합니다. 그리스도가 하느님의 진리의 교훈과 실천 두 가지 모두에서 슬픔에 부닥쳤 지만, 그럼에도 그는 시종일관 완전히 바보짓이나 죄를 저지르 지 않고 남아 있었습니다. 그런데 거의 변함없이 열등한 존재 들의 경우에는, 하느님의 진리를 글자 그대로 엄격하게 이 세 상에서 살려는 절대적인 노력은, 어쩐지 이 열등한 존재들을 결국 전에는 상상도 못 한, 이상하고 '별난' 바보짓과 죄악들에 휘말리게 하기가 쉽습니다. 그것이 우화로 전해오는 에베소 여인의 이야기*입니다.

진지한 통찰력이 있는 사람이라면 누구에게나, '하느님의 진리와 인간의 진리'에 관한 이 개념들에 대한 충실한 숙고는, 시대를 막론하고 정직하게 생각하는 사람들을 지금까지 괴롭혀 온 다른 점에서 보면 가장 모호한 다소의 것들을 잠정적으로 훨씬 덜 어둡게 만드는 데 도움이 될 것입니다. 천국의 영혼을 속에 지니고 있는 사람치고, 이 세상의 실제적인 일들에 대해 일종의 자살을 범하지 않으면, 바로 그 천국의 영혼으로 자신의 지상에서의 행동을 규제하길 결코 바랄 수 없다는 것을 인식하고 괴로워하지 않은 사람이 누가 있습니까? 그럼에도 절대로 틀리지 않는 본능을 통해 그는 그 경고가 본질적으로 틀릴 리가 없다는 것을 압니다.

그리고 신사 여러분, 진지하고 공정한 철학자치고 현재를 포함하여 세상의 모든 시대를 통해 좌우상하로 둘러보며, 하느님이 어떤 다른 세상의 주님일지언정, 그분께서는 이 세상의 주님은 아니라는 일종의 이단자의 생각을 무수히 마음에 떠올린

---

*소아시아 서부의 옛 도시 에베소에 높은 부덕을 갖춘 한 주부가 있었다. 남편이 죽자, 그녀는 시신을 따라 지하 납골당까지 가서 거기서 굶어 죽기로 결심했다. 닷새째 되는 날 납골당 바깥에서 교수형당한 도둑들의 시체를 지키던 병사가 그녀를 발견하고 설득하여 그의 몫의 저녁을 먹게 했다. 그러고 나서 그들은 사흘 동안 납골당 문을 닫아놓은 채 간통을 했고, 그동안에 십자가에 처형된 한 죄수의 부모가 아들의 시체를 훔쳐갔다. 병사가 근무 태만 죄로 사형을 당할 것이라고 말하자 그녀는 남편의 시체를 관에서 꺼내 빈 십자가에 매달아놓으라고 지시했다.

적이 없는 사람이 어디에 있습니까? 그렇지 않으면 이 세상은 그분을 거짓말쟁이라고 책망하는 것처럼 보일 것이고, 본능적으로 알려진 천국의 길로 가는 이 세상의 길이 완전히 불쾌해 보이기 때문입니다. 하지만 그렇지 않고, 그럴 리가 없으며, 이 크로노미터의 비유를 바르게 보는 사람은 결코 그 끔찍한 생각을 더 이상 의식하지 않을 것입니다. 왜냐하면 그는 그때 이 세상이 하느님과 외관상 양립할 수 없음은 절대적으로 그분과의 세속적 거래 관계에서 기인한다는 것을 알게 되거나 아는 것 같을 것이기 때문입니다.

* * *

이 크로노미터의 비유는 결코 사악한 사람들이 할지도 모르는 모든 행위들의 정당화를 뜻하지 않습니다. 왜냐하면 그들의 사악함 속에서 철저히 사악한 사람들은 천국의 크로노미터에 못지않게 자기들의 시계(인간의 진리)에 죄를 짓기 때문입니다. 그러하다는 것을, 그들에게 무의식적으로 자책하는 경향이 있다는 점이 분명히 밝혀줍니다. 아니요, 이 비유는 인간 대중에게 추상적인 최고의 천국을 정의하는 것은 불가능할 뿐만 아니라, 이와 같은 세상에 전혀 어울리지 않으며, 명확하게 적절하지 않을 것임을 오직 보여주는 데 이바지할 뿐입니다. 오른쪽 뺨을 맞으면 왼쪽 뺨을 대주는 것은 하느님의 진리이고, 따라서 보통 수준의 인간의 자식은 이런 일을 결코 하지 못합니다. 그럼에도 불구하고 어떤 이가 인정 있는 관대한 행위를 가난한 사람들에게 베풀고 누구에게나 노골적으로 해를 끼치지 않고, 모든 사람들에게 선행을 베풀기 위해 형편이 닿는 대로 최선을 다하고, 처자식과 친척과 친구에게 주의 깊고 애정 어린 배려를 하고, 다른 모든 사람들의 어떠한 의견에나 온전히 관용으로 대하고, 정직한 상인이고 정직한 시민이고 다른 모든 측면에서도 정직한 사람이라면 말입니다. 특히 믿는 자들에게는 물론 불신자들에게도 하느님이 계시다는 것을 믿고 그 믿음에 입각해서 행동하는 사람이라면, 이런 사람이 하느님의 진리의 기준에 대단히 못 미치고 그 사람의 모든 행동이 완전히 인간의 진리 수준에 머물러 있다 할지라도, 그럼에도 이런 사람은 그가 때때로 사소한 위반 행위—성급한 말들, 본능적으로 맞받아치기, 집 안에서 성마르게 짜증을 터뜨리는 것, 주변에 빵한 덩이 없는 사람들이 있다는 것을 알면서 포도주 한 잔을 이기적으로 즐기는 것 같은 행위—를 약간 범한다고 해서 결코 오랫동안 기죽을 필요가 없습니다. 이런 일들과 다른 유사한 종류의 일들을 하지 않는 것은 천사, 즉 크로노미터가 되는 것일 터인데, 그러나 그는 사실 인간이고 지속적 진리이기 때문에, 그가 자주 이런 것들에 빠지기 쉬운 경향이 있다는 이유로 결코 오랫동안 실망할 필요가 없다는 말입니다.

그럼에도 지속적 진리는, 이런 것들에 빠지기 쉬운 모든 경향이 결코 완전히 근절될 수 없다는 것은 확실하지만 가능한 한 억제되어야 한다는 것을 가르칩니다. 그것들이 완전히 억제되지 않으면, 전에 넌지시 언급했듯이 인간의 진리로도 결코 정당화되지 않는 완전한 이기주의와 인간에게 흔히 있는 악마 숭배에 결국 빠질 것이기 때문에 억제되어야 할 뿐입니다.

간단히 말해, 이 하느님의 진리와 인간의 진리의 비유는 다음과 같은 것을 가르치는 것 같습니다. 그것은 지상의 일들에서 사람은 천국의 이념들에 지배당해서는 안 된다는 것과, 단순한 본능은 일상의 전반적인 행복을 위해 현세에서 어떤 작은 자기희생을 하라고 가르칠 것이지만 결코 어떤 다른 존재나 어떤 대의나 어떤 기발한 생각을 위해 완전히 무조건적 자기희생을 해서는 안 된다는 것입니다(왜냐하면 다른 무엇도 그를 위해 완전히 무조건적으로 스스로를 희생하지 않기 때문입니다. 하느님 자신의 태양도 아무리 당신이 햇볕 속에서 그 열기로 기절한다 할지라도, 7월의 그 열기를 조금도 누그러뜨리지 않습니다. 그리고 태양이 정말로 당신을 위해 그 열기를 완화한다면 밀과 귀리가 익지 않을 것이고, 결국 한 사람의 부수적 이익을 위해 전체 인구가 고통을 당할 것입니다).

그렇다면 고결한 편의주의가 일반 대중을 위해서 가장 바람직하거나 그들이 가장 잘 달성할 수 있는 지상의 미덕처럼 보이고, 창조주가 그들을 위해 안배해둔 지상의 유일한 미덕입니다. 그들이 천국에 갈 때 그 상황은 아주 별개의 것일 것입니다. 천국에서 사람들은 오른쪽 뺨을 절대로 맞지 않을 것이기 때문에 마음대로 왼쪽 뺨을 대줄 수 있습니다. 천국에서 사람들은 가난한 사람들에게 아낌없이 모든 것을 줄 수 있는데, 왜냐하면 '천국에는' 시혜의 대상이 될 가난한 사람이 없을 것이기 때문입니다. 이 문제에 대한 정당한 평가가 인간에게 도움이 될 것입니다. 왜냐하면 지금까지 인간은 살아 있는 동안 천국을 목표로 삼고, 또한 위반하면 영원한 분노를 산다는 전제하에 이승의 모든 행동을 통해 그 목표를 달성해야 한다고 독단적인 스승들한테 권위주의적으로 가르침을 받았습니다. 그렇지만 경험을 통해 이것이 완전히 불가능하다는 것을 깨닫고 절망에 빠져 온갖 종류의 도덕적 자포자기, 자기기만, 그리고 위선 속으로 (하지만 대부분 가장 훌륭한 헌신적 사랑이라는 허울 밑에 자신을 감추고) 그대로 도피하기 십상입니다. 그렇지 않으면 미친개처럼 무신론 속으로 공공연하게 뛰어들 것이기 때문입니다. 그러나 사실은 저 '하느님의 진리와 인간의 진리'를 인간이 배우도록 하고, 한편으로는 실행 가능하고 바람직한 어떠한 미덕에 대해서든 모든 상식적인 동기를 여전히 마음에 간직한 채 목표 달성 능력을 자각하도록 하여 이 동기들을 강화시킨다면 말입니다. 그러면 지금까지 인류에게 주입된 희석되지 않은 하느님의 진리를 품은 많은 사람들의 마음속에 너무 자주 악덕을 조성하는 결과를 낳는 것으로 판명된, 조금이라도 선량해지는 것을 포기하게 하는 저 결정적 절망에 종지부를 찍게 될 것입니다. 하지만 내가 허위라고 규정하는 이와 같은 가르침이 불경하다고 누가 말한다면, 나는 관대하게 그 사람에게 지난 1800년 동안의 기독교의 역사를 참조하게 하고, 그리스도가 남긴 모든 격언들에도 불구하고, 그 역사가 세계 역사의 이전 어느 부분 못지않게 피, 폭력, 과오, 그리고 온 갖 종류의 부정으로 가득 차 있지 않은지를 물어볼 것입니다. 그러므로 실제적 결과에 관한 한—오롯이 세속적 관점에서 보면—기독교 본래의 위대한 도덕적 가르침(다시 말하면 몇몇 이 교도 철학자들이 가르친 손해에 대한 인간의 진리의 용서와 구분되는, 악에 대한 하느님의 진리의 호의적 보답)은 무수한 설교단에서 1800년 동안 설파된 후에, 완전히 실행 불가능한 것으로 판명되었기 때문에 (인간의 진리로 볼 때) 잘못된 것임을 알게 되었습니다.

그러므로 나는 다만 가장 훌륭한 사람들이 매일 무엇을 실천하고, 정말로 사악한 모든 사람들이 무엇에서 배제되는지 규정할 뿐입니다. 모든 인간적 약점 가운데서, 하느님의 진리가 갖는 미덕의 아름다움을 여전히 괴로워하며 의식하고 있는, 진지한 사람에게 위로를 전합니다. 나는 부도덕한 사람들에게 실행할 수 있는 미덕을 제시하고자 합니다. 그리고 경우를 막론하고 철저한 악덕은 언젠가는 철저한 비애가 된다는, 영원한 진리를 부정하지 않습니다.

더욱이, 만일······.

하지만 여기서 그 소책자는 찢겨져 있었고, 대단히 말끔하지 못하게 끝이 났다.

15부
사촌들

I

어떠한 극단의 위험과 마주하더라도 마지막까지 모든 것에 용감하게 맞서기로 결심했지만, 피에르는 당면한 상황과 앞날의 조건 모두와 관련하여 어떤 합당한 계획도 없이 도시로 출발하지는 않았었다.

그 도시에는 집안 전체에서는 글렌 스탠리로, 피에르한테는 글렌 사촌으로 더 잘 알려진, 피에르의 사촌 글렌디닝 스탠리가 거주하고 있었다. 피에르처럼 그도 외아들로 부모는 그가 어렸을 때 세상을 떠났고, 금년에 그는 오래 끈 유럽 체류에서 돌아와 스물한 살의 나이에 충실한 후견인들의 손에서 크게 축적된 귀중한 재산의 소유권을 무난히 승계했다.

소년 시절과 사춘기 초기에 피에르와 글렌은 사촌 간의 애착보다 훨씬 더 밀착된 우정을 고이 간직했었다. 인생의 낭만적 안락과 우아함 가운데서 양성된, 고운 마음을 가진 관대한 소년들의 우정은, 때때로 단순한 소년다운 순수성의 경계를 초월하고 이성 간에 지니는 가장 감미로운 감정에 조금 못 미칠 뿐인 천상의 사랑 속에 한동안 빠진다는, 진실의 한 본보기를 10대 시절 그들은 보여주었다. 그리고 이 소년들의 우정에도 이따금 자극과 긴장이 없지 않으며, 이러한 우정은 때때로 눈에 띄게 확 줄어듦으로써, 베누스의 띠* 밑에서 사랑하는 더욱 성숙한 연인들의 영원한 기쁨을 돋보이게 한다. 많은 질투도 느낀다. 다른 사내아이가 사랑의 대상과 지나치게 자주 어울리는 광경은, 오셀로**의 질투와 비슷한 감정으로 그를 가득 채우고, 이유 없는 냉담함이나 일상적인 따뜻한 감정 표시의 감소는 그를 자극하여 통렬한 비난과 질책을 쏟아놓게 하거나 불쾌한 기분에 빠지게 하는데, 그 상황에 적합한 것은 냉혹한 고독뿐이다.

아프로디테***를 흠모하는 광신자들의 편지도, 소년들의 사랑과 우정의 서한보다 더 성급한 맹세와 항변들로 가득 차 있지 않고, 그보다 더 종잡을 수 없는 감상적 생각들로 엮여 있지 않으며, 그보다 더 규칙적으로—경우에 따라 거의 주 1회 또는 매일—발송되지는 못한다. 피에르가 불행한 시간에 여인숙 방

---

*로마 신화의 사랑의 여신 베누스의 허리띠로, 연정을 일으키게 하는 여러 가지 장식이 달려 있었다.
**셰익스피어의 비극 《오셀로》의 주인공. 간악한 이아고의 계략으로 질투의 화신이 되어 정숙한 아내 데스데모나를 목 졸라 죽인다.
***그리스 신화에 나오는 사랑과 미의 여신.

에서 극도로 흥분하여 태워버린 문서 꾸러미들 가운데는, 검은 잉크로 쓴 다음 다시 빨간 잉크로 구석구석까지 엇갈리게 써서 그 속에 담긴 사랑이 두 겹으로 깊어 보이는, 하나의 펜과 색깔로는 그것을 표현하기에 충분치 않았으리라 짐작되는, 빽빽이 채워진 두 개의 커다란 편지 꾸러미가 있었다. 첫 번째 꾸러미는 글렌이 피에르에게 보낸 편지를 모아둔 것이었고, 다른 하나는 피에르가 글렌에게 보낸 편지들이었다. 글렌이 유럽으로 떠나기 직전에 피에르는 그에게서 그 편지들을 입수해두었는데, 그것은 사촌이 부재하는 동안 그 편지들을 다시 읽고 우정을 가장 일찍 표현한 젊고 열렬한 시간과 관련된 것들을 되살림으로써 애정을 더욱 공고히 하기 위해서였다.

그러나 열매가 맺히는 과정에서 아름다운 꽃을 밀어내듯이 많은 경우에 언젠가는 싹트는 이성에 대한 사랑이, 서툰 사랑 같은 소년들의 우정을 사그라지게 한다. 단순한 외면적인 우정은 크건 작건 어느 정도 남을지 모르나, 그 안에 담긴 남다른 사랑은 소멸하듯이 사라져버린다.

만일 단호한 현실과 진실 속에서, 남자의 세속적 마음이 어떤 한 여자, 즉 여성적 아름다움에 대한 그의 가장 순수하고 고상한 꿈을 완벽하게 구현하고 그 믿음에 불안의 그림자 하나 드리우지 않고 그때부터 영원히 열렬한 사랑을 바치게 하는 여자에게 언제고 정말로 확고하게 꽂힌다면 말이다. 정말로—제발 그러기를 비는데—그렇게 된다고 해도 여성의 아름다움의 놀라운 범위와 다양성이 지나치게 오랫동안 과단성 없이 우리를 좌우하게 놔두면 결국 모든 선택의 힘을 혼란에 빠뜨릴 것이라는 경고가 있듯이, 대도시의 사례들에서는 가장 순진한 연인의 사랑은 거의 변함없이 방황하는 무수한 눈길을 하나의 특수한 대상에 궁극적으로 정착시키는 것에 불과하다. 미국에서 언제까지나 독신으로 있는 남자는, 적어도, 정당한 제왕의 주권과도 같은 냉정하고 몰취미한 기질로 인해 평생 동안 고독해지는 것 못지않게, 흔히 여성의 무한한 매력에 대한 지나치게 심오한 인식에 희생된 자이다.

그의 나이에 어울리는 그 특이한 마음의 동경이 마침내 루시의 가슴에서 열정적인 응답을 찾았지만, 그럼에도 그 이전의 얼마 동안 피에르는 갖가지 열정을 부추기는 것들에 둔감하지 않았다. 그래서 그가 공표된 연인이 되기 전에도, 사랑은 벌써 그를 루시의 전반적인 숭배자로 만들었고, 그리하여 이미 그가 예전에 글렌에게 품었던 그 열렬한 감정에 점차적으로 냉각기가 왔었다.

온통 사방에 세상은 저격병처럼 매복하여 그 시대의 현실이라는 가차 없는 멋진 소총으로 청춘의 아름다운 환상을 하나씩 겨누어 쏜다. 만일 여성에 대한 일반적인 사랑이 피에르로 하여금 글렌에 대한 그의 특별한 감정을 현저히 수정하게 했다고 한다면, 또한 당시 프랑스와 이탈리아에 있는 눈부신 낙원들의 말로 표현할 수 없는 무수한 매력이 예전에 글렌이 품었던 많은 감정들에 유혹적인 영향력을 발휘했다고 할 수 있을 것이다. 인생에서 더없이 유리한 입장에 있는 이들도 약간은 남을 부러워하는 면이 없지 않듯이, 견고하지 못한 젊은이들 마음 속에서 타고난 성격의 가장 섬세한 감정들의 일부를 몰아내고, 고집불통이라고들 말하는 구시대의 연방주의처럼—정치적 전설에 따르면—유럽 제품이 아니고서는 어떤 분쇄기에도 일상의 커피를 갈려고 하지 않고 가정 소비용으로 유럽 공기를 수입할 생각을 했다고 풍자적으로 전해진, 괴팍스러운 거만함으로 그 감정들을 대체하는 것은 확대된 해외 여행의 폐단 가운데 하나이기 때문이다. 서로 글을 짧게 줄이고, 횟수를 줄이고, 오랫동안 미루었다가, 마침내 완전히 끊어진 피에르와 글렌의 편지들은, 확실히 그것에 대해 어느 쪽도 상대방을 책망하지 않았듯이, 아마도 그들 중 어느 쪽도 과히 진지하게 생각하지 않았던, 한 가지 사실에 대한 우울한 증거였다.

소년기의 후한 충동성에서 성년의 신중한 조심성으로 옮겨가는 저 이상한 과도기의 초기에, 불쾌하게 다시 생각하는 짧은 중간 휴식기가 일반적으로 사이에 끼고, 그때 영혼은 충동적 행동을 하던 과거의 자아로부터 멀리 벗어난 것을 깨닫고 전적으로 자기 본위의 태도를 취하기를 주저하고 방황한 것들을 후회 막급해한다. 그런데도 이 모든 것은 일시적일 뿐이고, 다시 인생의 빠른 흐름에 초조해져, 그 민활한 마음을 가진 소년은—감정이 메마르고 사랑에조차 신중하고 신앙심에조차 타산적인—성숙된 남자에게서 이미 찾아볼 수 없다. 이 특이한 시기가 지배하는 동안에, 소년은 사라져가는 자발성을 회복하려고 아직도 약간 노력하고 분투할 것이다. 그렇지만 이러한 노력들은 흔히 오직 공허하고 자기기만적인 분출이거나 한층 더 나쁘게는 가장 단순한 위선적 억측처럼 보이므로, 그 노력들은 조금도 시도하지 않은 것이 최선이었을 정도로 초기 단계의 이기적 심성과 섞여 있다.

글렌이 해외에서 돌아오자마자, 피에르는 그들의 혈연관계는 말할 것도 없이 사회 일반의 예의를 좇아, 그리 길지 않고 별로 열정적이지는 않지만, 당시 피에르의 천성적으로 솔직하고 사람의 마음을 끄는 활기로 가득 찬, 사촌의 배려와 친절한 마음이 여전히 묻어나는 편지를 보내 글렌의 귀국을 환영했다. 이 편지에 대해 진지함이 덜하고 이제는 유럽화한 글렌은 갑자기 상냥해진 편지로 답장을 했다. 그는 예술적 소박함이 담긴 어투로 우정의 분명한 쇠퇴를 슬퍼하면서 오랫동안 떨어져 있었음에도 이제 그들의 우정이 더욱 진정으로 되살아날 것이라고 다정하게 기대를 표했다. 그럼에도 이 미묘한 서한의 서두 인사말에 우연히 시선을 고정하자마자 피에르는, 시작 부분의 '나의 대단히 친애하는 피에르'가 본래는 '친애하는 피에르'였지만 글렌이 다 쓰고 서명까지 한 뒤 '나의 대단히'라는 열렬한 낱말을 그 재고된 '친애하는 피에르' 앞에 덧붙였음을 보여주는, 어떤 완전히 속일 수는 없는 서체의 특징들이 느껴진다고 생각했다. 글렌에게 이제는 반쯤 업무적인 성격을 띤 두 번째 편지(이후의 거의 모든 편지는 그러한 성격이 혼합된 종류의 것들이었다)를 받자, 그는 '나의 대단히 친애하는 피에르'가 이미 '나의 친애하는 피에르'로 후퇴했으며, 세 번째 편지에서는 '친애하는 피에르'로, 네 번째 편지에서는 '나의 가장 친애하는 피에르'로 대단히 기운찬 무리한 전진 행군을 한 것을 발견했다. 그 모든 변동들은, 아무리 한 목적에 충실하다 할지라도, 모든 나라의 깃발 아래 돛을 올리고 항해를 할 수 있는, 그 우정의 결연함에 대해 불길한 징조를 보였다. 그리고 그는 글렌에게서 온 그다음 편지에 찬사를 보내지 않을 수 없었다. 왜냐하면 그러한 상황에서 그 편지는 거의 명백히 무례하게 어떠한 서두의 인사말도 없이 불쑥 우정의 노래를 시작했기 때문이다. 거기서 글렌은 마치 그 무한한 미묘함 때문에 마침내 그들의 신비한 우정의 성격을 정확히 규정하길 완전히 단념하고 차라리 피에르의 호의적 마음과 상상력에 그 정확한 정의를 맡기기로 결정한 듯했는데, 그러면서도 정작 글렌 자신은 잡다한 헌신적 사랑이 담긴 많은 달콤한 문장들로 그 일반적인 관계를 계속해서 찬양할 것처럼 굴었다. 세련된 글렌의 이처럼 능란하지만 완전히 먹히지는 않은 애매한 전략을, 그가 예전에 보낸 모든 편지의 상단 여백을 따라 흐를 뿐만 아니라 이어지는 모든 글을 통해 여기저기 지하통로로부터 틈틈이 눈부시게 번쩍거리는 '사랑하는 피에르'라는 말의 주저하지 않는 흐름과 비교하는 것은 다소 호기심을 자극하고 자못 냉소적 재미를 일으키는 것이었다. 그리고 사람을 가리지도 않고 문서의 종류를 따지지도 않고 모든 것을 태우고 또 태워버리기만 하는 가장 정직하고 간략한 원소인 불길 속에 새로운 것과 오래된 것을 가리지 않고 모든 편지 꾸러미를 집어던질 때, 우연히 떠오른 이런 일들에 대한 기억이 피에르의 무모한 손을 조금도 막지 못했다.

피에르와 루시의 약혼이 공식화되었을 때, 기품 있는 글렌은 그 경사에 통례적 축하 인사를 보내는 것 외에도, 그가 전에 보내주었던 꿀과 당밀 단지들에 추가로 설탕에 절인 시트론과 자두 상자를 곁들여 사촌에게 다시 선물할 너무나 적절한 기회를 놓치지 않았다. 피에르는 다정하게 감사를 표했지만, 좀 익살맞은 모호한 표현으로, 먹을 것이 싫증난다는 구실을 내세워 선물의 대부분을 싸서 돌려보내겠다고 했고, 그 선물의 실속 없음은 단지 평소의 우편요금을 선납한, 동봉한 편지 자체에서 우의적으로 예시되었다.

누구나 알고 있듯이 진실한 사랑은 무례하다 할지라도 많은 반발을 여전히 견디어내는 법이다. 하지만 이 경우에 완강하다고 드러난 것이 글렌의 우정인지 정중함인지는 우리가 검토할 문제가 아니다. 절대로 기가 꺾이지 않은 글렌은 그 비난에 고상하게 대꾸하여 매우 신속하고 예상치 않은 응답을 보냈다. 그는 일반 도시에서 받을 수 있는 모든 특별 대우를 제공하고, 자신과 자신의 호화로운 배경을 내세워 대단히 부유한 번화가에 있는 초일류 개인 호텔에서 문자 그대로 용케 확보한 다섯 개의 사치스러운 방에서 피에르에게 온갖 환대를 베풀겠다고 했다. 그리고 글렌은 여기서 멈추지 않고 나폴레옹처럼 이제 자신의 모든 연대를 한 공격 지점에 투입함으로써 전투에 이기고 기어이 그 지점을 손에 넣기로 결심한 것 같았다. 피에르의 실제 결혼식 날짜가 확정되는 중이라는 소문을 친척의 식탁에서 듣고, 글렌은 더없이 장밋빛을 띤 편지 한 장을 쓰기 위해 자신의 모든 파리의 서류첩을 뒤져서 문장을 발췌했고, 냄새가 좋은 잉크와 황금 펜으로 대단히 세련되고 향기로운 편지를 썼는데, 그 편지는 예정된 혼사에 아폴로와 베누스, 그리고 아홉 명의 뮤즈 여신들의 모든 축복과 기존 덕목*을 기원한 다음에, 마침내 우정에 대한 정말로 멋진 선물로 끝을 맺었다.

이 편지에 따르면 그 도시에 있는 글렌의 부동산 가운데 그가 물려받은 대단히 매력적인 작은 고옥 한 채가 있었다. 지금은 옛날만큼 화려한 일류는 아니지만 아직도 조용히 격리된 채 외딴 밀월의 애무와 정담을 나누는 데 큰 매력을 지닌 그 도시의 한 구역에 자리 잡은 그 집에는 지난 세기의 양식으로 완벽하게 가구가 갖춰져 있었다. 정말로 그는 그 집을 '사랑을 속삭이는 집'이라고 명명하고 싶다고 했고, 만일 신혼여행 후에 피에르가 한 달 또는 두 달간의 체류를 목적으로 신부와 함께 도시를 방문해준다면, '사랑을 속삭이는 집'은 그에게 보금자리를 제공하여 오로지 너무나 만족할 것이라고 했다. 글렌의 상냥한 사촌은 아무런 염려도 할 필요가 없었다. 세를 들겠다고 나서는 적당한 사람이 아무도 없었기 때문에, 그 집은 이름뿐인 집세를 내고, 무엇보다 그 집을 관리하기 위해 그 복도에 잘 수선한 모자를 지금 걸어놓고 있는, 글렌 아버지의 늙은 심복

---

*고대 철학에서 말하는 정의, 신중, 절제, 의연함의 네 덕목.

인 노총각 서기 외에는, 현재 오랫동안 임차인이 없었다. 이 싹싹한 늙은 서기는 새로운 거주자들에 대해 먼저 귀띔해주면 재빨리 자기 중산모를 챙길 것이다. 글렌은 그 집에 미리 적절한 수의 하인들을 채워놓는 일을 맡을 것이고, 오랫동안 비워둔 방들에 난롯불을 피울 것이다. 또한 케케묵은, 괴상한, 오래된 마호가니와 대리석과 거울 테두리 틀과 쇠시리들은 곧 먼지가 제거되고 광택이 나게 될 것이고, 부엌은 필요한 조리용 식기들을 충분히 갖추게 되고, 태곳적부터 그 저택에 속하는 옛 은제품이 들어 있는 금고는 인근 은행의 금고실에서 손쉽게 짐수레로 나를 수 있었다. 한편 그 집 안에 여전히 간직되어 있는, 옛 도자기가 담긴 광주리들은 꺼내놓는 데도 별로 힘들지 않을 것이다. 그리하여 은제품과 도자기는 곧 적절한 찬장에 분류되어 진열될 것이고, 지하실에 있는 수도꼭지를 돌리면 그 도시의 일급수가 그들이 도착한 첫날밤 잠자리에 들기 전에 환영의 니거스 술 한 잔을 배합하는 데 그 성분을 반드시 보탤 것이다.

몇몇 사람들의 도덕적 소심성은 물론이고 불건강하게 비판적인 몇몇 사람들의 지나친 까다로움은, 제공하는 동기가 아주 명확하진 않고 의심할 여지가 없지 않으며 어쩌면 이전에 약간 냉담하거나 무관심하게 대했을지도 모르는 사람들로부터 충분히 실속 있는 호의를 받는 것을 똑같이 금한다. 하지만 이러한 호의를 받아들이는 것이 한쪽 편에 정말로 편리하고 바람직하며 상대편에 어떤 심각한 곤란도 완전히 따르지 않을 때는, 그 제안을 즉각적으로 받아들이는 일에 타당한 반대 이유를 내세울 수 없을 것처럼 보인다. 그리고 받아들이는 사람이 신분과 재산상으로 제공자와 전반적으로 동등한 사람이고 어쩌면 그보다 우월하여, 자기가 받는 어떤 호의든 미래의 일들이 자연스럽게 흘러가는 과정에서 충분히 보답할 수 있다면 사실상 거절해야 할 동기는 실질적으로 줄어든다. 그리고 가상의 적절성과 예의와 자기 일관성에 관한 사소한 찬반양론에 대해 터무니없이 지나치게 신경 쓰는 것에 관한 한, 아아, 심장이 건강한 때에 우유부단하게 망설이는 이러한 세심한 자들은 결코 무뚝뚝한 마음을 가진 자의 진로를 방해하지 못한다. 그는 세상을 있는 그대로 받아들이고, 세상 사람들의 변덕스러운 성미에 태평하게 순응하고, 마음대로 줄 수 있는 만큼 줄 수 있는 사람들로부터 가능한 한 최대한의 호의를 받아들이는 것에 결코 어떤 망설임도 느끼지 않는다. 그 자신도 수시로 베풀고 있으므로, 그래서, 받아들임은 간접적으로 그 자신의 새롭고 더 큰 덕행을 위해서 오로지 그만큼 더 그를 부유하게 할 것이므로, 공통의 자비심이 개입하여 그에게 모든 가능한 제안에 대해 호의적으로 고려할 것을 명령하는 것이다.

그리고 참된 자비심이라는 배려로 자신의 행동을 규제하는 척하지 않는 이들, 그 같은 정중한 제안들이 그들의 은밀한 적들에게서 위선적으로 들어오는 이들에 한해서 말하자면, 그들의 세속적인 책략은 이러한 제안을 무례하게 딱 잘라 거절하는 것을 즉각 금지시킨다. 또한 그들이 냉정할 뿐만 아니라 은근히 악의적이라면, 또는 감추어진 우월감과 권위 의식으로 자족할 여지가 있다면(존경할 만한 사람들은 거의 그렇지 않지만), 이런 사람들이 자발적인 정중함에 따르는 척하며 그들의 적을 점잖게 이용하게 되니 얼마나 유쾌한 일인가. 알고자 하는 이에게 말하자면, 이용하려는 목적 외에 적을 어디에 쓸 것인가. 야만적인 시대에 인간은 호랑이를 해로운 야수로서 증오했기 때문에 사냥하고 창으로 찔렀지만, 문명화된 지금에 이르러서는 여전히 호랑이를 좋아하지 않기는 하나 이제는 그 가죽을 얻기 위해 대개 사냥을 한다. 그리고 현명한 사람은 그 호랑이 가죽을 입는다. 몸을 따뜻하게 하고 꾸며줄 옷으로써, 매일 아침 그 가죽을 몸에 걸친다. 이런 관점에서 보자면 적은 친구보다 더 유용하다. 자신이 기르는 충성스럽고 상냥한 개를 가죽을 얻겠다고 사냥하고 죽일 사람이 있겠는가? 또한 개 가죽이 호랑이 가죽만큼 가치가 있는가 말이다. 솔직한 술책으로 호의를 보이는 사람을 적으로 만드는 것이 진지하게 권장할 만한 일이 되는 경우가 있다. 정치라는 관점에서 하는, 사람은 적을 만들어서는 안 된다는 말은 옳지 않다. 호의를 보이는 사람들 몇몇은 당신의 특별한 계획들에 있어 무가치할 뿐 아니라 방해가 될 수 있지만, 적들에 대해서는 당신의 전반적인 구상에 하위 요소로써 결합시킬 수 있기 때문이다.

하지만 냉정한 토스카나* 술책 이면에 있는 치밀한 개선 방

---

*이탈리아 중부 지방으로, 토스카나의 피렌체는 '권모술수론'으로 유명한 《군주론》의 저자 마키아벨리가 태어난 곳이다.

법들을 피에르는 아직 전수받은 적이 없었다. 또한 그는 지금까지 그럴 만큼 다양하고 성숙한 경험을 하지 못했으며, 게다가 그의 심장에는 요컨대 관대한 피가 너무나 많이 흐르고 있었다. 훗날 미숙함이 감해진 때에도 여전히 그는 위에서 설명한 것과 같은 처세법을 실행할 용기를 낼 수 없을 테지만, 당신들은 그 실행 가능성을 철저히 이해할 두뇌를 갖게 될 것인데, 그것이 반드시 있는 일은 아니다. 그리고 일반적으로 세속적인 지혜 속에서 인간은 최대의 통찰력을 소유하고 있음을 누구나에게 부정하는 법이고, 그것을 누구나 일상의 외면적인 생활에서 실제로 드러내지 않는다. 믿는 사람, 또는 인자한 마음을 가진 사람이나 선량한 사람들이 파렴치하게 이기적이 될 만큼, 사악한 악한이 될 만큼 알지 못한다고 상상하는 것은, 몇몇 파렴치하게 이단적 마음을 가진, 이기적이고, 절조 없거나, 철저하게 못된 사람들의 대단히 공통적인 착오이다. 따라서 아주 고맙게도! 속세의 진영에는 떠돌아다니는 바보들로 잘못 알려진 많은 염탐꾼들이 있다. 그리고 이 떠돌아다니는 바보들은 어떤 일들에서 우리는 이미 우리가 아주 많은 것을 안다는 것을 보여줌으로써 배운다기보다는 오히려 부정적으로 다소 무지한 것처럼 보이게 행세함으로써 배운다는 원칙에 입각해서 행동하는 것 같다. 하지만 여기서 우리는, 그것을 가지고 있는 것은 매우 좋지만, 가지고 있는 것을 보여주는 것은 슬기롭지 못한, 그런 종류의 지혜의 미개척 영역에 밀려든다. 그럼에도 속세, 즉 모든 세속적 내용들과 관계를 끊고, 자신들이 범할지도 모르는 모든 단순한 세속적인 경솔한 행동에 거의 신경 쓰지 않을 정도로 아주 무관심해져버린 사람들이 있다.

그런데 그것이 위에서 처음으로 언급한 정말로 호의적이거나 중립적인 것들 같은 의식적인 고려 사항들이 아니라 할지라도, 피에르로 하여금 그 집을 제공하겠다고 한 사촌의 제의를 솔직하고 사내답게 전폭적으로 받아들이게 한 것은 확실히 그와 유사한 것들이었다. 그리하여 피에르는 하인 등등의 사전 고용과, 은제품과 도자기를 정돈해놓는 것에 대해 글렌에게 몇 번이고 감사를 표하면서도 그가 포도주에 특별한 언급을 빠뜨렸다는 점을 상기시키고, 최고급 제품으로 몇 병을 포도주 저장고에 비축해놓아달라고 부탁했다. 그러고는 글렌이 직접 이름난 식료품가게에서 진짜 모카커피 한 봉지를 직접 구입해준다면 진심으로 고맙게 여길 것이지만, 자신은 향기를 결정하는 고도로 중요한 작업은 최종적으로 끓여서 대접하기 직전에 하는 것을 선호하기 때문에, 커피 원두를 볶거나 갈아놓으라고 지시할 필요는 없다고 덧붙였다. 그리고 그는 자기가 포도주와 모카커피의 값을 지불하겠다고 말하지도 않았고, 단지 사촌 쪽의 부주의를 명확히 제시하고, 그것을 개선하는 최선의 방법을 지적해주는 것으로 만족했다.

그는 자신의 결혼식이 가까운 날짜로 잡혔다는 소문은 불행하게도 오직 근거가 없는 것이지만, 글렌의 관대한 제안은 단순히 추정에 입각한 것이므로, 결과적으로 함께 무효가 되는 것이라고 생각하지 않을 것이고, 반대로 그것이 피에르에게 쓸

모 있는 것으로 판명될지도 모르는 어느 때에든 그것을 완전히 유효한 것으로 생각하겠다는 것을 넌지시 알림으로써 편지를 끝맺었다. 그는 의심할 나위 없이 약혼을 했고, 죽기 전에 결혼하기를 희망했다. 한편, 글렌은 그 믿을 만한 서기에게 지속적으로 퇴거 통지를 해줌으로써 그에게 한층 더 큰 은혜를 베풀 것이었다.

피에르의 사촌은 처음에 이 편지를 받고 꽤 놀랐지만—사실 그 제안은 무엇보다 과시욕에서 비롯되었을 가능성이 크고, 그는 피에르가 그렇게 주저하지 않고 수락하리라고는 상상도 하지 못했다—세상을 너무나 잘 아는 조숙한 청년이어서 드러내 놓고 그것을 대단히 친구답고 사촌답고 익살스러우면서도 실제적인 방식으로 받아들였다. 그러고는 그것을 소년 시절 이후로 그가 피에르에게 써 보낸 어떤 편지보다 훨씬 더 진지하고 분명히, 피에르가 가슴과 머리 양쪽 모두로 신뢰할 수 있도록 모든 방법을 동원해 답장에 확실하게 명시했다. 이렇게 해서 피에르의 솔직함과 얼마간의 천연덕스러움 덕분에, 이 매우 젠체하는 청년은 잘 속아 넘어가서 효과적인 친절을 베푸는 행위를 하게 되었고, 이제 겉치레의 공허한 가면을 벗고, 믿을 수 있는 애정 어린 용모를 한 진짜 얼굴을 보여주어야 했다. 그리고 바로 이런 식으로, 모든 수줍음과 냉정함, 모든 분노와 모든 엄숙한 설교가 도움이 되지 못할 때, 이따금 이 세상의 몇몇 사람들이 놀림을 당해 효과적으로 선량해지기도 한다.

II

하지만 우리는 피에르와 글렌의 특이한 관계, 결국 가장 심각한 결과에 영향을 미치게 될 그들의 관계를 거의 이해하지 못할 것이다. 앞서 제시한 그 모든 불분명한 설명 위에 또 하나의 보다 종합적인 불분명함을, 모든 사소한 것들을 흡수하여 모든 모호한 세부 사항들에 대한 유일한 설명으로 기능할 하나의 만연한 모호함을 걸쳐놓지 않는다면 말이다.

루시에게 그가 특별한 헌신적 사랑을 바친 것보다 앞서, 멋진 글렌이 그녀의 놀라운 매력에 전혀 둔감했던 것은 아니라는 것을 피에르는 오랫동안 짐작하고 있었다. 하지만 처음에는 이러한 개인적인 견해를 어떻게 설명해야 할지를 몰랐다. 확실히 사촌은 상상할 수 있는 아주 사소한 암시로도 그것을 내색한 적이 없었고, 루시는 어떠냐 하면, 피에르가 그 문제에 대해 그녀에게 물어보는 것을 영원히 금하는 바로 그 직관적 신중함이 마찬가지로 그녀의 자발적인 언급을 막았다. 피에르와 루시는 이 비밀 상자에 신중함이라는 신성한 인장을 찍었고, 그것은 책상 위에 놓인 제작자의 밀랍처럼 아주 작은 촛불에 녹아 없어질 수 있지만, 그럼에도 여전히 움직일 수 없는 빗장과 걸쇠의 금하는 미덕을 경건하게 지니고 있다.

만일 피에르가 자신에 대한 글렌의 태도를 피상적으로만 고려했다면, 거기서 그 의심스러운 생각에 빠져 있을 아무런 합당한 근거도 찾을 수 없었을 것이다. 질투가 그렇게 인자하게 미소를 지으며 자기 집을 신부에게 제공하는가? 그럼에도 한 편으로 글렌의 처신의 단순한 표면을 벗어나, 문직(紋織) 덮개 밑을 꿰뚫어 보면, 거기서 피에르는 때때로 퇴짜 맞은 연인의 연적에 대한 가장 마음에 사무치는 혐오에서 비롯된 오랫동안 감춰지고 치료되지 못한 상처가 과거의 우정과 그들의 끊을 수 없는 혈연으로 인해 더욱 악화된 것이 보이는 듯했다. 이처럼 확실한 해결의 실마리에 의거해서 편지의 '친애하는 피에르'니 '가장 친애하는 피에르'니 하는 문제에서 글렌이 보여준 변덕 스러움, 따뜻한 우정의 열광으로부터 빙점 이하의 무관심으로 의 수은주 하락, 그리고 무엇보다 피에르의 결혼 날짜가 정해 진 것처럼 보이자마자 그가 과도하게 보여준 헌신적 우정을 해 석해보니 이 모든 수수께끼에 대한 교묘한 해답이 분명히 드러 났다. 왜냐하면 어떤 사람들은 은밀하고 마음에 사무치는 감정 을 깊이 느끼면 느낄수록, 그와 모순되는 외관을 더욱더 높이 쌓기 때문이다. 그러므로 글렌의 친절한 태도는 그가 가슴속 에 간직한 저주에 정비례하는 것으로 간주될 수 있었고, 그 증 오의 절정은 자기 집을 신부에게 개방하는 것에서 분명히 드러 났다. 하지만 증오가 추상적 원인이었다면, 그것은 글렌의 행 동의 직접적인 동기일 리가 없었다. 증오가 그렇게 따뜻한가? 그렇다면 글렌의 직접적인 동기는, 금 레이스가 달린 그의 오 만한 영혼에 말할 수 없이 굴욕적인 사실, 즉 그가 마음속 깊이 바랐던 욕망을 피에르가 그토록 의기양양하게 대신 이루었다 는 사실을 세상 사람들에게 숨기려는 강렬한 욕망인 것이 틀림없다. 그럼에도 글렌이 이 주요한 목적을 달성하기 위해 충심으로 가장한 것은, 바로 그 교묘한 태도였다. 그 극도로 교묘한 태도가 맨 처음 피에르에게 추측의 빌미를 제공했다. 그리고 똑같은 방법으로 글렌은 그 추측을 피에르가 하지 못하도록 만드는 데 열중하느라 여념이 없었다. 그러므로 부정적인 방법으로 어떤 강한 감정의 비밀을 어떤 사람이 자신의 가슴속에 영구적으로 비밀로 보존하는 일이 지극히 어려운 것처럼, 적극적인 가정으로 정반대의 감정을 자기의 감정처럼 사람들에게 내보이려고 하는 것은 세상에서 가장 헛된 일 중 하나라는 것을, 여기서 우리는 보게 된다. 그러므로 최종적 지혜는, 혼자서 비밀로 간직하길 소망하는 것이 있으면 그 자리에 잠자코 있으면서 그것에 대해 아무것도 하지 말 것이며 말하지도 말라고 명한다. 왜냐하면 모든 초라한 가능성들 중에서 이것이 가장 덜 초라하기 때문이다. 겉치레와 바꿔침은 세태학에서 오직 신출내기들이 의지하는 것이고, 체스터필드 경*은 그가 자신 있는 분야인 그 학문에서 가장 초라한 교사이다. 어린아이의 미숙한 본능과 성년의 가장 원숙한 경험은, 단순성을 지지하는 가운데 하나가 되어 인간에게 가장 진실하고 가장 심오한 부분이 된다. 마찬가지로 이 단순성에는 인간 생활을 위한 규칙으로써 너무나 보편적이고 전부인 것들이 들어 있기 때문에, 가장 심오한 현자는 물론이고 가장 교활한 악인과 가장 순수한 선인

*영국의 정치가로,《아들에게 보내는 편지들》의 저자로 잘 알려져 있다.

모두 마찬가지로 캐묻기 좋아하는 사악한 세상 쪽으로 그들이 터놓고 향하게 하는 측면에 그것을 드러낸다.

III

지금 그 집 문제는, 이사벨의 편지를 받은 피에르의 일대 인생 혁명의 시기에 이르기까지, 정확히 앞에서 말한 그대로 대기 상태로 남아 있었다. 그리고 정말로 피에르는 현재 그가 처한 완전히 다른 상황에서, 그 집을 쓰라는 제안을 여전히 받아들일지 여부에 대해 당연히 주저하지 않을 수 없었다. 또한 처음에는 개인적 독립심, 자존심, 그리고 남의 웃음거리가 될 거라는 구실을 내세워 자연스럽게 생겨난 더없이 강력한 거부감이, 그의 가슴속에서 아주 요란하게 이러한 진행에 대해 반대론을 주창했다. 그럼에도 마침내, 맨 처음에 그에게 제안을 수락하도록 권유한 바로 그 천연덕스러운, 언제나 적응 가능한 종류의 동기에 이끌려, 그는 결국 아직도 그것을 취소하지 않은 채였다. 그것은 단순한 숙식이라는 당장의 고민거리를 즉시 해결해줄 것이고, 무한정의 기간 동안 그에게 은신처를 제공함으로써 그가 주변을 더 잘 살피고, 운명이 그의 책임으로 위탁한 사람들을 영구적으로 안락하게 살 수 있게끔 하기 위해 무엇을 가장 잘할 수 있는지 생각할 여유를 줄 것이다.

피에르가 최근에 총체적으로 부닥친 특별한 시련들의 결과로 생긴, 그의 의미심장한 실존에 대한 광범하고 전반적인 자각과는 어쩐지 상관없는 듯한데, 만일 그가 풍요한 때에 필요 이상으로 받아들인 제안을 지금 그가 극도로 어려운 때에 거절해야 한다면, 세상은 정말 기본적으로 비열한 게 틀림없다는 생각이 그에게 분연히 떠올랐다. 그리고 인정 많은 마음이라는 특성이 사촌에게 있다고는 조금도 생각하지 않으면서도, 그는 상황이 변화된 상태에서 명백한 호의에서 시작된 단순한 일이 절대적이고 절박하게 필요한 일과 같은 것으로 변형되었으므로, 글렌이 적어도 그를 그 집에 더 열렬히 환영하는 척할 것이라는 것을 잠시도 의심하지 않았다. 자신뿐만 아니라 두 명의 유난히 가여운 동료가 관련되어 있으며 그중 한 명은 처음부터 가장 신성한 인연으로 자신과 얽혀 있다는 것과, 또한 최근에 그 감정이 갖는 잡다하고 신비적인 의미에서 모든 인간의 전례를 추월하는 감정을 불어넣는 것을 고려했을 때, 이 추가된 고려 사항들은 피에르에게 있었을지도 모를 막연한 자존심과 허위적 독립심이 남긴 모든 명령을 완전히 없애버렸다.

일행과 도시로 떠나기로 결심한 시간과 마차를 타고 그가 실제로 출발한 시간 사이의 간격이 빠듯해서 사촌에게서 아무런 응답의 기별을 받을 수 없었고, 피에르는 그것을 기대할 만큼 미련하지 않았지만, 그럼에도 그는 미리 알리는 편지를 보냈고 이런 방식이 결국은 신중한 것으로 판명되리라는 것을 의심하지 않았다.

아무리 어리고 어떤 일들에 경험이 없다 할지라도 강한 마음을 타고난 사람들에게는, 겁 많고 심약한 사람들을 혼란에 빠뜨릴 뿐인, 이 크고 갑작스러운 비상사태들이 오직 그들의 풍부한 모든 잠재력을 불러내고, 행동의 특별한 처세법을 영감을 통해 그들에게 가르칠 따름이다. 그 처세법 중 하나는 무슨 원인 때문에든 우리가 갑자기 부유함에서 곤궁함으로 또는 흠 없는 명성에서 오명으로 전락하여, 예전에 우리에게 높은 인습적 경의를 품고 있었던 사람으로, 당장 우리가 이제 진심으로 호의를 베풀어달라고 간청해야 할 사람에게—적어도 단순한 비방에 관한 한—그것을 부정하지 않는 것이 필요해질 때, 그 때엔 모든 설명이나 변명을 경멸해야 하고 기민함, 대담함, 완전한 검투사 정신과 도전적인 고자세로 우리가 말하는 모든 말 한마디와 우리가 세우는 모든 방침에 주의를 기울여야 한다는 것이다.

피에르가 글렌에게 보낸 편지는 당장 문제의 핵심 속으로 곧바로 뛰어들었다. 아마도 일찍이 그가 글렌에게 써 보낸 편지 중에서 가장 간략한 편지였을지 모른다. 이러한 특징들이 사람의 압도적인 기분이나 일반적인 성향을 변함없이 반드시 설명해주는 것은 아니지만(언 손가락이나 나쁜 펜대나 질이 나쁜 잉크나 지저분한 종이나 흔들흔들하는 책상이 모든 종류의 변형을 일으킬 수 있으므로), 그럼에도 지금의 경우 피에르의 필적은 우연히도 편지의 의도를 분명히 입증하고 확실하게 했다. 종이는 컸지만 글자들은 서둘러 쓴 딱딱한 내용으로 6행에서 8행 정도만 그 위에 게시되었을 뿐이다. 그리고 거만한 방문객—어떤 백작이나 공작—의 하인이 현관에 우레 같은 노크로 주인의 사륜마차 도착을 알리듯이 피에르는 글렌에게, 편지 위에 크게 휘둘러 쓴 커다란 글씨로, 그에게 어떤 종류의 사내가 오고 있는 중인지를 미리 통고했다.

감정이 격해진 순간에는 놀라운 간결화가 혀와 펜을 예리하게 한다. 그래서 그때 조포(弔砲)처럼 진술된 날카롭고 빠른 생각들을 조용하거나 흥분하지 않은 다른 시간에 축어적으로 생각해내려면 상당한 시간과 수고를 들여야 한다.

지금 여기서 우리는 같은 말을 반복하지 않고는 피에르의 편지의 정확한 내용을 적어둘 수 없다. 사실 같은 말을 반복하는 것에 대한 두려움은 몇몇 진지한 지성의 골칫거리이고, 그 자체로 확실히 그들이 버거워하는 것이기는 하다. 그렇지만 현명한 사람이라면 아무도 양심적인 베르길리우스가 죽으면서 《아이네이스》를 낭비적으로 남아도는 기괴한 종이 더미로 보고 불태워버리기를 간절히 열망한 것을 이상히 여기지 않을 것이다. 같은 말을 반복하는 것을 두려워하지 않는 것은 때때로 편파적인 하느님이 전 세계에 걸쳐 허영과 어리석음과 맹목적인 자기만족이라는 무진장한 이기적 재물을 베풀어준 저 부러운 저능아들의 소유물일 뿐이다.

루시 타탄과의 약혼 취소, 이미 이루어진 가난하고 친지도 없는 고아와의 결혼, 그 결과로 어머니가 그와 인연을 끊은 것에 대한 약간의 소문이, 이런 소문들이, 그가 시내에 도착하기 전에 도시의 친척과 친구들의 응접실에 먼저 퍼질 것이라고 피에르는 지금 사촌에게 썼다. 하지만 그는 이 일들에 관해서 가능한 어떤 설명의 말도 한마디 비치지 않았다. 그는 단지, 지금 인생의 행운 덕분에—그것은 속담에 있듯이 믿을 수 없는 전쟁의 행운에 불과했지만—최근 자신이 선량한 이유에서 보호하에 데리고 가는 것이 아주 당연한 한 처녀를 일시적으로 부양하는 데 드는 비용은 물론이고, 자신과 아내 둘 다의 생활비를 당분간 완전히 자신의 힘으로 해결하지 않으면 안 될 처지가 되었다는 것을 계속해서 말했다. 그는 그 도시에 영구적으로 거주하기로 작정했고, 그들의 부유한 널리 분파된 가문의 어떤 사람과 이면의 아무 관계없이, 필요를 충족시킬 만한 수입의 마련에 대한 상당히 구체적인 계획들이 없지도 않았다. 글렌이 전에 그렇게 관대하게 그에게 일시적 점유를 제안했던 그 집은, 이제 이중 삼중으로 그에게 바람직한 것이 될 것이다. 하지만 미리 고용한 하인들과 오래된 도자기와 오래된 은제품과 오래된 포도주와 모카커피는 이제 전혀 불필요해졌다. 피에르는 그 나이 든 심복인 서기를—짧은 기간 동안—대신할 것이고, 글렌에 관한 한, 그의 계획들이 완성될 때까지 단순히 그 거처의 감시인이 될 것이다. 사촌은 본래 피에르의 신부의 방문을 환영하기 위해 가장 관대한 제의를 했고, 지금 다른 여자가 제단에서 그녀의 자리를 차지했지만, 피에르는 여전히 글렌의 제의를 그 점에서 신부 개인과는 관계가 없는 것으로, 그러므로 사랑에 빠진 피에르의 손을 요구할 그녀의 권리를 증명할, 어떤 젊은 여자에게나 동등한 관계가 있는 것으로 간주할 것이다.

이러한 문제들에서는 판단의 보편적인 법칙이 없으므로, 글렌은 보편적인 세속적 이유에서 실제 글렌디닝 부인을 아마도 그의 눈으로 보았을 무수한 다른 젊은 여자들만큼 피에르에게 전적으로 적합한 배우자로 생각하지 않을지도 모른다. 그럼에도 글렌은 그녀가 그의 사촌다운 모든 배려와 관심에 언제든지 진정으로 보답하려는 것을 알게 될 것이다. 결론적으로 피에르는 자신과 자신의 일행이 심사숙고 끝에 즉각 떠나기로 했고, 아마도 이 편지를 부친 후에 48시간이 지나면 시내에 도착하게 될 것이라고 말했다. 그러므로 그는 글렌에게 자기들의 도착에 대비하여 그 집의 보다 더 필수적인 가정용품들을 약간 정돈해두고 방들을 환기시키고 불을 밝혀놓고 또한 그 심복 서기에게 그가 머지않아 예상할 수 있는 것을 미리 통고해줄 것을 부탁했다. 그러고는 '친애하는 사촌 글렌, 그대의 진실하고 충실한 벗 드림'이라는 편지를 끝맺는 결구도 없이, '피에르'라는 퉁명스러운 외떨어진 서명으로 편지를 끝냈다.

16부
도시의 첫날밤

I

마차가 연착했다.

그들이 달려온 시골길은 굉장히 넓고 구부러진 가로를 따라 시내로 이어졌다. 일반 서민들이 이용하는 도로였다. 달도 없고 별도 거의 없었다. 상점들이 막 문을 닫고 있는 밤의 서막 같은 시간이었고, 창문들을 통해 비치는 한결같지 않은 불빛을 통과할 때 보이는 거의 모든 행인의 모습은 외출이 아니라 귀갓길을 서두르고 있음을 말해주었다. 도로가 구부러졌지만 길고 당당한 조망을 크게 방해할 정도로 굽은 길은 아니었다. 그래서 마차가 도심지의 어둠에 싸인 심장부를 향해 달리는 매우 점진적으로 높아지는 긴 비탈의 정점에 이르러, 두 줄로 나란히 길게 도열한 가로등들—전반적인 어둠을 밝히려고 의도된 것이라기보다는, 약간 어스레한 길이 그 너머 한층 더 깊은 어둠 속으로 이어져 있는 것을 보여주려는 것처럼 보이는 가로등들―의 반짝거리는 원경이 드러났을 때, 마차가 이 결정적 지점에 이르자 광대한 삼각형의 도심지 전체가 잠시 동안 어스레하고 의기소침하게 시야에 들어오는 것 같았다.

그리고 지금 완만하게 경사진 내리받이 길을 내려가기 전에, 말하자면 바로 그 정상에서 마차의 승객들은 딱딱하고 고통스러운 무수한 덜컹거림과 묵직하고 질질 끄는 바퀴 굴러가는 소리로 인해 갑자기 도로의 형태상에 생긴 큰 변화를 깨닫게 된다. 마차가 갖가지 크기의 포탄들 위를 굴러가는 것 같았다. 이사벨은 피에르의 팔을 꽉 잡고, 이 대단히 이상하고 불쾌한 변화는 무엇 때문이냐고 간절하고 불안하게 물었다.

"도로의 포석 때문이에요, 이사벨. 이제 도심지예요."

이사벨은 침묵했다.

그러나 몇 주 만에 처음으로 델리가 자발적으로 말했다.

"푸른 잔디 뗏장만큼 부드러운 느낌은 아니네요, 피에르 도련님."

"그렇소, 얼버 양." 피에르가 몹시 씁쓸하게 말했다. "몇몇 죽은 시민들의 매장된 심장이 도로 위로 올라왔을지도 몰라."

"네?" 델리가 말했다.

"그러면 이곳 사람들은 그렇게 딱딱한 심장을 가지고 있어요?" 이사벨이 물었다.

"저 도로에 물어봐요, 이사벨. 혹여 가난 속에 눈처럼 하얀 순수함이 있다면, 12월의 이 도로 위에서 우유 배달부의 수레가 떨어트린 우유가 얼어붙는 것보다 더 빨리 얼어버릴 테니까요."

"그렇다면 하느님이 저의 가혹한 운명을 보살펴주시길 빕니다, 피에르 도련님." 델리가 흐느끼면서 말했다. "왜 저처럼 가엾은 버림받은 여자를 이곳으로 끌고 왔나요?"

"용서해요, 얼버 양." 피에르가 갑자기 따뜻하면서도 현격히 정중한 태도로, 큰 소리로 말했다. "용서해요. 지금까지 밤에 도시에 들어가본 적은 없지만, 어쩐지 그게 나를 씁쓸하고 슬프게 만드는군요. 자, 기운을 내요. 우린 곧 편안히 집을 정하고 모든 안락을 누리게 될 거예요. 내가 말한 그 나이 먹은 서기는 지금 틀림없이 나뭇못에 걸린 자신의 중절모를 애처롭게 응시하고 있을 거예요, 이사벨. 오랜 시간 마차를 타고 왔지만, 드디어, 다 왔어요. 자! 이제 우리를 환영해줄 곳까지 얼마 안 남았어요."

"이상하게 끽끽대는 소리와 덜거덕거리는 소리가 들려요." 델리가 몸서리치면서 말했다.

"조금 전만큼 밝은 것 같지 않아요." 이사벨이 말했다.

"그래요." 피에르가 대답했다. "그건 상점들이 셔터를 내리고 창문과 문에 자물쇠를 채우고 걸쇠를 걸고 빗장을 지르는 소리예요. 상가 사람들이 자기들의 휴식처로 돌아가고 있어요."

"하느님, 그들이 안식을 찾게 하소서!" 델리가 한숨지었다.

"그러면 사람들은 쉴 때 자물쇠를 채우고 빗장을 지르는군요, 그렇죠, 피에르?" 이사벨이 말했다.

"그래요. 그리고 당신은 그것이 내가 말한 환영에 대해 좋은 징조가 아니라고 생각하고 있고요."

"당신은 내 영혼을 모두 읽는군요. 그래요, 그걸 생각하고 있었어요. 하지만 우리가 때때로 지나는 이 길고 좁고 음침한 어두운 옆 골목들은 어디로 통하나요? 그것들은 뭐예요? 무시무시하게 고요한 것 같아요. 거의 아무도 보이지가 않아요. 지금, 저기 또 있네요. 그곳의 멀리 떨어진, 십자형의 가로등들이 참 무서워 보여요. 이 어두운 옆 골목들은 무엇인가요, 피에르, 그것들은 어디로 이어지나요?"

"그 골목들은, 이사벨, 우리가 있는 오로노코 대로로 연결되는 큰 강의 지류들 같은 좁은 골목들이에요. 진짜 지류들처럼 그 골목들은 불명료한 먼 곳들로부터, 회반죽과 돌로 된 불쑥 나온 어두운 은밀한 곳들에서, 흉악한 긴 습지의 잡초들을 통과하고 비참한 사람들이 달라붙어 사는, 많은 이주민들이 사는 빈민굴을 지나와요."

"나는 그런 것들을 아무것도 몰라요, 피에르. 하지만 난 도시가 싫어요. 피에르, 모든 대지가 포장될 날이 언젠가 올 거라고 생각해요?"

"다행스럽게도, 그럴 리는 없어요!"

"이 조용한 어두운 옆 골목들은 소름 끼쳐요. 봐요! 절대로 나는 여기에 들어가지 못할 것 같아요."

그 순간 가까이 있는 앞바퀴가 마차의 차체 밑에서 날카롭게 삐걱거렸다.

"힘내요!" 피에르가 소리쳤다. "우리는 시내에 들어왔어요! 그렇게 인적이 없는 것도 아냐, 여기 길가는 사람이 있군요."

"들어보세요, 저게 무슨 소리예요?" 델리가 말했다. "저 쇠가 울리는 날카로운 소리 말예요. 방금 우리를 지나쳤어요."

"날카로운 소리를 내는 나그네." 피에르가 말했다. "부츠 뒤축에 판금을 달고 있군요. 감수성이 강한 젊은이일 거요."

"피에르." 이사벨이 말했다. "이 정적은 부자연스럽고, 두려워요. 숲은 결코 이렇게 조용하지 않아요."

"벽돌과 회반죽이 목재나 모피보다 더 깊은 비밀들을 가지고 있기 때문이에요, 이사벨. 그러나 여기서 우린 다시 돌고, 이제 내 짐작이 옳다면, 두 번만 더 돌면 문 앞에 도착할 겁니다. 힘내요, 다 잘될 거요. 틀림없이 그는 멋진 저녁 식사를 준비해놓았을 거요. 힘내요, 이사벨. 글쎄, 차를 내올까 커피를 내올까? 식빵일까, 바삭바삭한 구운 빵일까? 우린 계란도 먹게 될 거고, 차게 식힌 닭고기도 있을지 몰라요." 그러고 나서 혼잣말을 했다. "역시, 그건 바라지 않아, 찬 음식 절대 사절! 여기 이 포석들에 굶주리는 걸인들이 먹도록 내놓은 찬 음식이 너무 많아. 아냐. 찬 닭고기는 먹지 않겠어." 그러고는 큰 소리로 말했다. "하지만 여기서 한 번 더 돌아요. 그래요, 내가 생각했던 꼭 그대로요. 여봐요, 마부!"(창밖으로 고개를 내밀면서) "오른쪽으로! 오른쪽으로! 오른쪽이어야 해요! 오른쪽에 등불이 켜진 첫 번째 집이오!"

"등불은 없고 가로등뿐이외다." 마부가 퉁명스러운 목소리로 대꾸했다.

"멍청이! 지나쳤잖소. 그래, 그래. 지나쳤다고! 이봐요! 이봐! 멈추시오. 돌아가요. 등불이 켜진 창문을 지나가지 않았소?"

"등불은 없고 가로등뿐이라니까요." 마부가 거칠게 대답했다. "몇 번지요? 몇 번지? 밤새 여기서 이리저리 찾아 헤매게 하지 마시오! 번지수를 말해요!"

"그건 모르오." 피에르가 대꾸했다. "하지만 그 집은 잘 알아요. 거듭 말하는데 당신이 그 집을 지나친 게 틀림없소. 마차를 돌려야 해. 불 켜진 창문을 지나쳐버렸잖소?"

"불이 켜져 있다면 그 등불들은 검게 타는 모양이군. 길가에 불 켜진 창문은 없었어요. 나는 시내를 잘 알아요. 노처녀들이 여기 사는데 모두 잠들었고, 나머지는 공공 수용 시설들이오."

"마차를 세울 거요, 말 거요?" 피에르는 마부가 퉁명스러운 태도로 계속 마차를 몰고 가는 것에 격노하여 소리쳤다.

"명령에 따릅지요. 등불이 켜진 첫 번째 집이라. 그런데 내 판단으로는—물론 내가 태어나서 평생 자라난 도시에 대해 모르는 게 없지만—아냐, 그것에 대해서는 아무것도 모르지. 내 판단으로는 여기 이 도로에서 첫 번째 불빛은 이 지구의 초소일 거요. 그래, 저기 있군. 잘됐어! 값싼 하숙집을 예약했구먼. 무료에다 식사도 포함이니."

어떤 기질의 사람들에게는, 특히 무엇이든 절실한 감정으로 흥분했을 때, 짐꾼이나 마부나 삯마차꾼의 거칠고 조롱이 깔린 무례함보다 더 화나고 더 빨리 모든 자제력을 잃게 만드는 것은 아마도 없을 것이다. 그들 대부분이 최악의 도시의 악명 높은 배달부이며 심부름꾼들이지만, 직업상으로 버려진 황폐한 소굴들을 잘 알고 있고, 곤궁한 가운데 모든 범죄 거래에서 가장 돈을 목적으로 일하는 사람으로서 마차를 본다. 대낮엔 나른한 마부석에서 낮잠이나 자는 게으름뱅이들이고, 어둠 속에서는 음흉하게 깨어 고양이 눈을 하고 있으며, 몰래 움직이는 강도들, 바람둥이들과 탕자들이나 걷는 심야의 거리들에 가장 익숙하고, 흔히 가장 혐오스러운 소굴들과 실제로 영합하고 결탁하곤 한다. 그래서 한편으로 그들은 어둠 속에서 자기네가 만나는 모든 고객이 난봉꾼이나 악한으로 변하지 않을까 하여 염려하고 의심쩍게 여긴다. 도깨비 같고, 타락과 죽음의 강으로 건네다주는 뱃사공 카론 같은 이 끔찍한 족속은 가장 실용적으로 칼뱅주의적인 인간관에 친성적으로 빠지고, 근본적으로 모든 사람을 가장 거친 상스러운 말과 희롱의 적절한 주제로 생각한다. 오직 값비싼 외투와 불룩한 주머니만이 이런 지저분한 사냥개들을 채찍질하여 고분고분하게 만들 수 있다. 초라한 외투를 입었거나 다른 어떤 가난의 흔적이 드러나는 고객이 내보이는 아주 작은 조바심이나 급한 성미나 날카로운 질책성 발언은, 아무리 사소하고 간접적이라 할지라도(왜냐하면 바로 그 금전상의 내용에서 그들은 인간을 판단하는 모든 사람들 중에서 가장 날카롭고 절대 오류가 없는 자들이기 때문이다), 이런 경우에 가장 참을 수 없는 그들의 거드름을 거의 확실하게 자극할 것이다.

어쩌면 이와 같은 관념의 일부가 그 삯마차꾼에게 무의식적으로 전이되어, 그것이 지금 몹시 흥분한 피에르를 자극하여, 더 유순한 시간에는 그의 더 우수한 이성이 그로 하여금 자제하게 했을 행동을 저지르게 했을 것이다.

그는 마부가 언급한 불빛을 보지 못했고, 돌연한 분노에 휩싸여 마차가 지금 그것에 접근하면서 속도를 더 늦추고 있는 것에 무관심했다. 이사벨이 그를 막기도 전에 그는 마차 문을 왈칵 열고 도로로 뛰어내리며 말들 앞으로 튀어 나가, 난폭하게 선두 말들의 고삐를 당겨 멈추게 했다. 마부가 사두마차의 채찍을 움켜쥐고 욕설을 퍼부으며, 그 긴, 사리를 튼 채찍을 피에르를 향해 막 휘두르려던 찰나 한 경관이 그의 팔을 제지했다. 경관은 별안간 정지된 마차에 뛰어올라 마부에게 질서를 지키라고 명령했다.

"말하시오! 여기서 무슨 말썽이오? 조용히 하세요, 숙녀분들, 심각한 일은 일어나지 않았어요. 자네 말해봐!"

"피에르! 피에르!" 놀란 이사벨이 소리쳤다. 즉시 피에르는 그녀가 앉은 쪽 마차의 창가로 간 다음, 경관에게 돌아서서 그가 세우라고 지시한 집을 마부가 끝까지 우기고 지나갔다는 것을 설명했다.

"그러면 귀하의 말씀대로 마부에게 마차의 방향을 돌리게 하지요. 두 배로 신속하게, 자네 들었나? 난 자네 같은 악당들을 아주 잘 알고 있어. 마차를 돌려 신사분께서 지시하는 곳으로 모시고 가게."

겁먹은 마부가 긴 고발성 설명을 시작하고 있을 때, 경관은 피에르를 뒤돌아보면서 그에게 다시 마차에 오를 것을 조용히 권유하고, 무사히 목적지까지 바래다주겠다며 몸소 마부 옆에 자리 잡고 앉아 마부에게 신사분이 알려준 번지를 말하라고 명령했다.

"저분이 번지를 몰라요. 모른다고 제가 말하지 않았습니까? 그게 저를 돌게 만든 거예요."

"조용히 해." 경관이 말하고는 마차 안에 있는 피에르에게 말을 걸었다. "선생, 어디로 가길 원하십니까?"

"번지는 모르지만 이 도로변에 있는 집이고, 우린 그 집을 지나쳤습니다. 내 생각엔, 우리가 마지막으로 돈 모퉁이에서 이쪽 편으로 네 번째 아니면 다섯 번째 집이오. 틀림없이 불도 켜져 있어요. 창문 위에 석조 사자머리상이 달려 있는 작은 구식 주택인데, 마차를 돌려 천천히 움직이게 하면 곧 그 집을 알려드리겠소."

"어둠 속에 사자들이 보일 리가 있나." 마부가 으르렁거렸다. "사자들이라니, 하! 하! 수탕나귀라면 또 모르지!"

"자네 조심하게." 경관이 말했다. "자네 그 재잘거림을 멈추지 않으면, 오늘 밤 단단히 경을 치게 될 거야." 그가 피에르와 대화를 다시 시작하면서 덧붙였다. "확실히 여기에 약간의 착오가 있는 것 같군요. 귀하가 말하는 집을 이제 완벽하게 잘 알겠습니다. 마침 그곳을 지난 지 반시간이 넘지 않았는데, 그곳은 언제나처럼 모든 것이 조용했습니다. 제 생각으로는 그곳엔 아무도 살지 않습니다. 그 안에서 불빛을 본 적이 없거든요. 귀하가 혹시 뭔가 잘못 생각하고 있지 않습니까?"

피에르가 당혹감과 불길한 예감에 휩싸인 채 잠시 생각했다. 글렌이 고의로 그의 편지를 완전히 무시했을까? 그럴 리가 없다. 하지만 그 편지가 그의 손에 도달하지 않았을지도 모르고, 우편물들은 때때로 연착한다. 또 한편, 외관상으로는 드러나지 않는다 할지라도, 그 집이 결국 그들을 위해 준비된 것이라 해도 전혀 불가능한 일은 아니었다. 하지만 확실하지는 않았다. 여하간 네 필의 말과 육중하게 움직이는 마차를 그 도로에서는 좁아서 돌릴 수 없고, 꼭 되돌아가야 한다면 그것은 오직 계속 더 가서 그 블록을 한 바퀴 돌아 온 길을 되돌아갈 때만 가능하다고 마부가 항변하고 있었기에, 피에르로서는 이런 절차를 거친 후 그 집에 대해 실망을 확인할 경우 마부가 한 무례한 짓이 적어도 일부나마 정당화될 듯했다. 또한 그 악한한테 몹시 진저리가 났기 때문에 그는 이런 위험들을 무릅쓰지 않으려고 즉석에서 갑작스러운 결정을 내렸다.

"대단히 감사합니다, 친절하신 경관님." 그가 경관에게 말했다. "제때에 도와주셨군요. 솔직히 말하면 방금 말씀하신 것 때문에 내가 세워달라고 했던 장소에 대해 적잖이 혼란에 빠져 있습니다. 내가 내 친구를 찾는 동안 이 숙녀들이 있을 만한 호텔이 이 근방에 없습니까?"

모든 종류의 기만술에 익숙하고, 아무리 그럴듯하고 아무리 정직한 모습을 하고 있다 할지라도 불가피하게 겉모습만 보고 사람을 믿지 않는 직업에 종사하는지라, 실제로 선량한 마음씨를 가진 그 경관은 이제 피에르를 대단히 불쾌하게 뚫어져라 관찰하며 미심쩍어하는 기색을 내비쳤다. 그러고는 대답하면서 '귀하'라는 호칭도 뺐고, 목소리의 어조도 현저하게 변했다. "이 인근에는 호텔이 없소. 그건 한길에서 아주 멀리 떨어진 곳에 있소."

"아니! 이봐요!" 마부가 이제 다시 대담해져서 소리쳤다. "아무리 당신이 경관이라고 해도, 나도 시민이오. 당신이 지금 나를 잠자리에 들지 못하게 할 권리는 더 이상 없소. 저 사람은 갈 데라곤 없기 때문에 자기가 어디로 가고 싶은지를 모르는 거라고. 그러니 그냥 저 사람을 여기에 내려놓을 거요. 나를 막지 마쇼."

"무례하게 굴지 말게." 경관이 말했지만 전처럼 단호하진 못했다.

"그렇지만 나는 내 권리를 찾겠소, 정말로. 내 팔 놔요, 젠장, 마부석에서 내리라니까. 이제 나에게도 법이 있소. 이봐, 젊은 양반, 떠돌이 신세가 되었군. 자, 당신 짐이오." 그렇게 말하면서 마부는 마차 꼭대기에 실려 있는 가벼운 트렁크를 무리하게 끌어당겼다.

"말조심하게." 경관이 말했다. "그리고 그렇게 너무 서두르지 말게." 그러고는 이제 마차에서 다시 내린 피에르에게 말했다. "글쎄요, 이렇게 계속할 수는 없소. 어떻게 할 작정이오?"

"여하간 더 이상 저 사람과 함께 마차를 타고 갈 순 없습니다." 피에르가 말했다. "현재로서는 여기서 멈추겠습니다."

"히! 히!" 마부가 웃었다. "히! 히! 이제 남의 말을 아주 잘 듣는군. 자, 이제 우린 합의를 보았소. 정말 초소 바로 앞에서 멈추는군. 히! 히! 그거 참 우습구먼."

"마부, 그러면 그 짐을 내리게." 경관이 말했다. "그 작은 트 렁크를 이리 건네주고, 이제 저쪽으로 가서 거기 뒤에서 줄을 풀게."

이 모든 소동이 벌어지는 동안에 델리는 순진한 놀람 속에 떨면서 완전히 숨죽인 채 소리 없이 있었다. 한편 이사벨은 피 에르에게 이따금 큰 소리로 약간의 설명을 간청했으나 허사였 다. 하지만 도시 생활에 대한 완전한 무지 때문에 피에르의 두 동반자는 그 소동을 지금까지 지나치게 떨면서 주시해야 했다. 그럼에도 지금 밤의 어둠 속에서 그리고 낯선 도시 한복판에서, 피에르가 그들의 손을 잡고 마차에서 텅 빈 길거리로 내려주고, 그들의 짐이 초소의 백색광에 아주 가까이 쌓이는 것을 보았을 때, 바로 그 무지가 어느 정도 그들에게 그 영향을 역류시켰는 데, 왜냐하면 그들이 실제로 얼마나 비참한 역경 속에서 도시의 포장도로에 도달했는지를 거의 상상도 못 했기 때문이다.

마차가 육중하게 움직이며 저편 텅 빈 어둠 속으로 굴러가 는 동안, 피에르는 경관에게 말을 건넸다.

"솔직히 좀 이상한 사건이지만, 경관님, 이상한 사건들은 때 때로 생기는 법입니다."

"명문가에도 그런 일은 생기지요." 상대방이 약간 비꼬는 투로 대꾸했다.

지금 나는 이 사람과 언쟁을 해서는 안 된다고, 피에르는 그 경관의 말에서 가시를 느끼며 속으로 생각했다. 그러고는 이렇게 말했다. "당신의…… 사무실에 누군가 근무하는 사람이 있습니까?"

"아직은 아무도 없소. 이른 시간이니까."

"그러면, 미안하지만, 내가 이 숙녀들에게 더 나은 숙소를 서둘러 마련해줄 동안, 당분간 그곳에 이들을 머물게 해주겠습니까? 부디, 안내 좀 해주십시오."

그 사내는 잠시 주저하는 것 같았지만 마침내 마지못해 동의했다. 곧 그들은 백색광 밑을 지나, 칼자국이 난 나무 벤치들과 침대들이 사방 벽면을 따라서 가지런히 배치되어 있고, 한 귀퉁이 책상 앞에 난간이 설치된, 크고 간소하고 대단히 꺼림칙해 보이는 방으로 들어갔다. 그 장소에 상주하는 파수꾼은 중앙에 길게 매달린 이중의 박쥐 날개 모양의 가스등 불빛에 조용히 신문을 읽고 있었고, 비번인 경관 세 명이 벤치에서 졸고 있었다.

"별로 편하지 않은 시설이오." 경관이 조용히 말했다. "그리고 반드시 최선의 동료라고 할 순 없지만, 친절 봉사하려고 노력하죠. 앉으세요, 숙녀분들." 그러고는 정중하게 그들 쪽으로 작은 벤치를 끌어당겨주었다.

"안녕하세요, 여러분." 피에르가 저쪽 편에서 졸고 있는 세 사람에게 다가가서 그들의 어깨를 가볍게 두드리며 말했다. "저, 이것 보세요! 작은 청을 하나 들어주시겠습니까? 길에서 트렁크 몇 개를 들여오는 것을 도와주시겠습니까? 여러분이 수고해주신 것에 대해서는 보답하겠고, 또 대단히 감사히 여기겠습니다."

갑자기 잠에서 깨는 것에 익숙한 졸고 있던 세 사람은 즉시 눈을 뜨고 뚫어지게 쳐다보다가, 박쥐 날개 모양의 가스등 불빛과 처음의 경관을 통해 좀 더 상황을 파악하자 원하는 대로 신속하게 짐을 들여왔다.

피에르는 다급하게 이사벨 옆에 앉아, 아무리 불청객이라 할지라도 그녀가 이제 완전하게 안전한 장소에 있다는 것과, 그가 그 집에 달려가 사정이 어떤지 명확하게 확인하기 위해 최대한 서두르는 동안 경관들이 그녀를 잘 돌봐줄 거라는 것을 몇 마디 말로 이해시켰다. 그는 10분도 채 안 걸려 좋은 소식을 가지고 돌아오기를 희망했다. 처음의 경찰관에게 의도를 설명하고, 자신이 돌아올 때까지 여자들 곁을 떠나지 말 것을 신신당부한 후 즉시 거리로 달려 나갔다. 그는 신속히 그 집에 당도해 집을 확인했다. 그러나 모든 것이 다 쥐 죽은 듯이 조용하고 어두웠다. 벨을 울렸으나 아무 응답이 없었다. 그는 충분히 오랫동안 기다리며 집이 정말 비어 있는지, 아니면 그 늙은 서기가 깰 수 없거나 부재중인지를 확인했다. 여하튼 간에 그들의 도착에 대비해 어떤 준비도 되어 있지 않다는 것을 확인한 피에르는 몹시 실망하여 이 더없이 불쾌한 소식을 가지고 이사벨에게 돌아왔다.

그렇지만 어떤 조치든 신속히 취해야 했다. 그는 경관 중 한 사람에게 일행을 모두 흉하지 않은 숙소로 데려갈 수 있도록 삯마차를 구해달라고 사정했다. 하지만 그는 물론이고 그의 동료들 또한 자기네 순찰 구역에는 삯마차 정류장이 없고, 자기들은 어떠한 이유로든 순찰 구역을 벗어날 수 없다는 구실을 대며 그 부탁을 거절했다. 피에르는 다소 시간이 걸릴 수 있는 일로 결코 이사벨과 델리 곁을 떠나고 싶지 않았다. 하지만 아무런 방책이 없었고, 이제 시간이 몹시 촉박해져 있었다. 하는 수 없이 피에르는 이사벨에게 그의 의도를 전달하고, 전처럼 그 경관에게 특별히 보살펴달라고 간청하며 반드시 보답하겠다고 약속한 후 다시 달려 나갔다. 그는 도로를 이리저리 살피고 귀를 기울여보았지만 다가오는 어떤 마차 소리도 들리지 않았다. 그는 계속 뛰어갔고 첫 번째 모퉁이를 돌아 그 도시의 가장 크고 가장 중심에 있는 도로를 향해 급한 발길을 돌렸다. 아무튼 거기서 그는 자신이 원하는 것을 발견하게 될 것임을 확신했다. 중심가는 거리상으로 약간 떨어져 있었는데, 그가 거기에 도착하기 전에 빈 삯마차를 만나게 될 것이라는 희망이 없지 않았다. 그러나 그가 마주친 홀연히 나타난 몇 안 되는 마차는 모두 손님을 태우고 있었다. 그는 계속 가서 마침내 큰 거리에 이르렀다. 이런 광경에 평소 익숙하지 않았기에 피에르는 좁고 어둡고 죽음과 같은 샛길에서 벗어나는 순간, 자신이 아직도 가라앉지 않은 소음과 경쟁의 아우성 속에—그리고 낮에는 붐비고 북적거리다가 지금 이 늦은 시간에도 이따금 조명들로 눈부시게 빛나고, 빠르게 움직이는 무수한 마차들의 굉음과 행인들의 발소리가 메아리치는, 광대한 한길에서 펼쳐지는 모든 환락의 밤 생활 속에—갑자기 내팽개쳐진 것을 깨닫고 잠시 기겁하게 놀랐다.

II

"이봐요, 멋진 사람! 이봐요! 이봐! 젊은 양반! 오, 예쁜 사람, 엄청 급하시긴? 잠깐 쉬었다 가요, 지금, 귀여운 사람. 그렇게 해요. 친절한 양반."

피에르는 뒤돌아보았다. 그러자 약국 창문에서 번쩍이는 불길하고 흉한 교차광선 속에서 그의 눈에 야하게 차려입고 주홍색 뺨을 한 놀랄 만큼 아름답게 생긴 아가씨의 모습이, 교태를 부리는 것은 아주 자연스럽지만 쾌활한 척하는 것은 부자연스러운 인물의 모습이 들어왔다. 하지만 그녀의 전체 모습은 약국에서 비치는 푸르고 노란 광선의 조명을 받아 소름이 끼쳤다.

"서글프군!" 서둘러 앞으로 나가면서 피에르는 몸서리쳤다. "젊은이에 대한 도시의 첫 번째 환영이라니!"

삯마차들이 맞은편 연석을 따라서 정렬되어 있는 곳으로 막 건너가던 참에 그는 커다랗고 대단히 멋진 건물을 다소 서름서름하고 거만하게 가리키는 금박을 입힌 짧은 이름에 시선을 빼앗겼는데, 그 건물 2층은 환하게 밝혀져 있었다. 건물을 쳐다보다 그는 이 건물 안에 글렌의 아파트가 있다는 것을 확신했다.

돌연한 충동에 이끌려 그는 문을 향해 계단을 올라가 벨을 눌렀고, 대단히 예의 바른 흑인이 신속하게 응답했다.

문이 열리자 댄스 음악과 흥겹게 떠드는 소리가 멀리 안쪽에서 들렸다.

"스탠리 씨 계신가?"

"스탠리 씨? 네, 하지만 그분은 바쁘십니다."

"얼마나?"

"어딘가에 손님들하고 계십니다. 안주인 마님께서 세입자들한테 파티를 열어주고 계시거든요."

"그래? 스탠리 씨한테 미안하지만 내가 잠시 뵙고 싶어 한다고 전해주게, 잠시만."

"저는 감히 그분을 불러드리지 못합니다. 오늘 밤 누군가 찾아올지도 모른다는 말씀은 하셨습니다. 사람들이 매일 밤 스탠리 씨를 찾아오니까요. 하지만 파티 중이니 아무도 들여보내서는 안 된다고 하셨습니다."

어둡고 씁쓸한 의심이 이제 피에르의 마음을 쏜살같이 스쳐지나갔다. 걷잡을 수 없는 의심에 굴복하여 그는 지체 없이 그 진위 여부를 확인하기로 결심하고 흑인 하인에게 말했다.

"긴급한 용무라네. 나는 스탠리 씨를 만나야 해."

"죄송합니다만, 명령은 명령입니다. 저는 이곳에서 그분의 특별한 하인입니다. 매주 일요일 그분의 은그릇을 살펴보는 사람입니다. 저는 그분을 거역할 수 없어요. 문을 닫아도 되겠습니까, 선생님? 왜냐하면 사실은 제가 선생님을 들여보낼 수 없기 때문입니다."

"객실은 2층에 있지, 그렇지?" 피에르가 조용히 말했다.

"네." 흑인이 놀라 머뭇거리며 문을 붙잡고 말했다.

"저쪽에 계단이 있겠지?"

"네, 그쪽입니다만, 당신은 안 됩니다." 그리고 이제 의심이
많아진 흑인이 막 현관문을 그 앞에서 난폭하게 닫으려던 순
간, 피에르가 갑자기 그를 옆으로 확 밀어젖히고 긴 계단을 뛰
어 올라갔다. 그러자 어느새 눈부신 광휘와 멜로디가 거리에서
방금 등장한 사람을 곱절로 혼란시키며 별안간 터져 나오는,
열린 문 앞에 도착해 있었다. 잠시 어리둥절하고 완전히 미쳐
버린 듯한 느낌이 들었지만, 그는 즉시 큰 걸음으로 걸어 들어
가 모자를 깊숙이 눌러쓰고 뺨은 창백하고 온통 먼지투성이에
다 여행으로 더러워진 사나운 모습으로 놀란 손님들을 당황케
했다.

"스탠리! 스탠리 어디 있어!" 놀란 카드리유* 대형을 뚫고
전진하면서 그가 소리쳤다. 그러자 음악이 갑자기 잠잠해지며
모든 시선이 막연한 공포에 싸여 그에게 꽂혔다.

"스탠리 씨! 스탠리 씨!" 몇몇 날카로운 목소리들이 더 먼
쪽 객실의 더 먼 끝 쪽을 향해 소리쳤고, 첫 번째 객실은 그쪽
으로 넓게 통해 있었다. "여기 아주 기이한 친구가 당신을 찾고
있소, 이 사람은 도대체 누구요?"

---

*네 사람이 한 조가 되어 사방에서 서로 마주 보며 추는 프랑스 춤.

128

"그를 만나볼 생각이오." 이상하게 차갑고 신중하고 다소 길게 끄는 목소리면서도 대단히 맑은, 그리고 사실은 어쩌면 대단히 단호한 목소리가 대답했다. "그를 만나볼 생각이오. 옆으로 비켜서주세요, 여러분. 숙녀분들, 비키세요, 저쪽 모자 쓴 사람에게 길을 비켜주세요."

이렇게 권고를 받은 손님들이 정중히 시키는 대로 따르자, 팔목할 만하게 당당해 보이고 갈색 턱수염을 기른 청년의 키 크고 건장한 모습이, 앞으로 걸어가는 피에르에게 드러났다. 그는 이러한 행사의 격식에 비해서는 놀랄 만큼 검소하고 거의 점잔 빼는 옷차림을 하고 있었지만, 옷감이 굉장히 좋고 감탄스러울 정도로 그에게 어울려서, 복장의 검소함은 첫눈에 그렇게 두드러지지 않았다. 그는 긴 소파 위에 거의 비스듬한 자세로 태평하게 늘어져 기대 있었는데, 소파의 다른 쪽 끝을 차지한 자그마하지만 활기찬 갈색 머리 아가씨와 나누던 대단히 기분 좋은 담소에서 방금 저지당한 것처럼 보였다. 멋쟁이 기질과 남자다움, 힘과 유약함, 용기와 나태가 이 멋진 눈을 가진 청년에게서 너무나 이상하게 혼합된 탓에, 첫눈에 그에게 진정한 어떤 기개가 있는지 없는지를 가늠하기가 불가능한 것처럼 보였다. 두 사촌이 만난 지 몇 년의 세월이 지났는데, 그것은 특히 인간 개인의 전반적 모습에 상상할 수 있는 한 가장 큰 변화들을 생기게 하는 세월이었다. 그럼에도 눈은 좀처럼 변하지 않는다. 눈이 마주친 순간, 그들은 서로를 알아보았다. 하지만 두 사람 다 그것을 내색하지 않았다.

"글렌!" 피에르가 소리쳤고 그에게서 몇 걸음 떨어진 곳에 잠시 멈추었다.

그러나 그 멋진 눈의 청년은 오직 예의 비스듬한 자세로 소파에 더 깊숙이 눌러앉아 조끼 주머니에서 장식도 없고 리본도 달지 않은 작은 확대경을 천천히 꺼내, 그 상황임에도, 침착하면서 완전히 무례하지는 않게 피에르를 자세히 보았다. 그러더니 확대경을 놓고 가까이에 있는 신사들을 향해 천천히 몸을 돌리면서, 조금 전과 똑같은 기이한, 혼성(混聲)의 음악적인 목소리로 말했다.

"모르는 사람이에요. 완전한 착오로군. 왜 하인들은 저 사람을 끌어내지 않고, 음악은 왜 계속 연주되지 않지? 내가 말했듯이, 클라라 양, 당신이 루브르 박물관에서 본 조각상들은 피렌체와 로마의 것들과 함께 언급되어서는 안 돼요. 아, 그런데 저 과하게 칭찬받고 있는 걸작이 있군요. 루브르 박물관의 〈싸우는 검투사〉……."

"그래 〈싸우는 검투사〉다!" 피에르가 스파르타쿠스*처럼 글렌을 향해 달려들며 고함을 질렀다. 그러나 그의 야만적 충동은 그를 둘러싸고 있는 놀란 여성의 비명과 거친 몸짓 덕분에 억제되었다. 피에르가 잠시 멈추자, 몇몇 남자들이 그를 포박하려는 동작을 취했지만, 그는 사납게 그들을 뿌리치고 잠시 고립된 채 똑바로 서서, 여전히 소파에 등을 기대고 앉아 외관

---

*트라키아 출신의 노예 검투사로 로마에 대해 반란을 일으켰으나 패했다.

상으로는 태연하기 그지없는 사촌을 뚫어지게 바라보며 이렇게 말했다.

"글렌디닝 스탠리, 네가 나를 대하는 것보다 더한 혐오감으로 피에르는 너와 의절한다. 맹세코 나한테 칼이 있다면, 글렌, 당장 너를 찌르고 네 몸 안에 있는 글렌디닝 가문의 피를 모두 빼낸 다음 그 수치스러운 찌꺼기를 봉합할 것이다. 비열한 놈, 그리고 전체 인류의 치사한 오점 같으니!"

"이거 참 괴상한 일이군. 사기 행위에 광기가 겹친 보기 드문 경우야. 하지만 하인들은 어디 있지? 그 흑인 하인은 왜 안 와? 저자를 끌어내, 끌어내라고. 조심해, 조심해! 잠깐." 그가 주머니에 손을 넣더니 말했다. "자, 그걸 가져가. 그리고 저 불쌍한 친구를 어딘가로 쫓아내버려."

이런 장소에서 어떤 행위도 분노를 달랠 수 없어 속으로 삼키고, 피에르는 이제 돌아서서 계단을 뛰어 내려가 그 집에서 나왔다.

III

"마차요, 손님? 마차요, 손님? 마차요, 손님?"

"합승마차요, 손님? 합승마차요, 손님? 합승마차요, 손님?"

"이쪽이요, 손님! 이쪽이요, 손님! 이쪽이요, 손님!"

"그자는 악당이오! 그자는 안 돼요! 그자는 악당이오!"

피에르는 모두 손에 채찍을 든 한 무리의 경쟁하는 마부들에게 둘러싸였는데, 몇몇 마부들은 초라하고 버림받은 성자들처럼 두 개의 마차 등 사이에 높이 솟은 마부석에 앉은 채 그에게 열심히 손짓했다. 채찍 버팀대들이 그를 둘러싸고 밀집했고, 빠르게 휘둘러진 채찍들이 내는 몇몇 파열음이 귀에 날카롭게 울렸다. 눈부신 응접실에서 사람을 깔보는 글렌과 말다툼을 했던 자극적인 장면에서 방금 뛰쳐나온 피에르에게, 이렇게 돌연히 채찍 버팀대들과 채찍들로 거칠게 그가 둘러싸인 것은, 매질로 벌하는 악마들이 오레스테스*를 추격하는 것처럼 보였다. 그러나 그들로부터 벗어나 그는 가까이 있는 첫 번째 마차 문손잡이를 움켜잡고 마차 안으로 뛰어올라, 그 주인이 누구든 간에 마부석에 즉시 올라타 지시받은 방향으로 마차를 몰고 가라고 소리쳤다. 마차는 큰길을 따라 얼마간 나아가서야 잠시 멈췄고, 마부는 이제 어디로 어느 곳으로 가야 하느냐고 물었다.

"구역 초소로 갑시다." 피에르가 소리쳤다.

"하! 저런, 자수하려고?" 그 친구는 혼자서 이를 드러내고 싱긋 웃었다. "그래, 그것도 그런대로 정직한 거야, 여하간…… 이랴, 이놈들! 쉿! 와아! 와! 이랴!"

---

*그리스 신화에 나오는 아가멤논과 클리템네스트라의 아들로 부정한 어머니와 그녀의 정부인 아이기스토스를 죽여 아버지의 복수를 한다. 비극작가 아이스킬로스의 3부작 《오레스테이아》에서 오레스테스는 어머니를 죽인 죄로 복수의 여신들에게 추적을 당한다.

초소에 들어오면서 눈에 비친 광경과 소음 앞에서 피에르는 말할 수 없는 공포와 분노에 치받쳤다. 이전엔 버젓했고 활기 없던 장소가 이제 꼴사나운 모든 것들로 완전히 악취를 풍겼다. 비교적 짧았던 피에르의 부재중에, 무슨 상상할 수 없는 원인이나 계기가 이런 천한 무리를 데려왔는지 말로 표현할 수가 없었다. 형언할 수 없는 무질서 속에서, 미친 사람 같고, 병들어 보이고, 상상할 수 있는 한 최악으로 나풀거리고 천박하고 기괴하고 해진 옷을 걸친, 모든 인종의 남녀가 사방에서 날뛰고 고함지르고 욕설을 퍼붓고 있었다. 흑인 여자들의 찢어진 마드라스 목도리와 아시아계 아가씨들의 드러난 가슴에서 누더기로 늘어져 내린 붉은색 가운들이, 루주를 짙게 바른 백인 여자들의 찢어진 드레스와 창백하거나 구레나룻을 길렀거나 수척하거나 코밑수염을 기른 모든 국적의 남자들의 찢어진 외투와 가지각색의 조끼와 비어져 나온 셔츠들과 뒤섞여 있었다. 그들 중 몇몇은 잠자다가 쫓겨난 것 같았고, 몇몇은 광적이고 방종한 춤을 추던 중에 붙들린 것처럼 보였다. 사방에서 술취한 남녀들의 목소리가 이따금 죄악과 죽음의 방언인, 인간의 가장 더러운 은어와 섞여, 영어, 프랑스어, 스페인어, 포르투갈어로 들려왔다.

　많은 사람들과 목소리들로 떠들썩하고 혼란한 이 북새통 가운데서 뛰어다니며 몇몇 경찰관이 그 소란을 진정시키려고 애썼으나 허사였다. 한편 몇몇 경찰관은 더 막가는 자들에게 수갑을 채우느라 바빴고, 여기저기서 미친 듯한 남녀 철면피들은 경찰관들에게 노골적으로 싸움을 걸었다. 또 이미 수갑을 찬 몇몇 치들은 쇠고랑으로 합쳐진 두 팔로 경찰관들을 치려고 덤볐다. 그러는 사이에, 하느님의 햇빛 속에서는 되풀이해서 말할 수 없고, 도시의 무수한 점잖은 사람들에게는 그런 말들이 있다는 것 자체도 전혀 모르는 상상도 되지 않는 어구들, 음탕하고 혐오할 만한 말들이 그것들을 말하는 사람들에게는 숨 쉬듯 흔히 쓰는 말들이라는 것을 분명히 나타내는 어조로 큰 소리로 쏟아져 나왔다. 도둑들의 소굴과 모든 매음굴, 불치병 환자들의 병원과 악귀의 진료소와 지옥이 합동으로 출격하여, 어떤 언급할 수 없는 지하실의 불결한 분출구를 통해 지상으로 쏟아져 나온 것 같았다.

지금까지 쌓은 도시 경험이 불충분하고 대중없었던 탓에 피에르는 이 소름이 끼치는 광경의 뚜렷한 의미를 완전히 이해할 수 없었지만, 그럼에도 도시의 더욱 수치스러운 생활에 대한 소문을 통해 자기 앞에 있는 혐오스러운 사람들이 어디서 왔으며 누구인지를 상상할 수 있을 만큼은 충분히 알고 있었다. 하지만 그때 그의 의식은 피에르 자신도 견디기 힘든 광경을 목격해야 했거나 어쩌면 그 소동에 휘말려 그 메스꺼운 무리와 직접적인 접촉을 피할 수 없었을지도 모르는 이사벨과 델리에 대한 섬뜩한 생각으로 가득 차 있었다. 그는 사람들 속으로 돌진해 들어가 무작위의 주먹질과 욕설이 쏟아져 내려도 개의치 않고 미친 듯이 이사벨을 찾았다. 그러다가 곧 이사벨이 옷도 제대로 갖춰 입지 않은 채, 구레나룻을 기른 비틀거리는 작자가 미쳐 날뛰며 뻗친 두 팔을 떼어내느라 기를 쓰고 있는 모습을 발견했다. 완력으로 막강한 일격을 가해 그 철면피를 골로 보내고, 이사벨을 움켜잡고 가까이 있는 두 경관들에게 소리쳐서 문으로 갈 수 있는 길을 터달라고 했다. 그들은 그렇게 했다. 그리고 몇 분 만에 숨을 헐떡이는 이사벨은 안전하게 밖으로 나왔다. 그는 그녀 옆에 그대로 있고자 했지만, 그녀가 자기보다 더 나쁘고 무례한 짓을 당하고 있는 델리한테 가보라고 간청했다. 피에르는 이제 막 도착한 추가된 경찰관들 중 한 명에게 그녀를 맡기고, 다른 두 사람을 대동하고 초소에 다시 들어갔다. 그곳의 또 다른 구석에서, 그는 델리의 손이 풀린 눈을 하고 반은 피투성이인 두 여자에게 하나씩 붙잡혀 있는 것을 보았다. 그들은 악마처럼 찡그린 얼굴을 하고는 델리의 목까지 가린 드레스를 조롱하고 있었는데, 델리의 스카프는 진즉에 벗겨진 터였다. 델리는 피에르를 보자 고통과 기쁨이 뒤섞인 비명을 질렀고, 그는 곧 그녀를 데리고 이사벨에게 돌아가는 데 성공했다.

피에르가 마차를 잡으러 나가고 없는 동안, 그리고 이사벨과 델리가 조용히 그가 돌아오기를 기다리는 동안, 문이 갑자기 왈칵 열렸다. 그러더니 경찰 파견대가 한창 무도하게 흥청거리는 현장을 급습하여 연행한 악명 높은 매음굴의 잡다한 야간 점유자들을 몰아넣고 가두었다. 초소 내부를 처음 보는 데다 사면이 벽으로 둘린 텅 빈 공간에 그렇게 빠르게 함께 처넣어지자 갑자기 그 패거리는 광란에 차서 날뛰었다. 그로 인해 당장 다른 모든 고려할 사항들은 잊은 채 모든 경찰 병력은 실내에서 벌어진 난동을 진압하는 데 집중했다. 그 바람에 이사벨과 델리는 스스로 자신들을 보호하도록 방기되어 일시적으로 단단히 곤욕을 치렀다.

피에르가 위임한 귀중한 책무에 관한 개인적 언약을 이렇게 저버린 그 경관에게—지금 그를 찾을 수 있다 할지라도—분노를 표시할 때는 아니었다. 그리고 아직도 그 안 어딘가에 있을, 그의 짐에 대해 걱정할 때도 아니었다. 모든 것을 단념하고, 그는 놀라 어쩔 줄 모르고 반은 까무러친 여자들을 대기한 마차에 밀어 넣고, 처음 자신이 그 마차를 잡았던 정거장 방향으로 마차를 돌리라고 지시했다.

마차가 그들을 태우고 그 소동에서 충분히 멀리 떨어졌을 때, 피에르는 마차를 멈추게 하고 마부에게 그가 아는 가장 가까운 흉하지 않은 호텔이나 하숙집으로 데려가주길 바란다고 말했다. 그 친구는—지금까지 일어난 일을 심술궂게 즐거워하며—약간 모호하고 무례하게 쾌활한 대꾸를 했다. 하지만 앞서 있었던 역마차 마부와의 경솔한 다툼으로 조심스러워진 피에르는 이러한 무례를 못 본 척 넘기고, 억제되고 침착하고 단호한 태도로 지시를 반복했다.

그리하여 다소 우회해서 마차를 몰고 간 후에, 그들은 보기 흉하지 않은 골목길에서, 주랑 현관의 양쪽 옆에 서 있는 두 개의 높은 백색광이 환하게 밝히고 있는, 남부끄럽지 않은 큰 집 앞에 멈췄다. 피에르는 비교적 늦은 시간임에도 안에 있는 사람의 움직임이 느껴지자 반가웠다. 모자를 쓰지 않고 단정한 옷차림을 한 대단히 재치 있어 보이는 사내가 자루 달린 옷솔을 손에 들고 나타났다. 처음에는 다소 날카롭게 피에르를 뚫어지게 보았지만, 피에르가 밝은 곳으로 좀 더 나아가서 용모를 드러내자, 사내는 정중하지만 여전히 약간 당황한 태도를 취하면서 일행 전체를 인접한 응접실로 안내했는데, 그곳의 무질서하게 놓여 있는 의자들과 전반적으로 먼지가 쌓인 모양새가 하루 영업이 끝나고 이제는 하녀들의 아침 청소를 기다리고 있음을 보여주었다.

"짐은요, 손님?"

"다른 곳에 두었소." 피에르가 말했다. "내일 짐을 가지러 보낼 것이오."

"어!" 매우 재치 있어 보이는 사내가 자못 수상쩍어하며 소리쳤다. "그럼, 마차를 보낼까요?"

"잠깐." 그들이 마지막으로 어디서 왔는지를 사내가 알지 못하게 하는 것이 좋을 것 같다는 생각에 피에르가 말했다. "내가 직접 보내겠소, 고맙소."

그래서 그는 이것저것 재지 않고 골목길로 돌아가서 과다한 요금을 마부에게 주었고, 마부는 이러한 불법적 이득을 다시 회수당하는 일이 없도록 부리나케 마부석에 올라 전속력으로 마차를 몰고 가버렸다.

"사무실에 지금 잠깐 들러주시겠습니까, 손님?" 사내가 옷솔을 약간 흔들면서 말했다. "미안합니다만, 손님, 이쪽으로 오십시오."

피에르는 사내를 따라 안에 탁자가 있는, 희미하게 불을 밝혀놓은 거의 텅 빈 방으로 들어갔다. 탁자 뒤로 가서 사내는 무슨 주소록처럼 이름이 빼곡하게 적힌 커다란 숙박부 같은 책을 피에르 쪽으로 돌려놓고 미리 잉크에 적셔둔 펜을 내밀었다.

피에르는 사내의 태도 가운데 뭔가에 대해 속으로 화가 났지만, 이제 전반적인 요령을 이해했으므로 그 장부를 끌어당겨 이름들이 적혀 있는 칸 밑에 단호한 필체로 썼다.

"피에르 글렌디닝 부부와 얼버 양."

사내는 피에르가 기입한 것을 호기심에 차서 흘긋 보고는 말했다. "다른 쪽 칸도, 손님…… 어디서 왔는지."

"맞아." 피에르는 이렇게 말하고 "새들 메도우스"라고 썼다.

그 매우 재치 있어 보이는 사내는 장부를 다시 검토하고 나서, 한 번은 엄지손가락으로, 또 한 번은 합친 네 손가락으로, 포크처럼 면도한 턱을 천천히 어루만지면서 부드럽고 속삭이듯이 말했다. "국내의 어느 곳입니까, 손님?"

"그렇소, 국내요." 피에르가 화를 참으며 얼버무렸다. "이제 방을 둘 안내해주시오. 나와 아내가 쓸 방에는 연결된 방이 하나 딸려 있기를 원하오. 화장용 방이 있어야 하니까."

"화장용 방." 사내는 비꼬듯이 깊이 생각하는 목소리로 되풀이하여 말했다. "화장용 방…… 흠! 그럼, 짐은 화장용 방에 넣겠지요. 아, 깜빡했군요. 짐은 아직 오지 않았지…… 아, 그래, 그래, 그래…… 짐은 내일 올 거야…… 오, 그래, 그래······ 확실히······ 내일······ 물론이지. 그런데, 손님, 저는 조금이라도 무례해 보이는 것이 싫고, 틀림없이 손님은 저를 그렇게 생각하지 않으시겠지만, 그러나······."

"글쎄." 피에르가 다음에 이어질 무례한 행위에 대비해 모든 자제력을 발휘하면서 말했다.

"낯선 분들이 짐도 없이 저희 집에 오면, 저희는 미리 정산해 줄 것을 요구해야 한다고 생각합니다, 손님. 그뿐입니다, 손님."

"나는 여하간, 오늘 밤과 내일 하루 종일 여기에 머물 거요." 피에르는 이쯤에서 그친 것을 고맙게 여기며 대꾸했다. 그러고는 "얼마입니까?" 하고 물으며 지갑을 꺼냈다.

사내는 눈으로 지갑을 예의 주시했고, 그것과 그것을 쥐고 있는 얼굴을 번갈아 보았다. 그러고 나서 잠시 약간 주저하는 것 같더니 밝아진 표정으로 갑자기 상냥하게 말했다. "괜찮습니다, 손님, 괜찮습니다. 악한들이 때때로 신사인 척하지만, 진짜 신사들은 자격증 없이 외출하지 않지요. 그분들의 자격증은 그분들의 친구들이고, 그분들의 유일한 친구들은 그분들의 달러이고, 손님은 지갑 가득히 친구들을 가지고 있습니다. 손님 마음에 꼭 드는 방들이 있을 겁니다. 숙녀분들을 데려오시면 즉시 방으로 안내해드리겠습니다." 아주 재치 있어 보이는 그 사내는 그렇게 말하며 옷솔을 내려놓고 등을 하나 밝히고, 불을 밝히지 않은 등 두 개를 다른 손에 들고 어둑어둑한 복도를 따라 길을 인도했다. 피에르는 이사벨과 델리와 함께 그를 뒤따라갔다.

17부

미국 문학의
태동기

I

역사를 서술하는 여러 가지 상반된 방법들을 살펴보면 두 개의 큰 실제적 분류가 있고, 그 밑에 나머지 모두가 종속적으로 정렬하는 것처럼 보인다. 그중 한 방법에 따르면 모든 동시대의 상황, 사실, 사건은 동시대적으로 기록되어야 한다. 다른 한 가지 방법에 따르면 그것들은 서술의 일반적인 흐름이 구술하는 대로 기록되어야 하는데, 왜냐하면 시간적으로 비슷한 사건들이 애초에 서로 별로 관계가 없을지도 모르기 때문이다. 나는 이것들 중 어느 것도 택하지 않으며 그 어느 것에도 관심이 없고, 둘 다 그 나름으로 충분히 만족스러운데, 나는 정확히 내가 쓰고 싶은 대로 쓴다.

앞서 어디에선가 대충 넌지시 알린 적이 있지만, 피에르는 여러 시인들과 다른 훌륭한 작가들의 독자일 뿐만 아니라, 게다가―이것은 그들과 매우 다른 점인데―그들에 대해 마음에서 우러나는 정서적 동조자였다. 다시 말하면, 피에르 자신이 시인의 천성을 지녔고, 잠재적이고 유동적이긴 하지만, 본래 그가 그토록 예찬하는 풍부한 상상력을 지니고 있었다. 아직까지 그의 어리고 미숙한 영혼이 '놀라운 농아들'에 끌려 '말없는 진리'의 거대한 복도를 통과하여 '시적인 동방박사들'이 영문 모를 장려한 소리로 우주의 처음과 끝을 논하는, 충만하고 은밀하고 영원히 신성한 산헤드린*으로 안내된 것은 아니었다. 하지만 이류와 삼류 시인들의 아름다운 상상의 세계에서 그는 자유롭고 포괄적으로 주유했다.

그러나 아직도 알려줄 말이 남아 있다. 그것은 피에르가 그때그때 많은 작품을 썼는데, 그 작품들은 아주 가까운 친구들의 커다란 칭찬과 찬사뿐만 아니라 늘 지성적이고 지극히 날카로운 심미안을 지닌 일반인의 편견 없는 칭찬을 이끌어내곤 했다는 것이다. 간단히 말해 피에르는 많은 다른 청소년들이 했듯이 자주 작품 발표를 했는데, 그것은 남의 눈을 끄는 한 권의 책이라는 형식으로써가 아니라 잡지와 다른 고상한 정기간행물에 이따금 기고하는, 보다 겸손하고 더 적절한 방법을 통해서였다. 그의 멋지고 의기양양한 문단 데뷔는 〈열대의 여름〉이라는, 사랑을 주제로 쓴 유쾌한 14행시로 이루어졌다. 일반인들이 시로 된 것이든 산문으로 된 것이든, 사색과 환상에 대한 그의 주옥같은 소품들을 절찬했을 뿐만 아니라, 대단히 거만한

*고대 이스라엘의 의회 겸 법원.

캠벨*파의 모든 편집자들이 그 자리에서 한 번 보고 즉시 그에게 당연히 주어져야 하는 것으로 인식한 관대한 추천을 해주었다. 그들은 그의 놀라운 언어 구사력을 높이 칭찬했고, 음조가 좋은 문장 구조에 놀라움을 감추지 못했으며, 전반적인 문체의 충만한 균형미에 경의를 표했다. 하지만 피에르가 지닌 심오한 장점에 대한 이처럼 깊은 통찰을 넘어서서, 그들은 무한히 그 이상으로 내다보았고, 표현된 감정과 상상의 아주 적절한 평이함과 품위에 대한 절대적인 찬탄을 완전히 억누를 수 없음을 고백했다. "이 작가는." 한 사람은 터져 나오는 격렬한 감탄을 주체하지 못하고 말했다. "시종일관 '완벽한 미의식'이 특징이다." 또 한 사람은, 새로운 것은 무엇이든지 허위라고 주장하는 골드스미스 박사**의 저 지혜롭고 감정이 억제된 격언을 지지 인용한 후에, 계속해서 그것을 그의 앞에 놓인 훌륭한 작품들에 적용하며 다음과 같이 결론지었다. "그는 조용한 신사를 응접실에서 문학 총회로 옮겨놓았다. 놀라게 하는 것은 무엇이나 저속하고 새로운 것은 무엇이나 생경하다는 것을 확신하므로, 그는 결코 자신이 남을 놀라게 하는 것을 허용치 않고, 세련되지 않거나 새로운 어떤 것에도 절대 현혹당하지 않는다. 그렇다. 천박함과 박력이라는 두 가지 분리할 수 없는 부속물들이 그에게서 똑같이 제거된 것은 감탄할 만한 젊은 작가의 영광이다."

*영국의 시인 토머스 캠벨. 1820년에서 1830년까지 《뉴 먼슬리 매거진》을 편집했고, 1831년에서 1832년까지 《메트로폴리탄 매거진》을 편집했다.
**아일랜드의 시인, 소설가, 극작가, 수필가, 내과의사, 여행가.

또 한 사람은 "이 작가는 의심할 나위 없이 아주 훌륭한 청년이다"라는 대담하고 놀라운 짧은 말로 길고 아름답게 쓴 논평을 끝맺었다.

그리고 여러 가지 도덕적 그리고 종교적 정기 간행물 편집자들은 더 엄격한 평가의 표시와, 더 신중하기 때문에 남들이 더 부러워하는 칭찬을 꼭 해주었다. 저명한 성직자이며 언어학자로 이런 종류의 주간 간행물을 운영하는 한 인사는 인생의 대부분을 그 연구에 바친, 고대 그리스어, 히브리어, 칼데아어에 놀랄 만큼 숙달한 덕에 특히 영어로 쓰인 세련된 작품에 대한 정확한 평가를 내릴 수 있는 자격을 갖추었는데, 그는 주저하지 않고 이렇게 자신의 의견을 말했다. "그는 도덕적으로 비난할 점이 없고, 완전히 순진하다." 또 한 사람은 망설이지 않고 집안사람들에게 그의 시와 산문을 추천했다. 또 한 사람은 이 작가의 주된 목적과 의도는 복음주의적 신앙심이라고 기탄없이 말했다.

피에르보다 천성적으로 강하지 못한 심성을 가진 사람은, 전혀 다른 취향의 제국을 세워 아마도 편집인들을 추방할지도 모르는 지복천년*이 다가오는 것과 같은 아주 있음 직하지 않은 사건이 없다면, 편집인들이 표명한 원초적 판단이 철회될 수 없다는 것에는 의문의 여지가 있을 수 없으므로, 이와 같은 찬사로 인해 허둥지둥 큰 자기만족에 빠졌을 만했다. 이러

---

*그리스도가 재림하여 지상을 통치한다는 천년간.

한 찬양의 글이 전반적으로 갖는 실질적인 모호함과, 본질적으로 그것은 모두 어쩐지 신중하게 결론을 내리지 않는 부류의 글이라는 점을 고려하고, 또한 그것들은 그저 찬양의 글, 즉 그것에 관한 어떠한 분석도 결여된 찬양의 글일 뿐이라는 관점에서, 문사 그룹에 속하는 한 선배가 우리의 주인공에게 "피에르, 이것은 대단히 높은 칭찬이라는 것을 인정하네. 그리고 자네는 그런 칭찬을 받기엔 의외로 젊은 작가야. 하지만 아직까지 나에겐 어떠한 비평도 보이지 않아" 하고 대담하게 말했던 것도 사실이다.

"비평?" 피에르가 놀라서 소리쳤다. "아니, 선배, 그게 전부 비평 아닌가요! 나는 비평가들의 우상입니다!"

"아!" 그 말이 결국 조금도 틀림없다는 것이 갑자기 생각난 것처럼 그 선배가 한숨지으며 말했다. "아!" 그리고 거슬리지도 않는, 이도 저도 아닌 모양새로 여송연을 계속 피웠다.

그럼에도 편집자들 덕분에 피에르를 위한 대중의 문학적 열정은 마침내 대단히 뜨거워져서, 최근에 천한 양복점 경영을 포기하고 더 명예로운 출판인의 직업에 뛰어든 두 젊은이가(아마도 재단사의 작업대 위에 놓인 아마와 면직물 조각들을 제지 공장의 기계 장치로 가공하는 공정을 거친 다음에 책으로 만들려는 경제적 목적을 가지고), 더없이 우아한, 가장자리가 가리비 모양을 한 종이 위에, 가능한 한 가장 깔끔하고, 섬세한 바느질 솜씨가 묻어나는 필체로 다음과 같은 특유의 용어로 표현된 편지를 그에게 보냈는데, 그 편지의 전반적인 문체는—제조업자

덕분에—그들의 아마와 면직물 조각들은 아주 완전하게 종이로 변화했을지 모르지만, 그 재단사 자신들은 아직 완전히 변형 가공되는 공정에서 벗어나지 못했다는 것을 충분히 드러냈다.

피에르 글렌디닝 님께
　존경하는 선생님,
　　귀하의 제품의 섬세한 재단, 적절한 맞음새는 저희의 마음을 경탄케 합니다. 직물은 아주 좋습니다. 가장 정교한 천재의 양복지입니다. 저희는 막 사업을 시작했습니다. 귀하의 바지들은—작품들 말입니다—아직 수집하지 못했습니다. 그 작품들은 장서 형식으로 출판되어야 합니다. 재단사들이—사서들 말입니다—그것을 요구합니다. 귀하의 명성은 지금 가장 곱게 보풀이 인 상태에 있습니다. 지금—광택이 없어지기 전에—지금이 장서 형식으로 책을 낼 시기입니다. 저희는 최근에 새 미가죽, 즉 러시아 가죽의 송장(送狀)을 받았습니다. 장서 형식은 내구성 있는 형식이어야 합니다. 원하신다면, 그 천의 견본을—표본 페이지의 조판 말인데—가죽 견본과 함께 송달하겠습니다. 장서 형식으로 귀하의 놀라운 작품들을 편집하는 특전에 대한 대가로 이익의 10분의 1을 (더 적은 할인율로) 기꺼이 드리겠습니다. 그리고 귀하께서는 발행일에 여자 재봉사들, 즉 인쇄공과 재본공의 청구서를 현금으로 결재하셔야 합니다. 귀하께서 편하신 대로 조속한 시일 내에 답장을 주시면 대단히 고맙겠습니다.

귀하의 가장 순종적인 하인들,
'원더 그리고 웬' 올림

추신. 저희는 귀하를 위해 가능한 한 모든 일을 하려는 진지한 의도에서 동봉한 판(版), 즉 인쇄지를 동종 업계의 어떤 회사에나 정중히 제시합니다.

주의. 목록이 귀하의 저명한 양복장을—작품들 말입니다—모두 포함하지 못하면, 저희는 그것을 몹시 애석하게 여길 것입니다. 모든 서랍들, 즉 잡지들을 샅샅이 뒤졌습니다.

외투, 즉 글렌디닝의 작품집을 위한 속표지의 견본.

글렌디닝 전집

작가

글렌디닝의

세계적 명성에 빛나는 작품. 〈열대의 여름, 소네트〉

〈날씨, 단상(斷想)〉〈인생, 즉흥시〉〈고 마크

그레이스먼 목사를 추모함, 조시(弔詩)〉〈명예,

스탠자*〉〈아름다움, 유희시(遊戱詩)〉〈에드거,

철자 바꾸기〉〈피핀 사과, 단평(短評)〉

등등. 등등. 등등. 등등.

등등. 등등. 등등.

등등. 등등.

등등.

삽화가로부터 피에르는 다음과 같은 편지를 받았다,

　삼가 아룁니다. 거짓 없는 떨리는 마음으로 저는 당신에게
다가가고자 합니다. 왜냐하면 당신은 나이는 어리지만 명성과
능력에서 노련하기 때문입니다. 저는 당신에게 당신의 작품들
에 대한 제 열렬한 감탄을 말로 표현할 수 없고, 이러한 생생한
묘사력을 가진 작품들이 설명에 도움이 되는 삽화가의 소박한
수고를 동반하지 않는 것을 심히 애석하게 생각하지 않을 수
없습니다. 이 일에서 저의 조력은 순전히 당신의 지시에 따라
서 이루어질 것입니다. 저로서는, 이 귀띔이 아무리 외람되다
할지라도, 당신을 설득하여 제가 저명한 글렌디닝의 작품을 위
한 몇 개의 삽화로 저 자신과 제 직업을 명예롭게 하는 희망의
근거를 찾을 수 있는 말이 적힌 회답을 받는다면, 제가 얼마나
자랑스러울지 말하지 않아도 아시리라 믿습니다. 그러나 여기
서 당신의 이름을 피상적으로 언급하는 것만으로 너무나도 감
정이 벅차 올라 저는 더 이상 아무 말도 할 수 없습니다. 하지
만 저는 업계와 조금도 연고 관계가 없으므로, 제 사업상의 처
지로 인해 매번 삽화를 인도함과 동시에 맞돈을 받는 것을 저
의 모든 직업적 합의의 기초로 삼지 않을 수 없음을 오직 덧붙
이고 싶습니다. 하지만 당신의 고상한 영혼은 단순히 저의 사
업상의 이해관계에서 비롯된 이런 인색한 필요성이 제가 돈과

*일정한 운율 구성을 갖는 시의 기초 단위. 4행 이상의 각운이 있는 시구를 이른다.

관계없이 당신에게 품고 있는 그 깊은 개인적인 존경과 찬양을 행여 손상할 수 있다고 상상하는 것을 떳떳치 않게 여기실 것입니다.

위대하고 훌륭한 글렌디닝 님께,

너무도 비천한

피터 펜스 배상

II

이것들은 감동적인 편지들이었다. 장서 형식! 도해판! 그의 가슴 전체가 부풀어 올랐다.

그러나 불행하게도 그의 모든 작품이 그때그때 쓴 것일 뿐만 아니라 다 모은다 해도 어쩌면 아주 작은 사륙판 이상을 채울 수 없으리라는 생각이 문득 떠올랐다. 따라서 장서판은 시기상조인 것 같았고, 어쩌면 조금은 터무니없는 것 같았다. 게다가 그의 글들은 주로 짧은 소네트, 짧은 명상시, 그리고 도덕적 산문이었으므로, 삽화가가 작업하기에는 내용이 빈약하다는 작은 위험성이 다소 있었다. 경험이 일천했던 탓에 그는, 삽화가의 기술이 도달한 창작 재능의 수준이 너무 높아져서 그 직업에 종사하는 몇 사람이 《코크의 리틀턴 평전》*의 도해판을 위한 제안서를 가지고 저명한 출판사를 찾아갔다는 것을 몰랐다. '시내 주소록'조차 벽돌, 인두, 그리고 다리미의 절묘한 판화들로 아름답게 삽화 처리가 되어 있었다.

속표지 초안과 관련하여 실토해야 할 것이 있는데, 그것은 어떤 독일 영주의 호명에 앞서 소개하는 칭호들("크란츠 자코비 뒤뜰의 세습 영주, 고 반 로른 미망인의 침대 틀의 점유에 의한 진짜 소유자, 플레츠와 플리츠의 파산한 빵집의 법정 추정 상속인, 고 던커 미망인의 몰수된 용돈의 잔여 재산 유산 상속인, 등등. 등등. 등등")처럼 길고 장려한, 그의 인상적인 작품 제목들의 목록을 보고서 피에르는 그 순간 의기양양한 감정을 완전히 억누를 수 없었다는 것이다. 그러나 그는 또한 이처럼 막대한 양의 문학 작품의 저자로서, 자기 자신의 묵직한 무게에 눌려 고개를 숙였다. 그렇지만, 열여덟 살 때 이미 그가 쓴 작품의 속표지 숫자가 플라톤의 방대한 사유가 담긴 아버지의 총서 앞에 달린 간소한 속표지 숫자를 통계적으로 매우 월등하게 능가한 것을 곰곰이 생각해보았을 때 그는 약간의 불안감을 느꼈다. 그럼에도 그는 매월 다른 기고가들 사이에 그의 이름의 거창한 광고들로 그 도시의 벽들을 도배하는, 월간지 《가젤》의 전단 붙이는 사람들과 감히 대립할 수 없듯이, 지금 그는 또한—원더 씨와 웬 씨의 제안에 응하는 대단히 사실 같지 않은 일에서—그들 회사의 전단 붙이는 부서와 감히 충돌할 수 없다는 생각으로 자위했다. 왜냐하면 경쟁 상대인 어떤 전단 붙이는 사람도 감히 침입하지 못하는 한 자리가 적어도 그

*에드워드 코크 경은 영국의 법학자이며, 저서 중 《법률 원론》의 제1부가 '코크의 리틀턴 평전'이라고 알려져 있다.

도시에는 있으므로, 그들은 누군가의 속표지를, 대부분의 벽들보다 무한히 더 쓸모 있는, 또 하나의 창문이 없는 벽으로만 여기는 것이 분명하기 때문이었다. 그럼에도 불구하고 그는 이러한 전단을 붙이는 모든 문제가 자연히 처리되게 내버려두기로 결심했지만, 떠벌리고 과시하는 것의 천박함을 경멸하면서 속표지에 단순히 그들의 이름을 서명하는 것에 만족하는, 양피 장갑을 낀 섬약한 저자들의 신중한 방법 쪽으로 약간 수줍게 기우는 것을 깨닫고 있었고, 그것이 모든 진실한 풍류 신사들의 관심을 끄는 충분한 보장이 된다는 것을 확신했다. 긴 제목의 미사여구를 떠벌리는 것은 좀스러운 독일 영주들이나 할 짓이었다. 러시아 황제는 그의 존엄한 법령에 '니콜라스'라는 간단한 말을 쓰는 것으로 만족했다.

이 일련의 생각은 원작자의 익명성 문제에 대한 여러 가지 고찰을 통해 마침내 종결되었다. 그는 그 가면을 쓰고 작가 생활을 시작하지 않은 것을 유감으로 생각했다. 이제는 너무 늦었는지도 모르고, 이미 온 세상 사람들이 그를 알고 있는 터에 이렇게 뒤늦게 자신을 숨기려고 하는 것은 헛된 일이었다. 그러나 신성하게 익명으로 숨기는 방법이 갖는, 본질적 권위와 철두철미 예의 바름을 고려해보았을 때, 그는 천성적으로 어떤 종류의 명성도 싫어할 뿐 아니라, 잇따라 작품—주로 한낱 돈만을 위해 쓴—을 발표한 것을 점점 더 부끄러워하면서도, 속표지의 벽보가 명백히 출판업자의 판매고를 올리는 데 도움이 되므로, 빵장수와 푸주한의 잡다한 청구서들과 그 밖의 재정적 고려들로 인해 과장된 속표지를 잔인하게 강요당한, 그 불행한 동료들에게 진심으로 동정을 느끼지 않을 수 없었다.

그러나 어쩌면 그의 명성을 확장하고 공고히 하는 특권을 달라고 열렬히 청원한 이들인, 윈더 씨와 웬 씨의 봉사를 그가 했듯이 최종적으로 거절했을 때, 피에르의 완전히 의도적이진 않지만 주요한 동기는 아마 지금 나이가 별로 많지 않기 때문에 그의 미래의 작품들이 이미 세상에 발표한 것들을 어느 정도 능가하진 않는다 할지라도 적어도 대등할 수 있을 것이라는 생각에서 비롯되었을지도 모른다. 그는, 이상하게 인자한 체하며 그를 '미성년자'라고 선언하는 법률의 건방진 둘러댐을 벗어나게 될 때까지는 문학적 입신을 기다리기로 결심했다. 당대의 가장 저명한 문단의 명사들이 천재의 신성한 능력으로 명성의 전당에서 완전한 유명인이 되었으면서도, 아직도 법적 미성년자로서 근근이 생계를 유지할 몇 푼의 돈을 얻으러 그들의 어머니한테 가야만 하는 상황을 그의 겸손하게 못 본 체했다.

피에르의 사교적 평정심은 멋들어진 짧은 노래로 그들의 비망록을 빛나게 해달라는 젊은 숙녀들의 정중한 간청에 이따금 흔들리곤 했다. 여기서 그의 사교적 평정심이 흔들렸다고 사람들은 말하는데, 그 까닭은 기분 좋은 응접실 사교의 진실한 매력은 아무도 거기서 자신의 개성의 칼을 빼들지 않고 이러한 모든 추한 무기들을 모자와 지팡이와 함께 복도에—옛날 방식대로—남겨두므로, 거기서 사람은 뚜렷한 개성을 잃고 그 부드러운 사교적 범신론, 말하자면 평화적으로 즐겁게 그들 자신의 이름을 속여 나타내는, 응접실들에서 늘 유행하는, 모든 것이 하나로 녹아드는 장밋빛 융합 속에 즐겁게 용해되는 것이기 때문이다. 비망록을 빛내달라는 숙녀들의 간청을 거절하는 것은 매우 곤란했지만, 어쩐지 피에르는 응하는 것이 한층 더 나쁘고 특히 불쾌하게 여겨졌다. 분명 똑같이 정당하게, 이것을 그의 우유부단이라고 말할 수도 있고 그의 특성이라고 말할 수도 있을 것이다. 그는 모든 상냥한 말씨를 동원하여 거절했다. 그리고 피에르의 거절은—앰블사이드의 앤젤리카 아마빌리아 양의 말에 의하면—다른 사람들의 응낙보다 더 기분 좋았다. 그러나 그때는—앤젤리카 양의 비망록을 내밀기에 앞서—앰블사이드의 덤불숲에서, 피에르는 여성에게 정중하고자 하는 마음으로 그 숙녀의 면전에서 아름다운 단풍나무 껍질 위에 안젤리카 양 이름의 첫 글자들을 자발적으로 새겼다. 그러나 모든 젊은 숙녀들이 다 앤젤리카 양은 아니다. 응접실에서 부드럽게 거절당하고, 그들은 서재에서 거절당한 마음을 달랬다. 아름다운 봉투에 넣어 그들은 자기들의 비망록을 피에르에게 발송했는데, 그것들을 가지고 가는 하인의 손바닥에 장미 향유 한 방울을 떨어뜨리는 것을 빼먹지 않았다. 이제 여성을 공대하다 궁지에 몰린 피에르가 어떻게 해야 할지 망설이는 동안, 대기 중인 비망록이 늘어나고, 이윽고 방 안에 있는 선반 하나를 전부 차지하기에 이르렀다. 그리하여 한데 모아둔 장식 장정들은 그의 눈을 완전히 현혹시키는 한편, 그것들이 뿜어내는 지나친 향기가, 실제로 그가 적절히 절도를 지키는 선에서 향수를 아주 좋아했음에도 그를 거의 기절하게 만들 정도였다. 그래서 정말로 쌀쌀한 오후 같은 때에도 그는 위쪽 창틀을 몇 인치 열어놓아야 했다.

여자의 비망록에 몇 자 써주는 것은 아주 단순한 일이다. 하지만 그것이 누구에게 득이 되는가? 얼마나 인쇄된 읽을거리가 부족하여 수도원 시대가 부활하고, 여성용 서적들이 원고의 형태로 있어야 하는가? 피에르는 사랑이나 다른 어떤 것에 관해서, 거룩한 하피즈*가 수세기 전에 쓴 것을 능가할 무엇을 쓸 수 있었을까? 또한 아나크레온도, 그리고 카툴루스와 오비디우스는 모두 번역되어 쉽게 손에 넣을 수 있지 않은?** 게다가 그들의 영혼은 모두 복되도다! 여자들은 톰 무어***를 잊었는가? 하지만 육필이 문제야, 피에르. 그들은 그대의 손이 주는 구경거리를 원하고 있어. 그러던 어느 날 실제의 느낌이 전달된 구경거리보다 낫다고, 피에르는 생각했다. 그들에게 그들이 원하는 만큼 내 손의 실제적 느낌을 주겠어. 그리고 입술이 손보다 훨씬 나아. 그들의 예쁜 얼굴을 나에게 보내라지. 그러면 거기에 영원히 키스 자국을 남겨주겠어. 이것은 적절한 생각이었다. 그는 데이츠를 불러 그 비망록들을 바구니에 가득 담아 식당으로 운반해놓게 했다. 그는 거기서 넓은 식탁 위에

---

*14세기 페르시아의 시인. 신비주의적 상징을 가미하여 사랑과 술과 향토의 자연을 감미롭게 읊었다.
**아나크레온은 고대 그리스의 서정시인, 카툴루스는 고대 로마의 서정시인, 오비디우스는《변신 이야기》를 쓴 고대 로마의 시인.
***아일랜드의 서정시인 토머스 무어.

그것들을 모두 펼쳐놓게 하고 나서 교황 성하가 묵주를 담아 길게 늘어놓은 대바구니들을 집단적으로 축성할 때 하는 행위를 귀감으로 삼아 그 비망록들에 손을 흔들어 한 차례 마음에서 우러나는 키스를 보냈다. 그러고는 세 명의 하인을 오라고 해서, 최선의 경의의 표시와 함께, 각 비망록에 아주 가벼운 얇은 명주로 둥글게 만 달콤한 과자를 키스 대신 곁들여 그것들을 모두 집으로 보냈다.

도시와 시골을 막론하고 나라 안 여러 곳에서, 특히 가을이 시작되는 기간 동안에, 피에르는 문화운동단체와 청년회와 그 밖의 문학 및 과학 연구회들에서 강연을 해달라는 여러 건의 집요한 초대를 받았다. 이러한 초대의 뜻을 전하는 편지들은 순박한 피에르에게 상당히 인상적이고 대단히 아첨하는 양상을 띠고 있었다. 하나 예를 들면 다음과 같다.

인간과 신의 모든 지식의 한계의

즉각적인 확장을 위한

어쿠하션 클럽

사도크프라츠빌,

18××년, 6월 11일

〈열대의 여름〉 등등의 저자에게,

　삼가 아룁니다.

　본 건에서 공식적인 임무와 사적인 성향이 대단히 즐겁

게 조화됩니다. 제 마음의 열렬한 욕망이던 것이, 이제 강연 위원회의 결정으로 저에게 직업상 의무로 지워졌습니다. 강연 위원회의 의장으로서, 저는 이로써 귀하께서 선택할 수 있는 어떤 주제에 대해서나, 그리고 귀하께 가장 편리한 어떤 날짜에나, 강연을 해주시는 영광을 본 연구회에 베풀어주시기를 간청하는 특전을 부탁드립니다. '인간의 운명'이라는 주제를 저희는 삼가 제안하고자 합니다마는, 그렇지만 조금도 귀하의 편견 없는 선택을 방해하고 싶지 않습니다.

만일 귀하께서 이 초대에 응해주시는 영광을 저희에게 베풀어주신다면, 강연 위원회가 귀하의 체류 기간 동안 처음부터 끝까지 최선을 다해 귀하를 돌보고, 사도크프라츠빌을 귀하에게 쾌적한 곳으로 만들기 위해 노력할 것임을 보장합니다. 의장을 선두에 앞세우고, 강연 위원회의 완전한 호위하에 귀하와 짐을 운송하기 위해 사륜마차가 역참에 대기하고 있을 것입니다.

귀하에 대한 저의 높은 공식적 배려에

저의 개인적 경의를 덧붙여,

공경하여 말씀드립니다,

도널드 던도널드, 배상

III

그러나 젊은 피에르의 마음을 우쭐하게 하기는커녕 진심으로 겸손한 감정으로 충만케 한 것은 더욱 특별하게 덕망 있는, 오래된 대도시의 연구회에서 보낸, 존경할 만한 백발의 비서들이 쓴 강연 초청장들이었다. 강연? 강연? 나 같은 풋내기가 백발의 노인들이 각기 열 명씩 앉은, 50개의 벤치 앞에서 강연을 하다니! 나 자신의 미숙한 두뇌로 감히 500명의 원숙한 이해심을 가진 분들에게 하는 강연에서 독단적으로 말하게 할 것인가? 그것은 너무 터무니없는 것 같았다. 그럼에도 500명이 대변인을 통해 이와 동일한 초청장을 그에게 임의로 보냈었다. 그렇다면 그가 이러한 사실에서 파생될 모든 불명예스러운 추론들을 고려할 때, 어찌 초기의 '타이먼주의'*가 살며시 피에르의 마음속에 일어나지 않을 수 있었겠는가? 그는 예전에 도시를 방문했을 때 《코니아일랜드에서의 일주일》의 작가인 열아홉 살 난 유명한 소년의 최초의 강연에 자리를 차지하기 위해 많은 사람들이 몰려들어 다투다가 야기된 불길한 소동을 진압하기 위해 경찰이 소집되었던 것을 상기했다.

피에르가 이런 종류의 정중한 제안을 모두 아주 진지하고 공손하게 거절한 것은 말할 필요도 없다.

더 냉정한 판단을 통해 얻은 이와 비슷한 깨달음으로 인해

*타이먼은 셰익스피어의 비극 《아테네의 타이먼》의 주인공이다. 아테네의 귀족인 타이먼은 사람들에게 많은 친절과 호의를 베풀었으나 그가 파산해 처지가 어려워졌을 때 사람들은 그를 외면했고, 이러한 현실을 깨달은 그는 세상에 염세적이 되어 동굴 속에 들어가 생을 마감했다. '타이먼주의'는 세상의 허위와 아첨을 일갈하며 세속적 명성을 외면하고 인간을 증오하는 염세적 성향을 의미하는 것으로 추정된다.

그는 자신의 문학적 명성의, 동등하게 주의를 끄는 여러 가지 다른 증거들이 주는 달콤함에 빠지는 것을 허용치 않았다. 자필 서명을 해달라는 신청이 쇄도했지만, 이 유별난 사람들의 더 끈덕진 요구들을 때때로 유머러스하게 충족시킬 때, 피에르는 자신의 필적의 대단히 젊고 아직 정형이 없는 특성 때문에, 자신의 서명이—단지 만전을 기하려는 이유 때문에—저명한 사람들의 필적을 반드시 특징지어야 하는, 그 확고한 균일성을 갖추지 못한 것에 대해 애석한 아픔을 느끼지 않을 수 없었다. 한 사람의 출중한 이름의 그렇게 많은 모순된 서명들 앞에서 가망 없이 어찌할 바를 모르고 있을 것이 확실한 후손들에 대한 동정적 고뇌로 그의 가슴은 떨렸다. 아! 후손들은 그 서명들이 모두 위조한 것들이고, 숭고한 시인 글렌디닝의 필체는 그들의 불행한 시대에 자취를 남기지 않았다고 결론지을 것이 확실하다.

그의 시들이 지면을 장식한 잡지들의 경영자들로부터 자기네 정기간행물의 표지 인물로 실을 판화를 만드는 데 필요하니 그의 유화 초상화를 빌려달라는 집요한 간청들을 담은 서한들을 받기도 했다. 그러나 여기서 다시 대단히 우울한 생각들이 튀어나왔다. 저명한 작가는 말할 것도 없이, 남자의 가장 고상한 신체상의 상징으로 간주되는 풍성한 턱수염을 뽐내는 것이 언제나 피에르의 작은 야심들 중 하나였다. 하지만 아직까지 그는 턱수염이 나지 않았고, '롤런드 앤드 선' 제약회사의 어떠한 교묘한 약품도 표지 인물화용으로 어떤 온당한 시기에든 풍성하게 자라날 턱수염을 나게 할 수는 없었다. 게다가 그의 소년 같은 얼굴 생김새와 전체적 표정이 나날이 변하고 있었다. 후손들에 대한 이런 파렴치한 사기 행위를 그가 허용할 것인가? 자존심이 허락지 않았다.

이러한 편지를 통한 청원들은 일반적으로 정교하게 공손한 문체로 표현되었다. 또한 그러한 문체를 통해 그의 초상화가 대단히 깊이 경외하는 마음으로 다루어지는 한편, 그들이 바라는 인쇄된 사본을 그 초상화에서 얻는 과정에서 꼭 필요한 규율에 따라 불가피하게 엄격히 다루어질 것임을 넌지시 내비치고 있었다. 그러나 초상화 사본을 뜨는 문제로 그에게 이따금 구두 요청을 한 자들 중 한두 명은 모든 사람의 초상화에, 더군다나 피에르만큼 유명한 천재의 초상화에 돌려야 할 본유적 존중에 덜 유의하는 것 같았다. 그들은 심지어, 누구나 저명한 친구의 어깨를 거리낌 없이 가볍게 칠 수 있지만, 결코 그의 초상화에서 그의 코를 비틀지 못할 것이므로, 어떤 사람이든 그 사람의 초상화는 본인 자신보다 일반적으로 더 많은 존중을 받으며 실제로 그럴 자격이 있다는 것을 유념하지 않았다. 그 이유는 이런 것일지도 모른다. 초상화에 대해서는 과소평가할 무엇도 상상할 수 없는 반면에, 그 사람에 대해서는 불가피하게 과소평가할 것을 수없이 상상할 수 있으므로, 초상화가 본인보다 더 존중받을 자격이 있다.

일찍이, 어느 길모퉁이를 돌아 별안간 그 앞에 나타난 월간지 《캡틴 키드》의 공동 편집인인 문단의 지인과 우연히 마주쳤을 때, 피에르는 그가 "밤새 안녕하셨나요, 안녕하십니까. 내가 만나고 싶어 했던 바로 그분이시군. 자, 지금 나와 함께 근처에 가서 당신의 은판 사진을 찍고 그것을 바로 인화하지요. 다음 호에 필요합니다"라고 빠르게 지껄여대는 서슬에 깜짝 놀랐다.

그렇게 말하며 《캡틴 키드》의 편집인이 피에르의 팔을 붙잡고 아주 강건한 태도로 경찰관이 소매치기에게 하듯이 그를 끌고 가고 있을 때 피에르가 정중하게 말했다. "제발, 선생, 잠깐만요. 미안하지만, 난 이런 일 안 할 겁니다.""흥, 흥…… 그게 있어야 해요. 공적 자산이요. 따라와요. 이제 한두 집 건너에 있어요." "공적 자산이라!" 피에르가 대꾸했다. "그게 《캡틴 키드》를 위해서는 잘하는 일일지 모르지만, 그렇게 말하는 건 대단히 유치합니다. 나는 응할 생각이 없음을 거듭 말씀드리고자 합니다." "싫다고요? 정말로요?" 상대방이 몹시 놀라 피에르의 표정을 정면으로 응시하면서 소리쳤다. "원 이런, 내 초상화는 공표되었다고요. 오래전에 공표되었어요!" "그걸 도울 순 없습니다, 선생." 피에르가 말했다. "아! 따라와요, 따라와" 하며 그 편집인은 아주 천연덕스럽게 치근치근 다시 피에르의 팔을 붙잡았다. 점잖게 대할 때는 세상에서 가장 마음씨가 고운 청년이지만, 피에르는 때때로 《캡틴 키드》 문학파 사람들의 불경스러운 사적인 언행에 아주 자극받기 쉬운, 위험한 악마적 근성을 속에 지니고 있었다. "이봐요, 조심해요." 명확히 갑절 크기의 주먹을 내보이면서 그가 말했다. "이제 내 팔을 놓으시오. 그러지 않으면 당신을 쳐서 쓰러뜨리겠소. 당신과 당신의 은판 사진은 내 알 바 아니오!"

이 사건은, 그 당시엔 도발적이었지만, 그 후에 결국 피에르에게 놀라운 영향을 미쳤다. 왜냐하면 과거에는 정확한 초상화는 오직 이 세상의 돈이 있는, 또는 지적인 귀족들의 영향력이 미치는 범위 안에서만 그려질 수 있었던 것에 반해, 이제 누구든지 자신의 가장 정확한 초상화를 은판 사진으로 찍을 수 있다는 것을 그는 한없이 기꺼운 마음으로 생각했기 때문이다. 이제 초상화는 옛날처럼 어느 천재에게 영원성을 부여하기는커녕, 오직 둔재를 하루살이로 만들 뿐이라는 추론이, 그래서 대단히 자연스러웠다. 게다가 모든 사람이 자신의 초상화를 공표할 때, 진정한 독창성은 초상화를 공표하지 않는 데 있다. 톰, 딕, 해리와 함께 찍은 사진이 공표되고 그들과 같은 옷을 입고 있다면 사람들이 무슨 수로 당신을 구분할 것인가? 그리하여 순전한 개인적 허영심이라 할 이러한 치사한 동기마저 이 문제에서 피에르에게 영향을 끼쳤다.

그 시대의 일반 문학에 대한 몇몇 열렬한 애호가들이 그의 뛰어난 재능에 대한 광신자임을 선언할 뿐만 아니라 빈번하게 그에게 그의 전기를 만들기 위한 자료들을 신청했다. 그들은 그에게 모든 만물의 수명이 대단히 불안정하다는 것을 확신시켰다. 그가 아직도 자기에게 많은 세월이 남아 있다고 느낄 수 있고, 시간이 가볍게 그의 곁을 지나갈지 모르지만, 불시에 어떤 치명적인 병에 걸려 세상 사람들에게 그가 맨 처음 입었던 바지의 정확한 직물과 색깔이 무엇이었는지에 대한 지식을 전혀 전해주지도 못한 채, 이제 막 영원히 떠나려 한다는 생각으로 그의 마지막 시간들이 얼마나 비참해질 것인가. 이런 주장들은 확실히, 전에 학교 선생님 또한 모르지 않았던, 그의 대단히 민감한 곳을 건드렸다. 그러나 피에르는 자신이 아주 젊기 때문에 과거에 대한 자신의 기억이 바로 모든 종류의 불완전한 기억과 전반적인 모호함 속에 녹아드는 것을 고려할 때, 특히 자신의 과거 생애의 문제들을 증명해줄 주요한 권위자가 이젠 인간의 모든 간청이 미칠 수 없는 곳으로 영원히 떠나버렸으므로 조급한 전기 작가들에게 이러한 자료들을 줄 생각을 양심상 할 수 없었다. 그의 훌륭한 유모 클라리사는 세상을 뜬 지 4년이 넘었다. 두 권의 목록과 한 편의 서사시의 저명한 작가인, 한 젊은 문우는 우연히 그 문제가 언급되자 경솔하게도 고민하는 전기 작가들의 주장을 열렬히 지지하며, 아무리 불쾌하더라도 누구나 명성의 벌금을 지불하지 않을 수 없고 뒤로 빼도 소용없다고 말하고 자신의 전기 교정지를 중절모 속에서 꺼내며, 대중에 대한 사려 깊은 배려 차원에서 얼마 안 있어 소책자 형식으로 단 1실링의 가격으로 출판할 예정이라며 이야기를 끝맺었다.

섬세하지 못한 다른 신청자들이 정기적으로 발간하는 '전기 출판 권유 회보'에 잉크로 그의 이름을 기재해서 피에르에게 보낸 것은 한층 더 그를 당혹스럽고 괴롭게 했을 뿐이었다. 그들은 자기들과 세상 사람들에게 그의 작품들에 대해 피에르가 직접 쓴 평론들을 포함하여, 그의 전기의 간결한 초고를 보

164

내주는 영광을 베풀어달라 간청했다. 그 인쇄된 회보는 의심할 여지없이 그가 살아 있는 다른 어떤 사람보다 자신이 살아온 인생을 더 많이 알고 있다는 것과, 글렌디닝의 위대한 작품들을 편집해본 자만이 그것들을 철저히 분석하고, 그것들의 뛰어난 구성에 대해 궁극적 판단을 내릴 충분한 자격을 가질 수 있다고 마구잡이로 주장했다.

한데, 피에르를 위한 가장 열렬한 희생적 논증의 제안들, 이것들을 그는 슬프게도 일축해야 했으므로, 그의 젊은 영혼 속으로 인간의 모든 명성에 대한 철저한 불만의 우울한 예감이 엄습한 것은, 바로 위와 같은 것들로 인해 생긴 굴욕적 감정의 영향하에서였다. 예를 들면 출판업자, 조판공, 편집인, 비평가, 자필 원고 수집가, 초상화 애호가, 전기 작가, 그리고 모든 종류의 청원하고 간언하는 문우들한테 시달린 때, 바로 그때였다.

그리고 새들 메도우스에서 피에르에게 매우 갑자기 드러난 그 놀랍고 치명적인 더없이 중요한 폭로—때때로, 일부 어떤 일들에서, 그를 상당 부분 타이먼처럼 세상에 등지게 한 폭로—가 있은 후에 심기가 덜 불편한 때 호기심을 끄는 것들로 정리하여 보관한, 전기와 관련되거나 그 밖의 주책없는 사람들이 보낸 편지들을 포함하는 두툼한 꾸러미를, 그는 묘한 신경질적 혐오와 경멸에 휩싸여 작정하고 잡았던 것이다. 그는 그 특별한 폐물 더미가 불 속에서 영원히 소멸하는 것을 보면서, 눈앞에서 연소되는 그 편지들처럼, 그 터무니없는 편지 발송자들이 자기네 호소가 통할 것으로 여긴 더없이 경멸스러운 허영

165

심의 제대로 움트지도 않은 아주 작은 마지막 싹조차 거의 악마같이 이를 드러낸 웃음을 흘리면서 자신의 영혼 속에서 영원히 죽여 없앴다.

18부

피에르, 젊은 작가로서 재고되다

I

여러 가지 간접적인 암시를 통해 보통을 훨씬 넘는 타고난 천재적 재능이 피에르에게 있다고 했는데, 오직 잡지에 실린 작품들만이 지금까지 그의 지성이 낳은 유일한 작품들이라는 것은 모순된 일처럼 보일지도 모르겠다. 그런데 사실 그 작품들에는 비범한 것이라곤 아무것도 담겨 있지 않았고, 실제로—지금까지 그와 같은 어떤 것이 탐닉의 대상이었다 할지라도 이제 솔직히 말하면—작가 피에르가 그때그때 쓴 작품들은 대단히 하잘것없는 것들이었다는 것은 덧붙일 필요도 없으리라.

오래전에 말했듯이, 새들 메도우스의 자연은 일찍이 피에르에게는 축복이었고, 푸른 언덕에서 그에게 나팔소리처럼 명쾌한 바람을 불어댔고, 개울과 숲이 그에게 선율적인 비밀 이야기를 속삭여준 것이 사실이다. 하지만 자연은 이렇게 아주 일찍부터 대단히 풍부하게 우리의 정신을 함양하는 반면에, 우리의 식단을 적절하게 짜는 것에 대해 우리를 가르치는 것이 대단히 늦다. 즉 은유를 바꾸면, 질 좋은 대리석의 거대한 채석장들이 있지만, 그것을 어떻게 캐내고 어떻게 끌로 새기고 어떻게 어떤 사원이든 건설할 것인가? 젊은이는 그때 잠시 동안 채석장을 완전히 떠나야 하고, 나가서 채석장에서 쓸 도구를 구해야 할 뿐만 아니라 건축술을 철저하게 공부하러 가야 한다. 이제 채석장을 발견한 사람은 이윽고 석수장이가 되고, 석수장이는 머지않아 건축가가 되고, 건축가는 이윽고 사원이 되는데, 왜냐하면 사원은 세계의 왕관이기 때문이다.

그렇다. 피에르는 당시 대단히 비건축적이었을 뿐만 아니라, 그때는 정말로 너무 어렸다. 그리고 광산에서 귀금속을 채굴할 때 많은 흙 찌꺼기를 우선 성가시게 처리하고 버려야 하듯이, 사람의 영혼에서 천재의 순금을 채굴할 때 많은 둔하고 진부한 것이 먼저 드러나게 되는 것을 흔히 볼 수 있다. 그 사람이 이런 종류의 자신의 찌꺼기를 보관할 저장소를 자기 안에 가지고 있다면 다행일 테지만, 그는 쓰레기를 지하실에 휙 던져 넣을 수 없고, 공무원이 치우도록 문 앞 길바닥에 놓아두어야 하는 주택에 거주하는 사람과 같다. 어떠한 평범한 일도, 그 사람이 가진 그것의 특질을 본질적으로 책 속에 비우는 방법 외에는, 결코 효과적으로 제거하지 못한다. 왜냐하면 일단 책 속에 들어오면 그 책을 불 속에 집어넣을 수 있고 모든 것이 좋게 되기 때문이다. 하지만 그것들이 반드시 불속에 집어넣어지는 것은 아니고, 이는 방대한 수의 보잘것없는 책들이 명확한 가치를 지닌 책들을 뒤덮고 있는 현상을 설명해준다. 그리고 철저하게 성실한 어떤 작가도, 자신의 찌꺼기를 완전히 제거하고 그의 광산에 숨어 있는 황금에 도달하는, 그 시기를 정확하게 보여주는 것에 결코 서두르지 않는 법이다. 사람이 현명하면 현명할수록 어떤 점들에 대해 더 많은 걱정들을 갖는다는 것이 모든 사례들에 적용된다.

가장 뛰어난 지성들이 낳은 가장 뛰어난 작품들도, 일반적으로 그 지성들에게는 죽은 후에 하느님의 대공동체에 들어가기 위한 시작 단계로서 말고는 그 자체로는 전혀 가치가 없는 미숙한 습작들로만 간주된다는 것은 널리 알려진 사실이다. 크게 주목받는 사람들의 잘 알려진 삶에 대한 관찰에서 어떤 결론을 이끌어낼 수 있다면, 그것은 세상의 어리석은 영광이 되는 것들인, 그들의 가장 우수한 작품들이 그들 자신에게는 대단히 빈약하고 하찮을 뿐만 아니라, 흔히는 절대적으로 마음에 안 들어서 오히려 방 안에 그 책을 두려고도 하지 않는다는 것이다. 위에서 말한 사람에 비해 열등한 사람들의 정신 속에서, 이 미루어 짐작하는 생각들은 그들을 너무나 슬프게 하고 부적격으로 만들어서, 그들은 자기들이 쓰는 것에 무관심해지고 불만을 품고 책상으로 가서—어떤 사회적 필연성의 심한 압박으로 인해—두통과 요통으로 괴로워하며 거기에 앉아 있을 뿐이다. 이렇게 해서 만들어진 작품들은 빵장수의 청구서 독촉에 밀려 마지못해, 자기의 생명에 무관심할 뿐만 아니라 자기가 잉태한 유아의 생명에도 개의치 않는 어버이의 허약한 자식으로 태어나 하찮고도 치사하다. 이런 지성의 소유자들에게 어떤 자랑거리가 잠재해 있다고, 근시안적인 세상 사람들이 일순간이라도 상상하지 말게 해야 한다. 그들은 그저 무대 위에 등장하도록 고용되었을 뿐이며, 자발적으로 대중의 관심을 요구하지 않는다. 그들이 보여줄 수 있는 가장 아름다운 생명의 붉은빛과 광채는 남 몰래 비통한 눈물로 씻어내는 연지뿐이고, 그들의 웃음은 공허하기 때문에 울릴 뿐이고, 화답하는 웃음은 그들에게는 전혀 웃음이 아니다.

슬픔만큼 교활하게 사람의 마음을 끄는 것은 없는데, 우선 감동적인 할 일이 없어서 슬픔에 빠지고, 마침내 아늑한 긴 의자를 찾아냈기 때문에 우리는 슬픔 속에 머무른다. 그렇다 할지라도 어쩌면 나의 주인공의 생애에서 이 조용한 회고적인 작은 삽화—즉 다른 점에서 보면 깊고 격렬한 흐름의 허드슨 강에서 이 수심이 얇고 수면이 널찍한 만 모양으로 된 타판지* 같은 수역에 이르러—나도 역시 편하게 등을 기대듯이 마음이 넓어지고, 순진하게 슬프고 감상적이 되어가기 시작하는 것일지도 모른다.

그런데 피에르와 관련하여 앞서 진술했던 천재의 불가피한 처녀작들로서의 찌꺼기에 관한 이야기는 많은 칭찬할 만한 작가의 출판된 첫 작품들이 천재의 성숙한 증거를 보였다는 사실과 결코 모순되지는 않는다. 왜냐하면 그들이 이전에 얼마나

*뉴욕 주 남동부 허드슨 강의 넓은 수역.

많은 작품을 불길에 태워버렸거나 남몰래 자기네 머릿속에서 발표하고 재빨리 거기에 감추었는지를 우리는 모르기 때문이다. 즉각적인 문학적 성공을 거두었으나 그 격이 낮은 매우 젊은 작가들의 경우에서, 우리는 그들의 빠른 성공이 책 속에 구현된 어떤 풍부하고 독특한 삶의 경험 덕분임을 거의 예외 없이 발견할 수 있는데, 이 경우 책이 독창적인 사건을 포함하고 있다는 이유로 작가 자신도 독창적이라고 평가된다. 이처럼 많은 독창적인 저서들이 독창적이지 않은 마음의 소유자들로부터 나온다. 사실, 인간은 오직 약간 신중하기만 하면 되는데, 그러면 그의 허영심의 마지막 남은 조각마저 멀리 날아간다. 세상 사람들은 끊임없이 독창성에 대해 쓸데없는 말을 하고 있지만, 세상 사람들이 말하는 의미에서 독창적인 사람은 아직 없었으며—또한 랍비들에 따르면 최초의 작가였다고 하는—최초의 인간도 독창적이지 않았고, 유일한 독창적 작가는 하느님뿐이다. 밀턴*의 운명이 카스파르 하우저**의 운명이었다면, 밀턴은 그처럼 공허했을 것이다. 왜냐하면 인간의 벌거벗은 영혼은 확실히 지적 생산성의 한 잠재적 요소를 담고 있지만, 그럼에도 오로지 한 어버이로부터 태어나는 아이가 결코 없고,

*영국의 시인 존 밀턴. 성경의 〈창세기〉를 바탕으로 인간의 원죄와 구원의 문제를 다룬 작품 《실락원》을 썼다.
**1828년 독일 뉘른베르크 거리에서 발견된 의문의 소년. 신체는 열여섯 살이었으나 말과 행동은 서너 살 수준이었고 감각이 극도로 발달해 어둠 속에서도 사물을 볼 수 있었다. 이후 빠르게 언어와 지식을 습득했으나 5년 후 의문의 죽음을 당했다.

눈에 보이는 경험의 세계가 시인들에게 영감을 주는 생식력을 가진 바로 그것이며, 자체 호혜적으로 능률적인 자웅동체는 단지 우화일 뿐이기 때문이다.

　이 모든 문제에 대해 세상에는 무의미한 말이 끝없이 많이 나돌고 있다. 그러니 내가 그걸 조금 보탠다 할지라도 나를 비난하지 마라. 분명히 자기 자신을 속수무책으로 공개하지 않고는 말하거나 쓰는 것이 불가능하고, '불멸의 기사'는 그의 면갑을 닳아 없어지게 한다. 그럼에도 수다 떠는 것은 즐겁다. 왜냐하면 우리가 잠자리에 들기 전에 수다로 시간을 보내기 때문이고, 이탈리아의 음유시인들처럼 우리가 지껄이는 것에 대해 대가를 받을 때, 말하기는 더욱더 고무된다. 그리고 청중의 하품이 우리가 버는 몇 푼의 돈과 함께 우리를 쫓아낼 때 우리는 오직 감사할 따름이다.

II

도시에서 피에르의 독자적 생계유지 수단과 관련된 재정상의 계획들이, 당연한 것으로 여겨지는 그의 문학적 재능을 근거로 했다는 것을 여러분도 이미 추측했을지도 모르겠다. 그 밖에 그가 무엇을 할 수 있을까? 그는 어떤 직업도, 장사도 아는 것이 없었다. 운명이 그를 글렌디닝가의 신사와 천재가 아니라 대장장이로 만들었다면 그는 아마 기뻐했을 것이다. 하지만 젊은 미국 문단의 잡지 기고가가 짤막한 시와 교환하여 몇 푼의 돈을 받는 것이 아주 불가능해지는 않다는 사실을 개인적 경험을 통해 어느 정도 실제로 그가 이미 실험하지 않았다면, 이 점에서 그는 용서할 수 없이 경솔했을 것이다. 이런 사례들은 불멸의 기록을 바탕으로 하고 있고, 그것들과의 관계를 부인하는 것은 바보짓이면서 배은망덕이기도 했다.

그러나 피에르의 높은 사회적 지위와 고귀한 세습 재산이 지금까지 손을 써서든지 머리를 써서든지 그가 세상에서 스스로 단 한 푼의 돈이라도 버는 것을 전혀 불필요하게 만들었으므로, 우리를 기준으로 말한다면, 여기서 약간 설명하는 것이 바람직한 것처럼 보일지도 모른다. 그렇게 할 것이지만, 언제나 서론이 포함된다.

때로 모든 그럴싸한 격언이나 사상들이 다 낡은 것처럼 보인다. 그런데도 증가시킬 수 없는 재고품 속에서 옛것들에 둘러싸여, 자기 입장이 어떠할지라도, 아무리 잘 살고 행복할지라도, 언제나 그것을 못 견뎌 하고 자신의 능력과 모든 현재의 조건 이상으로 이루려고 애쓰는 법이다. 그리하여 자연의 갈망을 피할 뭔가를 얻기 위해, 깃펜이라는 무거운 노를 가지고 고생하고, 병적인 자책의 시간에 그의 얼마 안 되는 노임을 여하튼 간에 피할 수 없는 치욕으로 간주하는 많은 가난한, 잉크로 더럽혀진 갤리선 노예, 이 문학의 갤리선 노예는, 새들 메도우스의 넓은 농장들을 물려받고, 모든 것을 충족시키는 수입을 가진 주인이 되고, 그리고 궁핍이라는 그 위험한 역병의 발진들, 즉 잉크병에서 얼룩들을 손에 묻히는 것으로부터 영원한 면제를 보장받는 아주 먼 가능성에도—바지의 약한 솔기도 걱정하지 않고—기뻐 날뛸 것이다. 그렇지만 피에르는 다른 사람들이 오직 갈망하고 가망 없이 상상하는 것들을 확실하게 실제로 소유하고 있었다. 때문에 당시 피에르의 가장 큰 세속적 야망은, 출판업자들이 이익이 될 것이라고 생각하는, 단순한 상업 거래의 방식으로 뭔가를 대가로 지불할 그런 내용들을 그가 썼다고 자랑할 수 있는 것이었다. 피에르의 이런 야망이 완전히 무기력하고 어리석은 것처럼 보이기는 하지만, 서론적으로 약간 더 검토하고 실제로 그런지 알아보자.

피에르는 자부심이 강했고, 오늘날에 통용되는 의미에서 자부심을 가진 사람은 자기 힘으로 획득하지 않은 것들은 아무리 유익하다 할지라도 가볍게만 여긴다. 이러한 자존심이 합리적 한계까지 실행된다면, 그 사람은 빵을 만드는 밀의 씨앗을 자신이 땅에 심지 않은 한 어떠한 빵도, 그 씨앗조차 이전의 어떤 경작자에게서 빌려야 했다는 일말의 굴욕감으로 인해 먹지 못할 것이다. 자부심이 강한 사람은 다른 사람들 속에 투영된 것을 통해서가 아니라 자기 자신 속에서 자신을 느끼고 싶어 한다. 그는 자신의 처음과 끝일 뿐만 아니라, 뚜렷하게 중간에 일어나는 모든 단계적 변화들이 되고, 그런 다음 반듯하게 누운 자세로 어느 쪽으로든, 끝없는 대기 밖의 무형의 영기 속으로 사라지길 바란다. 피에르가 신사다운 두 손 안에 맨 처음 노임으로 받은 주화를 짤랑거렸을 때, 그때 그는 그것을 얼마나 영광스러워했던가! 북과 피리로 말하자면, 자기 자신이 번 주화의 울림은 스파르타의 모든 나팔소리보다 더 고무적이다. 그는 이제 조상 대대로 내려오는 호화로운 복도들, 즉 거기에 걸린 벽걸이들과 그림들과 자랑거리인 역사적 문장들과 글렌디닝 가문의 명성의 기치들을 얼마나 경멸적으로 눈여겨보았던가. 그러면서 설령 그럴 필요가 생긴다 할지라도 자신이 도굴자로 변해, 할아버지가 정복한 인디언 추장 무덤을 파헤쳐 조상 전래의 보검과 방패를 훔쳐내어, 수치스럽게 생계를 위해 그것들을 전당 잡혀야 하는 일은 결단코 없을 것이라고 얼마나 자신만만해했던가! 그는 자력으로 생활할 수 있을 것이다. 오, 실제적 역량의 느낌 속에서, 피에르는 지금 곱절의 축복을 받고 있었다.

날품팔이 기능공에겐 살아갈 방법이 단 한 가지밖에 없는데, 자기 몸으로 자기의 몸을 부양해야 한다. 하지만 피에르는 어느 정도 그럴 수 있을 뿐만 아니라 다른 하나를 할 수 있었다. 즉 그의 몸을 집에 한가하게 머물게 하고 그의 영혼을 일하러 내보내면 영혼은 충실하게 돌아와 몸에게 받은 품삯을 내줄 것이다. 그래서, 마침 노예를 소유하고 있는, 귀족적인 남부의 몇몇 직업을 지니지 않은 신사들은, 노예들에게 일을 찾아하고 매일 밤 품삯을 가지고 돌아오는 자유를 주고, 그 품삯들은 그 한가한 신사들의 소득이 된다. 날품팔이의 몸속에 날품을 파는 영혼을 소유한 사람은 양손잡이인 데다 여덟 개의 팔을 가진 자다. 그럼에도 이러한 자가 지나치게 자기를 과신하게 하지 마라. 우리의 하느님은 질투심이 많은 분이어서, 어느 누구라도 그분의 자급자족할 수 있는 특성의 작은 기미라도 갖는 것은 그분의 뜻이 아니다. 영혼에 육체를 멍에처럼 얹고, 둘 다 쟁기에 매달면, 영혼 아니면 육체가 결국 틀림없이 밭고랑에 지쳐서 쓰러진다. 그렇다면 그대의 육체를 노동에 나약하게 해두고 그대의 영혼을 근면 강건하게 해두든지, 아니면 그대의 영혼을 노동에 나약하게 해두고 그대의 육체를 근면 강건하게 해두어라. 선택하라! 그 둘은 하나의 멍에에 매여 영원히 남아 있지 못하는 법이다. 이와 같이 가장 강력하고 원대한 자부심 위에, '진실'의 구름이 살그머니 덮여오고, 이렇게 위쪽으로 겨냥한 62파운드 포라 할지라도 그 포탄은 마침내 땅에 낙하하고, 우리가 아무리 분투한다 할지라도 지구의 궤도를 벗어나 다른 행성들의 인력을 받아들일 수 없고 지구의 인력의 법칙은 대기권의 범위를 훨씬 넘어서 미치지는 못한다.

이 세상에 영향을 미치는 견해에 따르면, 자기에게 필요한 것을 충분히 가진 자, 그 사람은 더 많이 갖게 되고, 반면에 한탄스럽게도 그것이 없는 자, 그는 자기가 가진 것조차 빼앗기게 마련이다. 그럼에도 세상은 그것이 명명백백하며 철저하게 실제적이며 노고하는 인도적인 종류의 세상이라고 단언한다. 세상은 가장 단순한 원리로만 지배되고, 모든 모호한 것, 모든 초월론적인 것, 그리고 모든 종류의 속임수를 경멸한다. 오늘날 상상력이 풍부한 이단적인 사람들은, 고집 세게 모든 상식적인 개념들을 전도시키고 셋이 넷이고 둘 더하기 둘은 열이 된다고 말하는, 그들의 불합리하고 모든 것을 바꾸어놓는 초월론적인 개념들과 관련해서 놀라울 정도로 흔히 조롱당하곤 한다. 하지만 저명한 궤변가 자신이, 이미 충분히 가지고 있는 자에게 한층 더 많은 필요 이상의 물품을 주고 조금도 가진 것이 없는 자로부터 그가 가진 것조차 빼앗는다는, 세상이 실제로 그리고 영원히 실행하는 원칙의 천 분의 일만큼이라도 터무니없고 모든 실제적 상식을 파괴하는 원칙을 일찍이 단순한 말로 지지했다면, 그러면 세상에서 가장 진실한 책조차 거짓말이다.

그러므로 소위 초월론자들이 초월론적인 것들을 취급하는 유일한 사람들은 아니라는 것을 우리는 안다. 반대로 공리주의자들, 즉 일상 세계의 사람들이 그들의 이해할 수 없는 세속적 격언들로 저 열등한 초월론자들을 훨씬 능가하는 것을 우리는 본다. 그리고—더욱이—초월론자 무리와 관련해서 그들의 초월적인 개념들은 단지 이론적이고 행동이 결여되어 있다. 그러므로 무해하며 반면에 일상 세계 사람들과 관련해서 그것들은 실제로 활발한 행위들로 표현된다.

위에서 언급된 대단히 곤혹스러운 세상의 이론과 실제가, 다소 작은 정도로 피에르의 경우에서 증명되었다. 그는 인접해 있는 두 군(郡)의 일부에 걸쳐 산재한 수백 개의 농장의 소작료를 예상 수입으로 가지고 있었고, 현재 인기 있는 잡지《가젤》의 사주가 그의 소네트들의 고료로 몇 달러를 추가로 송금했다. 그 사주(하긴 정말로 그는 그 소네트들을 읽어본 적이 없고, 그것들을 전문적인 고문에게 맡겼으며, 너무 무식한 나머지 그 잡지가 출간되기 전 오랫동안 'Gazelle'의 z를 g로, 즉 'Gagelle'로 쓰기를 고집하면서 'Gazelle'에 대해 z는 사기이고 g가 부드럽다고 주장했는데, 왜냐하면 그는 부드러움에 대해 일가견이 있고 경험을 통해 이야기할 수 있기 때문이었다), 그 사주는 의심할 여지없이 초월론자였고, 그 이유는 전에 설명한 그 초월론적 원칙을 좇아 그가 행동했기 때문이다.

그런데 단시들로 얻은 달러를 피에르는 언제나 여송연 구입에 썼는데, 그래서 간접적으로 그에게 달러를 가져오는 담배 연기가 다시 하바나의 감미로운 잎의 향내를 풍기는 담배 연기로 보답되었다. 그래서 고명하고 세계적으로 유명한 피에르—그의 초상화를 세상 사람들이 본 적이 없는—위대한 작가(그는 자신의 초상화를 세상에 내놓기를 여러 차례 거절하지 않았던가?), 바로 그의 생명을 노려 여러 무법자들이 은밀히 죽일 음모를 꾸미고 있는(전기 작가들이 그럴 거라고 증언하지 않았던가?), 〈열대의 여름, 소네트〉의 작가인 유명한 시인이자 철학자, 비범한 명사인 그는 거기에 안개가 자욱한 산처럼 온후하게 그리고 스스로 꽃 장식을 단 채, 연신 담배 연기를 내뿜으며 앉아 있곤 했다. 그것은 대단히 본의 아니게 그리고 흡족하게 호혜적이었다. 그의 여송연들은 두 가지 방법으로, 즉 소네트 고료와 인쇄된 소네트들 자체로 불붙여졌다.

왜냐하면 작가 생활 초기에조차, 아무리 자신의 명성에 대한 자부심이 강했다 할지라도, 피에르는 조금도 자신의 글을 자랑으로 여기지 않았다. 그는 자신의 소네트들이 발표되었을 때 그것들을 불쏘시개로 썼을 뿐만 아니라 버려진 원고에 대해 대단히 무관심해서 그것들이 집 주변에 온통 널려 있는 것을 발견할 수 있었다. 덕분에 청소할 때 하녀들이 애를 많이 먹었다. 버려진 원고들은 화덕 불에 불쏘시개로 들어갔고, 끊임없이 창밖으로 문지방 밑으로 날려가서 대저택 앞을 지나가는 사람들의 얼굴에 부딪히곤 했다. 이런 무모하고 무관심한 방식으로 피에르는 일종의 출판인이었다. 그의 더 친밀한 팬들은 그의 불후의 작품들의 원초적 의상에 대한 이러한 불경함에 반대하여, 자주 그에게 진정으로 이의를 제기하고, 그의 강력한 펜의 펜촉이 일단 닿은 것은 무엇이나 그 순간부터 교황의 위대한 발가락에 단 한 번 경의를 표한 입술처럼 신성하다고 말한 것이 사실이다. 그러나 이런 친절한 책망에 냉담했음에도 피에르는 그의 소네트 〈눈물〉을 높이 평가하는 한 열렬한 팬의 행위를 막지는 못했다. 그 팬은 i(eye, 눈) 위에 점(눈물)이 남아 있는 최초 원고의 작은 조각을 발견하고 그 의미심장한 사건을 신의 뜻이라고 생각하여 브로치에 그걸 쓸 수 있는 특별한 호의를 베풀어 달라고 간청했다. 그러고는 양각으로 새긴 호메로스의 두상을 제거하고 그 자리에 더 귀중한 보석처럼 그 원고 조각을 정교하게 처리해서 끼워 넣었다. 그가 비를 만나 그 점(눈물)이 그 i(눈) 위에서 사라졌을 때는 위로할 길이 없게 되었다. 그래서 그 소네트 원고의 아주 작은 조각이 가뭄 속에서 울 수 있었으면서도 소나기를 만나 완전히 눈물이 말라버렸다는 생각에서, 그 시의 이상함과 불가사의함이 한층 두드러졌다.

그러나 세상 사람들의 찬양의 소리에 귀를 막은 무관심하고 거만한 아마추어, 불가사의하게 명랑하고 명성 있는 〈눈물〉의 작가, 과시적인 표지에 그의 이름이 모든 기고가들(그들도 이류 작가는 아니었다. 왜냐하면 그들의 전기가 모두 상호 간에 우애적으로 집필되었고, 그들은 클럽을 조직했고, 자기들의 사진을 모두 일괄적으로 찍어, 모두 한 상점에서 구매한 지면에 공표하였기 때문이다)의 선두에서 두각을 나타낸, 잡지 《가젤》의 자랑거리인 피에르. 그의 미래의 인기와 작품의 방대함이 그가 이미 써놓은 것을 통해 너무나 놀랍도록 알려졌기 때문에, 어떤 투기꾼들은 특별히 이 위대한 작가를 위해 제지 공장을 시작하여, 그의 문방구 거래를 독점할 목적으로, 만약 있다면, 그곳의 수력을 조사하러 새들 메도우스에 왔을 정도로 신망이 높은 피에르. 그저 명성을 열망하는 모든 젊은이들이 두려운 마음으로 언급하는 굉장한 존재인 피에르. 잡지사에서 과거 국회 사서였던 65세의 노신사를 그에게 소개했을 때, 피에르는 모자를 쓴 채 허물없이 앉아 있는 데 비해 정중히 모자를 벗은 채 계속 서 있었던, 나이를 무력화시키는 피에르. 이 놀라운—하지만 지금까지는 인생 아마추어에 불과한—도도한 천재는 이제 머지않아 전혀 다른 모습으로 나타날 운명이다. 그는 이제 세상이 범용함과 평범함을 숭배하지만 당대의 모든 장엄함에는 살의를 품는다는 것, 세상이 모든 위선을 사납게 공격하리라 맹세하지만 그럼에도 진정성에 반드시 귀를 기울이지 않는다는 것을 배우게 될 것인데, 그것도 대단히 씁쓸하게 배우게 될 것이다.

사물의 현 상태가 늘 증가하는 새로운 서적의 홍수와 연합하여 대부분의 인간이 노망의 수준으로 몰락할 때, 작가들은 오늘날 연금술사들처럼 드물어질 것이고 인쇄기는 작은 발명품으로 간주될 시대가 다가오는 것을 불가피하게 가리키는 것 같다. 그럼에도 지금도, 이런 것을 예상하는 와중에도, 오 아우렐리아누스*여! 작가의 시대는 지나가고 있지만 진정성의 시간들은 남아 있게 하소서!

*통화를 개혁하고 로마제국을 재통일한 황제. 연금술사들에게는 황금의 추종자로, 절대 진리의 상징이다.

19부
사도들의 교회

I

그 도시의 지대가 낮은 구시가지의—과거에는 조용해 보이는 주택들이 밀집해 있었지만 지금은 주로 외국 수입업자들의 크고 높은 창고들로 꽉 차 있는—거의 골목길에 가까운 좁은 길 안에, 그리고 그 골목길이 상인들과 그들의 서기들, 짐마차 마부와 짐꾼들이 이용하는 제법 크지만 옹색한 도로와 교차하는 모퉁이에서 멀지 않은 곳에, 더 이른 초창기의 잔재인, 다소 기이하고 오래된 건물이 이 무렵에도 여전히 서 있었다. 그 자재는 회색이 도는 돌이었는데, 조잡하게 잘라서 놀랄 만큼 두껍고 튼튼한 벽들을 쌓았고, 그중 두 개의 벽—측벽들—을 따라서 두 줄의 아치형 우람한 창문들이 배치되어 있었다. 큼지막하고 네모난 장식 하나 없는 탑이 그 교회 본채의 두 배 높이로 전면에 솟아 있었고, 이 탑의 삼면에는 작고 좁은 구멍이 뚫려 있었다. 여기까지는 외적인 면에서 그 건물이—이제 100년 이상 오래된 것으로―무슨 목적으로 본래 세워졌는지를 충분히 증명했다. 그 건물 배후에 크고 높은 평범한 벽돌 건물이 있었는데, 앞면은 뒤쪽의 도로를 향하고 있었지만 그 뒷면을 교회의 뒷면에 드러내고 있어, 그 사이에 작고 포석이 깔린 사각형 공터를 남겨놓았다. 이 사각형 변에 난 3층의 소박한 벽돌 주랑들이 오래된 교회와 그보다 덜 오래된 부속 건물 사이에 지붕이 있는 통로가 되었다. 배후의 건물 앞 작은 안뜰 안에 있는 철제 울타리의 파괴되고 녹슬고 버려진 오래된 난간이, 옛 교회의 묘지로서 예전에 신성시되던 빈 터를 뒤쪽 건물이 빼앗았다는 것을 암시하는 듯했다. 이러한 상상이 전적으로 사실이었을 터다. 하지만 그 도시의 그 구역에 지금처럼 창고와 사무실이 아니라 개인 주택이 들어서 있었을 때 그 오래된 '사제들의 교회'가 신성하고 우아했던 시절이 있었지만, 변화와 발전의 조류가 바로 교회의 넓은 통로와 측랑을 통해 밀려 들어와 2~3마일 인근에 있는 신도 대부분을 휩쓸어 갔다. 몇몇 완고하고 나이 지긋한 상인과 회계사들이, 먼지 낀 신도 좌석에 얼마 동안 남아 있으면서, 충실한 노목사의 권고에 귀를 기울였다. 한편 목사는 회중들이 일탈하는 중에도 목사직을 고수하면서, 케케묵은 설교단에서 중풍에 걸린 몸을 여전히 지탱하며, 이따금 이제 힘 빠진 손으로 책상의 좀먹은 덮개를 두드렸다. 하지만 이 착한 늙은 성직자가 죽고, 백발에 대머리가 된 남아 있는 상인들과 회계사들이 그의 관을 따라 넓은 복도 밖으로 나와 경건하게 관이 매장되는 것을 보았을 때, 그때가 일찍이 그 낡은 건물의 사면 벽들로부터 정식 예배 집회에 참여했던 신도들이 빠져나가는 것을 목격한 마지막이었다. 존경할 만한 상인들과 회계사들이 회의를 열었는데, 그 회의에서 그 불가피성이 가혹하고 달갑지 않지만 그 건물이 더 이상 초기의 목적에 능률적으로 기여할 수 없다는 사실을 감추는 것은 이제 아무 소용이 없다는 것이 최종적으로 결정되었다. 건물은 여러 개의 점포로 나뉘고, 여러 개의 사무실로 쪼개어지고, 군거하는 성향이 있는 변호사들을 위한 보금자리로 제공되어야 했다. 이 계획은 심지어 높은 탑 안에 사무실들을 만들 정도로 성황리에 실행되었다. 일이 너무나 잘되었기 때문에 마침내는 교회 묘지가 부속 건물 부지로 침범당했고, 마찬가지로 법조인들에게 마구잡이로 임대되었다. 그러나 이 새 건물은 높이가 교회 본채를 월등히 능가했다. 약 7층 건물로 거대한 벽돌들을 두려울 정도로 쌓아 올린 탓에 기와지붕이 거의 신성한 탑의 꼭대기 높이까지 솟아 있었다.

이 야심찬 건물을 지으면서 건물주들은 몇 계단, 더 정확히 말하자면 몇 층이나 너무 멀리 가버렸다. 사람들은 변호사들이 언제나 바로 곁에서 그들을 돕지 않으면 좀처럼 기꺼이 법적 분쟁에 뛰어들지 않기 때문에, 사무실을 가능한 한 길가에 가까이 편리하게, 될 수 있으면 단 한 걸음도 오르막이 없는 1층에 두는 것이 변호사들의 한결같은 목표이다. 때문에 그들은 고객들이 예비의 착수금을 지불하기 위해 일곱 개의 긴 일련의 계단들을 아주 좁은 층계참과 함께 한 층 한 층 올라가야 한다면 그들을 고용하길 단념할지도 모르는, 건물 7층에는 사무실을 내지는 않는 법이다. 그래서 개관한 지 얼마 후부터 덜 오래된 부속 건물의 위층들은 거의 완전히 임대되지 않은 채 비어 있었다. 사업이 번창하는 아래층 법조인들의 바로 머리 위의, 비어 있는 방들의 쓸쓸한 메아리로 인해 적어도 그들 중 몇 사람은 다락방들의 우울한 상태와 비교되는 아래층 방들의 번잡한 상태와 관련된, 달갑지 않은 비유를 떠올렸다. 아! 두둑한 주머니와 텅 빈 머리 꼴이로다! 하지만 이 쓸쓸한 상황은, 예전에 세계의 미지의 지역들에서 나타나, 네덜란드의 황새들처럼 대부분의 큰 항구에 있는 낡은 고층 건물의 처마와 다락방들에 내려앉는 수십 명의 생계를 위한 잡다한 투기꾼들과, 대단히 체면을 차리지만 초라한 검정 옷을 걸친 모호한 전문 직종의 정체를 알 수 없는 사람들과, 색안경을 쓴 어디 출신인지 알 수 없는 외국인 모습의 사람들이, 높은 층의 빈 방들을 점차 채워감으로써 마침내 많이 개선되었다. 이곳에서 그들이 까치들처럼 앉아서 대화를 나누거나 있을 것 같지 않은 식사를 찾아 내려와, 물고기를 잡기 어려운 때 펠리컨의 턱 주머니처럼 헐렁한 주머니를 축 늘어뜨린 채, 바닷가에 야윈 모습으로 줄지어 서 있는 상심한 펠리컨들처럼 급식소 앞에 연석을 따라서 정렬해 있는 모습을 볼 수 있다. 그러나 이 가난한, 무일푼의 악령들은 그럼에도 더없이 행복한 관념의 영역에서 한껏 즐김으로써 육체적 절망을 충분히 보상하려고 노력한다.

그들은 대부분 여러 종류의 예술가들로 화가나 조각가 또는 가난한 학생이거나 어학 교사 또는 시인들이거나 프랑스 망명 정치인들 아니면 독일 철학자들이었다. 그들의 정신적 경향은 때때로 아무리 이단적이라 할지라도 텅 빈 주머니 사정 때문에 홉스의 세련되지 않은 유물론을 거부하고 공허하고 기고만장한 버클리 철학에 기울어져 있었으므로, 대체로 아직도 대단히 고상하고 정신적이었다. 흔히 헛되이 주머니 속을 더듬다가 그들은 데카르트의 우주 물질의 혼란스러운 사태에 굴복하지 않을 수 없었다. 한편 다락방에서 보내는 (형이하학적이면서 비유적인) 여가의 풍부함이 그들의 배 속의 여가와 제휴하여, 특히 칸트(can't)는 어디에도 실체가 없는 그들의 생활에서 하나의 크나큰 명백한 사실이므로, 칸트(Kant)의 승화된 '범주론'을 적절히 소화하는 데 전념할 수 있도록 놀라울 정도로 그들을 준비시켜놓는다. 가장 평범한 부양 수단이 이렇게 끔찍하게 불확실한 가운데 그들의 생존 자체가, 많은 사변적 해결사들이 동원되었지만 허사였던 문제를 제기하므로, 이 사람들은 내가 그들에게서 사물의 가장 심원한 신비들을 배우는 명예로운 거지들이다. 이 세상에서 살다 죽은 이러한 모든 명예로운 거지들을 추모하여, 여기에 내 머리카락 세 타래를 바치고 싶다. 확실히 그리고 진실로 나는 그들을—흔히 본심은 고상한 사람들인—존경하고, 바로 그 이유 때문에 실례지만 그들에게 장난치길 좋아한다. 왜냐하면 근본적인 고결함이 있고 근본적인 명예가 당연히 주어져야 할 곳에서 흥겹게 떠드는 것은 결코 불경하다고 간주되지 않기 때문이다. 명성의 근거가 확고한 신과 인간들은 사과장수 노파들의 선동적인 험담과 거리의 익살맞은 어린 소년들의 악의 없는 장난을 두고 속을 태우지 않는다. 그러니 바보이고 현학자들인 인간과 사기꾼이고 야비한 신들, 이들만이 농담 때문에 화를 낼 뿐이다.

실체가 사라질 때 인간은 그림자에 집착한다. 과거에 고상한 용도로 지목된 장소들이 별로 중요하지 않은 용도로 개조되었을 때조차 그 고상한 명칭을 여전히 보유한다. 마치 피할 수 없는 운명으로 인해 그 낭만적이고 고상한 것의 실체를 포기해야 하듯이, 현재의 사람들은 순수하게 허구적인 어떤 나머지 것을 간직함으로써 기꺼이 절충하고 싶어 하는 것처럼 보인다. 이러한 경향의 묘한 결과는 아주 흔히 대서양 건너편 구세계의 오래된 나라들에서 나타나곤 한다. 이를테면 템스 강을 가로지르는 한 다리는 엘리자베스 여왕 시대 훨씬 이전부터 강둑에 단 한 명의 '검은 옷을 입은 수도사'도 없었고 소매치기들이나 들끓었지만, '흑의수사교(黑衣修士橋)'라는 수도사를 가리키는 이름을 지금까지도 간직하고 있고, 아직도 무수한 역사적 변칙들이 아름답고 슬프게 현대인에게 새로운 세대인 그보다 앞서간 놀랄 만한 역사의 행진을 상기시킨다. 이쪽 아메리카의 해안에 우리의 건국이 비교적 최근의 일이어서, 이런 매력적인 변칙들에 어떤 중요한 참여의 여지도 배제되지만, 그럼에도 우리의 더 오래된 도시들 여기저기에 전체적으로 어느 정도의 변칙들이 아주 없지는 않다. 지금은 본래의 용도와 아주 크게 대조를 이루는 용도로 개조되었지만, 아직도 그 위엄 있는 이름을 지니고 있는, 초창기에도 '사도관'이라는 준말로 더 잘 알려진 오래된 '사도들의 교회'의 경우도 그러했다. 새 건물이든 옛 건물이든 그곳의 방에 세 든 변호사나 화가는, 어디서 만날 수 있느냐는 질문을 받았을 때 변함없이 "사도관에서"라고 대답했다. 그러나 마침내 이제 번성하고 확장하는 도시에서 가지각색의 직업의 더욱 주목할 만한 소재지들의 불가피한 이동 과정에서, 그 유서 깊은 장소는 법조인들에게 전만큼 매력적인 동기를 주지 못했고, 정체를 알 수 없는 낯선 투기꾼과 예술가 그리고 온갖 종류의 가난한 철학자가 다른 사람들이 떠나는 만큼 빠르게 몰려들었다. 그리하여 이 기이한 주민들의 형이상학적 이질성과 관련하여, 그리고 그들 가운데 몇몇이 잘 알려진 목적론적 이론가들과 사회 개혁가들과 온갖 종류의 이단적 교의의 정치적 선동가들이라는 상황에서 어느 정도 기인하여, 그 오래된 교회의 먼 옛날의 평판 좋은 이름이 그곳 거주자들에게 지분 분배되듯이 양도되었는데, 거기에는 아마도 대중의 가벼운 장난기도 얼마간 작용했을 것이다. 그리하여 그 시절의 일반적 관행으로 그 오래된 교회 안에 사무실을 가진 사람을 스스럼없이 '사도'라고 부르게 되었다.

그러나 모든 결과가 단지 그다음에 오는 또 다른 결과의 원인이듯이, 우연히도 그 유서 깊은 교회의 현 거주자들은 자신들이 이렇게 당파적으로 완전히 부적절하지는 않게 호칭되는 것을 발견하고, 모두에게 공통된 칭호를 통해 서로 이끌려 더욱 사교적인 교감 속에 가지각색의 소굴에서 함께 나오기 시작했다. 머지않아 그들은 여기서 더 나아가 서서히, 공적인 입장 표명에서는 지나치게 주의를 끌지 않고, 거의 인지할 수 없었지만, 그럼에도 교회와 국가의 완전한 전복과 미지의 정치적 종교적 황금시대의 성급하고 시기상조인 추진과 막연히 관계가 있는, 확실하지 않은 이면의 목적을 가진 것으로 은밀히 혐의를 받는, 기이한 단체로 마침내 조직화되었다. 그래도 몇몇 열광적인 보수주의자들과 도덕 애호가들이 그 오래된 교회에 경계의 눈을 떼지 않도록 여러 번 경찰서에 경고를 남겼다. 그리하여 실제로 이따금 경찰관이 높은 탑의 수상쩍은 좁은 창문 틈을 미심쩍게 조사하곤 했지만, 그럼에도 진실을 말하자면 그 장소는 어느 모로 보나 대단히 조용하고 품위 있는 곳이었고, 그곳의 현 거주자들은 일단의 순진한 사람들이었고, 그들의 가장 큰 수치는 체취에 찌든 외투와 햇빛에 색이 바랜 구멍 난 중절모였다.

대낮에 많은 짐짝과 상자들이 '사도관' 앞의 상점들을 따라서 운반되고, 위태롭게 좁은 보도를 따라서 상인들은 때때로 은행들이 문 닫기 전에 수표의 부도를 막으러 서둘러 가곤 하지만, 그래도 그 거리는 단순한 창고업 용도로 대부분 전용되고 일반 도로로는 사용되지 않았으므로, 그곳은 언제나 비교적 조용하고 외딴 장소였다. 일몰 한두 시간 전부터 다음 날 아침 10시나 11시까지 그곳은 두드러지게 조용했고 사도들 말고는 사람들이 없었다. 매주 일요일이면 그곳은 오직 길 양편에 늘어선 냉혹한 철제 덧문이 내려진 예닐곱 개의 상점들로 이루어진 기다란 하나의 조망을 보일 뿐이다. 그곳은 전에 말했듯이 '사도관'에서 그리 멀지 않은 곳에 창고들이 들어선 길과 교차하는, 또 하나의 길과 대체로 똑같다. 왜냐하면 그 거리는 사무원 전용의 값싼 식당들, 외국 음식점들, 그리고 상업적으로 많은 사람들이 모이는 다른 업소들이 들어서 있어서 후자와는 실제로 다른 거리이지만, 그럼에도 그곳에서의 유일한 활동은 업무 시간에만 국한되고 밤에는 가로등 외에는 모든 거주자의 인적이 끊겼으며 일요일에 그곳을 통과하는 것은 스핑크스 조각상이 늘어선 길을 통과하는 것과 같았기 때문이다.

그래서 옛날 '사도들의 교회'의 현재 상태는 위에서 말한 그대로인데, 낮은 층은 남아 있는 몇 안 되는 미심쩍은 변호사들로 웅성거렸고, 높은 층은 온갖 종류의 시인, 화가, 걸인, 철학자들로 붐볐다. 탑의 꼭대기 층들 중 하나에 괴상한 플루트 교수가 자리 잡고 있어 조용한 달 밝은 밤 같은 때 자주 고음의 아름다운 곡조가—옛적에 종소리가 오래전 세대의 박공지붕 위로 울려 퍼졌듯이—주변의 수많은 창고들의 지붕 위로 흘러나오곤 했다.

II

그 일행이 도시에 도착하고 나서 세 번째 되는 날 저녁, 피에르는 황혼 녘에 사도관 뒤쪽 건물의 높은 층 창가에 앉아 있었다.

그 방은 조악할 정도로 빈약했다. 바닥에는 양탄자도 없고, 벽에는 그림 하나 걸려 있지 않았다. 가난한 노총각의 침상으로 사용되었을 법한 낮고 길고 매우 이상해 보이는 일인용 침대와 푸른색 사라사 무명 커버가 있는 커다란 장롱, 흔들흔들하고 삐걱거리는 아주 오래된 마호가니 의자뿐이었다. 거기에 두 개의 곧추선 빈 밀가루 통 위에 걸쳐놓은, 6피트 정도 길이의 아주 단단한 넓은 참나무 판자 위에 큰 잉크병과 풀어놓은 깃펜 묶음과 주머니칼과 서류철로 쓰는 접지와 아주 크게 '괘선지, 파란색'이라고 고무인이 찍힌, 아직 철하지 않은 대판양지 한 연이 얹혀 있었다.

　그곳에서 보내는 세 번째 저녁 황혼 녘에 피에르는 사도관 뒷쪽 건물의 높은 층에 있는 빈약한 방의 창가에 앉아 있었다. 분명히 그는 오롯이 한가했고, 두 손에는 아무것도 없었지만 가슴속에는 뭔가가 있었을 것이다. 이따금 그는 그 이상해 보이는 녹슬고 낡은 침대를 뚫어지게 응시한다. 그것은 그에게 강력한 상징처럼 보였는데, 정말로 대단히 상징적이었다. 왜냐하면 그것은 요새의 도전적인 방어자이며 많은 불굴의 전투에서 용감한 지휘자였던, 그의 할아버지가 썼던 해체 조립이 가능하고 경편한 오래된 야전 침대였기 때문이다. 바로 그 야전 침대 위에서, 거기에서, 싸움터 천막 밑에서, 온화한 눈과 무인의 가슴을 가진 명예로운 노장군이 잠을 잤고, 오직 잠에서 깨어 기사를 만드는 검을 옆구리에 찼는데, 왜냐하면 피에르 장군에게 살해당하는 것은 숭고한 기사의 신분이 되는 것이었고,

저세상에서 그의 적들의 유령들은 자기들에게 저승 통행권을 준 그 손을 자랑했기 때문이다.

전쟁용의 그 딱딱한 침대가 평화로운 시기의 부드러운 몸에 상속 재산으로 전해졌는가? 곳간이 가득 찬 평화로운 시기에 태평한 도리깨질 소리가 들리고 평화로운 상거래의 와글거리는 소리가 울려 퍼지는 때, 두 장군들의 손자 역시 역전의 용사인가? 오, 이 표면상의 평화의 시기에, 무인이었던 할아버지들이 피에르에게 헛되이 주어진 것이 아니다! 왜냐하면 피에르 또한 전사이기 때문이다. 인생은 그의 전쟁터이고, 세 가지 사나운 동맹, 즉 비애와 멸시와 결핍이 그의 적들이다. 넓은 세상이 그에게 반대하여 단결해 있고, 자 보라! 그는 정의의 기치를 높이 들고, 영원과 진실을 두고 맹세한다! 그러나 아, 피에르, 피에르, 네가 그 침대에 누울 때, 네가 한껏 쭉 뻗은 키가 위대한 곤트의 존 경*의 자랑할 만한 6피트 4인치 키가 아니라는 생각은 얼마나 굴욕적인가! 전사의 신장이 전투의 점차 작아진 영광에 따라 줄어든다. 실제로 천막을 치고 싸우는 전쟁터에서 용맹스러운 적을 때려눕히는 것이 숭고한 영혼의 거짓 세상과의 싸움에서 결코 얼굴을 보이려 들지 않는 비열한 적을 추적하는 것보다 더 빛나기 때문이다.

거기에 그때, 세 번째 날 저녁 황혼 녘에 사도관 뒤쪽 건물 높은 층에 있는 남루한 방의 창가에 피에르가 앉아 있었다. 그

*에드워드 3세의 넷째 아들로 유명한 무인.

는 지금 창밖을 응시하고 있다. 그러나 아성(牙城)형의 오래된 회색 탑을 제외하고, 외관상으로 기와, 슬레이트, 지붕널, 양철로 이루어진 황량한 풍경 말고는 아무것도 볼 것이 없다. 즉 우리 현대의 바빌로니아인들이 훌륭한 네부카드네자르가 왕이었던 화려한 옛 아시아 시대의 아름다운 공중 정원을 대체한, 높은 곳에 위치한 타일, 슬레이트, 지붕널, 양철로 이루어진 황량한 풍경 말이다.

거기에 그는 오래된 대농원 안 저택의 즐거운 정자로부터 이 하찮은 땅에 뿌리내리기 위해 이식된, 이상한 외래 식물처럼 앉아 있다. 더 이상 새들 메도우스의 푸른 들판 일대에 있는 산들의 감미로운 황혼 빛에 물든 대기는 생기 있게 바람에 실려 그의 뺨에 불어오지 않는다. 한 송이 꽃처럼 그는 그 변화를 느끼는데, 홍조가 사라진 뺨은 시들고 창백하다.

높은 층의 저 빈약한 방 창문에서, 피에르가 그렇게 골똘하게 응시하는 것은 무엇인가? 창문 아래쪽에 길은 없고, 깊고 검푸른 심연 같은 정방형 공터가 있을 뿐이다. 그러나 그것을 가로질러 오래된 교회의 가파른 지붕의 저편 끝에 크고 오래된 회색 탑이 어렴풋이 나타나고, 피에르에게는 확고부동한 꿋꿋함의 표상인 그것은, 지구의 심장에 깊이 뿌리를 박고 공중의 모든 아우성을 압도한다.

피에르가 앉아 있는 쪽의 창문 맞은편에 방문이 있고, 지금 부드러운 노크 소리가 들어가도 좋은지를 묻는 차분한 말과 함께 들렸다.

"언제나 환영이오, 사랑스러운 이사벨." 피에르가 일어나 문으로 다가가면서 대답했다. "자, 낡은 야전 침대를 끌어내 소 파 대용으로 합시다. 와서, 이제 앉아요, 누이. 그리고 어디든 그대가 가고 싶은 데에 우리가 있다고 상상합시다."

"그러면, 피에르, 어두운 밤이 늘 뒤를 잇기 때문에 밝은 태 양이 절대 떠오르지 않을, 영원한 황혼과 평화의 영역에 우리 가 있는 것으로 상상해요. 황혼과 평화, 피에르, 황혼과 평화 말예요!"

"지금이 황혼이오, 누이. 그리고 확실히, 도시의 이 지역은 적어도 조용한 것 같군요."

"지금은 황혼이지만, 곧 밤이 되고, 그다음에 짧은 해가 뜨 고 그다음에 또 다른 긴 밤이 와요. 지금은 평화롭지만, 곧 잠 과 무의식으로 이어지고, 그다음에 감미로운 황혼이 다시 찾아 들 때까지, 피에르, 당신에겐 힘든 일이 있어요."

"촛불을 켭시다, 누이. 밤이 깊어지고 있어요."

"무엇 하러 촛불을 켜요, 피에르? 이리 가까이 다가앉아요, 동생."

그는 더 가까이 옮겨 앉으며, 슬며시 한 팔로 그녀를 안았 다. 그녀의 사랑스러운 머리가 그의 가슴에 안기자 두 사람은 상대방의 가슴이 두근거리는 것을 느꼈다.

"오, 친애하는 피에르, 왜 우리는 늘 평화를 갈망하면서도 정작 평화가 찾아올 땐 그것을 못 견뎌하지요? 말해줘요, 동 생! 두 시간도 되기 전에, 당신은 황혼을 바라고 있었고, 지금

은 촛불이 서둘러 황혼의 마지막 잔영을 쫓아버리기를 원하고
있어요."

그러나 피에르는 그녀의 말을 듣지 못하는 것 같았고, 팔로
더욱 단단히 그녀를 껴안았고, 보이지 않게 온몸을 떨었다. 그
때 갑자기 놀라울 만큼 강렬한 낮은 어조로 그가 말했다.

"이사벨! 이사벨!"

그녀는 그의 팔이 그녀를 안고 있듯 한 팔로 그를 안았다. 전
율이 그에게서 그녀에게로 흐르고 둘 다 말없이 앉아 있었다.

그는 일어나서 방 안을 이리저리 거닐었다.

"그런데, 피에르, 여기서 정리할 일들이 있다고 했잖아요.
지금 뭘 하고 있었어요? 자, 이제 촛불을 켜요."

촛불이 켜졌고 대화가 계속되었다.

"원고들은 어때요, 동생? 모든 것이 잘되어 있어요? 넌지시
말해준 새로운 것들을 쓰는 동안, 먼저 무엇을 출판할 것인지
결정했어요?"

"저 상자를 봐요, 누이. 아직 끈도 풀지 않은 것이 보이지 않
아요?"

"그럼 아직 상자를 들여다보지도 않았어요?"

"전혀요, 이사벨. 열흘 동안 1만 년은 산 것 같아요. 저 상자
안에 있는 것들이 쓰레기라고 사전 경고를 받아서 열어볼 용기
가 나지 않아요. 폐물! 찌꺼기! 쓰레기라고!"

"피에르! 피에르! 이게 어찌 된 일이에요? 당신 상자에는 약
간의 은과 금이 들어 있을 뿐만 아니라, 쉽게 은과 금으로 바꿀

수 있는 훨씬 더 귀중한 것들이 들어 있다고, 여기로 오기 전에 말하지 않았던가요? 아 피에르, 우리는 걱정할 것 없다고 장담하지 않았어요?"

"내가 언제든 고의로 누이를 속였다면, 이사벨, 고귀한 신들은 나에게 베네딕트 아놀드* 같은 반역자가 되어, 악마들에게 가서 그들과 힘을 합쳐 나를 칠 것이오! 하지만 모르고 나 자신과 그대를 함께 속인 것은, 이사벨, 그것은 아주 다른 거요. 오, 인간은 얼마나 비열한 사기꾼이고 협잡꾼인가! 이사벨, 내가 작품을 쓰고 있을 때, 바로 하늘이 그 작품들의 아름다움과 위력에 놀라서 창문으로 들여다본다고 생각했던 것들이 바로 저 상자 안에 들어 있어요. 그런데 나중에 며칠이 지나 내가 냉정해져서 다시 그것들은 집어 들고 자세히 검토했을 때, 약간의 잠재적 의심들이 끼어들었지만, 옥외에서 내가 그 서투르게 쓴 것들의 신선하고 쓰여 있지 않은 이미지들을 상기했을 때, 그때 나는 마치 그 관념적 회상 행위를 통해 이상을 구현하려는 비참한 창작 시도에 참으로 완전한 이상을 이입한 것처럼 다시금 경쾌하고 의기양양해졌어요. 이런 기분이 남아 있었어요. 그래서 그 후에 나는 내가 한 그 놀라운 것들에 관해서, 금은 광이 오래전에 그대와 나에게 솟아났고 우리는 육체적으로나 정신적으로 부족함이 없게 될 것이라고 그대에게 말했던 겁니

---

*미국 독립전쟁에 참전한 군인. 초기에는 대륙군으로 참전했으나 나중에 대륙군을 배반하고 영국군에 참전했다.

다. 그럼에도 그동안 어리석다는 잠재적 의심이 있었지만, 나는 그것을 인정하려고 하지 않았고 그 앞에서 내 영혼의 문을 닫아버렸어요. 그럼에도 지금 무수한 보편적 폭로가 내 이마에 바보라는 낙인을 찍고 있고! 은행에서 지불 거절당한 어음들처럼 내가 써놓은 모든 것이 항변하는 진실의 망치로 산산이 부서졌어요! 오, 나는 병들었어요, 병들었어, 병들었어!"

"당신 말고는 아무도 안아본 적이 없는 나의 두 팔이, 피에르, 아주 어둑하긴 하지만, 당신을 달래어 다시 황혼의 평화로 들여보내게 해줘요!"

그녀는 촛불을 불어서 끄고 피에르를 자기 옆에 앉히고 서로 손을 마주 잡았다.

"이제 고통이 사라지지 않았어요, 피에르?"

"그러나 그 대신…… 그 대신…… 그 대신…… 오 하느님, 이사벨, 내 손을 놓아줘요!" 피에르가 소리치며 벌떡 일어섰다. "밤의 검은 두건 속에 모습을 감춘, 그대 하늘이여, 나는 그대를 부른다. 보통 사람들은 결코 가지 않는, 최대한도로 보이는 데까지 미덕을 좇다가, 그로 인해 내가 지옥을 부여잡고 최대한도의 미덕은 결국 가장 극악무도한 악덕의 기만적 뚜쟁이로 판명된다면, 그러면 그대 석벽이여, 가까이 다가와 나를 압살하고 단숨에 모든 것들을 함께 붕괴시켜라!"

"피에르! 이건 좀 이해할 수 없는 헛소리예요." 이사벨이 두 팔로 그를 감싸며 소리쳤다. "동생! 내 동생!"

"그대의 가장 깊은 내면에 있는 영혼의 소리에 귀를 기울여요!" 피에르가 냉혹하고 떨리는 목소리로 말했다. "더 이상 나를 동생이라고 부르지 마시오! 내가 그대의 동생인 줄 어떻게 아오? 그대의 어머니가 그대에게 말했소? 내 아버지가 나에게 그렇게 말했소? 나는 피에르, 그대는 이사벨, 보편적 인류 가운데 넓은 의미로 동생과 누이 사이이지, 그 이상은 아니오. 나머지는 신들이 자기네가 만든 가연성 물질들을 알아서 보살피게 놔둬요. 그들이 내 안에 화약통을 넣어두었다면…… 그들이 알아서 그것을 돌보게 해! 그들이 알아서 하게 놔둬! 아! 이제 나는 인간의 도덕적 완성의 가장 큰 이상이 요령부득이라는 것을 어렴풋이 알고, 아무튼, 거의 아는 것 같군. 반신반인들이 쓰레기를 밟아 뭉개는데, 미덕과 악덕은 쓰레기야! 이사벨, 나는 이런 것들을 쓰겠소. 나는 새로이 세상 사람들에게 복음을 전하고 그들에게 〈묵시록〉보다 더 깊은 비밀들을 보여주겠소! 나는 그것을 쓰겠어, 그것을 쓰겠어!"

"피에르, 나는 신비 가운데서 태어나 신비 속에서 자라고 아직도 신비에 싸인 사람으로 살아남아 있는 불쌍한 여자예요. 나 자신이 너무나 불가사의하여, 나에게 하늘과 땅은 말로 표현할 수 없고, 그것들을 표현할 말이 나에겐 없어요. 하지만 이것들은 완곡한 신비들이고, 당신의 말, 당신의 생각은, 내가 혼자서는 두려워서 가지 못할 다른 경이로운 세계를 나에게 열어줘요. 하지만 나를 믿고 의지해요, 피에르. 당신과 함께, 당신과 함께라면, 나는 대담하게 별도 뜨지 않은 바다도 헤엄쳐 갈 것이고, 거기서 튼튼한 수영인인 당신이 설령 약해진다 해

도 당신에게 구명부표가 되어줄 거예요. 피에르, 당신은 미덕
과 악덕에 대해 말하는데, 평생 동안 세상에서 격리된 이사벨
은, 오직 풍문으로 말고는 전자도 후자도 몰라요. 그것들은 실
제로 무엇인가요, 피에르? 먼저 미덕이 무엇인지 말해줘요, 어
서요!"

"그 점에 대해 신들이 침묵한다면, 작은 요정이 말하게 할
까? 공기의 요정에게 물어봐요!"

"그러면 미덕은 존재하지 않는 거군요."

"그렇지 않소!"

"그럼 악덕은요?"

"저런, 무(無)가 본질이고, 그것이 한쪽으로 하나의 그림자를
드리우고, 다른 한쪽으로 또 하나의 그림자를 드리우며, 이 두
그림자가 하나의 무에서 나오고, 이것들이 나에게는 미덕과 악
덕인 것처럼 보여요."

"그런데 왜 그렇게 자신을 괴롭히나요, 피에르?"

"그게 법칙이지요."

"뭐라고요?"

"무가 무를 괴롭히는 것 말이오. 왜냐하면 나는 무이니까.
그것은 모두 꿈이오. 우리는 꿈을 꿨고 꿈을 꾸지요."

"피에르, 당신이 정말 가장자리를 맴돌 때, 당신은 나에게
수수께끼였지만, 당신이 영혼의 심연 속으로 깊이 가라앉은 지
금—당신이 현자들에게 괴팍스러워진 지금, 아마도—가엾고
무지한 이사벨은 당신을 이해하기 시작했어요. 당신의 감정은

오랫동안 나의 감정이었어요, 피에르. 기나긴 시간에 걸친 고독과 고뇌는 나에게 기적의 문을 열었어요. 그래요, 그것은 모두 꿈이에요!"

재빨리 그는 그녀의 팔을 잡았다. "무에서 무가 나와요, 이사벨! 사람이 어떻게 꿈속에서 죄를 지을 수 있나요?"

"첫째로, 죄가 뭔가요, 피에르?"

"후자의 이름에 대한 또 하나의 이름이지요, 이사벨."

"미덕에 대한 것이란 말예요, 피에르?"

"아니요, 악덕에 대한."

"다시 앉아요, 동생."

"나는 피에르요."

"다시 앉아요, 피에르, 가까이 앉아요. 안아줘요!"

그리하여 세 번째 날 밤에 황혼이 사라졌을 때, 그 빈약한 방의 높은 창문 안에서 등불도 밝히지 않고 피에르와 이사벨은 입을 다물고 앉아 있었다.

20부
찰리 밀소프

I

피에르는 옛 친구이자 새들 메도우스 출신인 사도관 거주자의
권유를 받고 사도관에 입주하게 되었다.

밀소프는 대단히 존경할 만한 농부—지금은 세상을 떴지
만—의 아들이었다. 농부 밀소프 노인은 보통 이상의 지성을
가진 이로, 굽은 어깨와 검소한 의복이 그리스 철학자에게 적
합한 머리와 부유한 신사를 아름답게 꾸몄을 만큼 우아하고 단
정한 얼굴을 받치고 있었다. 미국에서 모든 방식의 인간 집단
들의 정치적 사회적 평등화와 혼동은 다른 나라들에서는 알려
지지 않은 많은 두드러지게 예외적인 독특한 개인들을 낳았다.
피에르는 밀소프 노인을 잘 기억하고 있었는데, 잘생기고 침
울하고 침착한 성미의 말없는 노인이었다. 또한 고상한 품위를
타고났으면서도, 수확기의 긴 하루 일과로 거칠게 햇볕에 타고
야윈 얼굴에는 투박함과 고전적 교양이 기이하게 합쳐져 있었

다. 얼굴의 우아한 윤곽은 지체 높은 귀족을 나타냈고, 옹이 지고 앙상한 손은 걸인의 손을 닮았었다.

여러 세대에 걸쳐 밀소프 집안은 글렌디닝 가문의 땅에서 살았지만, 그들은 찰스 1세의 치세에 바다를 건너 이민 온 영국 기사로 가계가 거슬러 올라감을 대충 순박하게 밝힌 바 있다. 그러나 그 기사로 하여금 기품 있는 조국을 버리고 들짐승이 울부짖는 황야로 이끌리게 한 그 극심한 가난이, 4등친(等親)과 5등친에서 줄어든 그의 후손들에게 남겨진 유일한 상속 재산이었다. 피에르가 맨 처음 이 흥미로운 사람을 기억한 때에, 그는 그보다 한두 해 전에 대농원 지대를 감당할 능력이 전혀 없었던 탓에 넓은 농장을 포기하고 작고 거의 무너져가는 집이 딸린, 대단히 빈약하고 옹색한 작은 곳의 임대인이 되어 있었다. 그는 그때 거기서 대단히 점잖고 내향적인 사람인 아내와 세 명의 어린 딸과 피에르 또래의 소년인 외아들과 함께 살았다. 소년의 유전을 통해 물려받은 미모와 풋풋하고 싱그러운 아름다움, 사랑스러운 기질, 그의 이웃들이 지닌 변함없는 조야함과 종종 보이는 야비함과 대조하여 보면 뭔가 타고난 세련된 태도, 이런 것들이 일찍이 피에르의 동정적이고 자연스러운 우정을 끌어당겼다. 그들은 자주 소년다운 산책을 함께했고, 피에르의 친구들에 대해 언제나 까다롭게 신중했던, 가차 없이 흠을 잘 잡는 글렌디닝 부인조차 찰스 같은 귀염성 있고 잘생긴 시골 아이와 아들이 친교를 맺는 것을 결코 반대하지 않았다.

소년들은 성격에 대한 판단을 내리는 데 흔히 대단히 신속하고 예리하다. 두 소년이 사귄 지 오래되지 않아 피에르는 아무리 얼굴이 잘생기고 천성이 상냥하다 할지라도, 어린 밀소프는 아는 척하는 건방짐과 자부심을 체질적으로 타고난 것을 제외하면 마음이 아주 약하다는 결론을 내렸다. 그렇지만 그 건방짐과 자부심도, 아버지의 곡식과 감자, 본질적으로 내성적이고 인정 있는 자신의 성향 말고는 그것들을 살찌울 것이 없었으므로, 고칠 길이 없긴 했지만 그저 그의 성격의 재미있고 무해한 예외적 일면일 뿐이어서 피에르의 호의와 우정을 조금도 손상시키지 않았다. 왜냐하면 소년 시절에조차 피에르는 집안 형편상으로든 지성적으로든 자기보다 못한 사람들의 모든 사소한 결점을 흔쾌히 간과할 수 있었고, 언제든 장점을 보여주면 혹여 그것이 무엇과 결부되든 간에 그것을 포용하여 만족하고 기뻐할 수 있는 진정한 관대함을 지니고 있었기 때문이다. 그래서 젊은 시절에 우리는 이성적이고 언어화된 격언들 속에서 체계적으로 우리의 더 성숙한 인생을 규제하게 될, 그 특유의 원리들을 좇아 무의식적으로 행동하는데, 그 사실은 우리 인생의 숙명론적 의존과 우리 인생이 우리 자신이 아닌 운명에 예속되어 있음을 강력하게 설명하는 것이다.

심미안이 있는 성인이 자연 풍경 속에서 그림같이 아름다운 것을 탐지할 안목을 가지고 있다면, 그는 사회적 풍경 속에서 '청빈함'이라고 여기서 적절히 칭할 수 있는 것을 탐지할 예리한 직관력도 가지고 있을 것이다. 이러한 사람에게 게인즈버러*가 그린 오두막집의 벗겨진 지붕 이엉은, 이 세상의 아담하고 작은 소형 그림들을 '청빈한 모습으로' 다양화하는 걸인의 헝클어지고 성긴 머리털보다 더 회화적으로 이목을 끌지 못하며, 그 소형 그림들은 정교하게 광택을 내고 틀에 끼워져 심미안이 있는 인도적인 사람들과 '보상' 학파든 '낙천주의자' 학파든 마음씨 고운 철학자들의 고상한 마음속에 걸려 있다. 그들은 일반적인 그림 안에 정교한 '청빈한' 요소를 투입할 목적으로 이외에는, 어떤 비참함도 이 세상에는 없다고 한다. 하느님은 우리의 예의 바른 지시를 받아야 하는 은행에 현금을 맡겨 놓았고, 세상에 여름의 푸른 카펫을 관대하게 내주셨다. 썩 물러가라, 헤라클레이토스**! 비의 비탄은 우리에게 무지개를 만들어주려는 것뿐이다.

'청빈한' 농부 밀소프 노인과 모호하게 관련하여, 여기서 피에르를 넌지시 말하려고 의도하는 것은 아니다. 그래도 인간은 자신의 환경을 완전히 피할 수는 없다. 무의식적으로 글렌디닝 부인은 언제나 이상한 낙천주의자 가운데 한 사람이었고, 소년 시절 피에르는 어머니의 영향력을 완전히 피할 수는 없었다. 그럼에도 자주 이른 겨울 아침 같은 때에 찰스를 만나러 그 늙은 농부의 집을 방문하여, 밀소프 부인의 고통스럽게 당혹해하는 여위고 허약한 얼굴과 세 명의 어린 소녀의 슬프게도 호기

*영국의 유명한 풍경화가.
**그리스 철학자로 그의 우울한 철학 때문에 '눈물 흘리는 철학자'라고 불렸다.

심이 가득하고 절망적으로 거의 부러워하는 듯한 시선과 마주하여 문간에 서 있을 때, 피에르는 문에서 보이지 않는 우묵한 곳에서 낮고 늙은 삶에 지친 신음 소리를 간파하곤 했다. 그때 피에르는 순수한 '청빈함'과는 다른 무엇을 어렴풋이 깨닫곤 했는데, 그것은 떨리는 죽음이 가까이 다가오고 있고, 현재의 삶 자체는 단지 따분함과 쌀쌀함뿐인 채 늙고 가난하고 지치고 관절염에 걸린 것이 무엇일지에 대한 희미한 깨달음이었다! 청년 시절에 가장 이른 태양을 맞이하고 싶고 감미로운 생명수를 한 방울도 잃고 싶지 않아 활기 있게 침상을 떨치고 일어났지만, 지금은 그가 전에 그토록 간절히 사랑했던 빛살을 싫어하고, 빛살을 피하기 위해 침상에서 벽 쪽으로 돌아눕고, 태양이 황금빛이 아니라 구릿빛이고, 하늘이 푸르지 않고 잿빛이고, 피가 라인 백포도주처럼 너무 오랫동안 죽음의 신이 마시지 않아 혈관 속에서 묽게 시어버리는 침울한 날로 그를 데려갈 발걸음을 아직도 지연시키고 있는 그 노인에게, 그것이 무엇일지에 대한 어렴풋한 깨달음이었다.

우리가 지금 회고적으로 다루는 시기에, 밀소프 집안의 가난이 심화된 원인을 선술집을 겸하는 블랙스완 여인숙의 수다스러운 단골들이 그 농부의 도덕적 태만 탓으로 빗대어 말한 것을 피에르는 잊지 않고 있었다. "그 노인은 너무 자주 술을 마셨어" 하고 목이 가늘고 긴 어느 노인이 피에르가 듣는 데서 반쯤 비운 술잔을 손에 들고 똑같은 행위를 해 보이면서 말했다. 비록 밀소프 노인의 몸이 쇠약해지긴 했지만, 불쌍해 보이고 야위긴 했어도 그의 얼굴에는 과거든 현재든 주정뱅이의 징후는 조금도 보이지 않았다. 노인이 그 주막에 자주 간다고는 결코 공개적으로 알려진 적이 없었고, 아들과 함께 경작하는 몇 에이커 안 되는 땅을 좀처럼 떠나지 않았다. 그리고, 아아, 말할 수 없이 궁핍했지만, 그럼에도 그는 식료 잡화류에 대한 몇 실링 몇 펜스의 작은 빚을 갚는 데 대단히 정직하게 기일을 엄수했다. 그리고, 틀림없이, 그가 어떻게든지 돈을 벌 수 있는 많은 기회를 가졌지만, 그럼에도 어느 가을에 대저택의 하인들 식당에서 쓰기 위해 식용 돼지 한 마리를 그에게서 구입했을 때, 한겨울이 될 때까지 그 노인은 돈을 청구하지도 않았던 것을 피에르는 기억했다. 게다가 그때 노인은 떨리는 손으로 은화를 간절히 움켜쥐면서 "지금 저한테 그 돈은 필요가 없어서, 더 있다 주셔도 되는데" 하고 불안하게 말했다. 바로 그때 우연히 이 말을 듣고, 글렌디닝 부인은 노인을 쳐다보며 친절하고 인자하게 흥미로운 시선을 그 '청빈의 표본'에게 보내면서 "아아! 옛 영국 기사의 기상이 아직도 피 속에 흐르고 있군. 장하다, 노인!" 하고 중얼거렸다.

어느 날, 아홉 명의 조용한 사람들이 밀소프 노인의 집 문에 나타난 게 피에르의 시야에 들어왔다. 관 하나가 이웃 사람의 농장용 마차에 실렸고, 마차의 가늘고 긴 채와 마부석을 포함하여 약 30피트 길이의 행렬이 새들 메도우스를 따라 언덕으로 꼬불꼬불 올라갔다. 그리하여 마침내 밀소프 노인은 그곳에서 떠오르는 해가 더 이상 그를 무례하게 괴롭히지 못할 영면의 잠자리에 안장되었다. 아, 네덜란드 아마포 중에서 가장 부드럽고 섬세한 것은 어머니 대지다! 거기에, 무궁한 하늘의 장엄한 닫집 밑에, 제왕들처럼 당당하게 지상의 거지와 빈민들이 잠들어 있다! 나는 죽음이 이처럼 민주주의자인 것을 기뻐하고 다른 모든 실제의 영원한 민주주의 국가들에 절망하면서도, 인생에서 몇몇 사람의 머리엔 금관이 씌워지고 몇몇 사람의 머리에는 가시관이 둘러지지만, 사람들이 아무리 머리를 꾸민다 할지라도 묘석들은 모두 똑같다는 생각을 여전히 고수한다.

어린 밀소프의 아버지에 대한 이 조금 특별한 이야기는, 이제 어머니와 누이들의 부양을 책임지게 된, 아들의 그만큼 덜 미성숙한 상태와 성격을 더 잘 밝혀줄 것이다. 그러나 농부의 아들이면서도 찰스는 힘든 노동을 별나게 싫어했다. 어쩌면 굳게 결심하고 중노동을 함으로써 그가 일찍이 기억했던 것보다 훨씬 더 편안한 상태로 가족을 끌어올리는 데 결국 성공했을지도 모른다. 그러나 운명은 그렇게 정해지지 않았고, 자비로운 주(州)는 대단히 현명하게도 달리 판결을 내렸다.

새들 메도우스 마을에는 반은 공립 초등학교이고 반은 학원이지만, 주로 정부의 일반 조례와 재정상의 지원으로 유지되는 학교가 있었다. 여기서 영어 교육의 기초를 가르쳤을 뿐만 아니라 또한 어느 정도의 문학과 작문과 저 위대한 미국의 보루이자 지루한 과목인 웅변술을 가르쳤다. 새들 메도우스 학원의 바닥을 높이 돋운 교단에서, 가장 빈곤한 날품팔이 노동자의 아들들이 패트릭 헨리*의 맹렬한 혁명적 웅변을 점잔 빼며 말

215

하거나 드레이크**의 《죄수 요정》의 부드러운 운율을 격렬하게
손짓으로 나타내곤 했다. 그렇다면, 토요일 같은 날, 웅변술도
시도 없는 때에 이 소년들이 무겁고 꾸준히 붙들고 일해야 하
는 퇴비용 갈퀴와 괭이 자루들을 앞에 놓고 우울해지고 경멸적
이 되는 것이 무슨 이상한 일인가?

열다섯 살 때 찰스 밀소프의 야심은 웅변가나 시인이 되는
것이었는데, 여하간 어느 분야인가의 대단한 천재가 되는 것
이었다. 그는 기사인 조상을 상기하며, 분연히 쟁기를 발길로
걷어찼다. 그에게서 이러한 경향이 최초로 싹트는 것을 탐지
하고, 밀소프 노인은 대단히 진지하게 아들을 설득했고 종잡
을 수 없는 야심의 해악에 대해 경고했다. 그러한 종류의 야심
은 의심할 여지없는 천재나 부잣집 아들이나, 가난하지만 그들
에게 의존하는 사람이 아무도 없는, 세상에 완전히 홀로 서 있
는 소년들에게나 가당한 것이었다. 찰스는 자기 처지를 고려하
는 편이 좋았을 것이다. 왜냐하면 그의 아버지는 늙고 허약한
나머지 그리 오래 살 수 없었고 쟁기와 괭이 말고는 물려줄 게
아무것도 없었기 때문이다. 또한 어머니는 병들었고, 누이들은
연약했으며, 마지막으로 인생은 현실이고 그 지방의 겨울철은
지극히 혹독하고 길었다. 열두 달 중 일곱 달은 목초지에서 아
무것도 자라지 않았고, 모든 가축은 외양간에서 사육되어야 했

---

*미국 독립전쟁 시기의 정치가이며 웅변가. 그의 명언 중 하나가 "나에게 자유가
아니면 죽음을 달라"이다.
**미국의 시인 조지프 로드먼 드레이크.

다. 그러나 찰스는 소년이었고, 충고는 흔히 가장 방자하게 낭비되는 인간의 호흡처럼 보이고, 인간은 지혜를 그대로 신용하지 않는 법이다. 어쩌면 그것은 다행인데, 왜냐하면 이러한 지혜는 쓸모없기 때문이고, 우리는 자기 힘으로 진실한 보석을 찾아야 하고, 그래서 우리는 많고 많은 나날 동안 거듭 거듭 암중모색한다.

하지만 찰스 밀소프는 자기 두뇌를 자랑하는 것 못지않게 상냥하고 착실한 소년이었고, 관대한 마음이 갖는 훨씬 더 뛰어나고 고결한 생각을 자신이 지니고 있다는 것을 몰랐다. 아버지가 죽자 그는 이제 가족에게 또 하나의 아버지가 되고 꼼꼼한 가족 부양자가 되기로 결심했다. 그러나 손을 쓰는 힘든 노역을 통해서가 아니라 정신이 수행하는 보다 더 점잖은 업무를 통해서였다. 이미 그는 수많은 책, 즉 역사, 시, 소설, 수필 등을 읽었다. 그는 대농장의 서가에 자주 방문하곤 했으며 피에르는 친절하게 그의 사서가 되어주었다. 얘기를 길게 끌 것 없이, 열일곱 살의 나이에 찰스는 말, 암소, 돼지, 쟁기, 괭이, 그리고 집안에 있는 모든 동산을 처분하여 모두 현금으로 바꿔 어머니와 누이들과 함께 도시로 떠났는데, 성공에 대한 그의 기대는 그곳에 거주하는 약종상을 하는 친척의 약간 막연한 설명에 주로 바탕을 두고 있었다. 그와 그의 어머니와 누이들은 끝까지 싸웠고, 그들은 수척해졌고 얼마 동안은 거의 굶다시피 했다. 그러다가 그들은 바느질거리를 맡았고, 찰스는 필경거리를 맡았으며, 겨우 빠듯하게 생계를 꾸려갔다. 이 모든 것을 어쩌면 상상할 수 있을 것이다. 그러나 그를 향한 운명의 어떤 신비한 잠재적 호의가 지금까지 찰스로 하여금 구빈원 신세를 지지 않게 해주었을 뿐만 아니라 실제로 어느 정도 그의 행운을 앞당겨주었다. 여하간 그의 전반적 성격에 한몫 끼는 것으로 앞서 언급한, 그 악의 없는 건방짐과 순진한 자만심, 이것들은 결코 그의 성장을 방해하지 않았으니 보다 얄팍한 사람들에게서 흔히 보여지듯 그들은 좀처럼 낙담하지 않기 때문이다. 아무것도 부레를 가라앉힐 수 없다는 것이 부레의 영광이고, 보물 상자는 일단 물속으로 떨어지면 가라앉아야 한다는 것이 보물 상자의 수치이다.

II

도시에 도착해 글렌에게 냉혹한 무시를 당하고 나서 피에르는 이러한 곤경에 처해 누군가 문의할 사람을 찾고자 주변을 살피다가 옛 소년 시절 친구인 찰리를 생각해냈다. 찰리에 대해 수소문하러 나가서 마침내 찾아냈을 때, 그는 키 크고 잘 성장한, 그러나 얼마간 여위고 창백하면서도 두드러지게 잘생긴 스물두 살의 청년이 되어 있었다. 그는 사도관 옛 건물 3층에 작은 먼지투성이의 법률 사무소를 빌려 쓰고 있었는데 비둘기장의 구멍들 같은 빈방들 사이에서, 대단히 과장되게 시시로 증가하는 업무를 수행하는 척하고 있었다. 그의 어머니와 누이들은 위층의 방에 살고 있었고, 그 자신은 육체적 생계를 위해 법률을 업으로 삼고 있을 뿐만 아니라, 초라한 복장의 사도관 주민들로 구성된 비밀공제조합체제의 신학적 정치적 사회적 조직과 연결되어 있었다. 또한 그의 완전한 지적 양식을 위해서는 물론이고, 가족 부양에 기여하는 수단으로 약간 생경한 초월론적 철학을 추구하고 있었다.

피에르는 지극히 솔직하고 정도 이상으로 스스럼없이 구는 그의 태도에 처음에는 놀랐고, 그들의 만남이 안겨준 최초의 충격 탓에 찰리는 어쩌면 피에르가 버림받았다는 것을 알 수 없었겠지만, 피에르에 대해 옛날 대농장에서 격식을 갖추었던 경의는 모두 깨끗이 사라지고 없었다.

"하, 피에르! 만나서 반갑네, 친구! 들어봐. 다음 달 나는 사도관 주민들의 '오메가'회 앞에 나가 연설을 할 예정이야. 플린림먼, 대스승께서 거기 오실 거야. 나는 그분이 나에 대해 '저 젊은이는 '원초적 범주'를 갖추고 있어, 그는 세상을 깜짝 놀라게 할 자야'라고 전에 말씀하셨다는 것을 최고의 권위자를 통해 들었어. 글쎄, 친구, 나는 《철학자 스피노자》지의 편집인들로부터 그 잡지의 지면에 매주 칼럼을 기고해달라는 제안을 받았는데, 알다시피 《철학자 스피노자》를 읽을 수 있는 사람들이 얼마나 소수인가. 궁극적으로 초월론적인 것들 말고는 아무것도 거기에 실리지 못해. 귀담아들어봐, 나는 사도적 가면을 벗어던지고 대담하게 입장을 분명히 밝힐 생각이야, 피에르! 나는 전국을 유세하며 우리의 철학을 대중에게 설교할 생각이야.

자네는 언제 시내에 도착했어?"

모든 고민거리에도 불구하고 피에르는 크게 기분 전환이 되는 이러한 환영에 미소를 억누를 수 없었다. 그렇지만 그 청년을 잘 알고 있었으므로, 그는 이 열렬한 자만심의 대담한 돌발을 보고 찰리의 마음이 조금도 나빠졌다고 단정하지는 않았는데, 왜냐하면 자만심과 이기심은 별개의 것이기 때문이다. 피에르가 자기 형편을 넌지시 알리자마자 찰리는 대단히 진지하고 실용적으로 친절하게, 사도관을 피에르의 형편에 맞는 최선의—값싸고 아늑하고 대부분의 공공장소에 가까워서 편리한—숙소로 추천했다. 또한 짐수레를 구해주고 짐을 운반하도록 직접 주선해주겠다고 제의했지만, 결국에는 계단을 올라가서 그에게 빈방들을 보여주는 것이 최선이라고 생각했다. 그러나 이런 일들이 마침내 결정되어 찰리는 대단히 명랑하고 민첩하게 피에르의 이사를 돕기 위해 피에르와 함께 호텔로 출발했는데, 그들이 사도관의 탑 밑에 있는 커다란 아치형 문을 나서는 순간 그는 피에르의 팔을 움켜잡고 즉시 자기의 이야기를 즐거운 영웅담처럼 늘어놓기 시작했고, 트렁크들이 눈앞에 보일 때까지 이야기를 계속했다.

"아이쿠! 변호사 업무가 나를 질리게 해! 나는 고객 중 일부를 쫓아내야 해. 운동을 해야 하는데, 항상 늘어나는 업무 때문에 할 수가 없다고. 게다가 나는 보편적 인간애를 실천하려는 숭고한 목적을 위해 무언가를 해야 할 의무가 있고, 나의 형이상학적 논문 개요의 일부를 바꾸어놓아야 해. 채권과 저당증서

에다 내 기름을 다 소모할 수는 없어. 자네 결혼했다고 말했던 것 같은데?"

그러나 어떤 대답도 기다리지 않고 그는 계속해서 지껄여댔다. "그런데 결국 그게 현명할 거야. 결혼이 남자를 정착시키고 집중시키고 굳게 한다고 들었어. 아냐, 그런 적 없어. 그건 그냥 내 두서없는 생각이야, 그건! 그래, 결혼은 세상을 남자에게 명확하게 만들지. 결혼은 남자의 병적 주관을 없애고, 모든 일을 실증적으로 만들지. 이를테면 아홉 명의 어린 자녀들도 실증적이라고 간주될 수 있지. 어이, 결혼! 좋은 거야, 틀림없이, 틀림없이 그럴 테지. 가정적이고 조촐하고 기분 좋은 거야, 처음부터 끝까지 말이야. 하지만 나는 세상에 무언가를 빚지고 있어, 친구야! 결혼함으로써 나는 인구에 기여할지 모르지만, 마음의 정산에는 그러지 못할지도 몰라. 위대한 사람들은 모두 독신일 거야. 그들의 가족은 우주야. 행성 토성은 그들의 장남이고, 플라톤은 그들의 삼촌이겠지. 정말 자네 결혼했어?"

그렇지만 다시 대답에 개의치 않고 찰리는 계속 떠들었다. "피에르, 생각이 하나 있어. 여보게, 자네를 위한 생각이야! 자넨 말은 하지 않지만, 지갑이 빈 것을 넌지시 비치고 있어. 이제 내가 자네를 도와 그것을 채우게 할 거야. 전국을 돌며 칸트 철학을 설파하게! 한 사람당 1달러씩 받고, 친구! 자네의 중산모를 돌리면 받을 수 있을 걸세. 나는 사람들의 통찰력과 관대함에 충분한 확신을 가지고 있어! 피에르, 자네 귀로 똑똑히 듣게. 세상이 모두 틀렸다는 것이 내 생각이야. 쉬, 이봐. 완전히 틀렸어. 친구야! 사회는 신의 화신, 즉 불구덩이에 뛰어들어 자신을 죽임으로써 전체 인간 세계를 구하려 하는 쿠르티우스* 같은 사람을 요구해! 피에르, 나는 인생과 옷치장의 유혹들을 오랫동안 단념해왔어. 내 외투를 바라보고, 내가 어떻게 그것들을 일축하는지 상상하라고! 피에르! 하지만, 잠깐, 혹시 1실링 가지고 있어? 여기서 콜드 컷**을 먹자. 값이 싼 곳이야. 나는 때때로 여기 들르지. 자, 들어가세."

---

*지진으로 로마의 공동 광장에 크게 틈이 생겼을 때 로마의 가장 큰 보물의 희생을 통해서만 그 틈을 메울 수 있다는 신탁이 있자, 완전한 갑옷을 갖추어 입고 말에 올라 그 속으로 뛰어든 전설적 영웅.
**냉육과 치즈를 배합한 요리.

21부

원숙한 책을
쓰려 했던
미숙한 피에르 ·
대농장에서 온 소식
· 플린림먼

I

이제 우리는 사도관 높은 층에 있는 세 개의 서로 붙은 방에 영구 입주한 피에르를 볼 수 있다. 그리고 시간이 조금 더 흘렀다. 그사이에 있었던 수많은 가정적인 세부 사항을 빠뜨리고 못 보고 지나쳤는데, 그들 내부의 합의 사항들이 마침내 안정적인 작동 상태로 들어갔다. 불쌍한 델리는 슬픔의 쓰라린 아픔을 이제 잊고, 이사벨의 하녀이자 친한 동료 역할을 하는 더 수월한 일에서 비참한 과거의 기억을 달랠 유일한 실제적 위안을 찾았다. 이사벨은 피에르가 다른 일에 전념하는 시간에, 인쇄업자를 위해 알기 쉬운 필적으로 피에르의 원고들을 고스란히 베끼기 위해 그의 지리멸렬한 필체에 익숙해지는 데 시간의 일부를 보내거나 아래층에 있는 밀소프 식구들의 방으로 내려가, 세 명의 젊은 아가씨들과 그들의 아주 훌륭한 어머니와 겸손하고 상냥한 교류를 나누며 피에르가 없는 동안 약간의 작은 위안을 얻곤 했다. 또 피에르의 하루 일과가 끝났을 때 황혼 속에서 그의 옆에 앉아 피에르가 기타의 놀랄 만한 암시성에서 일련의 영감이 떠오르는 것을 느낄 때까지 신비로운 기타를 연주하곤 했다. 그렇지만, 아아! 영영 글로는 옮길 수 없었으니, 왜냐하면 가장 심오한 애기가 끝나는 곳에서 음악은 그 초감각적이고 모든 것을 혼란에 빠뜨리는 암시와 함께 시작되기 때문이다.

이제 그는 자신의 지성이 전에 했던 모든 노력과 관계를 끊고, 루시와 그녀의 사랑으로 달콤했던 전설적 시기에 새들 메도우스에서 쓰였고, 너무나 진실하고 훌륭해서 발표할 수 없는 것으로 몹시 경계하여 출판업자들로부터 지켜온, 그 태평스러운 몽상의 좋은 결실들조차 경멸적으로 불태워버렸다. 이처럼 모든 과거의 자아를 부인하면서 피에르는 이제 두 가지 기막힌 동기들이 신속한 완성을 재촉하는, 종합적인 탄탄한 작품에 몰두하고 있었다. 그 동기들이란 바로 그가 새롭다고 또는 적어도 아주 불행하게도 등한시된 진실이라고 생각하는 것을 세상에 전하려는 불타는 욕망과, 책 판매로 돈을 벌지 못하면 완전히 무일푼이 되리라는 예상된 위협이었다. 최근에 그에게 일어난 뜻깊은 사건들이 갖는 광범위하게 폭발적인 정신적 경향과, 지금 그가 처한 새로운 입장으로 인해 사고의 보편성 쪽으로 기울어지고, 최고의 인간 지성이 낳은 가장 위대한 작품들은 환상 산호섬(즉 깊은 바다의 심해에서 자라나 수면으로 깔때기처럼 솟아올라 거기에 흰색 바위로 된 둥글게 굽은 테를 드러내고, 그 테 바깥쪽에는 어디에나 대양의 파도가 후려치지만 안쪽의 조용한 초호로부터는 모든 폭풍우를 차단하는 자연적 산호섬들)처럼 언제나 하나의 원을 둘러싸고 만들어진다는 것을 예감을 통해 인식하고, 지각할 수 있고 꿈꿀 수 있는 모든 것의 전체 범위를 소화력 있게 포괄하면서 피에르는 세상 사람들이 경악과 기쁨으로 환호하며 맞이할 한 권의 책을 세상에 내놓기로 결심했다. 교양 있는 젊은 진리 탐구자 거의 누구나가 경험하는, 잡다하고, 우연한, 문헌과의 만남의 과정에서, 친구들이 거의 짐작하지 못한, 닥치는 대로이지만 스라소니 눈의 지성을 통해 순서 없이 습득된 다양한 범주의 독서, 이것은 기회와 시간이 그 자신 속에 갑자기 터져 나오게 한 독창적 생각이 샘솟는 매우 깊은 샘 속에 상당한 도움이 되는 하나의 흐름을 쏟아 넣었다. 지금 그는 실제로 절대적 진리를 다룬 어떤 사려 깊은 작품 창작에 경도된 지성에 대해, 모든 단순한 독서는 그를 도와 추진시키는 가속 장치가 아니라 고작 극복하기 어려운 장애물이 되기 쉽다는 것을 모른 채, 그가 이런 종류의 마구잡이식으로 입수한 모든 도서를 반겼다.

피에르가 새롭고 놀라운 미(美)와 힘의 요소 속에 완전히 이식되었다고 생각하는 동안, 그는 실제로는 단지 변천의 한 단계에 있었을 뿐이었다. 그 근원적 요소를 일단 확실하게 얻으면, 우리 영혼의 부양에 더 이상 책들은 필요치 않으며 우리 자신의 튼튼한 팔다리가 우리를 받쳐주고 우리는 한없이 깊은 모든 심연에서 가볍게 무난히 수면 위로 떠오른다. 그는 이미 작업 초기에 단순한 책 속 지식의 그 무겁고 융통성 없는 요소가 자연 발생적인 독창적인 생각이 갖는 자유로운 유동성과 미묘한 경쾌함을 동질적으로 조화시키지 못할 것을 알아차리지 못했거나, 그랬다 할지라도 아직 그것에 대한 진실한 원인을 지적할 수 없었다. 그는 등에 한 더미의 서류철을 지고 파르나소스 산*을 오르려고 했다. 그는 다른 사람들이 써놓은 것이 그에게는 전혀 무가치하다는 것, 플라톤 자체는 참으로 뛰어나게 위대한 사람이지만, 그(피에르 자신)가 또한 뛰어나게 위대한 일을 하고자 하는 한, 플라톤이 그(피에르)에게 뛰어나게 위대해서는 안 된다는 것을 깨닫지 못했다. 그는 창조적 정신에 대한 기준 같은 것은 없다는 것과, 결코 한 권의 어떤 위대한 책이 개별적으로 그 자체의 독특성으로 창조적 지성을 지배하는 것으로 간주되고 허용되어서는 안 되며, 다만 현존하는 모든 위대한 작품은 상상 속에서 연합되고, 그래서 잡다한 범신론적 통합체로 간주되어야 하며, 그런 다음—조금도 그 자신의 마음에 지시하거나, 그것을 어느 쪽으로도 심하게 치우치지 않게 하고—이렇게 결합되면, 그것들은 결국 단순히 흥분제이고 자극제인 것으로 판명될 것임을 깨닫지 못했다. 이와 같이 결합되었을 때조차 모든 것이 원래 잠재된 무한성과 무진장함과 비교해서는 고작 한 작은 것에 불과하다는 것과, 세상의 모든 위

*그리스 중부, 코린트 만 북쪽에 있는 산. 아폴론과 뮤즈들이 살았다고 전해지며, 시가(詩歌)와 문예의 상징으로 여겨진다.

대한 책은 영혼 속에서 보이지 않고 영원히 구체화되지 않은 이미지의 훼손된 어렴풋한 영상에 지나지 않기에 그것은 사물을 우리에게 왜곡되게 반영하는 거울일 따름이고, 그 거울이 무엇이라 할지라도 우리가 대상을 보고자 한다면 대상 자체를 보아야 그 그림자를 보아서는 안 된다는 것을 그는 깨닫지 못했다.

그러나 스위스에 도달한 불굴의 여행자에게 알프스는 그 완전한 크기의 장엄함을, 즉 중첩된 봉우리와 지맥과 산맥과 그 놀라운 거대한 대부대를 모두 결코 하나의 넓고 포괄적인 시야에 동시적으로 드러내지 않듯이, 이러한 만남에 충분히 대비가 되어 있지 않은 인간의 영혼이 스위스에 처음 들어오자마자 밑바닥의 눈 더미 속에 내려앉아 소멸하지 않도록 인간은 그 엄청난 광대함을 즉시 인식하지 못하게끔 하늘은 현명하게 안배해놓았다. 신이 정한 적절한 단계를 통해서만, 인간은 마침내 자신의 몽블랑 산에 올라 이 알프스를 부감하게 되는데 그때에도 10분의 1은 보이지 않고, 훨씬 멀리 떨어진 곳에 있는 대서양, 로키 산맥과 안데스 산맥은 아직 보이지도 않는다. 인간의 영혼은 간담이 서늘해진다! 사람은 일단 자신이 자아 속에서 완전히 헤매고 있음을 느끼는 것보다, 우리의 태양의 가장 멀리 떨어진 궤도 너머에 있는 구체적 공간 속으로 밀려나는 것이 더 나을지도 모른다!

하지만 이 이면의 것들을 지금 생각할 것 없이, 피에르는 일반 세계에서 전에는 등한시된 많은 경이로운 일들에 이상하게 새로이 민감해졌지만, 사람의 인생에서 가장 보잘것없는 경험들조차 단지 건드려보기만 하면 하나하나 모두 끝없이 중요하고 모든 눈들을 움직이게 하는 것으로 바꾸어놓는 저 마법사의 영혼의 지팡이를 아직까지는 스스로 획득하지 못했다. 아직 그는 어린 시절의 우물 속에 거기에 무슨 물고기가 있을지 알아보기 위해 낚싯바늘을 드리우지 않았는데, 왜냐하면 우물에서 물고기를 찾으리라고 꿈꾸는 사람은 없기 때문이다. 바깥 세계의 흐르는 시냇물, 거기에 틀림없이 황금빛 농어와 강꼬치고기가 헤엄치도다! 무수한 것이 피에르에게는 아직 드러나지 않았다. 옛날의 미라는 겹겹이 천을 두른 채 묻혀 있다. 물론 그럼에도 피에르는 이제 막 세상을 에워싼 첫 표층을 꿰뚫어 보기 시작했기 때문에, 자기가 층층으로 겹친 커들을 벗겨낸 실체에 도달했다고 경솔하게 생각한다. 그러나 어느 지질학자든 지금까지 땅속으로 내려가본 한에서는, 그것은 층층이 쌓인 지층들로만 구성되어 있는 것으로 드러난다. 세계는 그 축선에 겹쳐 쌓인 지층들에 불과하다. 엄청나게 힘들여 우리는 피라미드 속으로 파 들어가서 지독한 탐색을 통해 널방에 도달하여 기쁜 마음으로 석관을 찾아내어 뚜껑을 들어 올리지만 거기엔 아무것도 없다! 인간의 영혼이 광막하듯이 소름 끼치게 텅 비어 있다!

II

피에르가 사회적으로 몰락하자 도시의 지인이나 친구들이 용의주도하게 그를 찾기를 피한 것처럼, 그 역시 그들과의 모든 접촉을 피했다. 피에르 자신이 편지를 부친 적이 전혀 없었기에 아무것도 기대하지 않았으므로, 그가 사는 곳에서 모퉁이를 돌아 조금만 가면 있었음에도 피에르는 한 번도 우체국에 가거나 사람을 보내지 않았다. 이와 같이 세상에서 고립된 피에르가 자신이 정해놓은 계획을 이행하여 문필 활동에 전념하며 몇 주를 보냈을 때 세 가지 더없이 중대한 사건에 대한 구두 기별이 당도했다.

첫째, 그의 어머니가 사망했다.

둘째, 새들 메도우스의 모든 것은 글렌 스탠리의 것이 되었다.

셋째, 사람들은 글렌 스탠리를 루시의 구혼자로 생각했고, 그녀는 거의 치명적인 병에서 건강을 회복하여 지금은 시내에 있는 어머니 집에 머물고 있었다.

이 사건들 중에서 피에르의 가슴에 당연한 날카로운 격통의 화살을 꽂은 것은 무엇보다 첫 번째로 언급된 것이었다. 그에게 아무런 편지도 오지 않았고, 작은 반지나 기념품 하나도 보내진 바 없었으며, 유언장에도 그에 대해서는 아무런 언급이 없었다. 게다가 위로할 길 없는 슬픔이 어머니에게 치명적 병환을 일으켰고 결국 정신착란으로 몰아넣었으며 그것은 죽음으로 끝났다. 그가 처음 그 소식을 들은 것은 어머니가 땅속에 차디차게 묻힌 지 25일이나 지난 후였다.

이 모든 것이 한때 당당했던 어머니의 그만큼 거대한 오만과 슬픔을 얼마나 명백하게 보여주었던가! 또한 유일하게 사랑했던 존재이며 가장 사랑했던 존재이기도 한 피에르에 대한 어머니의 치명적으로 상처 입은 사랑을 얼마나 고통스럽게 암시했던가! 그는 자신을 달래었으나 허사였고, 자신을 책망했으나 허사였고, 당연한 격정의 맹공격을 몰아내려고 모든 냉정한 논법을 과시하려고 애썼으나 허사였다. 인간의 본성이 압도했다. 그리하여 그는 혈육이 아닌 고용된 이의 손에 눈이 감긴, 그러나 친아들의 손에 가슴은 비탄에 빠졌고 이성은 황폐해진 어머니의 비통한 죽음을, 흘러내리면서 산(酸)처럼 태우고 그스는 눈물과 함께 슬퍼하고 오열했다.

얼마 동안 가슴이 거의 터질 것 같았고, 판단력이 흐릿해진 것 같았다. 죽음 자체가 자상을 가하고, 그런 다음 위로에 효과가 있는 모든 것을 빼앗아 갈 때 사람은 견딜 수 없는 슬픔에 빠진다. 왜냐하면 무덤 속에는 도움이 되는 것이 아무것도 없고, 어떠한 기도도 그곳에 이르지 않고, 어떠한 용서도 거기서 나오지 않기 때문이다. 그래서 땅속에 누워 있는 슬픈 희생자를 둔 참회자, 그 쓸모없는 참회자에게 파멸은 영원하다. 모든 기독교도의 성탄절조차 그에게는 악마의 날이고 그의 간은 영원히 파 먹힌다.

지금 그는 놀랄 만큼 정확하고 정밀하게 마음속으로 지난날 새들 메도우스에서 어머니와 보낸 즐거운 생활의 상세한 면면들을 모두 되새겨보았다. 그는 아침에 자신의 몸단장부터 시작했고, 그다음에 들로 가벼운 산책을 나갔고, 그다음에 기분 좋게 돌아와 어머니의 방으로 가서 문안을 드리고, 그다음에 즐

거운 아침 식사를 하고…… 등등, 등등, 기분 좋은 하루를 모
두 보내고, 마침내 모자는 키스를 하고, 애정 어린 즐거운 또
다른 하루를 준비하기 위해 쾌활하고 정다운 마음으로 헤어져
잠자리에 들었다. 후회와 슬픔의 시간에 이러한 순수와 행복의
회상, 이것은 우리의 마음을 갈가리 찢는 빨갛게 달군 집게 같
은 것이다. 그러나 이처럼 영혼이 흥분한 상태에서 피에르는
어머니의 죽음에 대한 당연한 슬픔과 회한에서 생기는 또 하나
의 슬픔을 분리하는 기준선이 어디에 있는지 뚜렷이 경계를 정
할 수 없었다. 그는 그것을 명백히 하려고 노력했으나 그럴 수
없었다. 그는 자신의 모든 슬픔이 그저 당연할 뿐이고, 혹시 어
떤 다른 슬픔이 있다면 그것은—있을 수 있는 어떤 잘못을 저
질렀다는 자각에서가 아니라—얼마나 혹독한 대가를 치르고
더 고귀한 미덕이 달성되는가에 대한 마음의 고통에서 생기는
것임이 틀림없다고 자신을 속이며 믿으려고 했다. 그는 이러한
노력에서 완전히 실패하지는 않았다. 마침내 그는 루시의 기절
한 모습이 지금까지 머물고 있는 바로 그 깊은 저장고 속에 어
머니의 기억을 간단히 처리했다. 그러나 때때로 인간이 혼수상
태에서 죽은 것으로 오인되어 입관되듯이, 더 이상 지속적인 고
통이 없다고 잘못 생각하고 넋 나간 슬픔을 영혼 속에 묻어버릴
수 있다. 그런데 불멸의 것들만이 불멸성을 낳을 수 있다. 죽은
동료 인간을 잔인하게 해친 것에서 생기는 회한을 잠재우는 일
이 시간과 공간 속에서는 불가능하다는 것은, 인간 영혼의 끝없
는 존속에 대한 하나의 추정적인 논거처럼 보이기도 한다.

마침내 어머니를 영혼의 가장 깊은 저장실에 넘기기 전에, 편견 없이 보아, 그의 슬픔을 위로하든 강화하든 똑같이 할 수 있는 것 같은 상황에서, 그는 충분하진 않지만 한 번이라도 슬픔을 기꺼이 완화시키고 싶었을 것이다. 그의 이름을 조금도 언급함이 없이 몇몇 유산을 친구들에게 증여하고, 새들 메도우스와 그 소작 장부들을 모두 글렌디닝 스탠리에게 남겨줌으로써 끝맺은 어머니의 유언장, 이 유언장에는 그가 층계참에서 이사벨과의 위장 결혼을 숙명적으로 선언한 바로 다음 날짜가 기재되어 있었다. 임종 직전의 어머니의 그에 대한 가차 없는 마음을 보여주는 모든 증거가 부정적이었고, 심지어 그 부정적인 것에 대한—말하자면—유일한 실증적 증거도 피에르에 대한 모든 언급이 생략된 유언장이었다. 또한 그 유언장에는 그렇게 의미심장한 날짜의 기재가 있었으므로, 그것이 어머니의 최초의 분노가 아직 진정되지 않은 흥분 상태에서 구술되었다고 결론짓는 것이 가장 사리에 맞는다는 것이, 아마도 그의 마음을 무겁게 했을 것이다. 그러나 그가 어머니의 마지막 정신착란을 생각했을 때, 이것은 작은 위안이었다. 왜냐하면 아버지가 돌이킬 수 없는 죄와 슬픔 때문에 실성했던 것이 틀림없던 것만큼, 어머니의 정신 이상은 오직 가차 없는 증오와 슬픔 말고는 다른 원인이 없었기 때문이다. 그리고 부모의 이 주목할 만한 이중의 불운을 통해 그가 자신의 운명에 관한 불길한 예감, 즉 정신착란에 걸리기 쉬운 유전적 체질을 오롯이 통감하지 못한 것은 아니었다. 예감이라, 잠깐만, 하지만 예감이란 무엇인가? 예감은 위장한 심판일 뿐이라고 말하지 않고서 야, 그것을 어떻게 조리 있게 정의를 내리거나, 그것에서 명쾌 한 어떤 것을 만들어낼 것인가? 그리고 위장이면서도, 예언의 초자연성을 지닌 심판이라면, 사람들이 운명의 세 여신의 여섯 개의 손에 속수무책으로 붙잡혀 있다는 숙명적 결론을 어떻게 피할 것인가? 왜냐하면 사람들은 자기 운명을 여전히 두려워 하면서 그것을 미리 알기 때문이다. 그래도 신이 준 것 같은 이 예지의 힘과, 사실상 비열한 약한 방어력을 혼합하지 않으면, 어떻게 한꺼번에 미리 알고 두려워할까?

사촌인 글렌 스탠리가 새들 메도우스의 토지를 물려받도록 어머니가 결정한 것은, 피에르에게 엄청나게 놀라운 일은 아니 었다. 글렌은 뛰어난 풍채와 두 사람의 세속적 견해의 일치 때 문에 언제나 어머니가 좋아하는 사람이었을 뿐만 아니라, 피에 르를 제외하면 그녀의 살아 있는 가장 가까운 혈연이었고, 게 다가 세례명에 글렌디닝이라는 세습적 이름을 가지고 있었다. 그래서 만일 피에르 외의 다른 사람에게 새들 메도우스가 전해 져야 한다면, 이런 전반적인 이유들로 글렌은 적절한 상속자처 럼 보였다.

그러나 누구든지 간에, 당연히 자신의 것인 귀중한 상속 재 산이 어떤 이질적인 인물에게, 그것도 한때 연적이었고 지금 은 냉혹하고 냉소적인 적에게 넘어가는 꼴을 보는 것은 부당한 일이다. 왜냐하면 글렌에 대해 피에르는 그렇게 주장하지 않을 수 없었고, 누구나 이런 일을 불쾌함과 증오라는 남다른 감정

235

없이 보는 것은 있을 수 없는 일이기 때문이다. 그리고 피에르의 이런 감정들은 글렌이 다시 루시에게 구애를 시작했다는 소문 탓에 조금도 진정되지 않았다. 왜냐하면 거의 모든 남자의 가슴에는, 사실 자신은 사랑하는 여자와 결혼할 희망을 버렸을지라도, 그 여자에게 다른 남자가 구애하면 기분이 상하는 뭔가가 있기 때문이다. 사람은 일찍이 어떤 식으로든 자신의 것으로 인정한 모든 연심을 이기적으로 독차지하고 싶어 한다. 더욱이 피에르의 경우 이 분개심은 글렌이 전에 보여준 위선적 행위로 인해 강화되었다. 이제야 그의 모든 의혹이 충분히 증명된 것 같았기 때문이다. 모든 날짜를 대조하면서, 글렌의 유럽 방문은 루시가 피에르와 약혼한 관계임을 부인하지 않음으로써 암묵적으로 거절 의사를 밝히자 그저 그녀에게 거절당한 상심을 달래기 위해 시작된 것이라고 그는 추측했다.

하지만 지금, 약혼자에게 잔인하게 버림받은 대단히 아름다운 미인에 대한—조만간 사랑으로 무르익을—깊은 동정의 가면을 쓰고, 글렌은 세상에 자신의 옛 상처를 조금도 드러내지 않고 거리낌 없이 솔직하게 새로운 구애를 할 수 있었다. 적어도 지금 피에르에게는 그렇게 보였다. 게다가 글렌은 지금 더할 나위 없는 좋은 징조 아래 루시에게 접근할 수 있었다. 그는 오롯이 그녀의 슬픔을 완화하기를 원할 뿐, 어떤 이기적인 결혼 의향도 현재는 전혀 내색하지 않으며, 깊이 동정하는 친구로서 그녀에게 접근할 수 있었다. 이렇게 신중하고 차분한 역할을 수행함으로써 조용하고 사심 없지만 확고한 헌신적 사랑을 보이는 것을 단순하게 바라볼 때, 루시의 마음속에 글렌과 피에르 사이의, 대단히 한탄스럽게도 후자의 평가가 떨어지는, 자연스러운 비교들을 떠올리게 하지 않을 수 없을 것이다. 게다가 어떤 여자도—때때로 그렇게 보이곤 하듯이—구혼자가 특히 잘생기고 젊다면, 그의 왕자다운 사회적 지위의 영향력에서 완전히 자유로울 수 없다. 그리고 글렌은 지금 두 막대한 재산의 주인이자, 혈연관계 못지않게 자발적 선택에 의한, 글렌디닝가의 조상 대대로 내려오는 깃발이 달린 대저택과 넓은 영지의 목초지의 상속자로서 그녀에게 접근할 것이다. 또한 요컨대 피에르의 어머니의 영혼이 글렌의 구애를 재촉하는 것처럼 보였다. 실제로 그의 현재 위치 그대로 글렌은 피에르의 어떤 수치도 없는, 피에르의 가장 훌륭한 모든 부분처럼 보일 것이고, 거의 피에르 자신, 즉 루시의 과거의 피에르처럼 보일 것이다. 그리고 아름다운 아내를 잃고 오랫동안 조금의 위안도 거부하던 남자가 우연히도 고인과 특이하게 닮은 데가 있는 처제와의 교제에서 보기 드문 위안을 발견하고 단지 이러한 마술적인 연상의 영향력에서 결국 이 처제에게 청혼하는 경우가 있다. 마찬가지로 피에르와 가까운 친족의 외모를 강하게 지닌 글렌의 멋진 남성미는, 지금 루시에게 영원히 죽어 사라진 것으로 간주되는 자에 대한 위안을 거의 그 죽은 사람이 환생한 것처럼 보이는 또 다른 남자의 헌신적 사랑에서—그녀가 찾을 수 없다 해도—적어도 찾고 싶게 할 연상들을, 그녀의 마음에 불러일으킬지도 모른다고 상상하는 것이 전혀 터무니없는 일은 아닐 것이다.

우리가 만일 남자의 마음을 알아내고자 한다면 깊이, 깊이, 한층 더 깊이 들어가야 한다. 그 속으로 내려가는 것은 끝도 없이 수직 갱도 속의 나선형 계단을 내려가는 것과 마찬가지인데, 그 끝없음은 계단의 나선 형태와 수갱의 암흑 탓에 감추어져 있을 뿐이다.

피에르가 외관상 자신의 모습으로 변형된 글렌의 환영을 떠올리고, 그 환영이 루시를 향해 다가가 헌신적 사랑 속에서 그녀의 손을 들어 올리는 것을 마음속으로 그렸을 때, 억누를 수 없는 무한한 분노와 앙심이 그를 사로잡았다. 많은 뒤섞인 감정들이 겹쳐져서 이 폭풍 같은 분노를 자극했다. 그러나 무엇보다 중요한 감정은, 어떤 미심쩍거나 수치스러운 일에서 자신의 이름과 용모를 감히 사칭한 협잡꾼에 대해 누구나 느끼는 그 복잡 미묘한 혐오감에 묘하게도 가까운 무엇이었다. 즉 이 협잡꾼이 근본적으로 비열한 악한이며, 또한 조물주의 장난으로, 그자가 신원을 사칭한 사람의 개인적 복제품이나 다름없는 것으로 알려지면 크게 격화되는 감정이었다. 이 모든 그리고 수많은 다른 괴롭고 분한 환상들이 지금 피에르의 가슴에 주마등처럼 지나갔다. 그의 신념에서 우러난 열광적이고 고도로 단련되고 자기 억제적이며 철학적인 방어 수단들이, 영혼 속에서 일어난 이 돌연한 폭풍에 압도되었다. 왜냐하면 현세의 인간이 어떻게든지 일깨울 수 있지만, 인생과 열정이 그에게 가하는 실제의 정열적인 공격의 최종적 시험을 견뎌낼, 어떤 신념, 극기심, 철학은 없기 때문이다. 그때 그가 안개 속에서 일깨운 그럴듯한 철학 또는 신념이라는 망령들은 새벽의 유령들처럼 슬며시 떠나가며 사라진다. 왜냐하면 신념과 철학은 공기와 같고, 일어난 일들은 청동 같기 때문이다. 어두운 철학적 사색을 하는 가운데 인생은 아침처럼 인간에게 밝아온다.

이런 기분에 빠져 있는 동안, 피에르는 자신을 냉혹한 악한이며 천치 같은 바보라고 저주했다. 어머니를 죽인 자로서 냉혹한 악한이고, 모든 행복을 내팽개쳤기 때문에, 즉 이제 환멸의 비애나 마찬가지인 것으로 드러난, 죽 한 그릇을 얻기 위해 교활한 친척에게 자기의 고귀한 장자 상속권을 스스로 포기했기 때문에 천치 같은 바보라는 것이다.*

이 새로운, 그리고—잠재적으로 그에게 그렇게 보이듯이—쓸데없는 마음의 고통을 그 원인이기도 한 이사벨에게는 숨기기로 결정했다. 그리하여 그는 다시 이사벨의 앞에 돌아오기 전에 더욱 가슴 아픈 슬픔을 덜어내기 위해, 교외로 정처 없는 긴 산책을 할 작정을 하고 방을 나섰다.

*성경의 〈창세기〉에 나오는 이야기로, 이삭의 장남 에사오는 한 그릇의 죽을 얻고 장자 상속권을 동생 야곱에게 팔아넘겼다. '값비싼 희생으로 얻은 사소한 물질적 이익'이라는 뜻이다.

III

피에르가 지금 방에서 급히 나와 구관을 신관과 연결하는 더 높은 층의 벽돌 주랑을 신속히 지날 때, 아무튼 얼마간 창백하지만 상당히 맑고 주름 없는 얼굴을 한 대단히 평범하면서 차분하고 남자다운 인물이 신관 방향에서 그를 향해 걸어왔다. 이마와 턱수염, 그리고 고정된 머리와 안정된 발걸음이 장년의 나이를 가리켰지만, 푸르고 빛나면서도 고요한 눈은 대단히 두드러진 대조를 보였다. 그 눈에는 쾌활한 불멸의 청년 아폴로가 모셔져 있는 것 같았고, 반면에 상아 왕좌 같은 이마에는 늙은 사투르누스가 다리를 포개고 앉아 있었다. 이 남자의 얼굴 전체, 이 남자의 모든 풍채와 표정은 쾌활한 성품을 나타냈다. 하지만 남자의 개인적 표정과 풍채는 이렇게 매력적인 반면에, 그럼에도 그에게는 사람을 불쾌하게 하는 뭔가가 은연중에 보였다. 그것은 '자비심 결여'로 간주될 수 있을지도 모른다. '자비심 결여'는 가장 좋은 말처럼 보이는데, 그것은 악의도 증오도 아닌 뭔가 소극적인 것을 표현하기 때문이다. 게다가 어떤 유동적인 분위기가 그를 둘러싸고 함께 따라가는 것 같았다. 그 분위기는 오직 '불가사의'라는 말로 표현할 수 있는 것처럼 보인다. 남자는 일반적인 유형의 겸손한 신사의 의복을 입고 있었지만, 그 복장은 남자의 정체를 감추어주는 것 같았다. 또한 바로 그의 얼굴이, 겉으로 보기에는 자연스러운 바로 그 눈의 홀긋 보는 시선이, 남자의 정체를 감춰준다고 누구라도 그렇게 말했을 것이다.

지금 이 남자는 신중한 태도로 피에르 옆을 지나가면서 모자를 약간 쳐들고 얌전하게 머리를 숙이고 점잖게 미소 지으며 계속 걸어갔다. 그러나 피에르는 대단히 당황했는데, 그는 얼굴을 붉히고 곁눈으로 보면서 상대방에게 답례하기 위해 모자에 손을 얹고 말을 더듬거렸다. 모자를 약간 쳐들고 얌전하게 머리를 숙이고 점잖게 미소 지으며, 대단히 놀라울 정도로 냉정하고 인자하지 못한 이 남자를 단지 보는 것만으로 그는 완전히 혼란에 빠진 것 같았다.

그런데 이 남자는 누구인가? 그는 바로 플로티누스 플린림먼이었다. 피에르는 도시로 오는 역마차 안에서 그의 논문 한 편을 읽었고, 사도관 사람들 사이에 만들어진 신비로운 협회의 대지도자로 밀소프와 다른 사람들이 그를 자주 언급하는 것을 들었다. 그가 어디 출신인지는 아무도 몰랐다. 그의 성은 웨일스식이었지만, 태생은 테네시 주 사람이었다. 그에게는 어떤 종류의 가족이나 혈연도 없었다. 그는 자신의 손으로 일하거나, 손으로 글을 쓰거나(편지 한 장도 쓰는 법이 없었다), 책을 펴는 일이 결코 없었다. 그의 방에는 책이 없었다. 그럼에도 언젠가 그가 책들을 읽었음이 틀림없었지만, 그때는 이제 지나가버린 것 같았다. 그의 이름으로 알려진 얄팍한 저술들로 말할 것 같으면, 그것들은 구술로 작성된 것일 뿐이고, 젊은 제자들이 되는대로 적어놓아 서투른 솜씨로 체계화한 것들이었다.

플린림먼이 이와 같이 책이나 펜과 종이 어느 것 하나 갖추지 못한 것을 발견하고 그것을 뭔가 극심한 곤궁 같은 것의 탓으로 돌리고, 그를 우연히 한 번 만난 부유한 귀족인 어느 외국 학자가 그에게 넉넉한 양의 문구류를 한 질의 대단히 훌륭한 책들과 함께 보냈다. 그러나 이 고매한 외국 학자는—어쩌면 자기가 크게 친절을 베푼 데 대해 약간의 찬사를 기대하여—이튿날 찾아갔다가 자신이 보낸 꾸러미가 바로 플린림먼의 문 바깥에 손도 대지 않은 채 놓여 있는 것을 보고 깜짝 놀랐다.

"잘못 보내셨습니다." 플로티누스 플린림먼이 차분히 말했다. "오히려 귀하 같은 귀족에게서 저는 고급 큐라소* 같은 것을 기대했지요. 특상의 큐라소 몇 병을 받으면, 친애하는 백작님, 아주 기쁘겠습니다."

"당신이 지도하는 협회가 그런 종류의 것들을 모두 배제한다고 생각했소." 백작이 대꾸했다.

"백작님, 사실 그렇습니다만, 마호메트는 자신의 특면(特免)을 누립니다."

"아! 알겠소." 고매한 학자가 능글맞게 말했다.

"그렇지 않은 것 같습니다, 백작님." 플린림먼이 말했고, 즉시 백작의 눈앞에서 불가해한 분위기가 플로티누스 플린림먼의 주위를 계속 맴돌았다.

복도에서 우연히 휙 스쳐가는 마주침이 지금껏 피에르가 매개체 없이 플린림먼의 모습이나 얼굴을 처음으로 본 것이었다.

*오렌지 향료가 든 리큐어 술.

사도관에 입주한 초창기에 그는 자신의 방 앞쪽에 두드러지게 솟아 있는, 사각형 공터 맞은편에 있는 오래된 회색 탑 가장 꼭대기 층의 한 창문에서 끊임없이 지켜보던 푸른 눈의 얼굴과 우연히 마주쳤다. 오직 두 개의 유리창—그의 유리창과 그 낯선 사람의 유리창—을 통해서만, 피에르는 지금까지 저 주목할 만하게 평온한—성스럽지도 인간적이지도 않은, 어느 한쪽이나 양자 다로 이루어진 어떤 것도 아니지만—영적이고 독특한 평온을 지닌 비범한 얼굴, 즉 평온 그 자체인 얼굴을 보았다. 그 얼굴을 한번 충분히 바라보면 대단히 철학적인 관찰자들에게 그들의 우주 체계에 일찍이 포함되지 않은 어떤 중요한 것에 대한 개념이 전달된다.

그런데 온화한 태양에게 유리는 조금도 장애물이 아니고 그 유리를 통해 빛과 생명을 전하듯이, 그 탑의 얼굴은 피에르의 유리창을 통해서 이상한 신비를 전했다.

이 얼굴에 점점 더 흥미를 갖게 되면서, 그는 그 얼굴에 관해서 밀소프에게 물었다. "원 저런!" 밀소프가 대답했다. "그분은 플로티누스 플린림먼이야! 우리의 대지도자, 플로티누스 플린림먼이라고! 반드시, 자네는, 내가 오랫동안 했듯이, 플로티누스를 철저히 알아야 해. 지금 나와 함께 가면, 당장 플로티누스 플린림먼에게 자네를 소개해주겠네."

하지만 피에르는 거절했고, 십중팔구 플로티누스는 밀소프를 잘 이해하고 있지만 밀소프는 아직도 플로티누스의 신임을 얻지 못했을 것이라고 생각하지 않을 수 없었다. 하긴 정말로—때때로 대단히 격식을 차리지 않고 친밀하고 단순하고 미숙한 태도를 취할 수 있는—플로티누스는 자기만 아는 이유로 암암리에 밀소프에게, 그(밀소프)가 완전히 교묘하게 그(플로티누스)의 속 깊은 환심을 사놓은 양 굴었을지도 모른다.

사람은 곧잘 책을 받고 나서, 준 사람이 돌아서면 첫 번째 모퉁이에서 무심코 버리고 그 책에 별로 신경 쓰고 싶어 하지 않는다. 그러나 그에게 저자를 개인적으로 지적해주면, 십중 팔구 그는 그 모퉁이로 돌아가서 책을 집어 들고 겉장의 먼지를 털고 그 귀중한 작품을 대단히 주의 깊게 읽는다. 사람은 누구나 자기 눈으로 어떤 사람을 보기 전까지는 참으로 그를 신뢰하지 않는다. 그런데 독특한 상황의 힘이 작용하여 전에 피에르가 마차를 타고 가는 동안 '하느님의 진리와 인간의 진리'에 관한 글을 주의 깊게 숙독한 적이 있는데, 그렇다면 그의 본래의 관심은 그 후에 저자를 흘끗 봄으로써 어떻게 강화되었는가. 그러나 처음 읽었을 때, 그 소논문의 중심 내용을—그가 생각했듯이—명확히 짚어낼 수 없었고, 모든 이해되지 않는 개념은 사람의 마음에 곤혹스러운 것일 뿐만 아니라 조소적 질책이 되는 것이므로 피에르는 마침내 그것을 연구하길 완전히 중단했고, 여행의 나머지 기간 동안 의식적으로 그것에 대해 더 이상 머리를 쓰지 않았다. 하지만 그래도 지금 아마 기계적으로 그것을 자기가 간직하고 있었을지도 모른다고 생각하면서 그는 옷의 모든 주머니를 뒤졌지만 허사였다. 그는 밀소프에게 최선을 다해 또 한 부를 구해달라고 부탁했지만, 구하는 것이 불가능한 것으로 판명되었다. 플로티누스 자신도 그것을 줄 수 없었다.

그 글을 구하기 위해 피에르는 여러 가지 노력을 했는데, 특히 사도관에서 과히 멀지 않은 곳에 있는, 다리를 절고 반 귀머거리인 늙은 헌책방 주인에게 직접 찾아가서 말을 건 적이 있었다. 그때 그는 정확한 제목을 까먹은 채 "어르신, '크로노메트릭스' 있으십니까?" 하고 물었다.

"아주 심하네, 아주 심해!" 노인이 등을 비비면서 말했다. "대단히 오랫동안 크로닉 루매틱스*를 앓고 있네, 무엇이 그것에 도움이 되나?"

노인의 착각을 알아차리고 피에르는 특효약이 무엇인지는 모른다고 대답했다.

"조용히! 그러면, 내가 말해주지, 젊은이." 그 불구 노인이 절룩거리며 다가와 피에르의 귀에 입을 갖다 대고 말했다. "절대 그것에 걸리지 마! 지금이 그때야, 젊을 때, 절대 그것에 걸리지 마!"

이윽고 그 오래된 회색 탑의 높은 층 창문에 보이는 푸른 눈의, 신비하고 온화한 얼굴이 대단히 주목할 만한 방법으로 피에르를 압도하기 시작했다. 그가 이상하게 의기소침하고 절망적인 기분일 때, 자신이 처한 불행한 상황에 대한 어두운 생각들이 부지중에 엄습하고 전례 없는 인생행로의 고결함에 대한

---

*크로노메트릭스는 정밀경도측정법, 크로닉 루매틱스는 만성 류머티즘이라는 뜻이다.

어두운 회의가 대단히 불길하게 엄습해올 때, 자신의 심오한 책이 허황하다는 생각이 밀물처럼 밀려 들어올 때, 작은 방 창문을 흘긋 보다가 그 신비로운 온화한 얼굴과 우연히 마주치면 여하간 이 얼굴의 영향을 받아 그 효과는 놀랄 만했고 어떤 말로도 충분히 설명할 수가 없었다.

헛수고! 헛수고! 헛수고! 하고 그 얼굴이 말했다. 바보! 바보! 바보! 하고 그 얼굴이 말했다. 그만둬! 그만둬! 그만둬! 하고 그 얼굴이 말했다. 그러나 그가 어째서 세 번씩 헛수고! 바보! 그만둬! 하고 말하는지에 대해 그 얼굴에게 마음속으로 질문했을 때, 아무런 응답이 없었다. 왜냐하면 그 얼굴은 무엇에도 응답하지 않기 때문이었다. 그 얼굴은 영적이고 독특한 것, 독자적인 하나의 얼굴이라고 전에 내가 말하지 않았던가? 그런데 그것만으로 이렇게 적절한 것이 되는 어느 것도 결코 다른 어떤 것에 반응하지 않는다. 긍정하는 것이 사람의 고립된 자아를 확장하는 것이라면, 그리고 부정하는 것이 사람의 고립된 자아를 단축하는 것이라면, 그러면 반응하는 것은 모든 고립의 중지이다. 탑 안의 그 얼굴은 매우 맑고 매우 온화했지만, 쾌활한 청년 아폴로가 그 눈 안에 모셔져 있고, 가부장적 노인 사투르누스가 상아색 이마 위에 다리를 포개고 앉아 있었지만, 그럼에도 어쩐지 피에르에게는 그 얼굴이 결국 그를 향해 심술궂은 눈초리를 보내는 것처럼 여겨졌다. 그러나 이것은 피에르 내부에 있는 일종의 주관적인 심술궂은 시선이라고, 그 칸트학파의 사람들은 말할지도 몰랐다. 여하간 그 얼굴은 피에르

를 흘겨보는 것 같았다. 그리고 이제는 그에게 '고집쟁이! 고
집쟁이! 고집쟁이!'라고 말했다. 이 표현은 참을 수 없었다. 그
는 자기의 작은 방 창문을 가리기 위한 약간의 면직물을 구했
고, 그 얼굴은 무슨 초상화처럼 커튼으로 가려졌다. 그러나 이
것이 그 심술궂은 눈초리를 바꾸지는 못했다. 피에르는 여전히
그 얼굴이 커튼 뒤에서 눈을 흘기고 있는 것을 알고 있었다. 가
장 소름 끼치는 것은 그 어떤 마술적인 수단을 통해 그 얼굴이
그의 비밀을 입수했다는 생각이었다. "아아." 피에르는 몸서리
쳤다. "그 얼굴은 이사벨이 내 아내가 아니라는 것을 알고 있구
나! 그 얼굴이 눈을 흘기는 이유가 바로 그 때문인 것 같구나."

그때 모든 종류의 미친 듯한 공상이 그의 영혼 속에 떠올랐
고 '하느님의 진리' 중의 초연한 문장들, 전에는 단지 불완전하
게 이해되었지만, 지금은 그의 특이한 상태에 이상하고 불쾌한
빛을 발산하며, 단연코 그것을 비난하는 문장들이 생생히 떠올
랐다. 그는 이제 그 신비롭고 온화한 얼굴의 설명을 참고하여
그 소책자를 읽기 위해 그것을 입수하려고 다시 한 번 최선을
다했고, 역마차에서 본 사본을 찾기 위해 옷의 주머니들 속을
다시 한 번 샅샅이 뒤졌지만 허사였다.

그리고―그 숙명적인 소식을 접한 그날 아침에 방을 나서는
중대한 순간에―그 얼굴 자체가, 그 사람 자신이, 불가사의한
플로티누스 플린림먼 자신이 벽돌로 된 복도에서 역력히 그의
옆을 스치듯이 지나가자, 탑의 창문에 비친 그 온화하고 신비
로운 모습을 보고 그가 전에 항상 느꼈던 그 모든 전율이 지금

배가되었다. 그리하여 앞서 말했듯이 그가 얼굴을 붉히고 곁눈으로 보며 모자에 손을 대고 경의를 표하면서 말을 더듬었을 때, 그때 거기서 새로이 그 소책자를 입수하고 싶은 욕망이 불타올랐다. "그것을 잃어버리다니 저주받은 운명이야." 그가 소리쳤다. "내가 너무 저주를 받아서 그것을 손에 쥐고 읽었을 때는 멍청이처럼 이해를 하지 못했고, 이제는 너무 늦었어!"

하지만, 여기서 미리 말하자면, 몇 년이 지난 후에 늙은 유대인 헌옷 장수가—어찌어찌해서 손에 들어온—피에르의 외투를 샅샅이 뒤졌을 때, 살쾡이같이 예민한 그의 손가락은 우연히도 옷감과 두껍게 누빈 안감 사이에서 어떤 이질적인 것을 느꼈다. 옷자락을 뜯어내고 보니 닳아 해져 거의 화장지처럼 되었지만 '하느님의 진리와 인간의 진리'라는 제목을 드러낼 만큼 아직도 읽을 수 있는 여러 쪽의 낡은 소책자가 있었다. 피에르가 마차 안에서 그것을 주머니 속에 무심코 쑤셔 넣었고, 그것은 거기서 터진 데를 뚫고 옷자락 속으로 완전히 들어가 거기서 패딩을 덧대는 구실을 했다. 그래서 피에르가 이 소책자를 찾는 동안 줄곧, 그는 그것을 몸에 걸치고 있었다. 벽돌로 된 복도에서 플린림먼을 스치고 지나가며, 그 소책자를 얻고 싶은 새로워진 강렬한 욕망을 느꼈을 때, 그때 그의 오른손은 그 소책자에서 2인치도 떨어져 있지 않았다.

어쩌면 이 기이한 상황은, 마차 안에서 그가 그 소책자를 처음 읽으면서 이해가 안 된다고 생각했던 것을 어느 정도 설명할지도 모른다. 마찬가지로 그가 그 소책자에 대한 완전한 이해를 마음속에 지니고 다녔으면서도, 자기가 그렇게 이해했다는 것을 의식하지 못했던 것 아닐까? 어떤 관점에서 보면, 피에르의 마지막 생애가, 그가 정말 그것을 이해했다는 걸 보여주는 것처럼 보일지도 모른다고 나는 생각한다. 사람들이 자신은 모른다고 생각하는 어떤 것들은 그들이 완전하게 이해하지는 못했으나, 말하자면 그들 자신 안에 담고 있으면서도 스스로에게 감추어졌던 그런 것이 아닐까? 죽음이라는 생각이 이러한 것처럼 보인다.

22부

정열적인 작가 앞에서 거두어진 꽃 휘장, 그리고 껄끄러운 초월론적 철학에 관한 몇 마디

I

새들 메도우스에서 들려온 운명적 소식을 접하고 며칠이 지난
후 마침내 감정을 얼마간 다스리고 피에르는 다시 자기 방에
앉아 있었다. 아무리 가슴이 아플지라도 그는 일을 해야 했기
때문이다. 그리고 이제 하루가 지나고 또 하루가 지나가고, 일
주일이 지나고 또 일주일이 지나가도 피에르는 여전히 방 안에
앉아 있었다. 그의 주위에 길게 줄지어 있는 냉각된 벽돌 가마
들이 그 변화를 알고 있지만, 4대조의 영지의 아름다운 들판에
서 여름은 제비처럼 날아갔다. 불성실한 요정 같은 가을은 단
풍나무 숲을 슬쩍 들여다보고, 나무들에 선명한 적갈색과 금색
옷을 입힌다는 것을 핑계 삼아 결국은 나무들을 발가벗겨놓고
비웃으면서 도망쳤다. 이제는 자물쇠가 채워진 채 버려진 황폐
한 장원의 대저택 주변 정자들에 예언자적인 고드름들이 달려
있다. 7월의 아침 같은 때에 명랑한 어머니와 함께 앉아 잡담하

고 니거스 술을 마셨던 담쟁이 넝쿨이 덮인 여름 별장 안에 있는 작고 둥근 대리석 테이블은 이제 추위로 떠는 냅킨 같은 서리로 덮여 있다. 살얼음 광택이 저 한때 쾌활했던 어머니의 무덤에 덮여 최종적으로 겹겹이 쌓이는 눈 수의를 입을 것에 대비시키고 숲 속에서 바람이 사납게 울부짖는 지금, 지금은 겨울이다. 달콤한 여름은 끝났고, 가을도 끝났지만, 책은 모진 겨울처럼 아직 미완성이다.

제철의 밀은 거둬들인 지 오래고, 피에르, 제철의 익은 사과와 포도는 저장되어 있고, 어떤 농작물, 어떤 식물, 어떤 과일도 한데엔 없고, 모든 수확은 끝났다. 오, 여름이 성숙시키지 못한, 때를 놓치고 겨울을 만난 초목은 슬프도다! 떠도는 겨울 눈이 그것을 덮칠 것이다. 생각하라, 피에르, 그대의 초목은 다른 어떤 열대의 기후에 속하지 않느냐? 북부 메인 주에 이식해도, 플로리다의 오렌지 나무는 아주 인색한 여름에 잎을 내밀고, 몇 개의 결실의 표시를 보이겠지만, 그래도 11월엔 거기에서 황금색 열매를 보지 못할 것이고, 열정적인 늙은 벌목공 같은 12월은 그 나무 전체의 껍질을 벗기고 뜰에서 그것을 뽑아내 석회 가마에 삭정이 단으로 던질 것이다. 아 피에르, 피에르, 서둘러라! 서둘러라! 겨울이 너를 몰아대면 안 되니까 그대의 결실을 강행해라.

저기 아장아장 걷는 어린아이를 보아라. 얼마나 오랫동안 홀로서기를 배우고 있는가! 처음에 그 아이는 울부짖고 애원하며 부모가 받쳐주지 않으면 조금도 서보려고 하질 않다가 조금 더 대담해져, 적어도 엄마나 아빠의 손을 느끼고 있어야 하고, 그렇지 않으면 다시 울면서 벌벌 떨고, 오랜 시간이 지나고서야 점차로 아이는 어떤 떠받침도 없이 서게 된다. 하지만 머지 않아 성장하여 성년기에 이르고, 그 아이는 자기를 낳아준 부모를 떠나, 어쩌면 바다를 건너고, 아니면 먼 오리곤 땅에 정착할 것이다. 자 이제, 그 영혼이 보인다. 깍지가 아주 연한 열매를 싸고 있듯이, 배아세포 속에 세상이 그 영혼을 단단히 감싸고 있고, 그다음에 세상이라는 깍지로부터 태어나지만, 여전히 거기에서 떨어지지 않고 매달려 있다. 그리하여 아직도 그 어미인 세상과 그 아비인 신성의 떠받침을 강력히 요구한다. 많은 쓰라린 통곡과 많은 비참한 추락이 없지 않겠지만, 그러나 언젠가는 홀로서기를 배우게 될 것이다.

사람의 일생에서 최초로 인간의 도움이 그를 저버리고, 그가 미천하고 극심하게 곤궁한 상태에서 인간이 그를 사람이 아닌 개로 생각하는 때, 그때는 힘든 시기이지만, 가장 힘든 때는 아니다. 뒤이어 오는 한층 또 다른 시간, 즉 그가 상대적으로 한없이 하찮고 비참한 상태에서 신들도 마찬가지로 그를 멸시하고 그를 그들의 일족으로 인정하지 않는 시간이 있다. 신과 인간이 그때 어느 쪽이든 그에게 유용함에도 불구하고 그가 길바닥에서 굶어 죽어도 똑같이 개의치 않는다. 이제 잔인한 아비와 어미는 둘 다 그의 손을 놓아버리고, 아장아장 걷는 아이야, 이제 네게 그의 비명과 통곡, 그리고 자주 그가 추락하는 소리가 들릴 것이다.

새들 메도우스에서, 피에르가 이사벨의 편지를 받고서 이어진 그 최초의 비참한 시간들 속에서 비틀거리고 전전긍긍했을 때, 그때 인간들은 피에르의 손을 놓아버렸고 그의 울부짖음도 못 들은 척했다. 그렇지만 마침내 이런 것에 단련되었을 때, 피에르는 훨씬 더 높은 지지를 그가 느낀다고 생각하는 한, 인간들이 그를 저버리는 것을 개의치 않고, 자리 잡고 앉아서 책 쓰는 일에 전념했다. 그런데 머지않아 그는 그 다른 지지를 완전히 상실했음을 느끼기 시작했다. 아, 어버이 같은 신들도 이제 피에르를 버렸고, 그 아장아장 걷는 아이는 완전히 혼자서 걷고 있었고, 비명 소리도 없지 않았다.

만일 인간이 씨름을 해야 한다면, 어쩌면 가능한 한 적나라한 평지에서 하는 것이 좋을지도 모른다.

사도관에 세 든 피에르의 세 방은 연결된 것들이었다. 첫 번째 방은 벽에서 쑥 들어간 작은 공간이 있어서 거기서 델리가 잠을 잤는데, 이 방은 더 엄격하게 알뜰한 살림 목적으로 사용되었고 그들은 거기서 식사도 했다. 두 번째 방은 이사벨의 방이었고, 세 번째 방은 피에르의 작은 방이었다. 첫 번째 방에— 그들은 그 방을 식당이라 불렀는데—커피와 차를 위한 물을 끓이고, 델리가 가벼운 식사를 만드는 난로가 있었다. 이것은 그들의 유일한 난로였는데, 왜냐하면 최대한도로 절약하라고 거듭거듭 경고를 받은 나머지 피에르는 추가로 난방기를 구입할 용기가 나지 않았기 때문이다. 그러나 알뜰하게 처리해서, 대단히 작은 온기가 꽤 멀리까지 미칠 수 있었다. 지금의 경우에는 40여 피트까지 미쳤다. 식당 안의 난로 위에서 팔꿈치 모양으로 굽어진 후에 수평의 연통이 칸막이벽을 꿰뚫고 똑바로 이사벨의 방을 통과하여, 피에르의 방의 한 귀퉁이로 들어온 다음에 갑자기 벽 속으로 사라져, 거기서 여분의 열은—설사 있다 해도—굴뚝을 통해 올라가 대기 속으로 빠져, 12월의 태양을 따뜻하게 덥히는 것을 도왔다. 그런데, 피에르의 방의 열기의 기류는 그 근원에서 멀리 떨어져 있는 탓에, 애석하게도 열기는 감소되고 약화되었다. 그 기류에는 열기가 거의 없었다. 그것은 수은 온도계의 내려간 수은주를 올리는 데 그다지 영향을 미치지 못했을 것이고, 확실히 피에르의 원기를 북돋우는 데도 별로 기여하지 못했다. 게다가 이 열기의 기류는 작기도 하지만, 그 방에 머물지 않고 그저 들어왔다가, 몇몇 요염한 처녀들이 남자의 가슴에 들어왔다 나가듯이 바로 밀어젖히고 밖으로 나갔다. 더욱이 그것은 현명하게 빛을 얻을 희망으로 피에르의 책상이 유리하게 서 있을 수 있는 유일한 장소에서 가장 멀리 떨어진 구석에 있었다. 종종, 이사벨은 그에게 단독으로 쓰는 난로를 가지라고 주장했지만, 피에르는 이런 말에 귀를 기울이려 하지 않았다. 그러면 이사벨은 자기 방을 그에게 제공하고 싶어 하며, 그 방이 낮에는 반드시 필요한 것이 아니고 자기는 식당에서 용이하게 시간을 보낼 수 있다고 말했지만, 피에르는 이런 말을 귀담아들으려 하지 않았고 그녀에게서 계속 이용할 수 있는 은거처의 안락함을 빼앗기를 원하지 않았다. 게다가 그는 이제 자기 방에 익숙해져 있었고, 거기서도 다름 아닌 그 특별한 창가에 앉아야 했다. 그래서 이사벨은 자기 방의 열기가 모두 그의 방으로 들어갈 수 있도록, 피에르가 책상에서 일하는 동안 두 방 사이의 문을 열어놓겠다고 고집하곤 했지만, 피에르는 일하는 동안 경건하게 안에 들어박혀 있어야 하고, 그때 외부의 사랑과 증오는 마찬가지로 차단되어야 하기 때문에 그는 이런 말에 귀를 기울이지 않았다. 이사벨은 조금도 소음을 내지 않고, 자기가 쓰는 바늘 끝에서도 소리가 나지 않게 하겠다고 말했으나 허사였다. 모든 것이 허사였다. 피에르는 이 점에서 완고했다.

그렇다, 그는 외로운 작은 방에서 끝까지 버티기로 결심했다. 그런데 이 무렵에 위층에서 역시 심오한 작품에 착수했으며, 넉넉한 불을 확보하기 위해 충분한 음식을 자제하는, 더욱 엉뚱하고 관행을 따르지 않는 한 사도관 주민의 이상하고 초월론적인 기발한 착상이, 말하자면, 우연히 피에르에게 전해졌다. 이 사도관 주민의 기발한 착상이란, 모든 자연계에 걸쳐 열은 위대한 만물의 생산자이자 활력소이기 때문에 위대한 책들이 창작되는 장소에서 알뜰하게 배제할 수 없으므로, 한 예로서 그(사도관 주민)는 난로로 따뜻해진 공기의 온실 안에 자신의 머리를 두고, 두뇌로 하여금 최종적인, 더할 나위 없는 승리의 꽃을 발아하고 봉오리를 맺고 꽃피우게 하기로 결심했다는 것이었다. 정말로 이 기발한 착상이 얼마간 피에르의 마음을 흔들리게 했는데, 사실 거기엔 적잖이 그럴듯한 유추에 의한 설명의 낌새가 있었기 때문이다. 그럼에도 그의 주머니 사정을 생각하면 그 달갑지 않은 의견의 침범은 완전히 일축되고 이전에 한 결심이 더 확고해지곤 했다.

별들의 운행이 아무리 고원하고 장엄하며, 그것을 통해 무슨 천상의 멜로디가 생긴다 할지라도, 그럼에도 천문학자들은 그것이 존재하는 모든 것들 중에서 가장 엄격하게 규칙적이라는 것을 우리에게 확신시킨다. 어떤 노련한 가정주부도 대행성 목성이 그 변경할 수 없는 정해진 운행에서 갖는 정확성의 백만 분의 일로도 일상의 집안일을 되풀이하지 못한다. 목성은 자신의 궤도를 찾아 그 안에 남아 있고, 자신의 시간을 맞추어 자신의 주기를 지킨다. 지금 자기 책의 불안한 궤도에서 돌고 있는, 피에르의 경우가 어느 정도 그러하다.

피에르는 알맞게 일찍 일어나 방의 불변의 냉기에 더 잘 익숙해지고, 바깥 공기의 지독한 추위에 정면으로 맞서기 위해—커튼을 친 채—창문의 위쪽 창틀을 열어놓고, 전에 이웃에서 약간의 세간 꾸러미를 덮어 싸놓던, 페인트칠 한 네모난 낡은 범포 위에서, 12월의 이른 아침에 살얼음이 잡힌 물에 팔다리를 담그고 씻었다. 그리고 이 극기 행위를 같이 하지는 않았어도, 가까이서 찬성하는 동료가 전혀 없지는 않았다. 왜냐하면 그 모든 수십 개의 방에서, 정도껏 날마다 12월의 목욕을 하지 않는 사도관 주민은 거의 없었기 때문이다. 피에르는 사각형 안뜰을 둘러싸고 있는 무수한 창문들이 달린 벽들을 창문 밖으로 흘긋 둘러보기만 하면, 아마포 수건과 찬물로 뼈만 남은 메마른 몸의 원기를 회복시키고 있는, 많은 야위고 달관한 벌거숭이를 온통 주변에서 어렴풋이 볼 수 있었다. "움직임은 빠르게"가 그들의 좌우명이었는데 "우리의 팔꿈치는 경쾌하게, 우리의 가는 팔다리는 모두 민첩하게"가 그 핵심이었다. 오, 두통에 익숙한, 열이 있는 머리 위로 쏟아져 내리는 얼음냉수 들통에서 나는 몸서리쳐지는 물 튀기는 소리여! 오, 저 얇보인 12월의 대기 속에서, 류머티즘에 걸린 녹슨 관절에서 나는 우지직거리는 소리들이여! 왜냐하면 서리가 두껍게 낀 창틀은 열려 있었고, 모든 야윈 벌거숭이는 미풍을 유혹했기 때문이다!

어떤 정해진 형태의 숭고하고 순수한 전형적 신념을 받아들인 것에 대한 모든 본질적인, 하이에나 같은 반발력들 중에서, 사회 일반의 인습적인 허풍들에 넌더리나서, 그들의 자유롭지 못한 현세의 인간 속성으로 불완전하게 인식되었지만 신성한 어떤 이상들, 즉 그 자체가 불완전하게 인식되었을 뿐만 아니라 거기에 이르는 길은, 어떤 두 사람의 마음도 완전히 그것에 합의하지 못할 만큼 따라갈 수 없는 이상들을, 실현하려고 노력하는 사람들의 본질적으로 가장 훌륭하고 고상한 염원들을 흔히 나타내는, 저 피할 수 없는 괴팍한 바보스러움만큼, 그 회의적 경향에 있어서 그렇게 강력한 것은 없다.

자유주의파인 사도관 주민치고 인간의 지성과 철학에 대한 그의 혁명적 계획에 덧붙여, 육체의 효율적인 사용에 관한 어떤 미친 듯한, 이질적인 관념들을 지니지 않은 자는 거의 없다. 그의 영혼은 예의 바른 신들에 의해 천상의 사회로 인도되어, 어느 위대한 인물의 우정을 우연히 얻고서는 어떤 비참한 멍청이일지도 모르는 그들의 다음번 친구를 추가로 사귐으로 인해 그를 따분하게 하는 동기로 만들지 말라는, 세속적인 사람들의 저 가장 상식적인 처세훈을 사실상 거부한다. '나를 사랑하라, 내 개를 사랑하라'는 애정 어리게 그들의 젖소들에 키스하는 늙은 시골 아낙들을 위한 금언일 뿐이다. 신들은 사람의 영혼을 사랑하며 자주 솔직하게 다가와 그것에 말을 걸곤 한다. 그렇지만, 신들은 사람의 육체를 혐오하고 현세에서도 내세에서도 영원히 그것을 모르는 체하려고 한다. 그러므로 신들에게 가기를 원하거든, 당신의 개 같은 육체를 두고 가라. 그리고 대단히 무기력하게도 당신은 냉수욕으로 몸을 정화하고 때 미는 솔로 부지런히 문질러서, 그것을 신들의 제단에 바칠 적당한 제물로 준비시키려고 노력한다. 그리고 사과 껍질, 말린 자두, 오트밀 크래커 부스러기를 먹는 당신의 피타고라스와 셸리식의 모든 식이요법*은 결코 당신의 육체를 천국에 들기에 알맞도록 준비시키지 못할 것이다. 모든 것에 그것에게 좋은 음식을 먹여라. 그 음식을 얻을 수 있다면 말이다. 그대의 영혼의 양식이 빛과 공간이면, 그것에는 빛과 공간을 먹여라. 하지만 그대의 육체의 양식이 샴페인과 굴이면, 그것에는 샴페인과 굴을 먹여라. 그러면 그것은, 만약 있다면, 부활의 기쁨을 마땅히 받을 만하게 될 것이다. 글쎄, 그대는 헬쑥한 얼굴과 불구가 된

---

*피타고라스는 제자들에게 콩은 삼가라고 충고했고, 영국 시인 셸리는 채식주의자였다.

무릎으로 일어날 것인가? 몸에 근육을 키우고, 당당하게 불룩한 배를 앞에 내밀고 일어나라. 그러면 그 하루 동안에 정중한 배려를 받을 만하게 될 것이다. 다음과 같은 사실을 명심하라. 많은 소모성 식이요법을 따르는 자들은 세상에 한낱 공허한 문학 작품들만을 만들어낸 반면에, 연회를 좋아하는 작가들은 한결같이 가장 숭고한 명언을 말했고, 가장 영묘한 표현 형식들을 창조했다. 그리고 완력과 행동을 과시하는 사람들을 위해, 키루스 대왕이 묘비에 새겨놓게 한 "짐은 많은 양의 포도주를 마셨고, 그것은 짐의 건강에 좋았노라"라는 진정한 왕다운 비문을 생각하라. 아, 어리석도다! 육체를 굶김으로써, 그대의 영혼을 살찌게 할 거라고 생각하다니! 저쪽에 있는 야윈 여우가 겨울 숲 속에서 굶는다고 해서 저기 있는 황소가 살찌게 되나? 그리고 아직도 때 미는 솔을 휘두르면서, 그대의 육체를 경멸하는 말을 재잘거리지 마라! 훌륭한 집들은 내부를 가장 많이 손보고, 외부의 벽들은 거리낌 없이 먼지와 그을음에 맡겨진다. 사슴 고기로 배를 채워라. 그러면 기지가 넘치는 문장이 그대에게서 나올 것이다. 방앗간 안에 있는 것과 마대 속에 있는 것은 별개의 것이다.

그의 발전이 불완전한 상태에 있는 이 과도기에, 피에르를 현혹해서 때 미는 솔의 철학과 사과 껍질의 변증법에 빠져들게 한 것은, 바로 사도관 주민들, 즉 그 사각형 안뜰을 둘러싼 건물에 세 들어 사는 절망적인 사람들이 지속적으로 보여주는 본보기였다. 왜냐하면 사도관의 모든 건물과 복도와 무수한 방들에는 사과 꼭지와 자두 씨와 땅콩 껍질들이 널려 있기 때문이다. 그들은 크래커 부스러기가 묻어, 영락없이 재분업자처럼 메마르고 지저분한 이빨과 입술을 통해 칸트의 범주론을 쉰 목소리로 중얼거리며 돌아다녔다. 큰 컵 한 잔의 냉수는 그들의 응접실에서 받을 수 있는 최고의 환대였고, 플로티누스 플린림먼의 대리인 가운데 한 사람이 주재하기로 되어 있는 회의에서, 커다란 주전자 하나에 담긴 물과 한 바구니의 크래커가 유일한 다과였다. 줄곧 치즈 부스러기가 그들의 주머니에서 떨어졌고, 그들이 읽어줄 원고를 꺼낼 때마다 오래된 반들반들한 사과껍질들이 저도 모르게 끼여 나왔다. 몇몇 이들은 물의 숙성도에 호기심이 강했다. 그리고 앞에 놓인 세 개의 유리병 속에, 페어마운트 수($水$), 크로톤 수, 코치추에이트 수가 담겨 있으며,* 그들은 크로톤 수는 가장 진하고, 페어마운트 수는 순한 강장제이고, 코치추에이트 수는 무엇보다 가장 부드러우며 가장 덜 취하게 한다고 생각했다. 크로톤 수를 좀 더 마시세요, 선생님! 페어마운트 수를 드시고 기운내세요! 왜 그 코치추에이트 수를 마시다 맙니까? 그렇게 그들의 철학적 식탁에서 그들의 포트와인, 그들의 셰리주, 그리고 그들의 보르도산 적포도주가 모두에게 돌아갔다. 몇몇은, 더 나아가서 목욕에 쓰는 단순한 물은 전적으로 너무 조악한 성분이라 거부했고, 그래서 증기 목욕에 전념하여 매일 아침 그들의 야윈 팔다

---

*모두 식수를 공급하는 저수지로, 각각 필라델피아, 뉴욕, 보스턴에 있다.

리에 김을 쐬었다. 그들의 머리에서 나와 그들의 인쇄물들을 온통 뒤덮는 김은, 그들의 문지방 아래로, 창문 밖으로 나오는 증기들에서 미리 보였다. 일부는 아침 같은 때에 먼저 몸의 외면에 증기 목욕을 가한 후, 다섯 컵의 크로톤 수로 그들의 내부를 철저히 헹궈낸 다음에야 비로소 자리에 앉을 수 있었다. 그들은 못지않게 충실하게 다시 물을 채워놓은 비상용 소화 양동이였고, 만일 그들이 하나의 비상경계선에 서서 연속해서 서로에게 자신의 몸 안에 든 물을 펌프로 퍼냈다면, 그러면 1835년의 대화재*도 훨씬 더 범위가 좁아지고 피해가 줄었을 것이다.

아! 그대들 가엾은 야윈 자들아! 그대들 비참한 폭음자들과 한증애호가들! 그대들의 빈약한 재산이 그대들을 충분히 헹궈내고 시들게 하지 않았고, 그대들은 아직도 호스를 끌면서 그대들 자신과 세상에다 한층 더 많은 차가운 크로톤 수를 뿜어 대야 하는가? 아! 그대 호스의 볼트를 마데이라 백포도주가 담긴 오래된 귀한 술통에 접착하라! 얼마간의 발포성 포도주를 세상에다 퍼부어라! 보라, 보라, 이미, 무한한 과거로부터, 세계의 3분의 2가 어찌해볼 수도 없이 물에 흠뻑 젖어 있었구나!

*물 부족으로 큰 피해를 남겼던 뉴욕의 대화재.

II

뺨은 얼마간 창백해지고 입술은 자못 파래진 채 피에르가 책상 대용 널빤지에 다가가 앉아 있다.

그러나 피에르는 오늘 아침 상트페테르부르크로 가는 우편물로 포장되어 있는가? 그의 장화 위에는 인디언의 노루가죽 신이 덧씌워져 있고, 정장 코트 위에는 남자용 외투가 얹혀 있고, 그 위에는 이사벨의 망토가 덮여 있다. 이제 그는 널빤지 앞에 네모반듯하게 자리 잡고 앉아 있고, 그의 지시에 따라 다정한 이사벨은 조용히 그의 의자를 그것에 더 가까이 밀어놓는다. 왜냐하면 그가 너무나 여러 겹으로 덮여 싸여 있어, 자기 스스로는 움직일 수가 없기 때문이다. 이번에는 델리가 난로에서 뜨겁게 달구어진 벽돌들을 가지고 들어온다. 이사벨과 그녀는 성심을 다해 이 온기를 돋우는 돌들을, 피에르 할아버지의 군복인 낡은 푸른색 망토를 접어 그 안에 잘 싸서, 친절하게 따뜻한 벽돌은 발밑에 두고 피에르의 발 위와 아래 모두를 감싸서 다독여놓는다. 그런 다음 델리는 또 하나의 뜨거운 벽돌을 가져와 잉크가 어는 것을 막기 위해 잉크병 밑에 받쳐놓는다. 그다음에 이사벨은 야전 침대를 그에게 더 가까이 끌어다놓는데, 그 위에는 그날 하루 동안 어쩌면 참고할 필요가 있을지도 모르는 두세 권의 책과 함께 한두 개의 비스킷, 약간의 물, 깨끗한 수건과 대야가 있다. 그다음에 그녀는 피에르의 팔꿈치 옆에 손잡이가 구부러진 지팡이를 그 널빤지에 기대어놓는다.

피에르가 목동인가, 아니면 주교인가, 아니면 불구자인가? 아니다. 그러나 그는 사실상 비참한 불구자 상태로 몰락했다. 피에르가 일어서면 여러 겹 에워싸놓은 옷들이 심히 흐트러져 그 사이로 구석구석 찬 공기가 들어오게 되므로, 그가 혼자 있을 때, 혹시 우연히 팔이 미치지 않는 곳에 있는 뭔가를 필요로 하면, 그때에 그 손잡이가 구부러진 지팡이로 그것을 바로 가까이 끌어온다.

피에르는 천천히 주변을 대강 살펴본 다음 모든 것이 적절한 것 같으면 만족하여 고맙게 여기면서도 우울하게 이사벨을 쳐다본다. 그러면 그녀는 눈물이 고였지만 그것을 감추고 그에게 가까이 다가와 상체를 굽히고 그의 이마에 키스한다. 거기에 물기를 남기는 것은 자신의 눈물이 아니라 자신의 입술이라고 그녀는 말한다.

"이제 나는 가야 하겠지요, 피에르. 그런데 오늘은 너무 오래 쓰지 마요. 내가 4시 반에 불러내겠어요. 어스름 속에서 눈을 상하게 하지 마요."

"생각해보죠." 피에르가 말했다. "자, 어서 가요. 어서 가."

그리고 거기에 그는 남아 있다.

피에르는 젊고, 하늘은 그에게 남자의 멋지고 건강한 체격을 주었고, 눈에는 빛을, 피에는 불을, 그리고 몸 구석구석에는 즐겁고 희열에 차고 넘치고 끓어오르는 절대적 생명을 불어넣어주었다. 이제 저 가장 비참한 방 안을 둘러보고, 남자가 추구하는 모든 일 중에서 저 가장 불쌍한 것을 바라보고, 여기가 하느님이 그를 위해 정해놓은 장소이고, 이것이 그를 위해 예정한 직업인지를 말하라. 흔들거리는 의자, 빈 통 두 개, 널빤지, 종이, 펜들, 양탄자도 없는 맨바닥, 한 잔의 물, 그리고 버터를 넣지 않은 비스킷 한두 개. 오, 나는 이 순간 야생 사슴처럼 푸른 덤불을 뚫고 굉장한 소리를 내고 나아가는, 텍사스의 코만치족 인디언의 도약하는 소리를 듣고, 야만적이고 길들일 수 없이 건강한 그의 멋진 환성을 듣고, 그다음에 피에르를 들여다본다. 문명, 철학, 이상적 미덕이여! 너희의 산 제물을 보아라!

III

몇 시간이 지나간다. 저 더없이 우울한 작은 방 안에서 피에르가 무엇을 쓰고 있는지 그의 어깨 너머로 들여다보자. 여기에, 그의 옆에 쌓여 있는 원고 더미 맨 위에, 아직 잉크도 완전히 마르지 않은 마지막 원고지 한 장이 얹혀 있다. 그것이 우리의 취지에 훨씬 부합하는데, 왜냐하면 이 원고지에 그는 작가 자신인 것이 분명한 주인공 비비아의 심정을 묘사하기 위해 아마도 자신의 경험을 직접 표절하고 있기 때문이다. 비비아는 이렇게 독백한다. "아주 깊고, 말로 표현할 수 없는 슬픔이 나에게 있다. 이제 나는 익살스럽거나 서투른 위장들과 철학적 겉치레들을 모두 버린다. 나는 흙의 형제, 태곳적 어둠의 자손임

267

을 자인한다. 무망과 절망이 겹겹이 나를 덮고 있다. 꺼져라, 너희 재잘거리는 유인원들 같은 건방진 스피노자와 플라톤, 너희는 밤은 낮이고 고통은 고작 간지럼일 뿐이라고 한때 나를 현혹한 거나 다름없다. 너희는 이 어둠을 설명할 수 없고 이 악마를 몰아낼 수 없다. 그대 터무니없는 맵시꾼 같은 괴테, 그대가—고용된 웨이터처럼—스스로 '전반적으로 유용한' 사람이 된다면, 만천하가 그대와 그대의 불멸성을 아낄 리가 없다고 나에게 말하지 마라. 이미 세계는 그대 없이 잘나가고 있고, 바로 그 동일한 기질을 가진 사람들 백만 명 이상을 아직도 아껴 둘 수 있을 것이다. 배불뚝이들은 영혼이 없다. 그리고 그대의 범신론, 그건 뭐였지? 그대는 고작 잘난 체하고 냉혹한 사람에 불과했다. 보라! 나는 그대를 이 손아귀에 쥐고, 그대는 속이 빨려 없어진 계란처럼 손아귀 속에서 뭉개진다."

여기에 방바닥에서 주운 메모지가 있다.

"이 영웅들의 진군에 앞장서는 찬양의 멜로디들은 어디서 흘러나오는가? 울려 퍼지는 금관악기와 쩔렁대는 심벌즈에서가 아니고 무엇에서겠는가!"

여기에 두 번째 메모지가 있다.

"저기 있는 비비아를 한번 보라. 말해다오, 왜 매일, 매주, 매월, 사지를 음침한 감방에 처넣고 그가 자발적인 간수가 되어야 하는지! 이것이 철학의 한계인가? 이것이 더 큰, 정신적 생활인가? 이것이 그대가 자랑하는 가장 높은 하늘인가! 사람이 현명해져, 가장 훌륭하면서도 비방받는 바보짓을 그만두어야 하는 것이 이것 때문인가?"

그리고 여기에 세 번째 메모지가 있다.

"저기 있는 비비아를 한번 보라. 미덕과 진실로 이루어진 최고의 건강을 추구하다 고작 창백한 뺨만을 보여줄 뿐인 자! 오, 그대 금몰로 장식된, 거장 괴테여, 그대의 손으로 그의 심장의 무게를 가늠해보시라! 그리고 그것이 그대의 표준 무게를 넘는지 그렇지 않은지를 말해주시오!"

그리고 여기에 네 번째 메모지가 있다.

"오 하느님, 인간이 줄기에서 상하고 녹병에 걸리고, 수확기가 오기도 전에 시들고 타작되다니! 그리고 오 하느님, 스스로 인간이라 자칭하는 사람들이 아직도 웃음거리를 고집하다니! 나는 세상을 증오하고, 비애와 가련한 소리를 생각하고, 진실과 거짓을 생각하면, 인간의 허파를 모두 포도처럼 짓밟아 뭉개어 그들의 숨통을 끊을 수 있을 것이다! 오! 12월 21일은 축복받고, 6월 21일은 저주받을지어다!"

이 무작위의 메모지들에서, 피에르가 자기의 운명에서 이렇게 이례적으로 힘들고 비통한 많은 것을, 자기의 영혼에서 그렇게 어둡고 소름이 끼치는 많은 것을 상당히 의식하고 있는 것처럼 보일 것이다. 그럼에도 그의 숙명적인 상황을 그만큼 안다고 해서 그는 조금도 자신의 상황을 변화시키거나 개선할 수 없다. 그가 자신의 상황을 지배할 힘이 전혀 없다는 확증이다. 왜냐하면 참으로 지독한 곤경 속에서 인간의 영혼은 물에 빠진 사람 같아서, 자기들이 위험에 처해 있다는 것을 잘 알고 있고 그 위험의 원인도 잘 알고 있지만, 그럼에도 불구하고 바다는 바다이고, 이들 물에 빠진 사람들은 정말 익사하기 때문이다.

IV

아침 8시부터 오후 4시 반까지 피에르는 거기 자기 방 안에 여덟 시간 반 동안 앉아 있구나!

신이 난 말들의 넥밴드*의 약동과, 뱃대끈의 흔들림에서 썰매의 방울들이 종이 울리듯이 듣기 좋게 울리지만 피에르는 자기 방 안에 앉아 있다. 추수감사절이 기쁜 감사와 파삭파삭한 칠면조 고기와 함께 오지만 피에르는 방 안에 앉아 있다. 색칠한 인디언의 노루가죽신을 신고, 설원을 통해 부드럽게, 즐거운 성탄이 살그머니 오지만 피에르는 방 안에 앉아 있다. 새해 첫날, 큰 포도주 병처럼 거대한 도시가 들끓는 축제로, 모든 연석과 부두와 방파제에서 넘쳐흐르지만, 피에르는 방 안에 앉아 있다. 피에르에게는 약동하는 넥밴드와 흔들리는 뱃대끈에서 듣기 좋게 울리는 썰매의 방울들도, 추수감사제의 기쁜 감사와 바삭바삭한 칠면조 고기도, 활기를 띠는 축제로 넘치는 설날의 연석과 부두와 방파제도 없다. 듣기 좋게 울리는 썰매의 방울

*목에 감는 장식 끈.

270

들과 기쁜 추수감사절도 즐거운 성탄절도 없다. 방울도 감사도 성탄도 새해도 없다. 이것들 중 아무것도 피에르를 위한 것은 없다. 시간의 변화에 따른 환락 가운데서, 피에르는 '영겁'의 비탄으로 자신을 둥글게 둘러싸놓았다. 피코 섬*의 봉우리가 파도 가운데에 난공불락으로 서 있듯이, 피에르는 시간의 한가운데에 있는 확고부동한 봉우리에 서 있다.

그는 부르는 소리에 응하지 않고 꼼짝도 하지 않는다. 때때로 옆방에 있는 이사벨은 집중해서 귀를 기울여, 교차하는 침묵 다음에 이어지는, 그의 펜의 길고 외로운 긁적이는 소리를 엿듣는다. 그것은 마치 그녀가 한밤중에 두더지가 땅속에서 분주하게 구멍을 후벼 파는 소리를 듣는 것 같다. 때때로 그녀는 낮은 기침 소리를 듣고, 때때로 손잡이가 구부러진 지팡이가 끌리는 소리를 듣는다.

여기에 확실히 매일 반복되는, 여덟 시간 반 동안의 놀라운 정적이 있다. 이러한 침묵 가운데서, 확실히 무엇인가 작동 중이다. 그것은 창조인가? 아니면 파괴인가? 피에르는 한 권의 책이라는 숭고한 세계를 만들고 있는가? 아니면 그 핏기 없는 수척함이 그의 몸속 허파와 생명을 파괴하는가? 사람이 이렇게 되다니, 뭐라 말할 수 없구나!

한창 대낮에, 칠흑의 밤의 정점을 상기할 때, 그때엔 밤은 불가능한 것처럼 보이고 태양은 결코 질 리가 없는 것 같다.

*아조레스 제도(포르투갈 앞 바다에 있는 군도)에 있는 화산섬.

오, 쓴맛 단맛 이미 다 맛본 것 같은 극한의 어둠의 기억이, 그것이 돌아오는 것을 막는 방어 수단이 되지 못하다니! 누구나 어느 날은 감수할 수 있게 만족스러울 수 있지만, 그다음 날 그는 저승의 왕과 함께 검은 죽을 떠먹을지도 모른다.

그러면 단 몇 시간 동안에 읽혀지고, 훨씬 더 빈번하게, 단 1초 만에 완전히 훑어보게 될, 그리고 그것이 무엇이라 할지라도 결국 의심할 여지없이 벌레들에게 먹혀야 하는, 한 권의 책에 대한 이 작업이 전부인가?

그렇지 않다. 지금 피에르의 시간과 인생을 빼앗는 것은, 그 책이 아니라 그 책을 쓰려고 시도하는 현장에서 영혼 속에서 솟아오르고 분출하는, 그 이상한 소재를 원초적으로 단순화하는 것이다. 두 권의 책이 현재 쓰이고 있는데, 그중에서 세상 사람들은 하나만을 보게 될 것이고, 그것도 서투르게 만들어진 졸작을 보게 될 것이다. 더 큰, 한없이 더 좋은 책은 피에르 자신의 개인 소장용이다. 그것은 그의 피를 마시는 심오한 갈망을 담은 것이고, 다른 한 권의 책은 그의 잉크를 필요로 할 뿐이다. 하지만 전자는 지면 위에 만들어질 수 없고, 오직 그의 영혼 속에 기록될 운명적인 상황이었다. 그리고 그 영혼의 책은 코끼리같이 느릿느릿하고, 단숨에 움직이기 시작하려 들지 않는다. 이와 같이 피에르는 두 마리의 거머리에게 붙잡혀 있다. 그렇다면 어떻게 피에르의 인생이 지속될 수 있을까? 보라! 그는 자신의 피를 감소시키고 심장을 붕괴시킴으로써, 그 숭고한 인생에 자신을 맞추고 있다. 그는 죽음의 역할을 시연

함으로써, 사는 법을 배우고 있다.

그가 더 현명해지고 더 심오해질수록, 그는 더욱더 밥벌이의 기회를 줄이게 되고, 그가 자신의 심오한 책을 창밖으로 내던지고, 기껏 한 달이면 만들 수 있는, 약간 천박한 무가치한 소설을 쓰는 일을 열심히 할 수 있다면, 그러면 그는 호의적인 평가와 현금을 모두 다 사리에 맞게 희망할 수 있을 것이라는 생각이 마침내 문득 떠올랐을 때, 그 쓸쓸하고 후들후들 떨리는 방 안에서의 그의 생각과 감정을 누가 말해줄까? 하지만 지금 그에게 시작된, 열렬한 심오한 생각이 그의 모든 기력을 소진하고, 그가 하고 싶어 해도 지금 그는 어떤 명쾌하고 즐거운 로맨스 속에서 재미있고 유익하게 천박해질 수 없을 것이다. 그의 영적인 면이 그에게 접근해올 때마다, 총체적인 넘치는 신성함이 그에게서 미끄러져 내려 큰 산사태라도 일어난 것처럼 굉장한 소리를 내며 무너져버리는 것을, 지금 그는 깨닫는다. 인간은 물론, 신들도 피에르에게서 손을 떼었다고 내가 말하지 않았나? 그래서 지금 그에게서 당신은 내가 언급한 바 있는, 이제 홀로 서서 아장아장 걸어야 하는 그 어린아이를 본다.

이따금 그는 야전 침대 쪽으로 돌아앉아 대야에 수건을 적셔 그것을 이마에 대고 누른다. 이제 그는 의자에서 마치 포기하듯이 상체를 뒤로 젖히지만, 다시 몸을 앞으로 굽히고 꾸준히 일한다.

황혼이 다가오고, 이사벨이 부르는 소리가 문에서 들리고, 불쌍하고 몸이 꽁꽁 얼고 추위로 떨고 있는, 상트페테르부르크로 가는 나그네는 포장하듯 싸맨 것을 풀고, 잠시 동안 방바닥 위에 서서 뒤뚱뒤뚱 걷는다. 그런 다음 중절모를 쓰고 지팡이를 들고 신선한 공기를 쐬러 소풍을 나간다. 대단히 쓸쓸한 비틀걸음 같은 산책이로다! 사람들은 제 마음대로 병상을 떨치고 나온 무례한 환자를 보듯이, 그가 지나가는 것을 뚫어지게 본다. 설령 우연히 마주친 어떤 지인이 피에르의 귀에 대고 유쾌한 수다쟁이의 말을 건넬지라도, 그 지인은 냉담하고 무례한 그의 쌀쌀맞은 태도에 모욕을 당하여 분한 마음으로 돌아서게 된다. "못됐군." 그 사람은 중얼거리고, 가던 길을 계속 간다.

그는 집으로 돌아와서 델리가 차려놓은 깨끗한 식탁에 앉고, 이사벨은 위로하듯이 그를 눈여겨보며 그에게 먹고 튼튼해지라고 간청한다. 하지만 그는 모든 음식을 싫어하는 거식증에 걸려 있다. 그는 강제로 외에는 먹을 수가 없다. 해돋이부터 해 질 때까지 방 안에만 칩거해왔으니 어떻게 맛있게 먹을 수 있겠는가? 그는 눕는다 해도 잠들 수가 없다. 몸속에 무한한 불면증을 일으켜놓았으니, 어떻게 편히 잘 수 있겠는가? 그래도 그의 책은 둔중하게 움직이는 행성처럼 그의 아픈 머릿속에서 회전한다. 그는 그것을 궤도 밖으로 이탈하도록 명령할 수 없고, 하룻밤의 수면을 얻기 위해서라면 기꺼이 자신의 목이라도 베고 싶다. 마침내 무거운 시간들은 계속 지나가고, 완전한 피로가 그를 압도하고, 그는 가만히 누워 있지만—어린아이들과 날품팔이들이 잠자듯이 잠들지 못하고—심장의 두근거림을 진정시키고 조용히 누워 있고, 그 막간 동안 독수리의 부리를 손으로 쥐듯이 감싸고 그것이 자신의 심장을 쪼지 못하게 한다.

　아침이 오고, 다시 열어놓은 창틀, 얼음같이 찬 물, 때를 미는 솔, 아침 식사, 뜨겁게 데운 벽돌들, 잉크, 펜, 8시에서 4시 반까지의 일과, 그리고 일반적이고 포괄적인 지옥과 같은 똑같은 하루가 반복된다.

　아! 싸개와 덮개 속에서 매일 이렇게 떨며 지내는, 이 사람이 한때 세상 사람들에게 〈열대의 여름〉을 노래한 그 열렬한 젊은이인가?

23부
피에르에게 온 편지·이사벨·사도관에 온 루시의 이젤과 트렁크

I

변경 개척자가 사나운 인디언들한테 붙잡혀 멀리 황무지로 끌려가 언젠가 구출될 실낱같은 가망성도 없이 포로로 억류된다면, 그때 그 사람에게 가장 현명한 일은 가능한 한 모든 방법을 동원해 이제 그가 영원히 빼앗긴 가장 사랑하는 대상들의 하찮은 모습도 기억에서 배제하는 것이다. 왜냐하면 그것들은 이제 지나간 과거의 것으로서 그에게 즐거운 것일수록 현재의 회상에서 그만큼 더 괴로워지기 때문이다. 그리고 강한 사람은 마음을 괴롭히는 이러한 기억들을 묵살하는 데 때때로 성공할지 모르지만, 그럼에도 그것들이 시초에 억제되지 않은 채 그를 잠식하게 내버려두면, 그 사람은 결국 바보처럼 되어버릴 것이다. 어떤 피할 수 없는 이유로든 긴 세월 동안 그와 그의 아내 사이에 대륙과 바다를 두고—이와 같이 그녀와 갈라지게 될 때—남편은, 그녀를 열렬히 사랑하고, 천성적으로 감수성이 예

279

민한 내성적인 영혼을 가지고 있다면, 그가 그녀를 다시 품에 안을 때까지 그녀를 잊는 것이 현명하고 그녀가 죽었다는 소식을 듣는다 해도 그녀를 기억하지 않는 것이 현명하다. 그리고 이렇게 완전한 자포자기적 망각은 실제로 불가능한 것으로 판명되지만, 그럼에도 죽은 사람의 추모 의식에서 법석 떠는 것은 얄팍하고 허식적인 사랑일 뿐이다. 죽음처럼 깊은 사랑. 이 말은, 이러한 사랑은 살아남을 수 없고, 연인이 죽었다는 것을 계속해서 기억하곤 한다는 것 외에 무엇을 의미하는가? 존재하지 않는 사랑의 대상들에 대해 전혀 회한 없음이 추정되는 경우에 그때 이러하다면, 여하간—심지어 본의 아니게—그들의 고통을 일으킨 자들이었던 것으로 기억하는 사람의 마음속에 숨어 있는 과거의 비판들이 찾아들며 그들의 절망적 불행에 대한 인식이 생길 때, 얼마나 더 견딜 수 없을 것인가. 이런 상황에서, 이런 일들이 들이닥치는 침울한 생명체들에게는 무슨 일이 일어나더라도 좌우로 그것들을 피하는 것 외에는 제대로 된 의지처라곤 전혀 없는 것처럼 보인다.

피에르가 새들 메도우스를 떠난 후 자신의 상황과 관련해서 루시 타탄에 대해 지금까지 거의 말한 적이 없었다면, 그것은 오직 그녀의 영상이 그의 영혼 속에 자리 잡지 않았기 때문이다. 그는 루시의 영상을 거기서 추방하려고 할 수 있는 모든 노력을 다했다. 단 한 번—글렌이 다시 구애를 시작했다는 소식을 접하고—그는 그러한 노력의 강도를 완화했다. 더 정확하게 말하면 그보다는 여러 가지로 극도로 의기소침했을 때 그는 자신의 노력이 효과가 없다고 느꼈다.

눈처럼 하얀 침대 위로 정신을 잃고 쓰러지는 루시의 창백한 모습이, "내 심장! 내 심장!" 하고 부르짖던 비명이 불러일으키는 표현할 수 없는 격렬한 고통이 지금도 때때로 밀려 들어와, 온몸을 형언할 수 없는 공포로 소름 끼치게 하지 않는 것은 아니었다. 하지만 바로 그 소름 끼치게 하는 망령 때문에 그는, 남아 있는 모든 정신력으로 그것을 피했다.

그리고 그 애원하는 모습을 불쾌한 것으로 대처할 또 다른, 오직 희미하게 의식되지만 훨씬 더 놀라운 영향력이 피에르의 가슴에 없는 것은 아니었다. 그의 책의 엄격한 주제에 그가 함몰되어 있는 것은 말할 것도 없고, 이미 약간의 암시를 준 바 있는 한층 더 미묘하고 더 두려운 종류의 불길한 걱정거리가 있었다.

어느 날 아침 그가 자기 방에 혼자 앉아 있을 때였다. 축 늘어진 신체 및 정신 기능이 잠시 휴식을 취하면서, 그는 머리를 맨바닥이 드러난 방바닥을 향해 비스듬히 돌리고 있었다. 그러면서 자신이 앉아 있는 곳에서 옆방과 연결하는 문으로 전선처럼 일직선으로 이어지고 그 문 밑을 지나 이사벨의 방으로 사라지는, 마루 까는 널판의 접합선을 시선으로 좇고 있었다. 그러던 중에 가볍게 문을 두드리는 소리가 들려오자 그는 깜짝 놀랐다. 이어서 익숙한, 낮고 상냥한 목소리가 들렸다.

"피에르! 편지가 왔어요. 듣고 있어요? 편지요. 들어가도 되나요?"

갑자기 그는 몹시 놀라고 걱정스러운 마음이 들었다. 왜냐하면 그는 바깥세상과 관련해선 당연히 불길하거나 적어도 달갑지 않은 소식들을 제외하곤 어떤 소식도 기대할 수 없는 처지였기 때문이다. 그가 들어오라고 하자, 이사벨이 들어와 손에 든 편지를 내밀었다.

"어떤 여자한테서 온 거예요, 피에르, 누구일까요? 그렇지만 당신 어머니가 아닌 것은 틀림없다고 생각해요. 내가 본 바로는 그분 얼굴 표정은 여기 이 필체가 풍기는 느낌과는 조금도 일치하지 않아요."

"어머니? 어머니가 보냈다고?" 피에르가 몹시 멍한 상태에서 중얼거렸다. "아냐! 아냐! 그럴 리 없어요. 오, 그분은 이제 개인용 편지지로도 더 이상 편지를 쓰지 못해! 죽음이 마지막 한 장까지 훔쳐가 거기에 지울 수 없는 묘비명을 갈겨쓰기 위해, 모든 것을 문질러 지워버렸건만!"

"피에르!" 이사벨이 놀라서 소리쳤다.

"그 편지를 이리 줘요!" 그가 손을 뻗치면서 격렬하게 소리쳤다. "용서해요, 친절한, 상냥한 이사벨. 나는 심적으로 방황해왔어요. 이 책이 나를 미치게 만들어요. 자, 이제 받았으니." 그리고는 무관심한 어조로 "이제, 다시 나가줘요. 어떤 예쁜 숙모나 사촌한테서 온 편지일 거예요" 하고 무심코 그 편지를 손에 들고 가늠해보면서 말했다.

이사벨이 방에서 나갔다. 문이 닫히자마자 피에르는 편지의 겉봉을 찢고 애타는 마음으로 그것을 읽었다.

II

오늘 아침 나는 맹세했어요, 나의 친애하는, 친애하는 피에르. 나는 오늘 더 강해진 것을 느껴요. 왜냐하면 오늘 당신의 초인적인 고결한 힘에 대해 한층 더 많이 생각했고, 그 덕분에 그 힘이 나에게 약간 옮겨졌기 때문이에요. 오, 피에르, 피에르, 지금 여전히 아는 건 아무것도 없으면서도 점쟁이처럼 조금은 당신의 비밀을 의심쩍게 생각하는 때에, 내가 무슨 말로 당신에게 편지를 쓸 수 있으려나요. 슬픔, 말할 수 없는 깊은 슬픔이 나를 이런 점쟁이로 만들었어요. 지금까지 내가 무분별했던 것을 생각할 때, 피에르, 나는 자살할 수도 있었지만, 그건 오직 나의 기절에서 비롯된 것이었어요. 그것은 끔찍하고 대단히 잔인한 것이었지만, 지금 나는 당신이 나한테 돌연한 태도를 보인 것과, 그 후에 결코 나에게 편지를 보내지 않은 것은 당신이 옳았다고 생각해요, 피에르. 그래요, 지금 나는 그 뜻을 알고 있고, 그만큼 더 당신을 숭배해요.

아! 그대 너무나 고상하고 고결한 피에르, 당신 같은 존재는, 아마도 다른 사람들이 사랑하듯이 사랑을 할 수 없고, 천사들이 하듯이 당신 자신을 위해서가 아니라 오롯이 남을 위해 사랑한다고 나는 지금 느껴요. 그러나 아직도 우리는 하나예요, 피에르. 당신은 자신을 희생하고 있으며, 나는 당신의 불을 받아, 우리 두 사람의 불꽃을 집어 든 다수의 열렬한 팔들이 모두 서로 포옹할 수 있도록, 우선 나 자신을 서둘러 당신과 다시 잇습니다. 당신에게 아무것도 요구하지 않겠어요. 그러니 피에르, 당신은 나에게 어떤 비밀도 말하지 마세요. 구릉으로 마차를 몰고 가면서 당신이 내가 요구하는 맹목적이고 어리석은 맹세를 하려고 하지 않았을 때, 피에르, 당신이 옳았어요. 옳았고 말고요, 옳았고말고요. 이제 나는 그것을 깨닫고 있어요.

그래서 만일 당신이 기꺼이 나에게 알려주려고 하지 않는 어떠한 사소한 것들도 결코 당신에게서 알아내려고 하지 않겠다고, 내가 엄숙히 맹세한다면, 그 신비하고 매양 신성한 존재의 특이한 입장을, 내가 모든 외면적인 행동에서 꼭 당신이 하듯이 인정하면…… 그러면 내가 가서 당신과 함께 살아도 되지 않나요? 절대 당신에게 폐가 되지 않겠어요. 나는 당신이 어디에서 어떻게 사는지 알고 있어요. 오직 바로 거기서, 피에르, 오직 바로 그렇게, 나는 그 이상의 어떠한 생활도 견딜 수 있고 살아낼 수 있어요. 지금까지 당신이 과거의 나와 당신의 관계를 그녀에게 결코 밝히지 않았으리라고 나는 확신하니까 그녀는 절대로 모르게 할 거예요. 이상한 추방자의 몸이 된 당신과 함께 살기로 확고하게 서약한 어떤 수녀 같은 사촌인 것처럼 내 정체를 위장하도록 해요. 나에게 보이지 마세요. 절대로 눈에 보이는 의식적인 어떤 사랑의 표시도 더 이상 나타내지 마세요. 나도 당신에게 절대로 보이지 않겠어요. 늘 가로막고 늘 망쳐놓기만 하는 세상 사람들이 올 수 없고 오지도 않을 곳에서, 당신의 모든 숨겨진 영예로운 헌신이 천국의 빛의 충만한 광휘 속에서 장려하게 밝혀질 곳에서, 하느님이 최종적으로 축복해줄 순수한 영역에서 우리가 만날 때까지 말이에요. 또한 이 더없이 잔인한 위장을 더 이상 강요당하지 않고, 그녀, '그 여자' 역시 자신의 명예로운 자리를 찾고, 거기서 당신의 아름다운 마음이 공공연하게 기탄없이 나의 것이 될 때, 그것을 괴롭게 생각하지 않고 오히려 더욱 행복하게 느끼게 될 곳에서 우리가 만날 때까지 말이에요. 그때까지 우리의 이승에서의 삶은, 오 나의 거룩한 피에르, 이제부터는 아무런 선언도, 혼례도 없는, 서로를 향한 무언의 구애가 될 거예요. 피에르, 피에르, 나의 피에르! 이 생각, 이 희망, 이 고귀한 신념으로 지금 나는 용기를 내고 있어요. 전에, 영겁처럼 길게 느껴지는 때에, 당신이 나를 혼절한 상태로 남겨두고 간 것은 잘한 일이었어요. 그건 잘한 일이었어요. 친애하는 피에르, 깨어나서 나는 말똥말똥 허공을 응시하며 곰곰이 생각했지만, 그럼에도 그건 그뿐이었어요. 그다음에 나는 다시 혼절했어요. 그다음에 다시 암중모색했고, 그다음에 다시 혼절했어요. 하지만 이 모든 것은 넋이 나간 상태에서 일어났어요. 내가 붙잡은 것은 거의 없었고, 나는 아무것도 몰랐고, 그것은 꿈만도 못했어요. 피에르, 나는 당신에 대해 이성적인 생각을 못 했고, 다만 완전한 공백, 공허를 느꼈어요. 당신은 그때 나에게서 완전히 떠나지 않았나요? 그러고 나서 가엾은 루시에게 무엇이 남아 있을 수 있나요? 그러나 이제, 이 기나긴 무감각 상태는 지나갔고, 나는 다시 생명과 빛 속으로 나왔어요. 그렇지만 피에르, 당신 안에서가 아니면, 내가 어떻게 나올 수 있고, 내가 어떻게 존재할 수 있겠어요? 그래서 그 기나긴 무감각 상태에서 빠져나오자마자, 곧장 당신에 대한 불멸의 신념이 나에게 생겼어요. 비록 그것이 당신을 위해 그럴싸한 분별 있는 주장을 조금도 제시하지 못했지만, 그럼에도 그것은 그 때문에 더욱더 불가사의하게 명령할 뿐이었어요, 피에르. 게다가, 친애하는 피에르, 당신의 사랑을 믿지 못하는 모든 명백한 세속적 이유에도 불구하고, 나는 그것에 대한 확고부동한 믿음에 나 자신을 완전히 바칩니다. 왜냐하면 사랑은 언제나 사랑이고, 변화를 모르는 것이라고 나는 느끼기 때문이에요. 또한 피에르, 하늘이 당신을 위한 놀라운 임무에 나를 소환한 것을 느끼기 때문이에요. 나를 그 길고 긴 혼절에 빠뜨림으로써—그러는 동안에 마사의 말로는 내가 세 끼 식사를 전혀 먹지 않았다던데—하늘은 내가 언급한 초인적 임무에 나를 준비시키고 있었고, 내가 아직도 혼절하여 꾸물거리는 동안에도 이승에서 나를 완전히 떼어놓고 있었고, 현세의 영역에서 천국의 임무에 나를 대비시키고 있었다고 지금 나는 느껴요. 오! 나에게 당신의 귀중한 힘을 주세요! 나는 한낱 초라하고 연약한 여자예요. 친애하는 피에르, 한때 당신을 오직 너무 경망스럽게 속세의 약한 마음으로 사랑했던 사람이에요. 하지만 이제 나는 거기서 훨씬 위로 둥둥 떠워져, 당신의 평온하고 숭고한 영웅적 낙원에 당신이 앉아 있는 곳으로, 당신에게 날아오를 것입니다.

오 나를 단념시키려고 하지 마세요. 당신이 나를 죽이고, 백만 번 더 죽인다 해도, 나를 죽이는 일을 끝내지 못할 겁니다.

난 반드시 갈 거예요! 반드시 갈 거예요! 하느님도 나를 막을 수 없어요. 왜냐하면 나에게 명령하시는 이가 바로 그분이니까요. 나는 당신한테로 내가 도피한 뒤에 일어나게 될 모든 것을 알고 있어요. 어머니는 몹시 놀라고, 형제들은 몹시 화를 내고, 온 세상 사람들은 나를 조롱하고 멸시하겠지요. 하지만 당신은 나에게 어머니이고, 형제이고, 온 세상 사람이고, 온 하늘과 온 우주예요. 당신은 나의 피에르입니다. 내 안에 있는 이 영혼은 단 하나의 존재만을 섬겨요. 그것은 바로 피에르, 당신입니다. 그래서 피에르, 나는 당신에게 급히 서둘러서 가려고 합니다. 그건 내일이 될 것이고, 결코 더 이상 당신 곁을 떠나지 않겠어요, 피에르. 그 여자에게 즉시 나에 대해 말하세요. 당신은 무엇을 말해야 할지 가장 잘 알 겁니다. 우리의 양쪽 집안 사이에 어떤 친척 관계가 없나요, 피에르? 나는 어머니가 때때로 이런 관계를 찾아내는 것을 들은 적이 있어요, 어떤 간접적인 친척 관계 말예요. 당신이 찬성한다면, 내가 당신의 사촌이라고 그녀에게 말하라고 하겠어요. 영원히 당신과 함께 살고, 당신과 그녀를 섬기고, 끝없이 당신과 그녀를 보호하기로 맹세한, 단호하고 확고한 수녀 같은 당신의 사촌이라고 말예요. 내가 쓸 어떤 작은 외딴 거처를 어딘가에 마련해주세요. 하지만 아주 가까운 곳에 마련해주세요. 내가 가기 전에, 몇 가지 물건들, 내가 작업하는 데 쓸 도구들을 보낼 거예요, 피에르. 그래서 모두의 복지에 기여할 겁니다. 그러면 나를 기다리세요. 나는 갈 겁니다! 나는 갈 거예요, 피에르. 왜냐하면 굵고도 낮은 장중한 목소리가, 당신이 대단히 고결하지만, 피에르, 어떤 혹독한 위험에 휘말려 있고, 내가 계속 옆에 있어야만 그것을 몰아낼 수 있다고 나에게 확실히 말해요. 나는 가려고 해요! 나는 가려고 해요!

루시

III

인간이 돈을 목적으로 하는 치사한 패거리에 둘러싸여, 의심 많은 경멸감으로 자신의 종족을 보는 데 너무 오랫동안 익숙해져 있다가, 갑자기 어떤 천사 같은 자애의 깃털이 스치고, 초인적 사랑의 인간적 목소리와 초인적 아름다움과 광휘의 인간적 시선이 갑자기 그의 존재 앞에 나타날 때, 그때 그 충격은 얼마나 경이롭고 두려울 것인가! 그것은 마치 하늘이 갈라지고, '여호사밧의 검은 골짜기'*에서 눈에 보이는 경배 행위를 하는 천사들을 하늘 높이 어렴풋이 보는 것 같다.

그는 실감나지 않는 손으로 그 순박하고 고결한 편지를 들고 놀라서 방 안을 둘러보고, 텅 비고 쓸쓸한, 험상궂은 사각형 안뜰이 내려다보이는 창문 밖을 응시했다. 그러고는 이곳이 어느 천사가 지상을 방문하기 위해 선택한 장소인가 하고 자문해

*예루살렘을 감람산에서 갈라놓는 깊은 골짜기에 붙여진 이름.

288

보았다. 그러고 나서 그의 직관적 영혼이 과거에 그토록 열렬히 명확하게 알아보았던 훌륭한 장점들을 가진 아가씨가 정말로 이 가장 기막힌 어려운 상황에서 이처럼 한없이 장엄하게 처신한 데 대해 가슴이 부풀고 굉장히 의기양양해졌다. 그다음에 다시 그는 매우 깊은 심연에 가라앉듯이 완전히 의기소침해졌고, 어떤 어렴풋한 하얀 형체를 좇아서 소름 끼치는 절망의 회랑을 통해 몸서리치면서 달려갔다. 그리고 보라! 깊이를 헤아릴 수 없는 두 개의 검은 눈동자가 그의 눈과 마주쳤고 이사벨이 그의 앞에 말없이 애처롭게 그럼에도 온통 매혹적으로 서 있었다.

그는 책상 대용 널빤지 앞에서 놀라 벌떡 일어나 여러 겹으로 감싼 옷들을 벗어 던지고, 이토록 기분 좋고 이토록 숭고하며 이토록 무서운 계시가 전해진 현장에서 벗어나기 위해 방 안을 가로질러 걸어갔다.

그때 문에서 머뭇거리며 작게 노크 소리가 들렸다.

"피에르, 피에르, 자리에서 일어나 있으니까 내가 들어가도 되지 않아요. 단지 잠시만, 피에르?"

"들어와요, 이사벨."

그녀가 평소대로 대단히 신비롭고 사랑스럽고 애처로운 태도로 다가오고 있을 때, 그는 그녀에게서 한 걸음 뒤로 물러나며, 겉으로 보기에 가까이 오게 하려는 것이 아니라 오히려 가까이 오지 못하게 하려는 듯이 팔을 내뻗었다.

그녀는 그의 얼굴을 뚫어지게 쳐다보며 꼼짝도 하지 않고

서 있었다.

"이사벨, 또 한 사람이 나에게 오려고 해요. 아무 말도 안 하는군요, 이사벨. 그 여자는 우리가 살아 있는 동안 우리와 함께 살러 오려고 해요. 말 좀 해봐요?"

여자는 여전히 꼼짝도 하지 않고 서 있었고, 그녀가 처음에 그에게 집중했던 두 눈은 여전히 크게 뜨인 채 못 박혀 있었다.

"뭐라고 말 좀 해봐요, 이사벨?" 피에르가 그녀의 얼어붙은 듯한, 냉정한 모습에 놀라고 너무나 겁을 먹은 나머지 자신의 두려움을 그녀에게 나타내지도 못한 채 여전히 그녀에게 천천히 다가가면서 말했다. 그녀는 마치 어떤 지지물을 붙잡으려는 듯이 한 팔을 약간 들어 올렸다. 그러더니 그녀가 들어온 문 쪽으로 천천히 머리를 돌렸고, 그다음엔 마른 입술을 천천히 벌리며 말했다. "내 침대, 나를 눕혀줘요. 나를 눕혀줘요!"

입을 벌려 말하려는 노력이 그녀를 경직시키는 동결 마법을 풀었고, 긴장이 풀린 몸이 허공으로 비스듬히 기울었지만 피에르가 그녀를 붙잡았다. 그리고 이사벨을 그녀의 방으로 옮겨 침대 위에 눕혔다.

"부채질, 부채질을 해줘요!"

피에르는 이사벨의 약해지는 생명의 불꽃을 부채로 부쳤고 머지않아 그녀는 천천히 그를 향해 돌아누웠다.

"오! 친애하는 피에르, 당신 입에서 나온 그 여성을 가리키는 낱말. 바로 '그녀', 바로 '그녀'라는 말!"

피에르는 그녀를 부채로 부치며 말없이 앉아 있었다.

"오, 이 세상에서 내가 바라는 것은, 피에르, 당신밖에 없어요. 오직 당신, 당신밖에! 그리고, 오 하느님, 나는 당신한테 충분하지 않나요? 텅 빈 세상도 당신만 있으면 나한테는 모든 것이 천국이지만, 나의 모든 생명, 나의 영혼 모두도 내 동생에겐 부족하다니."

피에르는 말없이 듣기만 했고, 무섭게 강렬한 호기심이 일었고, 그것이 그를 마찬가지로 냉혹하게 만들었다.

"내가 알고 있었다면…… 전에 그것을 알고만 있었다면! 오 이제야 그것을 밝히다니 몹시 잔인하군요. 바로 '그녀'! 바로 '그녀'!"

그녀는 갑자기 몸을 일으키고 거의 사납게 그 앞에 얼굴을 들이댔다.

"당신이 당신의 비밀을 말했거나, 그 여자가 남자의 가장 평범한 사랑도 받을 가치가 없거나 둘 중 하나로군요! 말해요, 피에르. 어느 쪽이에요?"

"그 비밀은 아직도 비밀이오, 이사벨."

"그러면 그 여자는 아무짝에도 못 쓸 사람이네요, 피에르. 그 여자가 누구든 간에…… 어리석게도 맹목적이군! 세상 사람들이 나를 당신의 아내로 알고 있지 않나요? 그 여자는 오지 못해요! 그건 당신과 나에게 오점이 될 거예요. 그 여자는 오지 못해요! 내가 한 번만 쳐다봐도 그녀는 죽은 목숨이 될 거예요, 피에르!"

"이건 바보짓이오, 이사벨. 저런, 이제 나와 의논해요. 그 편지를 뜯기 전에 내가 틀림없이 그건 어떤 예쁜 젊은 숙모나 사촌한테서 온 것이라고 말하지 않았던가요?"

"어서 말해요. 사촌요?"

"그래요, 사촌, 이사벨."

"그래도, 그래도, 그건 결혼 금지의 촌수를 완전히 벗어나지는 않는다고 들었어요. 좀 더, 더 빨리 말해줘요! 더요! 더!"

"아주 이상한 사촌이에요, 이사벨. 그녀의 개념으론 거의 수녀에 가까워요. 불가사의한 우리의 추방 소식을 듣고 그녀는, 그 원인도 아무것도 모르면서, 그런데도 마찬가지로 이상하게 자기는 우리 편이라고―내 편이라기보다는 이사벨, '우리' 편이라고―우리를 돕겠다고 했어요. 그리고 마음씨 고운 신성한 어떤 환상에 이끌려, 여기서 우리를 인도하고 우리를 보호하겠다고 맹세했어요."

"그러면, 아마도, 그건 괜찮을지도 몰라요, 피에르―내 동생, 내 '동생'―이제 그렇게 말해도 좋아요?"

"아무렴…… 무슨 말이든 해도 좋아요, 이사벨. 모든 말과 모든 세상이 그 안에 담긴 모든 것과 함께 그대를 섬길 거예요, 이사벨."

그녀는 간절하고 미심쩍게 그를 바라보다가 시선을 떨어뜨리며 그의 손을 만진 다음 다시 뚫어지게 보았다. "나에게 더 많은 것을 말해줘요! 당신은 내 동생이잖아요. 내 동생이 아니에요? 하지만 그 여자에 대해, 지금 더 많은 것을 말해줘요. 나에게는 모두 새로운 것이고 완전히 생소한 것이에요, 피에르."

"내가 말했지요, 누이. 그녀는 이렇게 엉뚱한, 수녀 같은 생각을 품고 있어요. 그녀는 그 점에서 고집불통이고, 이 편지에서 맹세코 자기가 와야 하고 꼭 오겠고, 이 세상에서 아무것도 자기를 막지 못할 것이라고 말하고 있어요. 그러니까 자매의 질투 같은 것은 갖지 마요, 누이. 그녀가 대단히 예의 바르고, 주제넘지 않고, 봉사적인 여자인 것을 알게 될 거요, 이사벨. 그녀는 입에 담기 어려운 것들을 모르기 때문에, 그런 것들을 결코 언급하지도 넌지시 비치지도 않을 거요. 아직도 그 비밀을 모르지만 그녀는 그 비밀에 대한 막연하고 모호한 육감, 아무튼 그 비밀에 대한 불가사의한 예감을 품고 있어요. 그리고 영적인 면이 그녀의 마음속에 있는 모든 여성적 호기심을 잠재웠고, 그래서 오로지 그 막연한 예감에 만족하고, 결코 그것을 확인하기를 바라지 않아요. 왜냐하면 거기에, 우리에게 가라는 하늘의 소명이 있다고 생각하기 때문이에요. 바로 거기에 말이오, 이사벨. 이제 내 말을 이해해요?"

"난 아무것도 이해 못 해요, 피에르. 이 눈으로 지금까지 보아온 아무것도, 피에르, 이 영혼은 이해한 것이 없었어요. 지금처럼, 언제나 나는 완전히 불가사의한 것들에 둘러싸여 암중모색만 하는 거예요. 그래요, 그녀를 오게 해요. 한 가지 수수께끼가 더 추가되는 것뿐이니. 그녀는 잠자면서 잠꼬대 하나요, 피에르? 내가 그녀와 같이 자면 괜찮을까요, 동생?"

"그대를 위해, 그대에게 이익이 되기를 갈망하면서, 그대를 불편하게 만드는 꼴이네요. 그리고…… 그리고…… 실제 상황이 어떤지를 정확히 모르고…… 그녀는 아마도 달리 예상하고 기대하고 있을 거요, 누이."

그녀는 겉으로는 확고하지만 속으로는 주저하는 그의 모습을 단호하게 응시하다가, 그다음에 말없이 시선을 떨어뜨렸다.

"그래요, 그녀를 오라고 해요. 동생, 오라고 해요. 하지만 그것은 전체적 수수께끼에 한 가닥을 더 엮어 넣는 거예요. 그녀에게 이른바 추억이라는 것이 있나요, 피에르, 추억이? 그녀에게 그게 있나요?"

"우린 모두 추억을 가지고 있어요, 누이."

"모두 다는 아니에요! 모두 다는! 가엾은 벨은 추억이 아주 조금밖에 없어요. 피에르! 나는 그녀를 어떤 꿈속에서 보았어요. 그녀는 금발에 푸른 눈이고 키는 나만큼 크지 않지만, 약간 작은 것뿐이에요."

피에르는 깜짝 놀랐다. "새들 메도우스에서 루시 타탄을 보았어요?"

"이름이 루시 타탄이에요? 어쩌면, 어쩌면…… 하지만 역시, 꿈속에서일지 몰라요, 피에르. 그녀는, 그 푸른 눈을 애원하듯이 나에게 향한 채 다가와, 마치 나를 설득해서 당신에게서 떼어놓으려고 하는 것 같았어요. 나에게는 그때 그녀가 당신의 사촌 이상인 것처럼 보였고, 모든 인간의 영혼 위를 맴돈다고 사람들이 말하는 바로 그 착한 천사인 것 같았어요. 나에겐…… 오, 나에겐 내가 당신의 반대쪽…… 당신의 반대쪽 천사인 것 같았어요, 피에르. 봐요, 이 눈…… 이 머리카락…… 아니, 이 볼…… 모두가 검고, 검고, 검어요. 그런데 그녀는…… 그 푸른 눈…… 금발에…… 오, 혈색 좋은 뺨을 가졌어요!"

그녀는 흑단처럼 새까만 머리채를 어깨 너머로 넘기고, 새까만 눈동자로 그를 가만히 지켜보았다.

"피에르, 장례식을 연상시키는 침울함이 나를 둘러싸고 있지 않아요? 일찍이 영구차가 그렇게 장식되었었나요? 오 하느님! 나도 파란 눈과 금발을 갖고 태어났더라면! 그런 것들이 천국의 차림새가 되지! 검은 눈동자를 가진 착한 천사에 대해 들어본 적이 있어요, 피에르? 아냐, 아냐, 아냐—완전히 푸른색, 푸른색, 푸른색이야—천국의 푸른색이지요. 구름이 모두 걷혔을 때, 6월의 하늘에서 우리가 보는 밝고 선명한, 말할 수 없는 푸른색이요. 그렇지만 그 착한 천사를 오게 해요, 피에르. 그러면 둘 다 당신 곁에 가까이 있게 될 것이고, 당신은 아마 선택할지도 몰라요. 선택! 그녀를 오게 해요. 그녀를 오게 해요. 언제가 될까요, 피에르?"

"내일, 이사벨. 그렇게 여기 쓰여 있어요."

그녀는 그가 손에 든 구겨진 편지에 시선을 집중했다. "보자고 말하면 비열한 짓이겠지만, 그걸 가정해보는 것은 나쁠 것 없어요. 피에르—그래요, 내가 그걸 말할 필요는 없고—보여주겠어요?"

"안 돼요, 그렇게는 못 해요, 누이, 나는 못 해요. 그럴 권리가 나한테 없기 때문이에요. 권리가 없어요. 권리가 없다고요,

바로 그거예요. 안 돼요, 나한테는 권리가 없어요. 당장 그걸 태워버리겠어요, 이사벨."

그는 그녀에게서 물러나 옆방으로 들어가 그 편지를 난로 안에 던지고 마지막 재까지 스러지는 것을 지켜보고 나서 이사벨에게 돌아왔다.

그녀는 끝없는 암시들이 담긴 시선으로 그를 바라보았다.

"편지는 타버렸지만 소멸되지는 않았고, 그것은 사라졌지만 잃어버린 것은 아니에요. 난로, 도관, 연통을 통해, 그것은 불꽃이 되어 피어올랐고, 소용돌이처럼 하늘로 사라졌어요! 그것은 다시 나타날 거예요, 동생. 오 슬프도다…… 아, 아! 오 슬프도다, 아, 아! 나를 꾸짖지 마요, 피에르, 이제 가요. 그녀를 오게 해요. 나쁜 천사가 착한 천사를 돌보게 하고, 그녀가 우리와 함께 살게 해요, 피에르. 나를 의심하지 마요. 그녀가 나를 이해하는 것보다 내가 그녀를 더 많이 이해하도록 하겠어요. 이제 혼자 있고 싶어요, 동생."

IV

매우 온당한 이유가 아니면, 이사벨은 청원을 제기하는 일을 아주 양심적으로 삼갔다. 그래서 그는 그녀가 간청하는 것을 거의 들어주지 않을 수 없었다. 그러므로 그의 사생활을 침해할 뜻밖의 간청을 받고 피에르는, 루시의 이상한 편지가 준 최초의 놀라운 효과에 바로 뒤따르는, 그 상충하는 부차적 감정들 가운데에서 이사벨을 향해 그 편지의 내용에 관해 확신하고 이해하는 태도를 취해야 했지만, 그럼에도 사실 그는 여전히 이성을 빼앗는 모든 종류의 수수께끼들에 압도되어 있었다.

잠시 후 이제 그가 이사벨의 방에서 나가자 이 불가사의한 수수께끼들이 다시 그를 완전히 지배했다. 그에게 조용히 있고 싶어 하는 이상한 기색이 감도는 것을 델리가 깨닫고, 그 말없는 아가씨가 얌전히 제공한 식탁 의자에 앉아 피에르는 생각에 잠겼다. 피에르는 세상 사람들의 눈에 대단히 기이하게 보일 게 분명한 자신의 현재 처지 가운데 가장되거나 위장되거나 비진실이 아닌 어떤 것을 간파하는 외관상 놀라운 이러한 육감이 어디서든지 아무튼 루시에게 고취된 것이, 어떻게 가능했는지, 여하간 그것이 어떻게 이루어질 수 있었는지 곰곰이 생각하고 있었다. 이사벨의 거친 말들이 아직도 그의 귓속에서 쟁쟁히 울렸다. 피에르가 정식으로 결혼한 남자라고, 루시가 세상의 나머지 사람들과 함께 추정하는 한, 가슴속에 몰래 간직한 그에 대한 애정이 아무리 깊다 할지라도, 그녀가 기꺼이 그에게로 오리라고 상상하는 것은 모든 여성을 무시하는 행위일 것이다. 하지만 어떻게—그녀가 그 반대일 것이라고 또는, 어느 것이든 근거가 박약한 것이라고 추측할 만한 무슨 이유—무슨 암시를 가질 수 있었을까? 왜냐하면 현재 이 시간에도, 그다음의 어떤 때에도, 피에르는 루시가 사랑의 놀라운 육감 속에서 그렇게 노출되지 않게 사람을 홀리듯이 그를 감싸고 있는 비밀의 정확한 성격에 대한 어떤 명확한 자부심을 가지고 있다고는 도저히 상상하지 못했거나 할 수 없었기 때문이다. 그러나 이상한 생각이 여기서 우연히 다시 떠올랐다.

사교계와 관련된 피에르의 추억 속에 대단히 주목할 만한 한 젊은이의 사례가 있었다. 그는 한 아름다운 아가씨, 즉 그의 설레는 마음에 싹트는 애정으로 응답하는 아가씨와 거의 약혼한 사이가 된 동안에, 어쩌다가 우연히 순간적으로 현혹당하여 또 다른 여자를 향해 표명된 경솔한 애정에 빠지게 되었거나, 아니면 그 두 번째 여자와 깊이 관련된 친구들이, 그가 이러한 약속된 애정을 드러냈고 그것이 그녀에게 당연한 영향을 틀림없이 미쳤다는 것을 그 가엾은 젊은이에게 알려주었다. 확실히, 이 두 번째 여자는 그동안 내내 그녀의 소문 난 애인의 잔인한 배신행위를 한탄하며, 시들시들 약해지고 거의 사경에 이르렀다. 그래서 그에 대한 슬픔으로 죽어가는 것 같은, 정말로 사랑스러운 여자의 그 고뇌하는 애원이 마침내 그 젊은이를 감동시켜서, 두 여자가 똑같이 그를 자기 남자라고 주장하는 한, 첫 번째 여자가 그의 손을 잡을 최상의 자격을 가지고 있다는 사실을 병적으로 무시하고—그의 양심은 어리석게도 두 번째 여자에 관해 그를 신랄하게 힐책했기 때문에—그는 자기가 첫 번째 사랑을—그와 그녀 둘 다에게 가혹한 일이지만—단념하고 두 번째 여자와 결혼하지 않으면 영원한 비애가 확실히 현세와 내세 모두에서 그를 덮칠 것이라고 생각하고, 그에 걸맞게 두 번째 여자와 결혼했다. 한편, 그 후 그의 인생 전체를 통해, 그가 이렇게 결혼한 아내에 대한 동정심과 도의 때문에 이 문제에 대한 자신의 입장을 첫 번째 애인에게 설명해줌으로써 그녀의 마음을 달래주는 것이 용납되지 않았다. 그리하여 완전한 무지 속에서, 그녀는 그가 고의로 무정하게 자신을 배반했다고 믿은 나머지 그 남자 때문에 정신 이상자가 되어 죽음을 맞았다.

이 이상한 실화에 대해 루시 또한 잘 안다는 것을 피에르는 알고 있었다. 왜냐하면 그들은 여러 번 그것에 대해 이야기했고, 그 이상한 젊은이의 첫 번째 애인은 루시의 학교 친구였고, 루시는 신부 들러리로서 그녀와 함께 서기를 기대했었기 때문이다. 지금, 피에르와 이사벨에 대한, 이와 같은 기발한 생각이 루시의 마음속에 혹시 슬머시 스머들지 않았는지 하는 생각이 잠시 피에르에게 저절로 떠올랐다. 그러나 그때 다시 이러한 가정이 완전히 이치가 닿지 않는 것으로 판명되었는데, 왜냐하면 그것이 루시가 이례적으로 제안한 조치의 절대적 동기에 대한 만족스러운 해답으로는 결코 충분하지 않았고, 실제로 어떠한 정상적 예법으로도 그것은 조금도 그러한 조치를 정당화하지 못하는 것 같았기 때문이다. 그 결과, 그는 무엇을 생각해야 할지를 몰랐고, 무엇을 꿈꿔야 할지를 몰랐다. 사랑에 관해서 불가사의한 것들, 아니, 다름 아닌 순전한 기적들이 예찬되었지만, 절대적인 기적 그 자체가, 즉 실행된 기적이 여기에 있었다. 그 까닭은 그녀의 이상한 착상이 무엇이든, 그녀의 수수께끼 같은 망상이 무엇이든, 그녀의 설명할 수 없는 은밀한 동기가 무엇이든지 간에, 그래도 역시 루시는 그녀의 더럽혀지지 않은 마음속에서 티끌만큼도 흠이 없이 투명하게 여전히 순결하다는 것을 마음속으로 확실하게 느꼈기 때문이다. 그럼에도 그녀가 편지에서 그렇게 정열적으로 제안한 것은 얼마나 상상할 수도 없는 행위인가! 요컨대, 그것은 그를 몹시 놀라게 했고 당황케 했다.

모든 무신론자들이 비난할 테지만, 세상에는 신비하고 이해할 수 없는 신성—하느님—실제적으로 도처에 현존하는 존재가 있다는, 그 막연하고 두려운 감정이 이제 그의 마음속으로 슬며시 스며들었다. 아니, 그분은 지금 이 방 안에 계시고, 내가 여기에 앉았을 때 공기가 갈라졌다. 나는 그때 성령을 옮겨 놓았고 이 자리에서 조금 떨어진 곳에서 그것을 응축시켰다. 그는 걱정스럽게 주변을 둘러보았고, 델리의 인간 모습을 보고 넘치는 기쁨을 느꼈다.

그가 이렇게 신비감에 빠져 있는 동안, 문에서 노크 소리가 들렸다.

델리가 주저하며 일어났다. "누구든 들어오게 할까요, 주인님? 저건 밀소프 씨의 노크라고 생각하는데요."

"가서 봐. 가서 봐." 피에르가 멍하니 말했다.

문이 열리자, 밀소프가—왜냐하면 그였으니까—앉아 있는 피에르의 모습을 흘긋 보면서, 델리를 스치고 지나며 소란스럽게 방으로 들어왔다.

"하, 하! 그래, 여보게, 그 '지옥편'은 어떻게 되어가나? 자네가 집필하는 게 그것이고, 누구나 '지옥편'을 쓰는 동안 주춤거리는 경향이 있는데, 자넨 늘 단테를 좋아했지. 친구! 나는 열 편의 형이상학적인 논문을 완성했고, 법정에서 다섯 건의 사건을 변론했다네. 또 우리 학회의 모든 회의에 참석했고, 우리의 훌륭한 볼분 교수님이 철학자 모임에서 하는 순회강연에 동반하여, 그분이 거둔 빛나는 대성공의 영예를 공유했지. 말이 난 김에, 정말이지, 교수님은 은밀히 나에게 과분한 신뢰를 주고 있어. 왜냐하면 맹세코 나는 기껏해야 그분의 강연 집필의 절반도 돕지 못했거든. 그리고 익명으로긴 하지만 한 가없는 친구—좋은 친구이기도 했는데—나의 한 친구의 유작인, '파도의 파상 운동 완화의 정확한 원인'에 관한 학구적인, 과학적 저술을 편집했다네. 그래, 여기서 내가 이 모든 일을 해내는 동안에, 자네는 여전히 저 보잘것없고 성가신 '지옥편'에 지겹게 매달려 있었다니! 오, 이런 일들을 신속히 해치우는 데는 비결이 있어, 끈기! 끈기야! 자넨 언젠가 그 비결을 알게 될 거야. 시간! 시간이야! 나는 그것을 자네한테 가르쳐줄 수 없어, 친구. 하지만 시간은 할 수 있어, 내가 할 수 있으면 좋으련만, 나는 할 수 없어."

문에서 또 다른 노크 소리가 났다.

"오!" 밀소프가 갑자기 문 쪽으로 돌아서면서 소리쳤다. "그만 깜빡 잊고 있었네, 친구. 괴상한 물건 몇 개를 가지고 자네를 만나고자 청하는 짐꾼이 있다고 말해주려고 왔어. 우연히 아래층 복도에서 짐꾼을 만나서, 길을 안내할 테니 따라 올라

오라고 말했지. 자 여기에 그 짐꾼이 와 있어. 그를 들여보내요, 착한 델리 아가씨."

　지금까지 밀소프의 수다가 적어도 어떤 효과를 냈다면, 외면한 피에르를 어리벙벙하게 한 것뿐이었다. 그러나 지금 그는 깜짝 놀라 벌떡 일어섰다. 중절모를 쓴 사내가 앞에 이젤을 들고 문간에 서 있었다.

　"여기가 글렌디닝 씨의 방입니까, 신사분들?"

　"오, 들어와요, 들어와요." 밀소프가 소리쳤다. "맞아요."

　"오, 본인이세요? 좋아요, 좋아요, 그러면." 그리고 사내는 이젤을 내려놓았다.

　"그래, 친구." 밀소프가 피에르에게 큰 소리로 말했다. "자넨 아직도 '지옥편' 꿈속에 있군. 보라고, 저게 소위 이젤이라는 거야, 친구. 이젤, 이젤이라고, 위젤*이 아니라. 자넨 마치 저게 위젤인 것처럼 쳐다보는군. 자, 정신 차려, 정신 차리게! 자네가 저걸 주문했겠지. 그리고 자 여기 있어. 집필을 진척시키면서, '지옥편'에 삽화를 그려 넣으려는 거겠지. 그래, 내 친구들은 내 글들에 삽화가 들어 있지 않은 것이 유감스럽다고 말하곤 해. 하지만 나는 어쩔 도리가 없어. 그런데 한두 해 전에 내가 서류 정리함 속에 넣어둔 '흑인 찬가'라는 것이 있는데…… 그 작품이 삽화를 넣기에 좋을 텐데."

　"그것이 당신이 찾는 글렌디닝 씨한테 온 거요?" 피에르가

*'족제비'라는 뜻이다.

302

이제 느리고 차가운 어조로 짐꾼에게 말했다.

"글렌디닝 씨요, 선생님, 맞죠?"

"맞아요." 피에르가 그 이젤에 또 한 번 묘하고 넋을 빼앗긴 듯한 어리둥절한 시선을 흘긋 보내며 기계적으로 말했다. "그러나 여기에 무엇인가 이상하게 부족한 것 같군. 옳아, 이제 알겠어, 그걸 알겠어. 이놈! 그 담쟁이! 너는 그 초록빛 심금을 잡아 뜯어놓았구나! 너는 고작 그녀가 한때 깃들어 있던 아름다운 정자의 차가운 잔해만 남겨놓았구나! 너 멍청하고, 무정한 악마! 너는 오그라든 간으로 네가 저지른 영원한 해악을 꿈꾸고 있기까지 하느냐? 그 초록빛 담쟁이를 복구시켜라! 그것을 복원해라, 너 저주받은 자여! 오 하느님, 하느님, 밟아 뭉개져 모든 넝쿨이 부스러지고 짜부라진 담쟁이를 다시 심는다지만, 어떻게 다시 살릴 수 있으랴! 뒈져라, 너! 아냐, 아냐." 그가 시무룩하게 덧붙였다. "내가 혼자서 헛소리를 하고 있었던 것뿐이오." 그러고 나서 신속히 희롱하듯이 말했다. "용서해요, 용서하시오! 운반인, 당신의 가장 오만한 용서를 가장 겸허하게 빌겠소." 그러고는 다급하게 말했다. "자, 힘내요, 이 사람아, 자네가 너무 낮췄어, 더 치켜들어요."

망연자실한 짐꾼이 돌아서면서 밀소프에게 속삭였다. "저분 괜찮아요? 짐들을 가져올까요?"

"오, 그럼요." 밀소프가 미소 지었다. "내가 저 친구를 지켜보고 있을 거요. 그는 내가 있을 땐 정말 절대로 안전해요. 자, 가요!"

'L. T.'라고 끝에 흐릿하게 표시된, 트렁크 두 개가 이제 뒤이어 올라왔다.

"이봐요, 이게 전부요?" 그 트렁크들을 그의 앞에 내려놓고 있는 동안 피에르가 말했다. "그런데, 얼마요?" 그 순간 그의 눈에 처음으로 그 흐릿해진 글자들이 들어왔다.

"선불로 받았어요. 하지만 더 주신다면야 고맙게 받지요."

피에르는 여전히 그 흐릿해진 글자들을 뚫어지게 보면서 말없이 무관심하게 서 있었다. 그런데 그 순간 마치 중풍에 걸렸으면서도 그 발작을 의식하지 못하는 것처럼, 그의 몸이 일그러지고 한쪽으로 처지고 있었다.

그와 같이 있던 두 사람은, 그를 덮친 그 놀라운 변화를 처음 목격한 순간 각자 취하고 있던 자세 그대로, 잠시 꼼짝 않고 서 있었다. 하지만 이렇게 충격을 받은 것을 수치스러워하듯이 밀소프는 크고 명랑한 목소리를 내며 피에르에게 다가가서 그의 어깨를 툭툭 치면서 소리쳤다. "정신 차려, 정신 차려, 친구! 짐꾼이 선불로 받았지만, 더 줘도 마다 않겠다고 말하고 있어."

"선불이라, 그게 뭐야? 가, 가서, 원숭이들한테 재잘거려!"

"젊은 친구가 별나죠, 그렇죠?" 밀소프가 가볍게 짐꾼에게 말했다. "조심하게, 친구, 내가 다시 말해주지. 자기는 선불로 받았지만, 더 주면 감사히 받겠대요."

"어? 그럼 이거나 가져가." 피에르가 말하며 멍청하게 짐꾼의 손에 뭔가를 건네주었다.

"그런데 이걸 가지고 내가 무엇을 할까요, 선생님?" 짐꾼이

빤히 보며 말했다.

"건배를 하시오. 하지만 내 건 빼고, 그건 웃음거리가 될 거요!"

"열쇠를 가지고요, 선생님? 당신이 준 건 열쇠예요."

"아아! 그래, 내 자물쇠를 여는 것을 적어도 당신에게 주진 않겠어. 그 열쇠 내게 주고, 이걸 가져가시오."

"네, 네! 현찰이로군! 고맙습니다, 선생님, 고맙습니다. 한잔하겠습니다. 저를 부질없이 짐꾼이라 부르지 않습니다. '스타우트'가 암호고요. 2151이 제 번호고요. 무슨 일이든 제게 부탁하세요."

"이봐, 관을 운반하는 일도 해요?" 피에르가 말했다.

"이거 놀랍네!" 밀소프가 명랑하게 웃으며 큰 소리로 말했다. "자네가 '지옥편'을 쓰고 있지 않다면, 그러면…… 하지만 걱정하지 말게. 짐꾼! 이 친구는 현재 의사의 치료를 받고 있는 중이오. 당신은—말할 것도 없이—빨리 가주는 게 좋아, 짐꾼 양반! 자, 친구, 그는 갔어, 나는 이런 자들을 다룰 줄 알지. 거기엔 요령이 있어, 친구—즉석에서 처리하는 종류의 뭐랄까, 말할 것도 없이—요령! 요령이야! 온 세상이 요령이야. 세상의 요령을 알면 만사가 다 잘 돌아가고, 모르면 모든 것이 탈이 나지. 하! 하!"

"그럼 짐꾼은 갔나?" 피에르가 태연하게 말했다. "그건 그렇고, 밀소프 군, 자네도 제발 그를 따라가주게."

"멋진 농담이군! 훌륭해! 잘 있게, 선생. 하, 하!"

그리고 구김살 없는 유쾌한 기분으로 밀소프는 방을 나갔다.

그러나 그가 나간 뒤 방문이 닫히고, 그가 미처 바깥쪽 문손잡이에서 손을 떼기도 전에 갑자기 문이 다시 절반쯤 휙 열렸다. 그러더니 금발의 곱슬머리를 안으로 들이밀고 밀소프가 큰 소리로 말했다. "그런데, 친구, 자네한테 한마디 전할 말이 있네. 최근에 자네한테 심하게 빚 독촉을 해온 그 느끼한 작자 알지. 그래, 이제 마음 놓게, 그 작자 돈을 갚았어. 어제 나한테 갑자기 돈이 잔뜩 생겼어. 정기적인 수금 날이지. 자넨 어느 날이든 형편대로 돌려줘도 되는 거야. 서두를 것 없어, 그게 다야. 하지만 말이 난 김에 하는 얘긴데―자네에게 손님이 올 것 같던데―나한테 부탁할 게 있으면 연락만 해. 침대를 설치해야 한다든가 들어 날라야 할 무거운 짐들이 있다든가 하면 말이야. 자네와 여자들은 그건 못 해, 지금, 명심하게! 다시 그게 다야. 안녕, 친구. 몸조심하게!"

"잠깐만!" 피에르가 한 손을 뻗으면서 그러나 한 발짝도 움직이지 않고―밀소프의 이러한 기이한 특성들로 인해 그가 앞서 느낀 모든 감동에 휩싸인 채―"잠깐만!" 하고 소리쳤다. 그러나 문은 돌연히 닫혔고, 파, 라, 라, 하고 노래하며, 초라한 외투를 걸친 밀소프는 복도를 경쾌한 걸음걸이로 내려갔다.

"여유 있는 심장, 부족한 머리." 문을 가만히 지켜보며 피에르가 중얼거렸다. "그런데, 맹세코, 밀소프를 만든 신은 나폴레옹이나 바이런을 만든 신보다 더 훌륭하고 더 위대했어. 여유 있는 심장, 부족한 머리…… 쳇! 두뇌는 심장이 없으면 구더기

천지가 되지만, 심장은 부패를 방지하는 소금 그 자체이고 머리 없이도 신선함을 유지할 수 있지. 델리!"

"네?"

"내 사촌 타탄 양이 우리와 함께 살러 여기에 올 예정이야, 델리. 저 이젤…… 저 트렁크들은 그녀의 것이야."

"어머나! 여기에 와요? 주인님의 사촌이라고요? 타탄 양이!"

"그래, 나는 자네가 그녀와 나에 대해 틀림없이 얘기를 들었을 거라고 생각했어. 하지만 그 관계는 깨졌어, 델리."

"네? 네?"

"나에겐 설명할 말이 없어, 델리, 그리고 자네 반응을 봐도 나는 별로 놀랍지도 않아. 내 사촌은…… 잘 들어, 내 사촌, 타탄 양이 우리와 함께 살러 올 거야. 이 방 옆방의 저쪽 맞은편 방이 비어 있어. 저 방을 그녀의 방으로 정할 거야. 자네는 그녀의 시중도 들어야 해, 델리."

"그럼요, 그러고말고요. 무슨 일이든 다 하겠습니다." 델리가 떨면서 말했다. "하지만…… 하지만…… 글렌디닝 부인이…… 마님이 이 일을 아시나요?"

"내 아내는 다 알고 있어." 피에르가 단호하게 말했다. "나는 내려가서 방 열쇠를 받아올 테니, 자네는 깨끗이 청소하게."

"그 방에 무엇을 집어넣을 거죠, 주인님?" 델리가 말했다. "타탄 양은…… 저, 그분은 온갖 종류의 좋은 것들에 익숙하신데, 두툼한 양탄자, 옷장, 거울, 커튼…… 에, 에, 에!"

307

"잘 봐." 피에르가 발로 낡은 깔개를 건드리면서 말했다. "여기에 깔개가 있어, 저것을 그녀의 방에 끌어다 넣어. 여기 의자가 있어, 저걸 집어넣어. 그리고 침대로는…… 그래, 그래." 그가 혼자서 중얼거렸다. "내가 그녀를 위해 그것을 만들어놓았고, 그녀는 그걸 모르고 이제 거기에 눕지! 만든 그대로…… 그렇게 놓여 있어. 오 하느님!"

"들어보세요! 마님이 부르고 계세요." 델리가 맞은편 방을 향해 가면서 큰 소리로 말했다.

"잠깐!" 피에르가 그녀의 어깨를 움켜잡으면서 말했다. "만일 서로 마주 보는 이 방들에서 두 사람이 동시에 호출하고, 두 사람이 다 기절한다면, 어느 쪽 문으로 먼저 달려가겠어?"

그 아가씨는 잠시 잘 이해되지 않는 듯이 놀라서 그를 뚫어지게 보다가, 아마도 단순한 혼미 상태를 벗어나, 이사벨의 방 걸쇠에 손을 얹으며 "이쪽 방이요, 주인님" 하고 말했다.

"다행이군. 이제 가봐."

그는 델리가 돌아올 때까지 뭔가에 골몰한 채 똑같은 자세로 서 있었다.

"내 아내는 어떤가, 지금?"

'아내'라는 신기한 말을 특이하게 강조해서 말하는 것에 다시 깜짝 놀라, 이보다 전에 오랫동안 어쩌다 그가 그 용어를 사용하는 것에 이따금 충격을 받은 적이 있는 델리는, 난처하게 그를 바라보며 거의 무의식적으로 말했다.

"주인님의 부인요?"

"그럼, 아닌가?"

"제발 그러기를 빕니다. 오, 불쌍한, 불쌍한 델리에게 그렇게 말씀하시는 건 가장 잔인한 짓입니다, 주인님!"

"눈물을 보이다니 창피한 줄 알아! 그러면 절대 다시 그것을 부정하지 마! 하늘에 맹세코, 그 여자는 내 아내야!"

이러한 거친 말들을 쏟아내며 그는 중절모를 집어 들고, 추가된 방의 열쇠를 받아오는 것에 대해 무엇인가를 중얼중얼하며 방에서 나갔다.

그가 나가고 방문이 닫히자 델리는 털썩 무릎을 꿇었다. 그녀는 천장을 향해 머리를 들었지만, 마치 압제적으로 외경심에 사로잡혀 고개를 숙이듯이, 다시 머리를 떨어뜨려 완전히 낮게 숙였고, 마침내 몸 전체를 떨면서 방바닥에 굽실거렸다.

"저를 만드셨고, 부정한 델리가 벌 받아 마땅한 만큼 저에게 모질게 대하지 않으신 하느님, 저를 만드신 하느님, 당신께 빕니다! 만일 그것이 저에게 닥쳐오고 있다면, 저에게서 그것을 막아주세요. 제 말에 귀를 막지 말아주세요. 이 돌로 된 벽들, 당신은 그것들을 뚫고 들으실 수 있습니다. 애석한 일! 애석한 일입니다! 자비를 빕니다, 하느님! 만일 그분들이 결혼한 사이가 아니라면, 만일 제가 뉘우치는 마음으로 순수해지려고 애쓰면서, 지금 고작 제가 저질렀던 것보다 더 큰 죄악의 시녀에 불과하다면, 그렇다면 애석한 일! 애석한 일! 애석한 일! 애석한 일! 애석한 일입니다! 오, 저를 만드신 하느님. 저를 보소서, 여기에 저를 보소서. 델리가 무엇을 할 수 있습니까? 제가 여기

서 나가면, 악한들 말고는 저를 받아줄 사람이 없습니다. 제가
남아 있으면, 그러면…… 왜냐하면 저는 남아 있어야 하니까
요. 그리고 그분들이 결혼한 사이가 아니라면…… 그러면 애
석한 일, 애석한 일, 애석한 일, 애석한 일, 애석한 일입니다!"

24부
사도관의 루시

I

이튿날 아침, 식당 맞은편에 연접한 최근 전세 낸 방은, 그 전
날 저녁 피에르와 함께 처음 그 방의 문을 열었을 때 델리의 눈
에 비친 것과 다른 외관을 보여주었다. 두 장의 퇴색한 상이한
무늬의 양탄자가 방바닥 가운데를 덮었고, 그 둘레에 넓은 빈
가장자리를 남겼고. 작은 거울이 문과 문 사이의 벽에 걸렸고,
그 밑에 작은 탁자가 놓였고, 그 앞에 1~2피트의 양탄자가 깔
렸다. 한쪽 구석에는 말끔하게 침구가 갖추어진 접이침대가 있
었고, 그 침대 바깥쪽에 또 하나의 양탄자 조각이 놓여 있었다.
루시의 연약한 발이 방의 맨바닥에서 떨어서는 안 되기 때문이
다.

피에르, 이사벨, 그리고 델리가 그 방 안에 서 있었고, 이사
벨은 눈으로 그 접이침대를 가만히 지켜보았다.

"이제 상당히 아늑할 거라고 생각합니다." 델리가 창백한 얼

굴로 사방을 둘러보고 나서 베개를 다시 바로잡으며 말했다.

"그렇지만 온기가 없어요." 이사벨이 말했다. "피에르, 이 방에는 난로가 없어요. 그분이 몹시 추울 거예요. 연통을 이쪽으로 뽑을 수 없나요?" 그리고 그녀는 그 질문이 용납하는 것처럼 보이는 것보다 더 집중된 시선으로 그를 바라보았다.

"연통을 지금 있는 자리에 그대로 놔둬요, 이사벨." 피에르가 그녀의 예리한 시선을 마주 대하면서 말했다. "식당 문은 열어둘 수 있어요. 그녀는 난방이 된 방에서 잠자는 것을 좋아하지 않았어요. 모든 것을 그냥 내버려둬요. 그게 좋아요. 아! 여기에 벽난로가 있군. 석탄을 사겠어. 그래, 그래―그건 어렵지 않지, 아침 같은 때에 작은 불을 지피는 것―그건 비용이 얼마 들지 않을 거야. 잠깐, 환영의 뜻으로 지금 여기에 작은 불을 피웁시다. 그녀는 항상 불을 피우고 있게 하겠어."

"연통을 바꾸는 게 좋을 거예요, 피에르." 이사벨이 말했다. "그것이 영구적이고, 석탄을 절약해줄 거예요."

"그렇게 못 해요, 이사벨. 저 연통과 저 온기는 그대의 방으로 들어가지 않나요? 나의 가장 헌신적이고 진실한 마음을 가진 사촌에게 이롭게 하기 위해서라 할지라도, 착한 델리, 내가 내 아내의 것을 빼앗아도 될까?"

"오! 안 된다고 생각합니다. 주인님, 절대로 안 됩니다." 델리가 감정적이 되어 말했다.

의기양양한 광채가 이사벨의 눈에서 번득였고, 풍만한 가슴이 아치형으로 부풀었지만 그녀는 침묵했다.

"그녀는 이제 언제라도 와도 돼요, 이사벨." 피에르가 말했다. "자, 식당에서 그녀를 마중합시다. 거기가 우리의 응접실인 거요."

그래서 세 사람은 식당으로 들어갔다.

II

그들이 거기에 오래 있지 않았을 때, 왔다 갔다 하던 피에르가 막판에 문득 어떤 굼뜬 생각이 떠오른 것처럼 갑자기 잠시 멈추었다. 맨 처음 그는 이사벨에게 사적인 얘기를 해야 하는 동안 델리에게 방에서 나가 있으라고 분부를 내리려는 것처럼 그녀에게 시선을 돌렸다. 그렇지만 다시 생각해보더니 이와 반대로 하는 게 타당하다고 여긴 것처럼, 단도직입적으로 평소와 같은 스스럼없는 어조로 즉시 이사벨에게 말을 걸어왔으므로, 델리는 의도했든 의도하지 않았든 간에 그가 하는 말을 똑똑히 듣지 않을 수 없었다.

"이봐요 이사벨, 내가 전에 말했듯이, 그 이상하고 고집 센 수녀 같은 여자인 나의 사촌 타탄 양이 모든 어려움을 무릅쓰고 우리와 같이 살러 오기로 알쏭달쏭하게 결심했지만 말이오, 이사벨, 순박하기 때문에 당신은 상상도 하지 못할 이처럼 기이한 조치에 그녀의 친구들은 절대로 찬성하지 않을 게 틀림없어요. 그들이 그것에 반대하여 있는 힘을 다해 싸우지 않는

315

다면, 나는 크게 기만당한 걸 거요. 지금 덧붙이려고 하는 말이 아주 불필요할지 모르지만, 그럼에도 불구하고 그 말을 하지 않을 수 없어요."

이사벨은 빈손으로 조용히 앉아 있었지만, 골똘하게 기대하며 그를 주의 깊게 주목하고 있었다. 한편 이사벨의 의자 뒤에서 델리는 피에르가 말을 시작하자마자 그녀가 집어 든 뜨개질 거리에 고개를 파묻고 떨리는 손가락들로 긴 바늘코를 초조하게 놀리고 있었다. 그녀는 이사벨 못지않게 간절히 피에르의 말을 기다리는 것이 분명했다. 델리의 이러한 표정을 주목하고 분명히 그것을 기쁘게 생각하며 피에르는 말을 계속했지만, 겉으로 드러난 어조나 표정에는 이사벨 말고 다른 누구에게 말을 건네는 듯한 기색은 조금도 보이지 않았다.

"지금 내 말의 뜻은, 이사벨, 이런 거요. 타탄 양이 그녀의 이상한 결심을 실행하는 것에 대해 그녀의 친구들이 보이리라 예상되는 바로 그 반대가—다소간의 그 반대가 설령 우연히도 당신 눈앞에서 표출된다 할지라도, 당신은 확실히 그 일이 왜 일어났는지 알 것이고, 그에 못지않게 확실히 나에게서 어떤 불길한 것을 연관시켜 털끝만큼도 그것으로부터 어떤 단정도 내리지 않을 겁니다. 그래요, 틀림없이, 이사벨, 당신은 그러지 않을 거예요. 왜냐하면 나는, 내 말을 이해해줘요, 내 사촌 누이의 이 이상한 심경을 완전히 내가 이해할 수 없는 것으로 간주하고, 나의 가엾은 사촌 누이를 내가 전혀 모르는 얼토당토않은 신비에 넋을 빼앗긴 열광자로 실제로 간주하고, 그리고 거의 초자연적인 것처럼 보이는 것에 무식하게 참견하고 싶지 않기에, 그녀의 친구들이 아무리 난폭하게 그것을 막으려고 애쓴다 할지라도, 그녀가 오는 것을 거절하지 않을 것이기 때문이에요. 내가 초청하지 않은 만큼 확실하게, 나는 거절하지 않을 거요. 하지만 중립적인 태도는 때때로 의심스러운 것처럼 보이지요. 지금 내가 말하려는 것은 이런 거예요. 나에 대한 이러한 모든 막연한 의혹을, 만약 있다면, 루시의 친구들에게만 한정시키자, 그러나 이러한 불합리한 불안이 친애하는 이사벨에게 다가와서 아주 작은 불안감도 주는 일이 결코 없도록 하자, 그거예요. 이사벨! 말해줘요. 나의 취지를 명백히 할 만큼 내가 지금 충분히 말하지 않았어요? 그렇지 않으면, 정말 누구나 깊이 진지함을 느낄 때, 흔히 필요 이상으로 그리고 실제로 불쾌하게, 그리고 어울리지 않게 세심한 것처럼 보이는 경향이 있으니, 내가 말한 모든 것이 전부 다 불필요하지는 않은 것인가요? 말해요, 나의 이사벨." 그러면서 그는 팔을 앞으로 뻗으며 그녀에게 더 가까이 다가갔다.

"당신의 손은, 피에르, 나를 완전히 액체 상태로 담고 있는 주물공의 쇳물 바가지예요. 당신 생각의 틀 속에 당신이 나를 쏟아 넣으면, 나는 거기서 그 형상으로 굳고 그 모양을 취하고, 그때부터 당신이 다시 새로이 나를 틀에 넣어 만들 때까지 그 형상을 하고 있어요. 당신이 나에게 말하는 것이 당신의 생각이라면, 어떻게 내가 그것이 내 생각이 되는 것을 피할 수 있겠어요, 피에르?"

"신들이 일반 세계를 모두 완성하고 난 축제일에 그대를 만들었고, 공들여 여러 시간 동안 천천히 그대를 본보기로 형상화했구나!"

그렇게 말하고, 별안간 터져 나온 감탄하는 사랑과 놀라움 속에서 피에르는 방 안을 거닐었다. 한편 이사벨은 손등에 턱을 괴고 머리채로 얼굴을 반은 가린 채 말없이 앉아 있었다. 델리의 침착하지 않은 뜨개질은 경련이 덜해졌다. 델리는 진정된 것 같았고, 그녀의 다소 어둡고 애매한 공상은 피에르가 직접 표현했거나 그의 표정에서 추정된 무엇인가 덕분에 불식된 것 같았다.

III

"피에르! 피에르! 빨리요! 빨리! 저들이 나를 끌고 가요! 오, 빨리! 피에르!"

"저게 뭐야?" 이사벨이 벌떡 일어서며 몹시 놀라 복도로 통하는 문을 향해 흘긋 보면서 재빨리 소리쳤다.

그러나 피에르는 아무도 그를 따라오지 못하게 하고, 방에서 뛰쳐나갔다.

계단 아래 중간쯤에 가냘프고 가벼운, 거의 이 세상 사람 같지 않은 여인이 계단 난간에 달라붙어 있었다. 두 젊은이가, 그중 한 명은 해군 제복 차림이었는데, 그녀의 가녀리고 하얀 두 손을 다치지 않게 떼어내려고 기를 썼지만 헛수고였다. 그들은 글렌 스탠리와 루시의 오빠인 프레더릭이었다.

순식간에 피에르의 두 손이 두 남자의 손들을 가로막았다.

"이놈! 빌어먹을 놈 같으니!" 프레더릭이 소리치고 누이의 손을 놓으며 사납게 피에르를 향해 주먹을 날렸다.

그러나 그 일격은 피에르에게 차단당했다.

"괘씸한 사기꾼 같으니, 너는 정에 약한 천사의 마음을 호렸어! 자 받아라!"

"안 돼, 안 돼." 글렌은 극도로 흥분한 프레더릭이 빼어 든 결투용 칼을 막으면서, 동시에 그를 강하게 꽉 껴안으며 외쳤다. "그는 무기가 없어, 지금 여기는 그와 우리의 반목을 해결할 시간이나 장소가 아냐. 자네의 누이, 상냥한 루시를 먼저 구해내자. 그러고 나서 자네가 하고자 하는 것을 해. 피에르 글렌디닝—너는 고작 새끼손가락 같은 사내인데—여기서 썩 물러나라! 너의 비행, 너의 타락은, 악마의 그것이야! 네가 이 여인에게 욕정을 품어서는 안 돼. 저 다감한 아가씨는 온전한 정신이 아냐!"

피에르는 뒤로 약간 물러서며 창백하고 초췌하게 세 사람을 모두 바라보았다.

"어떤 해명도 하지 않겠다. 나는 있는 그대로의 나일 뿐이다. 이 마음씨 고운 아가씨—너희 두 사람이 손대서 더럽히는 이 천사 같은 여자—그녀는 법적으로 성년이다. 그녀는 법적으로 자기 자신의 주인이다. 그리고 지금, 나는 맹세코 그녀가

자기 의지대로 행동하게 하겠다! 아가씨에게서 손을 떼라! 그
녀를 홀로 서게 하라. 보라, 그녀가 기절하려고 하는군. 그녀를
놔주어라, 이봐!" 그리고 다시 그의 두 손이 그들 사이에 끼어
들었다.

그들 모두가 한순간 애매하게 옥신각신하는 동안 갑자기 그
창백한 아가씨가 축 늘어지면서 피에르 쪽으로 비스듬히 쓰러
졌다. 이 상황에 대처가 안 된, 반대편의 두 투사는 무의식적으
로 잡고 있던 손을 놓았고 헛디디면서 서로 발부리가 걸려 둘
다 계단으로 넘어졌다. 루시를 와락 붙잡아 두 팔로 안고, 피에
르는 그들로부터 쏜살같이 달아나서 문에 당도했다. 그러고는
두려움에 떨며 거기서 머뭇거리고 있던 이사벨과 델리를 앞으
로 몰면서, 준비해둔 방 안으로 난입해 들어가 루시를 침대 위
에 눕히고는 재빨리 방에서 나가, 세 여자를 안에 둔 채 자물쇠
를 채웠다. 너무나 신속하게 번개처럼 이 모든 일을 해치웠기
때문에, 자물쇠를 채우고 나서야 비로소 그는 글렌과 프레더릭
이 사납게 그와 맞서고 있는 것을 알아차렸다.

"신사들이여, 모든 것이 끝났네. 이 문은 자물쇠가 채워졌
어. 그녀는 여자들의 손에 맡겨졌어. 뒤로 물러서!"

격노한 두 젊은이가 그를 붙잡아 옆으로 내동댕이치려고 할
때, 사도관 주민 여럿이 그 소란 통에 무슨 일인가 싶어 몰려
왔다.

"저들을 끌어내주시오!" 피에르가 외쳤다. "불법 침입자들
이오! 저들을 끌어내주시오!"

즉시 글렌과 프레더릭은 주민들에게 양손이 묶였고 피에르의 손짓에 따라 방에서 끌려 나갔다. 그러고는 계단 아래로 끌려 내려가 사적인 은거처의 성역을 침범한 두 명의 무법 청년으로서 지나가는 경찰의 손에 넘겨졌다.

그들이 맹렬하게 증언했지만 허사였고, 마침내 미리 어떤 법적 조치를 취하지 않고는 더 이상 아무것도 할 수 없다는 것을 알아차린 것처럼, 그들은 약이 올랐지만 마지못해 기꺼이 떠나겠다고 선언했다. 따라서 그들은 풀려났지만, 피에르에게 이 일에 대해 빠른 시간 안에 되갚아주겠다는 무서운 위협이 뒤따랐다.

IV

격한 감정에 사로잡힐 때 벙어리는 다행스럽다. 그는 어떠한 충동적 위협도 하지 않으므로, 잔뜩 화를 냈다가 평정을 회복하는 과정에서 좀처럼 자신을 기만하지 않는다.

사도관에서 나와 한길로 나아가면서, 곧 글렌과 프레더릭은 루시를 위협이나 힘으로는 그리 쉽사리 빼낼 수 없다고 결론을 내렸다. 피에르의 그 창백하고 이해할 수 없는 결연함과 위축되지 않는 대담함이 이제 그들을 압도하기 시작했는데, 어떤 사회적 비범함이나 위대함은 때로 돌이켜볼 때 더 인상적이기 때문이다. 루시가 법적으로 자유로운 몸이라는 것에 대해 피에르가 말한 것, 이것이 지금 그들에게 문득 떠올랐다. 보다 침착한 글렌이 곰곰이 생각한 끝에 프레더릭의 어머니가 피에르의 처소를 방문하는 게 좋을 것 같다고 제안했다. 왜냐하면 두 사람이 연합해서 협박을 해도 냉담했지만, 루시가 어머니의 탄원에는 귀를 막지 않을지도 모른다고 생각했기 때문이다. 타탄 부인이 실제의 그녀와 다른 여자였고, 그녀가 참으로 편견 없는 마음으로 사심 없이 고뇌했다면, 프레더릭과 글렌의 희망은 이루어졌을 가능성이 더 높았을 것이다. 어쨌거나 그 실험은 시도되었고, 뚜렷이 실패했다.

루시는 그녀의 어머니, 피에르, 이사벨, 그리고 델리가 함께한 자리에서 피에르와 이사벨을 글렌디닝 부부라고 칭하면서, 현재의 주인과 주인마님과 함께 그들이 자기를 내칠 때까지 같이 살겠다는 것을 엄숙히 맹세했다. 번갈아 애원을 하고 화를 내던 어머니가 그녀 앞에 무릎을 꿇거나, 그녀를 거의 때리려고 하는 것 같았지만 허사였다. 또한 모든 질책과 혐오를 생생하게 표현했고, 간접적으로 잘생기고 정중한 글렌의 존재를 암시했고, 루시가 끝까지 고집을 부릴 경우 온 가족이 그녀와 인연을 끊을 것이고 설령 그녀가 굶어 죽어간다 해도, 이렇게 변절자인 데다 부도덕한 것 이상으로 한없이 나쁜 여자에게 빵한 조각도 주지 않을 거라고 협박했지만 허사였다.

이 모든 것에 대해 루시는—이제 완전히 협박에 전혀 굴하지 않고—가장 점잖고 가장 신성한 태도로, 게다가 희망의 여지가 없는 침착성과 확고한 신념을 가지고 대답했다. 그녀가

하고 있는 일은 자기 스스로 하는 것이 아니었다. 그녀는 상하와 사방의 모든 것을 아우르는 영향력에 감동되어 그것을 하게되었다. 그녀는 자신의 처지에 전혀 고통을 느끼지 않았고, 그녀의 유일한 고통은 교감적인 것이었다. 그녀는 전혀 보상을 기대하지 않았으며, 선행의 본질이란 보상에 대한 조금의 희망도 없이 선행을 했다는 의식이었다. 세속적인 부와 사치, 그리고 응접실의 모든 화려한 박수갈채의 상실에 관하여, 이런 것들은 언제나 무가치한 것이었기 때문에, 그것들은 그녀에게 전혀 손실이 아니었다. 그녀는 지금 아무것도 포기한 것이 없었지만, 현재의 조건을 좇아 행동하는 중에 그녀는 지금 모든 것을 물려받고 있었다. 질책에 무관심한 그녀는 어떠한 연민도 갈망하지 않았다. 그녀의 정신의 온전함이라는 문제에 관해서, 그 문제를 그녀는 인간의 야비한 판단이 아니라 천사들의 판단에 맡겼다. 누구든 그녀가 어머니의 신성한 충고를 무시하고 있다고 항의한다면, 다음과 같은 것, 즉 그녀의 어머니는 딸에게서 더없는 존경을 받고 있지만 그녀의 무조건적 복종은 다른 어떤 곳에 돌려야 했다는 것 말고는 대꾸할 말이 없었다. 그녀의 마음을 움직일 희망은 모두 즉각 단호하게 포기되어야 했다. 단 한 가지 것만이 그녀의 마음을 움직일 수 있을 것이고, 그것만이 오직 그녀의 마음을 움직여 그녀를 영원히 움직일 수 없게 만들 것이다. 그것은 바로 죽음이다.

이러한 놀라운 사랑스러움 속에 깃든 이러한 놀라운 힘은, 그토록 허약한 사람 속에 들어 있는 이러한 단호함은, 누가 보아도 믿기 어려운 일이었을 것이다. 그러나 그녀의 어머니는 훨씬 더 그러했는데, 왜냐하면 겉모습으로만 그녀를 판단하는 많은 다른 사람들처럼, 루시에 대한 이전의 견해를 그녀의 허약한 신체와 상냥한 천성에 근거하여 형성하면서, 타탄 부인은 자기 딸은 이러한 대담한 행위를 절대 할 수 없다고, 마치 진정한 신성함은 용맹함과는 양립할 수 없다는 듯이, 늘 생각하곤 했기 때문이다. 이 두 가지 것은 결코 별개로 존재하지 않는다. 그리고 피에르는 어느 누구보다 루시에 대해 더 많이 알고 있지만, 그녀의 이 남다른 행동은 그를 몹시 놀라게 했다. 이사벨의 신비함조차, 공포감이 가미된 매력으로, 그를 이보다 더 매혹시킨 적은 좀처럼 없었다. 최근의 생활로 인해 변화된, 루시의 단순한 신체상의 외모가, 그의 마음을 더없이 강력하고 새로운 감정으로 가득 채웠다. 흠 없는 건강한 안색은 완전히 사라졌지만, 여하간 유사한 경우에 흔히 있듯이, 나쁜 혈색으로 바뀌진 않았다. 그리고 마치 그녀의 육체가 실제로 신의 사원이고, 대리석이야말로 저 신성한 전당에 적합한 단 하나의 재료인 것처럼, 눈부신, 초자연적 순백색이 지금 그녀의 뺨에서 빛났다. 그녀의 머리는 조각상의 두상처럼 어깨 위에 얹혀 있었고, 눈동자의 부드럽고 확고한 빛은 마치 조각상이 상상력과 지성의 특징을 보여주듯이, 그 못지않은 경이로운 빛을 발하는 것 같았다.

이사벨도 루시의 이 아름다운 초자연적 모습에 아주 이상하게 감동을 받았다. 그러나 그것이 이사벨의 가슴을 움직이는 어떤 평범한 호소력을 통해 그녀의 마음을 설득했다기보다는, 오히려 그것과는 관계없이 바로 천국의 증표를 통해 그녀의 마음을 끌었다. 이따금 루시의 사소한 필요 사항들을 보살피는 일에서 그녀가 갖는 존중하는 마음에는, 동정적 자발성보다는 오히려 순전히 자연 발생적인 측면이 더 많았다. 그리고 우연히도―어쩌면 멀리 고립된 기타의 어떤 순간적인 진동 때문에―루시가 어머니의 면전에서 그토록 부드럽게 말하는 동안, 귀로 겨우 들을 수 있는, 유순하게 응답하는 음악적인 현악기의 음조가 갑자기 옆방에서 열린 문을 통해 들려왔을 때, 그때 이사벨은 마치 어떤 정신적 경외감에 사로잡힌 듯이 루시 앞에 무릎을 꿇고 경의를 표하는 재빠른 몸짓을 했다. 그럼에도 거기에는 왠지, 말하자면, 자발적 의지의 흔적이 없었다.

열렬한 노력이 모두 효과가 없는 것을 깨닫고, 타탄 부인은 이제 자신의 애원과 협박을 은밀히 강요할 수 있도록, 피에르와 이사벨에게 방에서 나가달라고 괴롭게 몸짓으로 지시했다. 그러나 루시는 얌전하게 손을 흔들어 그들에게 그대로 있으라고 한 다음 어머니를 향해 돌아앉았다. 이제부터 그녀에게는 천국에서도 비밀이 될 것들 말고는 전혀 숨길 것이 없었다. 천국에서 공개될 것은 무엇이든지 지상에서도 공개되어야 했다. 그녀와 어머니 사이에는 조금도 감출 게 없었다.

타탄 부인은 너무나 소원해지고 얼이 빠진 딸의 이 이해할 수 없는 처사에 직면하여, 얼굴이 빨개져서 피에르를 향해 서서 그에게 따라 나오라고 분부했다. 그러나 다시 루시는 그러지 말라면서, 자신의 어머니와 피에르 사이에 은밀히 할 일은 전혀 없다고 말했다. 그녀는 거기서 모든 것을 각오하고 있을 것이었다. 펜과 종이, 그리고 무릎 위에 받침으로 쓸 책 한 권을 달라고 해서, 그녀는 다음과 같은 글을 써서 어머니에게 내밀었다.

"저는 루시 타탄입니다. 저는 누구의 사주도 받지 않은 자유의지로, 글렌디닝 부부와 함께 좋은 기분으로 살기 위해 왔습니다. 그들이 원하면 나는 갈 것이지만, 폭력 외에는 다른 어떤 힘도 저를 떼어내지 못할 것입니다. 또한 어떠한 폭력에 대해서도 저는 정상적으로 법에 호소합니다."

"이걸 읽어보세요." 타탄 부인이 그것을 이사벨에게 떨리는 손으로 건네주며, 성마르고 경멸적인 표정으로 그녀를 주목하면서 말했다.

"전 읽었어요." 이사벨이 얼핏 본 후에 마치 자기는 그 문제에 대해 혼자 결정을 내릴 권리가 없다는 것을 보여주려는 듯이, 그것을 피에르에게 건네주면서 조용히 말했다.

"그리고 당신도 간접적으로 묵인하나요?" 피에르가 그것을 읽었을 때 타탄 부인이 말했다.

"저는 답변하지 않습니다, 부인. 이것은 따님의 서면으로 된 최종적인 조용한 결심입니다. 있는 그대로, 부인은 그 결심을 존중하고 떠나는 것이 최선일 것입니다."

타탄 부인은 절망적이고 격노한 표정으로 주변을 잠깐 둘러보고 딸을 찬찬히 보면서 말했다.

"애야! 내가 서 있는 이 자리에서, 나는 영원히 너를 포기한다. 더 이상 나의 모성에서 우러난 간청으로 너를 괴롭히는 일은 없을 거다. 나는 네 형제들한테 너와 인연을 끊으라고 지시할 것이고, 글렌 스탠리에게 너의 믿기지 않는 어리석음과 타락을 보고도 가치 없는 너의 영상을 아직 가슴에서 떨쳐버리지 못했다면 그것을 거기서 추방하라고 지시할 것이다. 괴물 선생! 당신에게, 이 일에 대한 하느님의 심판이 닥칠 거예요. 그리고 당신에게, 부인, 나는 자기 남편의 애인을 자기 지붕 밑에서 지내도록 묵시적으로 허용하는 여자에게 할 말이 없어요. 정숙하지 못한 아가씨, 자네에게." (델리에게) "자네에겐 부연해서 말할 필요가 없네. 타락의 소굴이야! 그리고, 이제, 기필코, 하느님이 영원히 버린 자식을, 어미는 물러나 결코 더 이상 다시 찾지 않을 것이야."

어머니가 내뱉은 이 최후의 저주는 명백하게 상응하는 효과를 루시에게 일으키는 것 같지 않았다. 이미 그녀는 너무나 대리석처럼 창백했으므로, 정말 두려움이 그때 가슴속에 조금이라도 있었다 해도, 더는 그녀를 창백하게 만들 수 없었다. 왜냐하면 가장 높고 가장 순수하고 가장 엷은 영기는 아래쪽 대기가 아무리 소란을 떨어도 냉정하고 침착하게 남아 있듯이, 그녀 뺨의 저 투명한 영기, 그녀 눈의 저 맑고 온화한 담청색은, 그녀의 지상의 어머니가 아래에서 폭풍우를 일으키고 있는 동안 아무런 격앙의 징후도 보이지 않았다. 그녀는 꼼짝도 않는 팔들의 부축을 받았고, 보이지 않는 도움을 어렴풋이 보았고,

가장 센 태풍이 흔드는 가장 연약한 갈대를 일단 편들면, 그 가장 센 태풍도 그 가장 연약한 갈대의 불가항력의 저항 앞에 꺾이게 되는, 불멸의 사랑의 그 최고의 힘에 떠받침을 받았다.

25부
루시, 이사벨,
그리고 피에르·
저술에 열중하는
피에르·
엔켈라도스

I

루시가 도착하고 한 이틀이 지나서, 피에르와 이사벨 둘 다에게 각기 다른 방식으로이긴 하지만 굉장한 충격을 준―하지만 적어도 루시의 마음을 그렇게 심하게 동요시키지는 않은 것이 분명한―최근의 사건들이 끼쳤을지도 모르는 나쁜 영향에서 루시가 상당히 회복했을 때였다. 세 사람이 모두 앉아서 커피를 마시는 동안 루시는 크레용 미술을 직업으로 삼겠다는 뜻을 표명했다. 그것은 그들의 공동 기금에 기여하는 것 말고도, 그녀에게 매우 즐거운 일이 될 것이다. 피에르는 그녀가 모델의 특징들을 변경하기보다는 오히려 미화하는 분위기 속에 그것들을 깊이 배어들게 함으로써 유사점들을 포착하고 그것들을 적절하고 진실하게 미화하는 데 능숙하다는 것을 알고 있었다. 바로 그렇게, 초호(礁湖) 속에 던져진, 거기에 보이는―내가 들은 대로―아무리 거친 돌멩이라 할지라도 있는 그대로 아주 부드러운 모습을 띤다고 루시는 말했다. 피에르가 모델들을 그녀의 방에 데려오기 위해 약간의 수고만 하면, 여러 명의 스케치 대상자를 확보할 수 있을 것임을 그녀는 의심하지 않았다. 확실히, 구 교회 건물의 수많은 주민 중에서 피에르는 스케치의 모델이 되는 것에 이의를 제기하지 않을 사람들을 틀림없이 여럿 알고 있었다. 더욱이, 아직까지 그녀가 그들을 만날 기회는 별로 없었지만, 이러한 일단의 비범한 시인, 철학자, 온갖 종류의 신비주의자 가운데 약간의 이목을 끄는 모델들은 틀림없이 있었다. 결론적으로 과거에 어느 화가의 작업실이었던 까닭에 창문 하나가 상당히 높은 곳에 나 있는 한편, 안쪽 겉창의 특이한 장치를 통해 빛을 어느 방향으로나 마음대로 비출 수 있으므로, 그녀를 위해 마련된 그 방에 그녀는 만족감을 나타냈다.

이미 피에르는 이런 종류의 뭔가를 예상했었고, 그 이젤을 처음 보자 생각이 났다. 그의 응답이 그러므로 전부 다 고려되지 않은 것은 아니었다. 그는, 루시 자신에 관한 한, 지금 예술 활동을 체계적으로 실행해나가는 것은 그녀에게 대단히 즐거운 소일거리를 제공하는 데 크게 유리한 점이 될 것이라고 말했다. 그러나 그녀 어머니의 상류사회의 부유한 친구들로부터 어떠한 후원도 거의 기대할 수 없었는데, 그녀는 정말로 이러한 것을 결코 바라지도 않았다. 그녀가—적어도 당분간—무리하지 않게 스케치 대상자들을 기대할 수 있는 것은 오직 사도관 거주자들뿐이었고, 실제로 이 사람들 중에는 놀랄 만큼 부유해 보이는 모델감들이 있었지만—사도관 주민들은 거의 일반적으로 대단히 외로운 무일푼의 사람들이었으므로—루시는 당장의 금전상의 소득을 별로 기대해서는 안 되었다. 머지않아 그녀는 실제로 상당한 소득을 올릴지도 모르지만, 처음부터 너무 큰 기대를 하지 않는 것이 좋았다. 그 충고는 그에게 결코 무슨 일에서나 좋은 것을 기대하지 말고 언제나 나쁜 것을 예상하고, 그러나 준비 없는 상태에서 정반대의 상황에 직면하지 않도록 하고, 그런 다음 만일 좋은 일이 생기면 그만큼 더 좋은 일이 된다는 가르침을 준, 그의 최근의 생활에서 생긴, 그 어떤 냉정하고 완고한 감정에서 모나지 않게 조절되어 떠오른 것이었다. 그는 바로 그날 아침 피에르는 자신이 사도관의 방과 복도를 돌아다니며, 사촌인 여류 크레용 미술가가 그의 방과 연접한 방을 빌려 쓰고 있는데, 그곳에서 그녀가 초상화를 그려주기를 부탁하는 사람을 맞게 되면 대단히 기뻐할 것이라고 스스럼없이 공표할 것이라고 덧붙였다.

"그런데, 루시, 요금은 얼마로 할 거요? 알다시피 그건 대단히 중요한 점이오."

"나는, 피에르, 요금이 아주 싸야 한다고 생각해요." 루시가 생각에 잠겨 그를 바라보면서 말했다.

"아주 싸게, 루시, 아주 싸게, 정말로."

"좋아요, 10달러요, 그럼."

"영국 은행권 10달러, 루시!" 피에르가 큰 소리로 말했다. "이런, 루시, 그건 몇몇 사도관 주민들에겐 거의 석 달치 수입이 될 거요."

"4달러요, 피에르."

"이제 내가 말하겠소, 루시. 하지만 먼저, 초상화 하나를 완성하는 데 얼마나 오래 걸리지?"

"모델을 앉힌 상태로 두 번 작업하고, 이틀간 혼자서 오전 동안 작업해야 해요, 피에르."

"그런데 재료는 뭔가요? 그것들은 그다지 비싸지 않은 것 같은데. 그 일은 유리 자르는 것과는 다르지. 당신이 쓰는 도구들은 다이아몬드로 뾰족하게 할 필요는 없지요, 루시?"

"봐요, 피에르!" 루시가 작은 손바닥을 내보이며 말했다. "봐요. 이 한 손 가득한 목탄, 빵 한 조각, 크레용 한두 개, 그리고 네모난 종이 한 장. 그게 전부예요."

"그래, 그러면 초상화 한 점당 1달러 75센트를 받도록 해요."

"겨우 1달러 75센트요, 피에르?"

"우리가 지금 요금을 너무 높이 정한 게 아닌가 걱정이오, 루시. 터무니없는 요금이어서는 안 돼요. 봐요, 요금이 10달러이고 외상으로 초상화를 그린다면, 신청자는 많겠지만 수입이 적어져요. 그러나 요금을 대폭 내리고 또한 철저히 현찰제라고 하면 확실히 손님은 줄겠지만 수입은 더 많아져요. 알겠죠."

"시키는 대로 할게요, 피에르."

"그래요, 그러면 내가 요금을 명시하는 안내장을 써서, 모든 사도관 주민들이 예상해야 하는 금액을 알 수 있도록, 당신 방 안에 잘 보이게 게시하겠어요."

"고마워요, 고마워요, 피에르 사촌." 루시가 일어서며 말했다. "내 보잘것없는 작은 계획에 대한 당신의 견해가 뜻밖에 완전히 절망적이진 않아서 기뻐요. 나는 뭔가를 하고 있어야 해요. 돈을 벌어야 해요. 있잖아요, 나는 오늘 아침 빵을 아주 많이 먹었지만, 한 푼도 번 게 없어요."

해학적인 슬픔을 느끼며 피에르는 달랑 한 개의 빵에만 손댔을 뿐인 루시가 남긴 커다란 빵 조각을 유심히 보다가 그녀에게 농담조의 말을 건넸을 테지만, 그녀는 슬며시 자기 방으로 들어가버렸다.

이 장면의 결과로 빠져 들어간 이상한 몽상에서, 피에르는 무릎에 닿은 이사벨의 손길과 얼굴 위에 머문 이사벨의 의미심장한 시선이 느껴지자마자 확 깨어났다. 앞서 말한 모든 대화 중에, 그녀는 완전히 침묵하고 있었지만, 누군가 한가한 관찰자가 있었다면 어쩌면 그는 어떤 새롭고 대단히 강렬한 감정이 그녀의 내부에서 억눌린 채 꿈틀대고 있다는 것을 알아챘을 것이다.

"피에르!" 그녀가 그를 향해 골똘한 표정으로 몸을 앞으로 숙이면서 말했다.

"그래, 그래, 이사벨." 피에르가 더듬거리며 대꾸했다. 한편 이상한 홍조가 그의 온 얼굴과 목과 이마를 뒤덮었다. 그리고 몸을 앞으로 내밀고 있는 이사벨에게 깜짝 놀란 나머지 그는 무심코 약간 뒤로 몸을 젖혔다.

이런 동작으로 인해 저지당한 이사벨이 그를 뚫어지게 보더니, 천천히 일어나서 한없이 슬픔에 잠겨 위엄을 갖추고 버텨 서면서 말했다. "만일 당신의 누이가 앞으로 당신에게 지나치게 가까이 다가가도 좋다면, 그녀에게 미리 그렇게 말해주세요. 왜냐하면 내가 언젠가 당신에게 지나치게 가까이 다가갈 수 있다면, 나의 은밀한 신이 나를 당신에게서 끌어올리는 것보다, 9월의 태양은 더 질투하여 경멸적인 대지로부터 골짜기의 안개를 끌어올리지 못하기 때문이에요."

이렇게 말하면서 이사벨은 마치 죽은 듯이 거기에 감춰진 뭔가를 의연하게 느낀 것처럼 한 손을 가슴 위에 얹었다. 그렇지만 그녀의 특별한 몸짓보다는 오히려 그녀의 전반적 태도에 이끌려, 피에르는 나중에 그것을 기억했고 음울하고 철저하게 그 의미를 이해했지만, 그 순간에는 가슴 위에 손을 얹는 의미심장해 보이는 움직임을 그렇게 각별히 주목하지 못했다.

"나에게 지나치게 가까이라고, 이사벨? 태양 또는 이슬이라, 당신은 나를 풍요롭게 하는군! 햇살이나 이슬방울들이 온기를 주고 물을 주는 것에 그것들이 지나치게 가까이 접근할 수 있다고? 그러면 내 곁에 앉아요, 이사벨. 그리고 가까이 다가앉아요."

"좋은 깃털이 좋은 새를 만든다고 들었어요." 이사벨이 대단히 쓸쓸하게 말했다. "좋은 언사가 반드시 좋은 행동을 만드나요? 피에르, 당신은 방금 나에게서 몸을 뒤로 뺐어요!"

"가장 극진한 포옹을 하려고 할 때, 우린 먼저 팔을 뒤로 젖혀요. 이사벨, 나는 당신에게 그만큼 더 가까이 다가서기 위해 몸을 뒤로 뺐을 뿐이에요."

"그래요, 모든 말은 소문난 말썽꾼들이고, 행동이 군대의 진수지요! 당신 말대로 해두지요. 나는 여전히 당신을 믿어요. 피에르."

"어서 속을 털어놓아요, 하고 싶은 말이 뭐예요, 이사벨?"

"나는 나무토막보다 더 우둔했어요. 그것만 생각하면 미칠 것 같아요! 그녀의 큰 친절이 처음으로 나 자신의 어리석음을 상기시키다니 더욱 미치겠어요. 하지만 그녀가 기선을 잡게 하진 않겠어요! 피에르, 어떻게든 나는 당신을 위해 일해야 해요! 봐요, 나는 이 머리카락을 팔고, 이 이들도 뽑겠어요. 어떻게든지 해서 당신을 위해 돈을 벌겠어요."

피에르는 이제 깜짝 놀라 그녀를 주목했다. 약간 결연한 의지가 그녀에게서 빛났고, 그녀의 마음속에 감춰진 뭔가가 깊은 상처를 입고 있었다. 다정한 위로의 말 한마디가 그의 혀끝에서 맴돌고 있었고 그는 팔을 뻗었다. 그때 갑자기 표정이 변하더니 그는 깜짝 놀라며 속삭이듯이 말했다. "들어봐요! 그녀가 오고 있어요. 조용히 해요."

그러나 대담하게 일어서며 이사벨이 연결된 문을 열어젖히면서 거의 병적 흥분 상태에서 외쳤다. "어머, 루시, 이상한 남편이 여기 있어요. 자기 아내와 이야기하는 것을 들킬까봐 걱정해요!"

작은 화구 상자를 앞에 두고—아마 그 상자의 덜거덕거리는 소리가 피에르를 놀라게 했을 것인데—루시는 열린 문 맞은편 자기 방의 중간쯤에 앉아 있었다. 그래서 그 순간 피에르와 이사벨 둘 다 그녀에게 똑똑히 보였다. 이사벨 목소리의 특이한 어조 때문에 즉시 그녀는 시선을 집중하고 쳐다보았다. 동시에, 돌연히 어떤 미묘한 의미 있는 광채가—그녀에게 환영할 일인지 그렇지 않은지는 단정할 수 없었지만—그녀의 모습 전체에 갑자기 나타났다. 그녀는 막연하고 두서없는 대답을 중얼거리더니 대단히 바쁘다고 말하면서 화구 상자 위로 허리를 구부렸다.

이사벨은 문을 닫고 다시 피에르 옆에 앉았다. 그녀의 얼굴에는 혼란스럽고 괴로워하는, 조급한 표정이 떠올라 있었다. 그녀는 인생의 가장 강렬한 감정이 뒤얽힌 상황의 함정에 사로잡혀, 한편으로는 모든 노력이 늘 완전히 헛된 것으로 판명될 것임을 알면서도 거기에서 벗어나기를 갈망하지만, 당장에는 모든 장애물에 미친 듯이 무모하게 도전적이 되어가는 사람 같아 보였다. 그러나 곧 그런 기색은 사라졌고, 그녀의 오래된, 상냥한 애처로움이 되돌아왔다. 다시 그 투명하고 심오한 빛이 그녀의 신비한 눈에 어려 있었다.

"피에르, 더 일찍—내가 당신을 알기 전에—나는 어렴풋한 기억 속에서 말고는 결코 의식하지 못한 미친 행위들을 했었어요. 나는 이런 일들을 결코 내가 한 일이라고 생각하지 않아요. 방금 했듯이, 내가 지금 기억하는 것이 그런 것들 중 하나예요."

"당신은 내가 나의 나약함을 보여주는 동안, 당신의 힘을 보여주었을 뿐이에요, 이사벨. 그래요, 온 세상 사람들에게 당신은 나의 아내요. 그녀에게도, 역시, 당신은 나의 아내요. 나 스스로 그녀에게 그렇게 말하지 않았소? 나는 새끼 고양이보다 더 나약했고, 이사벨, 당신은 고결한 천사들처럼 강했소."

"피에르, 전에 당신의 이러한 말들은 나에겐 이슬로 적시듯 완전히 새롭고 신나는 것이었어요. 그런데 이젠, 그런 말들이 당신에게서 따뜻하고 물 흐르듯 부드럽게 나오지만, 그럼에도 또 다른 가로막는 지대를 통과하여 떨어지면서 도중에 얼어붙어 우박처럼 내 가슴에 소란스러운 소리를 내며 떨어져요. 피에르. 당신은 그녀에게 이런 식으로 말하지 않았어요!"

"그녀는 이사벨이 아냐."

여자는 그를 재빨리 날카로운 눈길로 뚫어지게 보더니 아주 침착한 표정을 지으며 말했다. "내 기타 말예요, 피에르, 내가 얼마나 완전한 기타 연주의 대가인지를 알지요. 지금, 초상화를 그릴 모델들을 구하기 전에, 음악을 가르칠 교습생들을 구해줘요. 그래줄 거죠?" 그리고 그녀는 설득력 있고 측은하게 그를 바라보았고, 그것은 피에르에게 현세를 초월한 것처럼 보였다.

"가엾은, 가엾은 이사벨!" 피에르가 소리쳤다. "그대는 기타의 인위적이고 통제된 기교가 아니라 자연스러운 감미로움의 대가요. 그러니 어리석은 교습생이 돈 주고 배울 것은 고작 인위적 기교일 따름이오. 그대가 가진 재능은 배울 수 없는 것이오. 아, 그대의 매혹적인 무지가 나에게 완전히 전달되고 있구러! 내 사랑, 내 사랑! 사랑스러운, 신성한 여인!" 그리고 충동적으로 두 팔을 뻗어 그녀를 안았다.

감정의 최초의 불길이 명백히 그에게 타오르는 동안, 그러나 그가 아직 그녀를 그에게 끌어당기기 전에, 이사벨은 두 방의 연결 문에 가까이 미끄러지듯 뒤로 물러섰고, 그가 포옹하는 순간 그 문은 자유 의지에 의해서인 것처럼 갑자기 열렸다.

의자에 앉아 있는 루시의 눈앞에서 피에르와 이사벨은 꼭 껴안고 서 있었고, 피에르의 입술은 이사벨의 뺨에 밀착되어 있었다.

II

타탄 부인의 모정에서 비롯된 방문과, 다시는 오지 않겠다고 막말을 하고 떠나며 그 방문을 끝낸 단호함과, 루시의 모든 친척과 친구들과 루시의 친형제들과 구혼자에게 그녀와 관계를 끊고 그녀를 잊으라고 하겠다는 그녀의 맹세에도 불구하고, 피에르는 인간의 일반적인 심정을 너무 잘 알고 있고 특히 글렌과 프레더릭의 성격을 너무나 잘 알고 있었기에 그 불같은 두 청년이 극악무도한 계교로 루시 타탄으로 하여금 모든 속세의 품위를 저버리게 한 원흉이라 여기는 자신에 대해 지금 무엇을 꾸미고 있을지에 대한 걱정으로 완전히 마음 편하게 있을 수 없다고 생각했다. 타탄 부인이 혼자서 루시를 찾아왔었고, 글렌과 프레더릭이 적대적이거나 중립적인 어떤 신호도 보내지 않고 48시간 이상을 흘려보냈다는 사실 때문에 그는 징조가 좋지 않음을 느꼈고, 그만큼 더 우울해졌다. 처음에 그는, 그들이 충동적인 흉악성을 자제하고 어떤 법적인 절차를 밟아서 루시를 빼앗아 가려는, 시간은 걸리지만 아마도 더 확실한 방법을 택하기로 결심한 게 아닌가 생각했다. 그러나 이 생각은 여러 가지 사항을 고려해본 결과 일축되었다.

프레더릭은 군인 특유의 기질을 지니고 있었다. 그 기질은 그를 부추겨, 매우 밀접하게 개인적이고 심히 사적이고 가정적인 문제에서, 돈을 목적으로 일한다는 평판을 받는 꾸물거리는 법의 힘을 멸시하게 하고, 사납게 타오르는 불길에 휩싸인 것처럼, 그로 하여금 사태를 바로잡고 복수를 하는 자로 나서게 했을 것이다. 왜냐하면 그의 급소를 찌른 것은 아마도, 아무리 나쁘다 할지라도 루시 자신은 당연한 것으로 여기는 단독의 과실 못지않게, 그녀를 통해서 그 자신에게 가해진 엄청난 가족적인 모욕감이었을 것이기 때문이다. 이런 것들이 프레더릭과 관련되었을 뿐만 아니라, 글렌에 대해서는, 피에르가 도시에 도착한 그 잊히지 않는 날 밤에 글렌이 냉혹하게 그의 문을 닫아버렸지만 지금 피에르의 문을 왈칵 열어젖힘으로써 그 싸움에서 영원한 승리를 거둘 것이라고 조금이라도 믿는다면, 그는 진심으로 그렇게 할지도 모른다는 것을 피에르는 잘 알고 있었다.

게다가 피에르는 다음과 같은 것을 알고 있었다. 그것은 남자 안에 잠재되어 있는 길들일 수 없는 천성인 용맹한 사내다운 정신은 너무나 완강한 것이기 때문에, 모든 상처 입은 사람에 대한 유일한 약속된 보상으로, 법에 자의적으로 추종하며 수천 년 동안 사회적으로 교육을 받아왔지만, 그럼에도 태곳적부터 보편적으로 모든 기백 있는 신사들 사이에서, 일단 적에 대해 복수를 하겠다는 독자적이고 개인적인 협박을 표명하고선 뒤로 물러나 살금살금 법정으로 도망가서 일단의 깽깽 짖어대는 엉터리 변호사들을 미끼로 고용하여 그토록 용맹스럽게 선포한 전투를 싸우게 한다면, 이것은 표면상으로는 대단히 품위 있고 대단히 신중한 더없이 현명한 재고라고 늘 간주되지만 사실은 비참하고 수치스러운 일이라는 것이었다. 프레더릭은 그 점에서는 물렁한 사내가 아니었고, 글렌은 더욱 승부욕이 강했다.

더욱이, 루시가 완전히 미쳤다고 주장하고, 수많은 치사하고 사소한 자초지종을 통해 그것을 증명하려고 노력함으로써만, 그녀가 자발적으로 찾은 피난처에서 법적으로 그녀를 떼어낼 수 있다는 것이 피에르에겐 아주 분명해 보였는데, 그것은 아마도 어느 쪽이든 관련된 모든 당사자에게 똑같이 혐오스러운 방책이었을 것이다.

그러면 이 두 열혈 청년이 무엇을 할 것인가? 어쩌면 그들은 길에서 지키고 있다가, 혼자뿐인 루시가 최초로 목격될 때, 그녀를 납치하여 집으로 데려갈 것이다. 혹은 피에르가 그녀와 함께 있으면, 그를 정정당당하게든 반칙을 써서든 무슨 짓을 해서라도 때려눕히고 루시를 끌고 갈 것이다! 혹은 루시가 계획적으로 자기 방에만 머물면, 공공연하게 피에르를 습격하고, 그를 쓰러뜨리고, 산더미 같은 증오와 모욕으로 모든 사람들의 관대한 인식에서 그를 깔아뭉개서, 이러한 불명예의 바퀴에 치여 피에르가 스스로 약해져 비열하게 전리품을 내주도록 할지도 모른다.

오래된 흉가에서 유령들이 지껄이는 소리도 밤하늘에 보이는 지옥불의 불길한 징후도, 긍지를 가진 지조 있는 사람이 커다란 치욕을 실제로 공공연히 뒤집어쓸 가능성들을 마음속에서 숙고하고 있을 때만큼 머리를 곤두서게 하지는 않는 법이다. 그것은 두려움이 아니고, 어떤 두려움보다 더 소름 끼치는 자존심의 공포다. 그래서, 놀라운 문학적 형상을 통해 살인자임을 나타내는 카인의 표지가 이마 위에서 타고 있는 것을 느끼고, 이미 살인이 수행된 칼의 피 묻은 녹을 앞지르는 손아귀에서 느낀다.

두 젊은이가 그에 대해 뭔가 흉포한 것을 꾸미고 있는 것이 확실했고, 계단에서 그들이 내뱉은 경멸적 저주의 메아리가 아직도 그의 귓속에서 울리고 있었다. 그 저주들에 대한 즉각적인 대응을, 그 당시에 억제하느라 그는 무척 고심했었다. 기운찬 남동생이 누이의 명예를 모독한 자에게 내뱉는 그 광적인 거품을 내뿜는 불가사의한 증오, 즉 의심할 여지없이 인간에게 알려진 가장 강경한 사회적 분노에 피에르는 철저히 민감했다. 그리고 이러한 동생이 어머니의 식탁에서 적을 찔러 죽인다 할지라도, 모든 사람과 모든 배심원이, 괘씸한 탕자가 야기한 사랑스러운 누이의 수치로 인해 미칠 지경이 된 숭고한 인물에게는 모든 것이 허용될 수 있다고 생각하며, 그를 지지할 것이라는 이례적 사실을 인지하고 있었다. 피에르는 입장을 바꾸어, 지금 프레더릭이 처해 있다고 매우 생생하게 상상하는 위치에 만일 자신이 처해 있다면, 느끼게 될 감정을 혼자서 상상해보았다. 또한 애정 문제에서 질투는 독사 같은 것이니, 루시가 글렌의 팔을 뿌리치고, 마치 방자하게 타락하여 그곳에 자리 잡으려는 것처럼 늘 잘나가고 지금은 결혼한 그의 연적에게 달아나버린 그 분명한 상황이 갖는 특별한 원한으로 인해 글렌의 질투는 이중의 독사가 된 것을 그는 기억했다. 자신의 두 적을 격앙케 만든 이 모든 동기를 기억하면서, 피에르는 곧이어 닥칠 난폭한 행위를 예상하지 않을 수 없었다. 그리고 그의 영혼 속에 있는 열정의 폭풍도 가능한 한 가장 냉정한 순간에 내린 결정에 의해서 정당하다고 인정되었다. 폭풍과 고요 양쪽 다 그에게 말했다—그대 자신을 돌보라, 오 피에르!

살인은 미치광이들이 저지르지만, 살인에 대한 가장 진지한 생각들, 이것들은 침착한 무법자들이다. 피에르가 그러했다. 운명, 또는 뭐라고 말하든, 그것이 그를 이렇게 만들어놓았지만, 피에르가 바로 그러했다. 그리고 이런 것들이 그 앞에서 지금 빙빙 도는 것처럼 보일 때, 그를 에워싼 모든 모호한 것들, 그가 뛰어넘을 수 없는 빙 둘러싼 석벽들, 무수히 악화일로를 걷고 있는 그의 가장 악의적인 운명, 화염에 타버린 것처럼 모조리 사라진 행복의 마지막 남아 있는 희망, 그가 매시간 그 가장자리에서 절박하게 망설이는 헤아릴 수 없는 죄의 심연을 생각할 때, 그때 글렌과 프레더릭에 대한 극도의 증오를 그는 넘치는 기쁨으로 기꺼이 받아들였다. 그리하여 그들의 공공연한 비열한 강타를 피하려는 중에 행해진 살인은, 이러한 필사적인 생애에 어울리는 유일한 결말처럼 보였다.

III

회전하는 받침대 위에 설치된 조각상이, 이번에는 이쪽 팔을, 이번에는 저쪽 팔을 보여주고, 이번에는 전면을, 이번에는 뒷면을, 이번에는 측면을 보여주는 식으로 계속 바뀌면서 그 전반적인 모습을 보여주듯이, 회전축 위에 놓인 인간의 영혼 또한 진실의 손에 회전될 때 그렇게 전체를 보여준다. 오직 거짓말들만 결코 바뀌지 않는다. 피에르에게서 어떠한 불변성도 찾지 말라. 그리고 그가 회전하고 있을 때 그의 상태들을 알리기 위하여 점잔 빼는 말투를 쓰는 어느 흥행사도 여기서 대기하지 않는다. 당신의 통찰력이 할 수 있는 대로 그의 상태들을 파악하라.

또 하루가 지나갔고, 글렌과 프레더릭은 아직 나타나지 않았고, 피에르와 아사벨과 루시는 모두 함께 지냈다. 루시가 한 집 안에 있는 것이 피에르에게 주목할 만한 효과를 낳기 시작했다. 때때로 이사벨의 은밀히 경계하는 눈에 그는 단순히 사촌 간이라고 되어 있는 그들의 기이한 관계에 거의 어울리지 않는 표정으로, 게다가 그녀가 한층 더 영문을 알 수 없는 또 다른 표정, 즉 두려움과 공포에 조바심이 섞인 표정으로 루시를 대하는 것처럼 보이곤 했다. 하지만 루시에 대한 그의 일반적인 태도는 가장 자상하고 상냥한 배려가 담긴 것일 뿐, 그 이상은 아니었다. 그는 전처럼 때때로 이사벨과 단둘이 있었지만, 결코 루시와는 단둘이 있지 않았다.

루시는 그와 관련된 어떤 장소도 빼앗는 것을 전혀 바라지 않는 것 같았고, 조금도 피에르에 대한 달갑지 않은 호기심과 이사벨에 대한 어떠한 곤혹스러운 당혹감도 표명하지 않았다. 그럼에도 점점 더 그녀는 어쩐지 이해할 수 없게 그들과 접촉하지 않고, 그들 사이에서 남몰래 움직이는 것 같았다. 피에르는 어떤 극단의 위해로부터 자기를 지켜주기 위해 어떤 신성한 영향력이 가까이 와 있는 것을 느꼈고, 이사벨은 근원을 찾아낼 수 없는 자기를 밀어내는 어떤 작용에 민감해졌다. 세 사람이 모두 함께 있을 때, 루시의 놀라운 침착성과 상냥함과 완전한 신뢰가 공동의 난처함 같은 것을 미연에 방지했지만, 그 지붕 밑에 조금이라도 어떤 난처함이 있었다면 그것은 때때로 루시가 순진하게 그들에게서 물러난 후에 피에르가 이사벨과 단둘이 있을 때였다.

그동안에 피에르는 글을 쓰는 작업을 계속했는데, 매 순간 그 작업의 진행을 둘러싼 온갖 상황이 심각하게 악화되는 것을 한층 더 깊이 깨닫고 있었다. 그리고 현재 진척되고 있고 집중하고 있는 계획이 더욱더 치밀한 정신력을 요구함에 따라, 그는 거기에 끌어들일 힘이 점점 더 소진되고 있는 것을 느꼈다. 왜냐하면 정신적으로 미성숙한 때에—비록 뜻하지 않았다 해도—자기도 모르게 부추김을 당하여 원숙한 작품을 시도하게 된 것은 피에르의 뚜렷한 불행이었기 때문이다. 본래 충분히 개탄할 만한 상황이었을 뿐만 아니라 정신 차릴 수 없게 무일푼일 때, 그는 완성하기까지 오래 걸리고 무엇보다 결과적으로 금전상의 이득은 거의 예측되지 않는 작업을 부추김에 넘어가 추가적으로 떠맡았다. 이런 일이 어떻게 일어났고 어떻게 시작되었는지 철저하고 매우 유익하게 설명할 수 있지만 여기선 지면과 시간이 허락지 않는다.

　결국 집안 형편이—방세와 식비가—너무나 절박한 형편에 이르러서, 하여간 첫 부분의 원고가 출판업자에게 넘겨져야 했고, 그 인쇄된 페이지들이 이제 다음 원고의 내용을 제한했고, 피에르의 모든 생각과 창작력에 대고 '이러이러하게, 여차여차하게, 그렇지 않으면 부적합한 연결임'을 말했다. 그러므로, 그의 저서는 이미 제한되고 속박당하고, 그것이 어떤 확립된 형식이나 결론에 귀착하기도 전에, 불완전상태가 예약되어 있었다. 아, 누가 고매한 저자의 가난에 대한 공포를 밝혀줄까? 주책없는 밀소프가 몇 주, 몇 달에 걸친 원고 지연을 맹렬히 비난하는 동안 아무 대꾸도 하지 않고 피에르는, 인류의 위대한 작품들 대부분에 그 저자들이 몇 주, 몇 달, 몇 년이 아니라 전 생애를 바쳤다는 것을 가슴속으로 얼마나 씁쓸하게 느꼈던가. 그

에게 평생을 맡긴 여자가 양쪽 손에 매달려 있는데도, 피에르
는 신, 인간, 짐승, 식물, 그 무엇에게도 전혀 동정을 받지 못하
고 있었다. 수만 명의 인간이 모여 사는 도시 속의 한 사람인
피에르는 극지에서처럼 홀로였다.

그리고 무엇보다 큰 비애는 다음과 같은 것이었다. 즉 이 모
든 것을 밖에서는 짐작조차 못 하고, 안에서는 누설할 수 없고,
그를 찌른 바로 그 단검들이 저능, 무지, 아둔함, 독선, 그리고
그를 둘러싼 보편적 근시와 우둔의 조롱을 받는다는 것이었다.
이제 그는 자기에게서 티탄*의 근육이 운명의 가위질에 앞질
러 절단당한 것을 느끼기 시작했다. 그는 오금이 잘려 불구가
된 말코손바닥사슴 같은 느낌이 들었다. 생각하거나 움직이거
나 정지해 있는 모든 것이 그를 조롱하고 괴롭히기 위해 창조
된 것처럼 보였다. 그는 고매함을 타고났지만, 단지 그것을 진
흙탕에 끌어내리려는 목적으로 타고난 것처럼 보였다. 무너지
는 가슴과 터지는 머리, 모든 우울한 권태와 죽음과 같은 심약
함과 불면증, 착란과 광란에 거역하여 그는 반인반신처럼 버텨
나갔다. 그의 영혼의 배는 피할 수 없는 암초를 예견했지만, 계
속 항해하여 용맹한 난파를 당하기로 결심했다. 이제 그는 조
롱에 대해 조롱으로 상대했고, 그를 우롱하는 악당들을 비아냥
거렸다. 무신론자의 영혼으로 그는 신을 공경하는 일들을 기록

*그리스 신화에 나오는 거인족. 하늘의 신 우라노스와 땅의 신 가이아 사이에서 태
어난 여섯 명의 남신과 여섯 명의 여신을 이른다. 올림포스 신들에게 멸망되었다.

했고, 불행과 죽음의 감정으로 희열과 생명에 찬 모습들을 창조했다. 가슴속에 가시처럼 박힌 고통에 대해, 그는 종이 위에 야유하는 소리들을 적어놓았다. 그리고 건강부회하는 모든 철학이 갖는 매우 편리하게 조정할 수 있는 표현법으로 그 밖의 모든 것을 위장했다. 왜냐하면 많이 쓰면 쓸수록, 깊이 생각하면 할수록, 피에르는 영원히 진실을 정의하기가 어렵다는 것과, 기록된 가장 위대하고 가장 순수한 사상들에조차 보편적으로 위선이 도사리고 있는 것을 보았기 때문이다. 그래서 그에게는 자기 자신의 염원보다 더 경멸하는 것이 없었고, 자기 자신의 가장 고매한 부분보다 더 혐오하는 것도 없었다. 가장 빛나는 성공작도 우수한 가치에서 생긴 유일한 결과가 아니라, 천 분의 일에 해당하는 가치와, 나머지는 999개의 서로 겹치고 연계되는 우연한 사건들로 이루어져 있다는 것을 그는 너무나 명백히 알고 있었기에 그것도 이제 그에게는 견딜 수 없는 것처럼 보였다. 그래서 필연적으로 결코 공명정대하게 주어질 수 없는 예술적 영예들을 벌써부터 그는 경멸했다. 그러나 이렇게 온 세상에서 그를 위한 야심은 없어졌지만, 그럼에도 상황은 그에게 명성을 추구하는 열렬한 투사의 도전적인 자세를 견지하게 했다. 그래서 그는 똑같이 추구하지도 않고, 받기도 전에 똑같이 싫어한, 칭찬이나 비난을 받는 밝힐 수 없는 가책을 앞질러 느꼈다. 그리하여 미리부터 그는 무수히 많지만 미미하기 짝이 없는 비평가들 전체에 대해 진정으로 당당한 크나큰 경멸을 느꼈다. 그의 경멸은 그것을 경멸할 가치도 없다고 생각하는 것이었다. 그의 가장 큰 경멸의 대상들은 그것을 몰랐다. 그 외로운 작은 방에서, 피에르는 칭찬에 대해서든 비난에 대해서든 이 세상이 갖고 있는 모든 것을 미리 맛보았고, 이렇게 두 개의 술잔을 다 미리 맛보면서, 앞질러 그것들을 모두 비난했다. 어떤 종류의 것이든 모든 찬사, 모든 탄핵, 모든 비판이, 흔히 피에르에게는 너무 뒤늦게 왔다.

하지만 인간은, 예를 들면 사방에서 들어오는 바람이 윙윙거리며 통과하는 문도 없고 덧문도 없는 집이 더 이상 무너지지 않고 버티고 서 있듯이, 결코 자포자기에 빠지지 않는다. 전보다 훨씬 더 자주 피에르는 죽음 같은 현기증으로 의자에서 뒤로 기대었고, 전보다 훨씬 더 자주 저녁 산책에서 비틀거리며 집에 돌아왔고, 순전한 육체적 피로 때문에 그에게 무엇을 해주면 좋을지 걱정하는 질문들에 대꾸하는 힘도 아꼈다. 그리고 마치 그의 전반적인 육체적 피로와 연합된, 모든 정신적 고질과 앙심들이 충분하지 않은 것처럼, 특별한 육체적 고통이 이제 매처럼 그를 덮쳤다. 쉴 새 없는 혹사가 그의 눈을 해쳤다. 눈의 상태가 너무 악화되어 그는 눈을 활짝 떠서 빛에 노출시키는 것이 두려워 며칠 동안 눈꺼풀을 거의 감은 채 글을 썼다. 속눈썹을 통해 그는 종이를 응시했고, 종이는 그래서 번개 무늬가 그려진 것처럼 보였다. 때때로 그는 원고지에서 눈을 돌린 채 무턱대고 글을 썼다.

매일 저녁 하루의 글쓰기가 끝난 후에 그의 작품 첫머리의 교정쇄가 수정을 위해 되돌아오기 때문에, 이사벨은 그것들을 그에게 읽어주곤 했다. 그것들은 오자투성이였지만, 희석되지 않은 채 쇄도해오는 사물들의 순수한 이미지화에 전념하느라, 그는 이러한 하찮고 각다귀 같은 골칫거리들을 아주 싫어하게 되었다. 그래서 그는 되는대로 최악의 것들을 정정했고, 나머지는 내버려두었으며, 곤충들 같은 비평가들에게 이렇게 제공되는 풍부한 수확을 내심 우습게 여겼다.

하지만 마침내 그는 부자연스러운 투쟁을 피하라는, 마음을 진정시키라는 굉장한 내적 암시를 받았다.

그의 저서의 초기 진행 과정에서, 그는 도시의 대로를 통하여 규칙적으로 저녁 산책을 하는 것에서 약간의 위안을 얻었다. 그리하여 자신의 영혼이 완전히 고립되었음을, 서둘러 걸어가는 수많은 사람들의 몸에 부딪혀 끊임없이 몸이 흔들릴 때마다 그만큼 더 강렬하게 느꼈을지도 모른다. 게다가 그는 자신이 쾌적한 밤보다 폭풍우가 치는 밤을 더 좋아한다는 것을 깨달았다. 그럴 때면 큰 도로에는 인적이 더 드물어지고, 셀 수 없이 많은 상점의 차양들이 사나운 바람 속에서 범선의 넓은 돛들같이 펄럭이고 또 부딪치고, 덧문들은 비바람이 몰아치는 배의 난간처럼 세게 펄럭이고, 지붕 널판들이 돛대 꼭대기에서 떨어져 나온 배의 각재들처럼 휙 소리 내며 날려 떨어지기 때문이었다. 인적이 끊긴 거리를 지나며 이런 폭풍우를 몸으로 막으면서 피에르는 어둡고 의기양양한 희열을 느꼈는데, 다른 사람들은 두려움에 떨며 자기들의 소굴로 기어 들어간 반면에 그 혼자만이 폭풍우에 도전했기 때문이다. 그런 순간이면 가장 앙심 깊은 우박의 팔매질이—쇠로 만든 불타는 난로 같은 그의 몸을 때리며—녹아내려 부드러운 이슬이 되어 무해하게 그에게서 방울져 떨어졌다.

이윽고, 세차게 바람 불고 비가 억수같이 쏟아지는 이런 밤에, 그는 더 외딴 곳에 있는 이상한 술집들을 찾아서 어둡고 좁은 옆 골목으로 발길을 돌리기 시작했다. 거기서 그는 흠뻑 젖은 채 의자에 앉아 반 파인트의 에일 맥주를 주문하여 앞에 놓고 빛으로부터 눈을 보호하기 위해 모자를 눌러쓰고, 날씨가 궂은 날 한밤중에 여기에 자주 드나드는 사회적 낙오자들의 다양한 얼굴들을 눈여겨보았다.

그러나 마침내 그는 이런 곳들에조차 싫증을 느끼기 시작했다. 이제는 오직 어두컴컴한 창고들이 늘어선 골목길의 완전한 밤의 적막함 말고는 무엇도 그를 만족시키지 못하거나, 그가 조금도 견딜 수 없게 되곤 했다. 이 골목들 사이로 이제 그는 매일 저녁 꼬불꼬불 들고 나는 데 익숙해졌다. 마침내 어느 날 밤 그가 집을 향해 발길을 돌리기 전에 잠시 걸음을 멈추었을 때, 갑자기 예사롭지 않은 완전히 충만한 감정이 그를 사로잡았다. 그는 자기가 어디에 있는지를 몰랐고, 조금도 정상적인 삶의 감정을 느끼지 못했다. 앞이 보이지 않았고, 본능적으로 눈에 손을 갖다 대었지만, 눈꺼풀은 뜨여 있는 것 같았다. 그때 그는 실명 상태와 현기증과 비틀거리는 걸음걸이의 합병증을 깨달았고, 눈앞에서 무수한 푸른색 유성들이 춤을 추었다. 발이 연석 위에서 비틀거리는 것을 느끼면서 그는 두 손을 내밀었고, 한동안 의식이 끊겼다. 의식을 되찾았을 때는 진흙 투성이가 되어 도랑에 가로로 누워 있었다. 일어설 수 있는지 시험해보기 위해 몸을 일으켰지만, 발작은 완전히 사라졌다. 즉시 그는 집을 향해 걸음을 재촉했다. 갑자기 걸음을 멈추었 다가 뇌일혈이 일어나 다시 졸도하면 안 되기에, 도중에 조금 이라도 쉬거나 걸음을 멈추고 싶은 것을 참았다. 발작이 재발 해 한밤중 아무도 모르는 곳에서 생각지도 않게 방치되어 죽을 수 있다는 그 상황은, 그에게 그 적막한 거리를 멀리하도록 경 각심을 심어주었다. 무시무시한 현기증 또한 그에게 주어진 또 하나의 더 깊은 경고였건만, 그는 이러한 추가된 경고를 조금 도 고려하지 않고 다시 전처럼 부지런히 집필에 임했다.

하지만 그의 몸속의 혈액이 그의 티탄 같은 영혼에 반란을 일으켜도 허사였으므로, 마침내 이제 그 영혼의 유일하게 명백 한 외면적 상징인 눈이 또한 철저하게 모반을 일으켰고, 그것 은 반란을 일으킨 혈액보다 더 큰 성공을 거두었다. 그는 너무 무모하게 눈을 혹사했으므로, 이제 눈은 완전히 종이에 시선을 돌리기를 거부했다. 그가 종이에 눈을 돌리면, 눈은 깜박거리 다가 감겼다. 눈의 동공은 자체의 궤도를 따라 그에게서 다른 방향으로 이리저리 굴렀다. 그는 눈에 손을 얹었고, 의자에 깊 숙이 기대앉았다. 그러고 나서 한마디 말도 하지 않고 일을 중 단하고, 꼼짝도 않고 멍한 상태로 평소 일하던 시간 동안 계속 거기에 있었다.

그러나 다음 날 아침—루시가 도착하고 며칠 지난 후였는데—어떤 위대하고 심오한 책의 집필에, 또는 심지어 어떤 위대하고 심오한 책에 대한 완전히 실패한 시도에조차, 완전히 심취한 상태가 불가피하면서도 필수적이라고 여전히 느끼면서, 다음 날 아침 그는 다시 돌격을 개시했다. 그러나 다시 눈의 동공은 자체의 궤도를 따라 그에게서 다른 방향으로 이리저리 굴렀고, 이제 전면적인 형언할 수 없는 마비 상태가—죽음의 소름 끼치는 전조가—살며시 다가오는 것 같았다.

IV

이러한 반무의식 상태, 더 정확히 말하면 몽환 상태가 계속되는 동안, 놀랄 만한 꿈 또는 환상이 그에게 떠올랐다. 주변의 실제적 물체들이 슬그머니 물러가고, 난데없지만 당당한 장관의 자연 경치로 바뀌었다. 그 자체는 근거 없는 환상이지만, 하늘 높이 솟은 이 장관은 피에르에게 대단히 낯익은 특징을 띠었다. 그것은 그의 조상 대대로 내려오는 대농장을 둘러싼 검푸른 산들의 커다란 산줄기에서 멀리 떨어져 있지 않은 넓은 황야 가운데 완전히 고립되어 우뚝 솟아 있는 기이한 고지인, '티탄 신들의 산'에 대한 일련의 환상이었다.

몇몇 시인들이 무어라고 말하든 자연은 자연 자체를 항상 달콤하게 해석하는 자라기보다는, 개개의 인간이 자기가 원하는 대로 선택하고 연결함으로써 자기 자신의 특유한 마음과 기분에 따라 자기 자신의 특유한 교훈을 해독하는 도구인, 그 교묘한 문자를 단순히 제공하는 자일 뿐이다. 그리하여 대망을 품었지만, 대단히 침울하고 실망한 시인이 우연히 새들 메도우스를 들렀다가 저 우뚝 솟은 명산을 보고, 오래전에 버니언*과 그의 가장 놀라운 저서를 조상 대대로 찬양해온, 어느 늙은 감리교도 농부가 붙여준 '환희의 산'이라는 이전의 명칭을 완전히 소멸시키고, 그 이후 줄곧 지녀온 이름을 그것에 붙여주었다. 그 이름의 마력에서 그 산은 그 후 결코 벗어나지 못했다. 왜냐하면 지금 그 암시적인 말에 비추어 그 산을 쳐다보면, 어떤 시적인 관찰자도 그 명칭이 적절한 표현인 것이 분명하다는 생각을 떨칠 수 없기 때문이다. 실제로 태곳적부터 존재해 온 그 산은 최근에 붙여진 이름에 기꺼이 순응하고자 하듯이, 몇십 년 동안에 그 광범위하게 펼쳐 있는 외관을 서서히 변화시켰다고 몇몇 사람들은 말했다. 그리고 해마다 커다란 바위들과 거대한 나무들이 본래의 자리에서 옮겨짐으로써 계속적으로 전체 외관과 윤곽을 바꾸고 있었으니, 이 이상한 생각이 전혀 근거가 없지는 않았다.

약 15마일 떨어진 대농장의 저택을 향해 있는 그 산의 북쪽 면에 그 고지는, 부드러운 안개가 덮인 여름 정오의 안뜰에서 보면, 약 2천 피트 높이로 허공에 솟아 있었다. 그리고 양쪽 옆으로 높은 계단식 목초지로 내리막으로 경사진 길고 아름다운,

---

*영국의 설교사 존 버니언. 우의 소설 《천로역정》의 작가.

그러나 완전히 접근 불가능해 보이지는 않는 자줏빛 낭떠러지를 드러냈다.

그 산허리의 목초지에는 작고 하얀 아마란스 꽃이 무성하게 퍼져 있었는데, 그 꽃은 가축들이 질색하고 완전히 거부하는데도 사방팔방으로 계속 퍼져 그 고지대의 농업적 가치에 결코 기여하지 못했다. 이 때문에 대농장 그쪽 지역의 낙담한 소작 낙농업자들은 해마다 상납하는 6월의 고지대 목초, 10월의 버터와 수송아지와 어린 암소, 크리스마스 철의 칠면조 배당량을 얼마간 경감해달라고 주인마님에게 청원했었다.

"그 작은 흰 꽃, 그건 우리의 재앙입니다!" 탄원하는 소작인들이 소리쳤다. "위쪽으로 번지는 아마란스는 매년 기어 올라와 새로운 계단식 초지들을 추가로 뒤덮습니다. 불멸의 아마란스, 그건 죽지 않고, 지난해의 꽃들이 금년에도 살아남습니다! 계단식 목초지들은 하얗게 번쩍이게 되고, 따뜻한 6월에도 여전히 눈 더미처럼 보입니다. 아마란스가 낳는 불모지의 적절한 징표죠! 그렇다면 아마란스에서 우리를 벗어나게 해주시든지, 마님, 아니면 우리의 지세를 경감해주십시오!"

그런데, 얼마간 더 가까이 다가갔을 때, 그 절벽은 대농장 안뜰에서 보는 그 자줏빛 전망을—즉 본래 붙여진 버니언식 옛 명칭의 정당함을 충분히 입증하는 것 같은, 그 매혹적이고 인상적인 자줏빛 전망을 저버리지 않고—급경사면에 위치한 숲에서 하늘 높이 솟은 무성한 잎들을 보여주었다. 그럼에도 한층 더 가까이 다가가면, 밀생한 나뭇잎들 사이로 수많은 긴 협

곡들이, 흠뻑 젖은 거무스름한 바위들을 소름 끼치게 흘긋 드러냈으며 또한 늑대 굴의 신비한 입구를 드러냈다. 이 예상치 못한 경치에 감동되어, 나그네는 이제 카멜레온 같은 그 고지와 직접 접촉함으로써 그 변화를 확인하기 위해 본능적인 발걸음을 재촉했다. 그가 이제 속도를 더 냄에 따라서, 대농장 저택 안뜰에서는 온통 풀이 우거진 평지처럼 보였던, 아래쪽 지면이 갑자기 대단히 길고 지루한 치받이 경사면이 되어, 서서히 낭떠러지 기슭 바로 밑까지 올라붙었다. 그리하여 크게 굽이치는 물결의 흰 거품이 인 파도나 길게 너울거리는 큰 물결이 바다 위에서 가파른 거대한 전함의 홀수선에 대고 잔물결을 일으키듯이, 꽃이 핀 풀들이 그것에 대고 하늘하늘 흔들렸다. 그리고 이집트의 굽이치는 바다와도 같은 사막 사이에 무질서하게 도열한 부서진 스핑크스들이 쿠푸 왕*의 피라미드로 안내하듯이, 이 긴 치받이 경사면에는 일부 모로 누운 짐승들, 즉 어떤 슬프고도 설명할 수 없는 주문에 걸려 속으로 침묵해버린 것 같은 짐승들에게서 볼 수 있는 그 잠들어 있는 지성을 표현하는 것 같은, 모양이 괴상하고 불가사의한 생김새를 가진 거대한 바윗덩이들이 무수히 흩어져 있었다. 그럼에도 여전히 마법에 걸린 듯한 그 바위들의 둘레와 맨 가장자리 바로 옆에서, 그리고 바위들의 교묘히 갈라진 틈 사이에서, 산비탈을 기어오르는 염세

---

*기원전 2900년경 번성했던 이집트의 왕이며, 기자에 있는 최대의 피라미드를 건조했다.

적인 표정의 염소가 달콤한 먹이를 뜯고 있었다. 왜냐하면 그 자체로는 불모의 메마른 바위들이었지만, 그것들이 희박한 습기를 증류하여, 변두리의 화성암 주변에서 자라는 모든 것을 초록색으로 키웠기 때문이다.

그 모로 누운 바위들을 지나 계속해서 급경사면에 위치한 숲을 향해 오르고, 가장 아래쪽 가장자리 안으로 뚫고 들어서면 행군하는 병사가 용맹한 체력으로 통과할 수 있는 회랑 형태의 숲일 것으로 상상했던 곳에서 난공불락의 요새 같은 벼랑을 보고 어리둥절해지듯이, 갑자기 그 자리에 못 박힌 듯이 멈춰 서게 된다. 서로 얽힌 나뭇잎들이 만드는 녹색 융단에 지금까지 교묘하게 가려져 있던, 검게 이끼 낀 우람한 크기의 우뚝 솟은 무시무시한 절벽이 앞을 막고 마주 서 있었고, 증발하기 어려운 물기가 조금씩 모여 흐르면서, 불쑥 나온 벼랑 끝에서 얼음처럼 차가운 물방울들을 소낙비처럼 퍼붓고 있었다. 초원 아래쪽은 뜨거운 8월의 대낮이지만, 그 어스름 속에서는 추위로 떨며 서 있어야 했다. 온 사방에, 그 험상스러운 상처 난 바위들이 한데 모이고 또 모여, 높이 치솟고 비어져 나오고 뻗치고 간절히 발돋움을 하며, 빽빽하게 들어서서 섬뜩한 혐오감을 발산했다. 이 가운데에, 사나운 북풍이 숲에서 무너뜨린 통나무들이, 가지들이 잘린 채, 우울한 전리품처럼 여기저기 널려 있었다. 이 무질서한 약탈의 광경 가운데 여기저기서 바위들이 무너져 내리는 소리가 꽝하고 울리며 적막을 깼고 모든 메아리를 소스라쳐 놀라게 하여, 그 메아리들이 습격당한 마을에서 울부짖는 부녀자들처럼 동굴들 사이에서 비명을 지르며 날뛰었다.

적나라한 황무지, 끊임없이 무자비한 폐허, 냉기와 어둠. 이 모든 것이 여기서, 대장원 저택의 안뜰에서 볼 때, 과거에는 '환희의 산'이라고 불렸지만 지금은 '티탄 신의 산'이라고 명명된 그 산을 그토록 아름답게 뒤덮은, 그 교묘한 자줏빛으로 막을 치고 숨겨진 생활을 했다.

이러한 상상도 하지 못한 어둠과 가파른 비탈에 밀려나, 언짢은 기분으로 온 길을 되돌아, 아마도 아래쪽의 비스듬한 계단식 목초지 언저리를 지나갔을 것이고, 그곳에선 많은 수의 무익하고 향기도 없고 다년생인 작고 하얀 꽃이 순한 암소의 새김질감도 되어주지 못했다. 하지만 여기저기서 농가의 소중한 목초인, 군생하는 캣닢의 감미로운 향기를 맡을 수 있었다. 이내 그 식물의 수수한 푸른 잎이 보이곤 했으며, 그 모습이 보이는 어느 곳에서나, 없어진 지 오래인 통나무집의 오래된 주춧돌과 썩어가는 목재들이 또한 시선을 끌곤 했고, 그 집들의 폐허에는 푸른빛의 근심 어린 그 자생종 목초가 드문드문 자라고 있었다. 인간의 모습을 한 모든 것은 그곳을 버리지만, 길들여진 고양이처럼, 그 식물은 그 버려진 노변에서 오래 거주하며 오랫동안 꽃을 피울 것이므로, 캣닢이라는 이름은 가장 적절한 것이었다. 드문드문 자라는 것은, 매년 봄 아마란스와 하늘빛 꽃은 일년생의 농가 목초를 잠식하고, 또 매년 가을 캣닢은 죽지만, 결코 가을에도 아마란스는 시들지 않기 때문이었다. 캣닢과 아마란스! 인간의 세속적인 가정의 평화와, 언제나 신의 영역을 잠식하는 욕망이로다.

이제 더 이상 기분이 언짢은 목초지 언저리를 비스듬히 따라가지 않고, 신비의 고지에 면한 긴 내리받이 길을 따라 나아갔다. 다시 목초지 중앙부에 암벽으로부터 떨어져 나온 모로 누운 스핑크스 같은 형상들 가운데서 걸음을 멈추었다. 도전적인 모습, 무시무시한 모습에 몸이 굳어 멈추어 섰다. 모든 거인 중에서 가장 강력한 티탄 신인 엔켈라도스*가 갇혀 있는 땅속에서 빠져나오려고 몸부림치는 것을 본 것이었다. 그는 덮어쓴 이끼를 터번처럼 두르고, 팔은 없지만, 그에게 다시 내던져진 펠리온 산과 오사 산**을 온 몸통으로 여전히 저지하면서 몸부림쳤다. 그렇게 덮어쓴 이끼를 터번처럼 두르고 그가 끊임없이 공격했지만 허사였던, 그리고 그가 거기서 폭풍우의 힘에 나가떨어질 때, 벗어날 수 없는 무거운 짐을 그에게 내던져 안겨주고 조롱하듯이 그로 하여금 거기에 남아 쓸데없는 포효를 울부짖게 한, 저 장엄한 산을 향해 여전히 꺾이지 않는 얼굴을 돌린 채 그는 몸부림쳤다.

피에르에게 이 불가사의한 형체는, 지금까지 그것에 숨어 있는 모든 의미를 그가 충분히 명료하게 느낀 적은 없었지만,

---

*그리스 신화에 나오는, 신들과 싸우다가 아테나가 던진 큰 돌에 맞아 죽은 거인. 시칠리아 섬 에트나 산 아래에 매장되어 있다고 여겨졌다.
**그리스 동해안 근처의 테살리아 지방에 있는 산인데, 거인들이 신들과의 싸움에서, 천국에 도달하려는 노력에서 펠리온 산 위에 쌓아 올려 만들었다 한다.

언제나 관심거리였다. 소년 시절 초기에 국토를 순회하는 일단의 젊은 대학생 도보 여행자들이 우연히도 그 바위를 목격했고, 그 비범함에 끌려 많은 곡괭이와 삽을 가져와 그것을 파내어 정말 그것이 자연의 악마적 이상 현상인지, 아니면 노아의 대홍수 이전의 어떤 무서운 예술 작품인지를 알아내기 위해 그 바위 둘레를 팠다. 이 열성적인 동아리를 동반하여, 피에르는 처음으로 땅의 여신 테라의 저 불멸의 아들을 보았다. 그때 본래 그대로의 자연 상태에서, 그 석상은 어색함이 없는 얼굴을 그 산을 향해 위쪽으로 돌리고, 황소 같은 목을 명백히 드러낸 채 흙에서 솟아나온 화성암의 이끼 터번을 두른 머리만을 드러냈다. 뒤틀린 얼굴은 흉터가 남고 깨어진 채, 검은 이마는 덮어쓴 이끼에 우롱당한 채, 엔켈라도스는 목의 이음매까지 땅속에 단단히 박혀 서 있었다. 삽과 곡괭이들이 이내 그에게서 흙을 파냈고, 마침내 약 13피트 깊이의 둥근 구덩이가 그둘레에 열렸다. 그 상태에서 기진맥진한 대학생들은 절망하여 그 일을 중지했다. 모든 노고에도 불구하고, 그들은 아직 엔켈라도스의 허리에도 이르지 못했다. 그러나 그들은 그의 거대한 가슴을 완전히 드러내놓았고, 팔이 잘린 그의 어깨와 한때 대담했던 그의 팔들이 잘리고 남은 부분들을 노출시켰다. 여기까지 그의 치부를 발가벗기고, 헤아릴 수 없는 세월 동안 정복당한 그의 정수리에 배설물을 투척해온 새들의 오염 행위에 헛되이 분노한 그의 가슴을 다 벗긴 상태로 방치한 채, 그들은 눈뜨고 볼 수 없는 참상 속에 그를 버려두었다.

이 미국의 엔켈라도스는 베르사유의 정원을 꾸미는 데 사용된 부르봉 왕가의 널리 알려진 자랑거리이며 마르시*의 조각상인—옛날에는 제압당한 티탄 신의 심술궂은 숨결이라고 주장된, 에트나 화산의 불길과 소박하게 경쟁하여, 여전히 뒤틀린 입에서 60피트나 물이 솟구치는—저 납으로 만든 티탄 신과 비교할 만한 가치가 없지 않았다. 그리고 값비싼 암석이 산더미같이 쌓이고 부서진 청동상에서 비어져 나온 한쪽 무릎이 굽고 뒤틀린, 납으로 만든 반인반신과 비교할 만한 가치가 없지 않으며, 또한 고급 예술의 저 도전적 고급 기념물과 비교할 만한 가치가 없지 않은, 자연이 정력적인 손으로 만든 이 미국의 엔켈라도스는 인간의 열등한 기술로 조형된 저 훌륭한 조각상과 비교의 수준을 넘어 그것을 훨씬 능가했다. 마르시는 영원히 무방비 상태인 그에게 두 팔을 주었지만, 자연은 더 진실하여 두 팔의 절단을 수행했고, 무력한 티탄을 넓적다리 위로는 단 하나의 쓸모 있는 구상(球狀) 관절도 없는 상태로 놓아두었다.

'티탄 신들의 산', 격퇴당한 천국 습격자들 무리, 거기에 엔켈라도스가 산기슭에 그들 한가운데 수치스럽게 모로 누워 있는 풍경은 그토록 황량했으며, 지금 피에르에게, 이상한 환상 속에서 사면의 텅 빈 벽들과 책상과 야전 침대를 대체하여 들어서서 그의 혼수상태를 압도하는 그 풍경이 그토록 황량했다. 하지만 무리를 지은 티탄들은, 더 이상 온갖 수치스러운 자세로

---

*프랑스의 조각가. 동생과 함께 베르사유 궁전의 정원을 장식하는 일을 했다.

돌이 되어 있지 않고, 이제 벌떡 일어나 산비탈을 몸으로 공략하고, 새로이 절벽의 울림도 없는 벽에 세게 부딪혔다. 그 모든 무리의 선두에, 달래기 힘든 증오를 터뜨리는 다른 모든 방법을 포기하고, 거대한 몸통을 대형 망치로 바꾸어, 그 이겨낼 수 없는 절벽에 대고 몇 번이고 둥글게 굽힌 옆구리를 세게 내던지는, 이끼를 터번처럼 뒤집어쓴 팔 없는 거인을 그는 보았다.

"엔켈라도스! 그건 엔켈라도스다!" 피에르는 혼수상태에서 소리쳤다. 그 순간 그 환영은 그를 정면으로 마주했고, 피에르는 더 이상 엔켈라도스를 보지 못했다. 다만 티탄의 팔 없는 몸통 위에, 그 자신과 똑 닮은 얼굴이 예언적 좌절과 비애와 함께 그에게 확대되어 나타났다. 떨리는 몸으로 그는 의자에서 벌떡 일어나, 그 비현실적 공포에서 깨어나 현실의 모든 슬픔 속으로 돌아왔다.

V

그리고 피에르의 옛 우화에 대한 두서없는 지식은 매우 이상하게 벙어리에게 혀를 마련해준 그 환상의 장면을 한층 더 명료하게 했다. 그러나 그 해명은 불쾌하게 불길한 운명을 안고 있었고 불길함을 예감하는 것이었다. 아마도 그것은 피에르가 최종적인 어둠의 장벽을 뛰어넘지 못했기 때문이었을 것이고, 아마도 피에르가 그 우화에서 어떤 궁극적인 위안을 고집 세게 얻어내지 못했기 때문이었을 것이다.

　이렇게 쳐부숴져, '티탄 신들의 산'은 다음과 같은 흐름을 낳는 것 같다.

　옛적의 티탄은 카일루스와 테라가 근친상간하여 낳은 아들, 즉 하늘과 땅이 근친상간하여 낳은 아들이었다. 그런데 티탄은 어머니 테라와 결혼했으니, 그것은 또 하나의 누적적인 근친상간의 결합이었다. 그리고 엔켈라도스는 그 사이에서 난 자식이었다. 따라서 엔켈라도스는 근친상간에서 생긴 아들이자 손자였다. 이와 같이 피에르의 유기적으로 혼합된 숭고함과 속됨에서, 또 하나의 혼합된, 하늘을 열망하지만 여전히 완전히 땅에서 해방되지 못한 모호한 감정이 생겨났던 것이다. 그리고 그 감정은 다시, 어머니인 땅의 지속적인 타락으로 인해, 그의 내부에서 현실의 이중의 근친상간으로 엔켈라도스를 탄생시켰다. 그래서 피에르의 현재 감정, 즉 하늘을 공격하는 저 무모한 감정은, 역시 한편으로는 하늘의 손자다운 것이었다. 왜냐하면 다급한 티탄이 사납게 기어올라서라도 아버지로부터 물려받은 타고난 권리를 아직도 되찾으려고 애쓰는 것은 사물 본래의 합목적성에 따른 것이기 때문이다. 그러므로 하늘을 습격하는 자는 누구나 자기가 그곳 출신이라는 가장 확실한 증거를 보여준다! 그러나 수정 요새 앞의 해자에서 만족하며 기어가는 것은 무엇이든지, 그것이 그 진흙 속에서 태어났고, 거기서 영원히 살겠다는 것을 나타낸다.

　그의 혼수상태 속에 끼어든 이 거친 환상의 여파에서 얼마간 회복하여, 피에르는 될 수 있는 한 안색을 부드럽게 하고, 즉시 자신의 숙명적인 작은 방에서 나왔다. 그에게 남아 있는 모든 것을 집중하여, 그는 극단의 완전한 변화를 통해, 그리고 자신의 습관적인 성향에 거역하는 계획적인 행동을 통해, 눈의 이상한 안질과 혼수상태라는 새로운 죽음의 악마와 티탄적 환상의 지옥과 맞붙어 싸우기로 결심했다.

그리고 지금, 작은 방의 문턱을 넘으면서, 어둡지 않게 보이려고 의도한 표정을 지으려고 애써 노력했다(그렇지만 그는 정말 자신의 얼굴이 도대체 어떤 표정을 짓고 있는지 알 수 없었다. 왜냐하면 거울 속에 비친 얼굴이 참을 수 없이 어두워 보이는 것을 두려워한 나머지 최근에 거울을 들여다보는 것을 완전히 피했기 때문이다). 그러면서 그는 동반자들에게 자기가 지닌 작은 구상을 제안할 때, 속내를 감추고, 또는 가벼운 마음으로 희롱거리며 말해야 할 중요치 않은 모든 것을 마음속으로 재빨리 암기했다.

비록 그렇다 하더라도, 험상스러운 엔켈라도스에게, 신들은 그의 과부하된 발에 질질 끌 포환 대신 세계를 사슬로 매어놓았다. 그래도 바로 그 세계가 그의 묵직한 짐을 위장하는 덧없는 미소들을 머금은 무수한 꽃들을 피어나게 했다.

26부
산책,
이방인의 초상화,
항해·
그리고 결말

I

"자, 이사벨, 자, 루시, 우린 아직 한 번도 함께 산책을 해본 적이 없어요. 춥긴 하지만 청명한 날씨이니 일단 시내를 벗어나면 햇볕이 좋을 거예요. 자, 이제 준비해요. 부두까지 산책을 하고, 그런 다음 항만에 들어온 기선들을 구경하러 가요. 루시, 틀림없이 항만의 경치에서 당신이 그토록 열심히 몰두하고 있고 문을 닫아놓고 종일 혼자, 그렇게 골똘하게 작업하고 있는 그 은밀한 스케치를 위한 약간의 도움이 되는 힌트를—실제로 초상화를 그려달라고 사람들이 오기 전에—얻게 될 거요."

스스로 약간의 휴식을 가지려는 피에르의 예상치 못한 제안 덕분에 루시는 기쁨과 놀라움으로 창백하게 파문이 인 표정을 하고 있었는데, 이 말을 듣자 그것은 무한하고 소리 없는, 그러나 표현할 수 없는 의미를 지닌 표정으로 바뀌었다. 한편 그녀의 눈물이 글썽이는 눈은 조용히, 그렇지만 황망히 방바닥으로 쏠렸다.

"그것을 끝낸 거군요, 그럼." 이사벨이, 이 부차적인 장면을 염두에 두고, 마음이 동요된 루시에게 한순간 마음을 빼앗긴 피에르의 시선을 가로막기 위해 성마르게 앞으로 나서면서 큰 소리로 말했다. "그 넌더리나는 책, 그것을 끝냈군요! 고마워라!"

"그렇지 않아요." 피에르가 말했고, 모든 위장을 배제하면서, 갑자기 흥분한 내키지 않은 표정을 지었다. "하지만 그 넌더리나는 책이 완성되기 전에, 나는 땅과는 다른 어떤 고유의 영역에 올라야 해요. 나는 기진맥진할 때까지 땅의 안장 위에 앉아 있었고, 이젠 잠시 다른 안장으로 건너뛰어야 해요. 아, 대담한 남자가 타야 할 두 마리의 쉬지 않는 군마가 있어야 하는 것 같아요. 육지와 바다 말인데, 그것들이 나란히 태양 둘레를 돌며 경주하는 동안, 서커스 단원처럼 우리는 결코 말에서 내려오지 않고, 이쪽 말 저쪽 말로 건너뛰면서 오직 자세를 고정시키며 올라 서 있어야 하는 거죠. 나는 육지 준마 위에 너무 오래 있었던 탓에, 오 현기증이 나요!"

"당신은 내 말을 듣지 않는군요, 피에르." 루시가 낮은 목소리로 말했다. "이렇게 쉴 새 없이 애쓸 필요가 없어요. 봐요, 이사벨과 나는 둘 다 당신의 비서가 되겠다고 나섰는데, 단지 필사하는 것만이 아니고, 원문 쓰는 일에도 말예요. 그러면 당신에게 큰 도움이 될 거라고 확신해요."

"무리한 생각이오! 나는 모든 보조자들을 엄금하는 결투를 하고 있어요."

"아 피에르! 피에르!" 루시가 손에 든 숄을 떨어뜨리며, 어떤 깊이를 잴 수 없는 감정에서 우러난 말할 수 없는 갈망을 담고 그를 응시하면서 큰 소리로 말했다.

이사벨이 어이없다는 듯이 루시를 흘긋 보면서, 살금살금 그에게 가까이 다가와 손을 잡고 말했다.

"내가 대신 장님이 되겠어요, 피에르, 자, 내 눈을 빼내서, 그것들을 안경으로 써요." 그렇게 말하면서 그녀는 잠시 이상하게 도도하고 도전적으로 루시를 바라보았다.

그들이 막 떠나려고 하는 것처럼, 일반적인 거의 무의식적 동작이 이제 이루어졌다.

"두 분 준비되었군요. 앞서가세요." 루시가 온순하게 말했다. "저는 따라가겠어요."

"아냐, 양쪽 팔에 한 사람씩 서요." 피에르가 말했다. "갑시다!"

그들이 낮은 아치형 현관을 통과하여 거리로 나서자, 얼굴이 검게 탄 장난기 많은 선원이 지나가며 큰 소리로 말했다. "배를 조심해 모시오, 친구, 당신이 들어선 곳은 좁은 해협이오!"

"뭐라고 말하는 거예요?" 루시가 조용히 말했다. "그래요, 정말 좁은 해협 같은 거리예요."

그러나 피에르는 돌연한 전율이 이사벨로부터 전해지는 것을 느꼈고, 그녀는 그의 귓속에 뭔가 알아들을 수 없는 말을 속삭였다.

한길에 이르러 그들은 문 위에 걸려 있는 눈에 띄는 플래카

드에 가까이 다가갔는데, 그것은 최근에 유럽에서 수입되어 경매를 통해 판매되기에 앞서 지금 무료로 전시 중 그림 전시장이 위층에 있다는 것을 알리고 있었다. 이 마주침은 피에르가 전혀 예견하지 못한 것이었지만, 그럼에도 불시의 충동에 굴복하여 그는 즉시 가서 그림들을 보자고 제안했다. 여자들은 동의했고 그들은 계단을 올라갔다.

대기실에서 그가 그림 목록을 입수했다. 그는 잠시 멈추어 황급히 대강 훑어보았다. 루벤스, 라파엘로, 안젤로, 도메니키노, 다 빈치 같은 이름들 앞에 모두 '진짜의' 또는 '증명된'이라는 말들이 붙은 긴 목록 가운데서, 피에르는 다음의 간략한 문장과 눈이 마주쳤다. "99번. 어느 이방인의 초상, 작가 미상."

전시품들은 모두, 미국에 있는 몇몇 외국 화상이 대단히 뻔뻔스럽게 미술계에 알려진 가장 존엄한 이름들로 작가 이름을 거짓으로 붙여놓은, 아주 형편없는 수입된 서툰 그림들을 모아놓은 것이었다. 그러나 고대의 완벽한 작품들의 몸통만 남은 나체 흉상들이 미술학도의 주의를 끌 만한 가치가 있듯이, 가장 서툰 현대의 불완전한 작품들도 그럴 만한 가치가 없지 않다. 왜냐하면 둘 다 몸통 나체 흉상들이고, 그중 하나는 과거에 만들어진 망가진 완성품이고, 다른 하나는, 예상컨대, 아직 실현되지 않은 미래의 완성품들이기 때문이다. 그래도, 피에르는 그림들이 빽빽이 걸려 있는 벽들을 따라 걸어가며, 미약한 솜씨로 시도된 강력한 주제들의 제작에 이 많은 생면부지 화가들의 마음을 틀림없이 부추겼을 얼빠진 허영심을 간파한 듯했다. 그러면서 그는 자기 자신에 관한 가장 우울한 예감을 억누를 수 없었다. 세상의 모든 벽에, 호기 있게 윤곽이 그려졌지만 내용은 초라하게 채워진, 공허하고 무력한 그림들이 빽빽이 걸려 있는 것 같았다. 사소하고 낯익은 것들을 재현한, 더 작고 더 초라한 그림들이 훨씬 더 잘 그려졌고, 이것들은 한 가지 제한된 의미에서 불쾌하진 않은 감동을 주었지만, 그의 영혼 속에 잠재하는 어떠한 웅대함도 일깨우지 못했고, 그 결과 대체로 경멸할 만하게 부적절하고 불만족스러웠다.

마침내 피에르와 이사벨은 피에르가 변덕스럽게 찾던 그림, 99번에 이르렀다.

"어머나! 봐요! 봐요!" 이사벨이 흥분해서 소리쳤다. "오직 내 거울만이 전에 나에게 저런 표정을 보여준 적이 있어요! 봐요! 봐요!"

단순히 우연한 어떤 요술이나 교묘하게 계획된 부정행위로 인해, 보석 같은 진품 이탈리아 미술품이 이 잡다하게 수집된 가짜들 속에 끼여 들어온 것이었다.

유럽의 대미술관들을 관람하고서도, 뛰어나게 우수한 작품들이 놀랄 만큼 무수하게 많은 상황, 즉 대부분의 보통 사람들의 마음에서 모든 식별력이나 개성을 발휘시키는 능력을 무력하게 만드는 과잉 상태로 인해 무덤덤해진 사람도—차분하고 통찰력이 있는 사람이라면—한두 점의 어떤 독특한 그림들—하지만 위대한 감정가들의 목록과 비평들이 모두 그 작품들에 대해, 이렇게 우연히 일으킨 효과에 조금이라도 상응하는, 모든 것을 능가하는 어떤 장점도 인정한 바는 없는 그림들―이 일으키는 매우 특별한 감정 없이는 명화들이 도열하여 충격적인 감동을 쏟아내는 회랑을 만족스럽게 통과했을 리가 없다. 지금 이것이 어찌 된 일인지 충분히 설명할 시간이 없으니, 이런 경우에 이 놀라운 감정을 일으킨 것은 반드시 추상적인 탁월성이 아니라 흔히 우연한 친화성이라고만 말해두자. 그럼에도 그 개인은 그것을 다른 원인의 탓으로 돌리는 경향이 있다. 여기에서 이 세상의 나머지 사람들에게서는 조금도 칭찬받지 못하는―기껏해야 그들에게는 안중에도 없는―것들에 대한 한두 사람들의 앞뒤 가리지 않는 열광적 감탄이 유래하는데, 아주 흔히 설명할 수 없는 것으로 간주되는 일이다.

하지만 이 작가 미상의 〈어느 이방인의 초상〉에서는, 총체적인 추상적 우수성이 온통 놀랍고, 우연한 친화성과 연합하여 피에르와 이사벨 두 사람 모두에게 강력한 누적된 인상을 심어주었다. 그리고 이 그림의 낯섦은 바로 그 그림에 대한 루시의 분명한 무관심에 조금도 손상되지 않았다. 실제로 루시는 이따금 군중이 갑자기 세게 밀치는 바람에 피에르의 팔에서 자기 팔을 풀었고 점차 그림이 전시된 홀을 따라 앞서서 가게 되었다. 루시는 이렇게, 조금도 특별히 멈추지 않고, 그 이상한 그림을 지나쳤으며, 이제 정확히 그 홀의 맞은편으로 옮겨 가서, 그곳에서 지금 모든 여인의 초상화들 중에서 가장 매혹적이고 가장 감동적이지만 가장 섬뜩한 그림인 구이도의 〈첸치〉*의 꽤 좋은 복제품(그 수집품들 가운데서 다른 유일한 좋은 작품) 앞

374

에서 꼼짝도 하지 않고 서 있었다. 그 초상화의 놀라운 점은 주로, 어쩌면 때때로 열대 지방 나라의 처녀들에서 볼 수 있는 흑옥색 머릿결에 가려진, 지극히 흰 피부와 함께 부드럽고 연한 푸른색 눈을 가진, 거의 초자연적 얼굴과 거의 똑같고 다소 유사한 것으로 연상되는, 인상적인 대조에 있다. 그러나 푸른 눈과 흰 피부와 함께, 첸치의 머릿결은 금빛이다. 그러므로, 신체적으로 모든 것이 엄격한 자연 상태를 유지하고 있다. 그럼에도 그것은 그토록 매혹적이고 청순한 금발 여인이 문명화된 인간이 저지를 수 있는 가장 끔찍한 두 가지 범죄, 즉 근친상간과 부친 살해라는 범죄의(그녀는 그중 하나의 피해자이고, 다른 하나의 행위자인) 검은 상장(喪章)에 의해 이중의 치욕을 당하는 것이 연상되는 비현실적인 파격을 한층 더 강화한다.

그런데, 이 구이도의 〈첸치〉와 〈어느 이방인의 초상〉은 위쪽 줄에 상당히 높이 걸려 있었고, 마주한 두 벽에서 정확히 서로 마주 보고 있었으므로, 마치 아래에서 관람하는 사람들의 머리 위에서 은밀하게 서로 무언극을 하듯이 전시실을 가로질러 대화하고 있는 것 같았다.

구이도의 〈첸치〉는 누구에게나 잘 알려져 있다. 〈어느 이방인의 초상〉은 어둡고 그늘진 장소에서 불길하게 밖을 내다보

---

*이탈리아의 귀족으로, 그녀를 향한 근친상간의 열정을 품은 아버지의 살해를 모의했기 때문에 로마에서 교수형을 당했다. 화가 구이도 레니가 로마의 바르베리니 궁에 그녀를 그림의 주제로 그렸다.

며 모호하게 미소 짓고 있는, 어둡고 잘생긴 젊은 남자의 두상이었다. 알아볼 수 있는 걸친 옷은 없고, 돌돌 말린 곱슬곱슬한 흑옥색 머리카락을 가진 검은 두상이 커튼과 구름에서 막 밖으로 빠져나오고 있는 것 같았다. 그러나 이사벨이 보기에는 자신과 명백히 닮은 어떤 흐릿한 자취들이 두상의 눈과 이마에 있었고, 한편 피에르가 보기에는 이 얼굴은 일부분 그가 여인숙에서 불태워버린 얼굴이 부활한 것 같았다. 개별적인 얼굴 생김새가 똑같은 것이 아니라, 더 미묘한 내면에 보존된 전체 얼굴의 꽉 찬 표정이 거의 똑같았는데, 그럼에도 불구하고 그 얼굴과 그림 전체에 명백한 외국풍의, 유럽풍의 면모가 있었다.

"그거예요? 그거예요? 그럴 리가요?" 이사벨이 격앙되어 속삭였다.

그런데 이사벨은 피에르가 부숴버린 그 그림에 대해 아무것도 몰랐다. 그녀는 오로지, 어린 시절 쾌활한 여자의 손에 이끌려 4륜 대형마차에 태워져 그 크고 이름을 댈 수 없는 집에서 그녀가 옮겨간 그 즐거운 집으로, 아버지의 자격으로 그녀를 찾아와 주었던 그 꼭 닮은 존재를 언급했을 뿐이었다. 의심할 여지도 없이, 그녀의 신비에 싸인 마음속에서는 실제로 조금도 그것을 의식하지 않았을지도 모르지만, 그녀는 이 사람이 존재할 수 있었던 그토록 짧은 기간 동안, 그녀가 그에 대해 지녔던 똑같은 인상을 평생 동안 언제나 다른 모든 사람에게도 지니고 있었다고 웬일인지 막연하게 상상했음이 틀림없다. 오로지 어쩌면 그 한 가지 인상으로, 그를 알고 또는 그를 그리워하면서, 그녀는 다른 어떤 모습으로도 그를 상상할 수 없었다. 이사벨의 생각들을 촉발시킨 이러한 고려 사항들이 이 순간, 피에르에게도 떠올랐을 것 같지는 않다. 여하간 그는 속이기 위해서건 진실을 깨닫게 하기 위해서건, 사실을 밝히기 위해서건 감추기 위해서건, 그녀에게 아무 말도 하지 않았다. 왜냐하면 정말로 그는 자신의 깊은 내면의 감정에 너무나 몰두해 있어서 이사벨의 그 당시 감정들을 분석할 수 없었기 때문이다. 그래서 여기에 주목할 만한 일이 발생했다. 두 사람 다 한 대상물에게 강렬하게 자극을 받았지만, 그럼에도 그들의 두 마음과 기억은 그 때문에 완전히 다른 명상들로 기울어졌고, 그럼에도 각기 당분간—아무리 불합리하다 할지라도—상대방이 똑같은 한 가지 묵상에 빠져 있다고 막연히 생각했을지도 모르기 때문이다. 피에르는 의자에 앉은 아버지의 초상화를 생각하고 있었고, 이사벨은 그 꼭 닮은 얼굴을 생각하고 있었다. 그럼에도 그 꼭 닮은 얼굴과 관계가 있는 이사벨의 열정적인 외침은, 지금 의자에 앉은 아버지의 초상화와 관계가 있는 음절로 피에르를 통해, 말하자면 기계적으로 반응되었다. 그럼에도 불구하고, 그 모든 것이 너무나 미묘하고 자연발생적이었기 때문에, 어느 쪽도 어쩌면 결코 그 후에 이 모순된 사실을 깨닫지 못했다. 왜냐하면 이 일이 있은 후에 사건들이 너무나 급속히 단호하게 그들을 소용돌이 속에 몰아넣은 탓에, 이러한 깨달음에 절대적으로 필요한 차분한 회고의 상념에 잠길 시간을 그들은 갖지 못했기 때문이다.

"그거예요? 그거예요? 그럴 리가요?" 이사벨이 격앙된 목소리로 속삭였다.

"아냐, 그럴 리 없소. 그렇지 않소." 피에르가 대답했다. "놀라운 우연의 일치일 뿐이오."

"오, 그 말은, 피에르, 우리가 불가사의한 것을 설명하려고 헛되이 애쓰고만 있다는 거군요. 말해줘요, 그거예요! 틀림없어요! 놀라운 일이에요!"

"가요. 그리고 영원히 침묵을 지킵시다." 피에르가 급히 서둘러서 말했다. 그러고는 루시를 찾아서 그들은 갑자기 그 장소를 떠났다. 언뜻 보기에 피에르는 전처럼 자기가 아는 사람이나 자기의 동반자들을 아는 사람이 행여 다가와 말을 걸어올까봐 잠시 큰길을 걸어야 하는 동안 무의식적으로 발걸음의 속도를 높이는 듯했다.

II

그들이 계속해서 서둘러 가는 동안, 피에르는 침묵했지만, 억누를 수 없는 생각들이 가슴속에서 안달하며 아우성치고 있었다. 대단히 놀랄 만한 대변혁을 일으키는 생각들이 이사벨과 관련하여 마음속에서 치솟고 있었다. 그리고―그때 그는 이러한 것을 거의 의식하고 있지 않았지만―이 생각들이 전혀 달갑지 않은 것은 아니었다.

　이사벨이 누이라는 사실을 그가 어떻게 알았는가? 일부 어슴푸레한 점들에서는, 여기저기 이사벨의 한층 더 불명료한 이야기가—불확실하기 짝이 없긴 하지만—들어맞는 것처럼 보이는, 도러시아 고모가 얘기해준 흐릿한 전설을 제쳐놓고, 헛소리하는 아버지의 임종에 대한 그의 희미한 기억을 제쳐놓고 (왜냐하면, 어떤 관점에서는, 그의 아버지가 인지되지 않은 딸의 생부였다는 것에 대한 상당한 정도의 추정의 근거를 그 기억들이 제공했을지도 모르지만, 그럼에도 그것들은 그 추정된 딸의 신원에 관해서는 완전히 확정해주지는 않았다. 지금 피에르에게 중요한 점은 아버지에게 딸이 있었는지 아닌지의 일반적인 문제가 아니라, 딸이 있었다고 한다면 생존한 다른 어느 존재보다 '이사벨'이 바로 '그 딸'인지 아닌지의 문제였기 때문이다), 그리고 그 자신의 몇 배, 몇 겹의 신비적이고 초월론적인 확신을 제쳐놓고, 이 모든 것을 집어치우고, 분명하고 명백한 사실들에 접근해보자. 이사벨이 누이라는 사실을 그가 어떻게 '알았는가'? 그가 그녀의 얼굴에서 본 어떤 것도 아버지의 얼굴에서 본 것으로 기억할 수 없었다. 의자에 앉은 아버지의 초상화, 그것만이 각별히 그의 개별적 자아의 흥미를 끈, 가능한 모든, 긁어모을 수 있는, 철저히 추정의 근거를 주는 증거의 온전한 개요와 내용이었다. 그런데도 여기에, 그 그림 못지않은 강력한 증거가 되는, 해외에서 수입되어 공매에서 팔릴 예정인, 완전한 이방인, 즉 한 유럽인의 초상화가 또 하나 있었

379

다. 그런데 이 두 번째 초상화의 장본인은 의자에 앉은 아버지의 초상화의 실물과 똑같은 이사벨의 아버지였다. 그러나 어쩌면 이 두 번째 초상화에는 모델이 없었을지도 모르고, 그것은 순수한 상상화였을지도 모른다.

마음속에 이와 같은 당혹스러운 생각들이, 영혼의 가장 깊은 곳에 숨어 있는 비밀들의 물가에 감겨드는 파도처럼 밀려오고, 이사벨과 루시가 둘 다 그의 양옆에 가볍게 몸을 붙인 채로 걸어가는 동안 피에르가 느낀 감정은 통용될 수 있는 어떤 말로도 완전히 옮길 수 없었다.

최근에 피에르에게, 그전 어느 때보다 훨씬 더 생생하게, 이사벨의 모든 이야기는, 특히 그가 작품의 허구적 신비 속으로 깊이 빠져 들어간 이후로, 수수께끼, 불가사의, 가공의 일시적 정신착란처럼 보였었다. 왜냐하면 실제적으로 신비주의와 신비적 교의에 깊이 정통한 사람, 직업적으로 신비주의와 신비적 교의를 다루는 사람, 흔히 그런 사람은 누구보다 더 다른 사람들에게서 이러한 것들을 대단히 믿을 수 없는 기만적인 것으로 간주하는 경향이 있기 때문이다. 또한 (실제 생활에서 엘레우시스*의 사제들이 흔히 그러하듯이) 단순히 개인적인 모든 생각에서 다소 유물론적이기 쉽고, 누구보다 더 그의 영혼 밑바닥에는 종류를 막론하고 모든 신기한 비현실적인 전제에 대해 철저하게 의심하는 성향이 깔려 있기 때문이다. 적절히 말하

---

*아테네 서북쪽에 있던 도시로, 곡식의 여신 데메테르를 섬기는 사원이 있다.

면, 잘 믿고 속기 쉬운 사람은, 오직 비신비주의자들, 또는 반신비주의자들뿐이다. 그래서 피에르에게 분명한 변칙과도 같은 마음이 드러났고, 그것은 그 자체로 심원해짐으로써 소중해진 모든 심원한 문제들에 대해 회의적으로 되어갔는데, 그러나 일반적으로 그 반대가 가정된다.

어떤 이상한 술책을 써서, 이사벨의 놀라운 이야기가 그녀의 어린 시절에 잠시 어떤 이유로 그녀를 위해 날조되었고, 어린 마음에 교묘히 깊은 인상을 남겼고, 그래서 그것은—어린 나무에 생긴 작은 상처 자국처럼—그녀의 성장과 함께 확대되듯이 커져서 마침내 한없이 어안이 벙벙한 이 신기한 이야기가 되었을지도 모른다. 무언가 사실적이고 실제적이고 합리적인 것을 통해 판단해보면, 이를테면 그녀가 어린 시절에 했다고 상상한 대양 횡단은, 피에르가 그 후에 그녀에게 물어보자 그녀는 바다가 짜다는 것도 몰랐다는데, 그것이야말로 얼마나 신빙성이 부족한 일인가.

III

이 모든 정신적 혼란 가운데 그들은 부두에 도착했다. 주변에 있는 서너 개의 인접한 선창들에 정박한 여러 척의 배 중에서 가장 마음을 끌고, 넓고 아름다운 만을 가로질러 반시간 동안 항해하게 되어 있는 한 척을 골라서, 그들은 이내 배를 타고 빠르게 수면 위를 미끄러져 나아가고 있었다.

그 뾰족한 소형 선박이 높은 소나무 숲 같은 큰 돛대들과, 얽힌 덤불과 대나무 숲 같은 외돛배와 평저선들의 작은 돛대들 사이를 빠져나와 돌진해나갈 때, 그들은 위험 방지 난간에 기대어 서 있었다. 이내, 육지의 석조 첨탑들이 물 위의 목조 돛대들과 뒤섞였고, 두 강의 분기점에 이르자 쐐기 모양의 대도시가 거의 시야에서 밀려났다. 그들은 해안에서 멀리 떨어진 두 개의 작은 섬을 휙 지나갔고, 연석과 대리석으로 된 반구형의 건물들을 완전히 돌아 나가, 만의 확 트인 바다에 도달했다.

그날 밀폐된 도시에서 작은 미풍이 부는 것을 느꼈지만, 적나라한 자연의 순풍이 지금 그들의 얼굴에 불어왔다. 파도가 모이고 너울거리기 시작했고, 아직 저쪽에 있는 높은 갑들 사이로, 넓은 만이 역력히 대서양으로 흘러나가는 곳에 막 다다르자, 이사벨이 발작적으로 피에르의 팔을 움켜잡고 경련을 일으킨 듯이 말했다.

"느껴져요! 느껴져요! 그거예요! 그거예요!"

"무엇을 느껴요? 뭘 말이오?"

"그 움직임! 그 움직임 말예요!"

"이해하지 못해요, 피에르?" 관심을 기울이고 놀라면서 그의 창백하고 노려보는 모습을 눈여겨보면서, 루시가 말했다. "파도 말이에요. 이사벨이 말하는 것은 바로 파도의 움직임이에요. 봐요, 지금 곧장 바다로부터 너울거리며 밀려오고 있어요."

다시 피에르는 한층 더 이상한 침묵과 몽상에 빠졌다. 이사벨의 놀랍고 사실 같지 않은 전체 이야기 가운데서 훨씬 더 놀랍고 사실 같지 않은 일에 대한 이 두드러진 확증의 힘을 완전히 거스르는 것은 불가능했다. 그는 동요하는 바다에 대한 그녀의 희미한 회상을 잘 기억하고 있었다.

그 이상한 그림과 이사벨의 마지막 절규를 골똘히 생각하는 동안 유람선은 그 목적지, 즉 이제 전보다 한층 더 분명하게 보이는 대서양으로 흘러 나가는 큰 방수로에서 과히 멀리 있지 않은 작은 마을에 도착했다.

"여기서 멈추지 마요." 이사벨이 소리쳤다. "저것 봐요, 저리로 죽 가요! 이사벨은 저리로 죽 가야만 해요! 봐요! 봐요! 저 바깥쪽 바다를요! 저쪽에, 저쪽에! 멀리…… 바깥쪽. 바깥쪽으로! 멀리, 멀리, 멀리, 멀리, 저 바깥쪽으로! 두 개의 푸른 바다와 하늘이 한데 맞닿은 곳으로…… 이사벨은 가야만 해요!"

"글쎄요, 이사벨." 루시가 낮은 목소리로 말했다. "그러면 멀리 영국이나 프랑스로 가게 될 거예요. 머나먼 프랑스에선 찾아낼 친구도 거의 없을 텐데요, 이사벨."

"머나먼 프랑스의 친구들이라고요? 그러면 여기엔 무슨 친구들이 나한테 있나요? 당신이 내 친구예요? 당신의 은밀한 가슴속에서 당신은 나의 행운을 비나요? 그리고 당신한테는, 피에르, 나는 당신한테, 당신의 모든 행복으로부터 당신의 발목을 잡아끄는 넌더리나는 족쇄 말고 무엇인가요? 그래요, 나는 저곳에 가겠어요. 저곳에, 저 바깥쪽에! 가겠어요, 가겠어요! 나한테서 손을 떼요! 바다에 뛰어들게 놔줘요!"

잠시 동안, 루시는 머리가 혼란해져 두 사람을 번갈아 바라보았다. 그러나 지금 그녀와 피에르는 둘 다, 배의 바깥 난간 너머로 몸을 던지려 하는, 극도로 흥분한 이사벨의 두 팔을 기계적으로 다시 붙잡았다. 그들은 그녀를 뒤로 끌어당겼고 그녀를 꾸짖었고 그녀를 위로했다. 그러나 격렬함이 덜해졌지만, 이사벨은 아직도 의심스럽게 루시를 바라보았고 나무라는 듯이 피에르를 바라보았다.

그들은 작정했던 대로 배에서 내리지는 않았고, 배가 밧줄을 풀고 뱃머리를 돌려 귀로에 오르자 모두 반가워했다. 뭍에 오르자 피에르는 한 번 더 사람들의 눈을 피할 수 없는 큰길을 통과하며 동반자들의 발걸음을 재촉했지만, 그들이 더 외딴 곳의 거리에 이르자마자 속도를 늦추었다.

IV

사도관에 도착하여 두 동반자를 각자의 방에 들여보내고, 피에르는 잠시 동안 식당 난로 옆에서 조용히 골똘한 생각에 빠져 앉아 있었다. 그러다가 복도로 나와 그의 작은 방에 막 들어가려고 할 때, 델리가 갑자기 그를 따라 나와 진작 말할 것을 잊었다며, 그들이 집을 비웠을 때 문 앞에 따로따로 남겨져 있던 편지 두 통이 그의 방 안에 있다고 말했다.

그는 작은 방에 들어가 모자도 벗지 않은 채 천천히 테이블에 다가가서 그 편지들을 보았다. 편지들은 봉한 쪽을 위로 하고 놓여 있었고, 그는 양 손에 하나씩 그것들을 집어 들고 비스듬히 손을 내뻗었다.

"겉봉엔 글씨가 보이지 않아. 이 편지들이 나한테 보낸 것이라는 것을 내 눈으로 아직 확인하지 못하고 있어. 그렇지만 이 두 손에 나는, 지금 나를 찌르고, 나를 찌름으로써 그 반동으로 나를 또한 대단히 빠른 자객으로 만들 결정적 단검들을 쥐고 있다는 것을 느낀다. 어느 쪽 칼끝이 먼저인가? 이거야!"

그는 왼손에 든 편지를 뜯어 개봉했다.

귀하, 당신은 사기꾼이오. 본사에 대중 소설을 써주겠다는 것을 핑계 삼아, 타락한 무신론자인 루키아노스*와 볼테르**로부터 좀도둑질한, 모독적인 서사시를 본사의 인쇄기를 통해 인쇄시키는 한편, 본사로부터 현금으로 선인세를 받아오고 있었소. 저명한 본 출판사는 지금까지 당신 책의 교정자의 교정쇄에 대한 아주 사소한 검열도 막아왔소. 우리에게 다른 원고는 보내지 마시오. 지금까지 인쇄한 것과, 또한 당신이 본사에서 사취한, 본사가 현금으로 지급한 선인세에 대한 청구서는 즉시 엄격하게 처리하라고 지시를 받은, 본사의 변호사에게 현재 맡겨

*그리스의 풍자작가.
**프랑스의 문학자, 철학자.

져 있소.

(서명) 스틸, 플린트 및 아스베스토스

그는 왼손에 든 편지를 접어서 왼쪽 구두 뒤꿈치 밑에 놓고 그것을 밟고 선 다음 오른손에 든 편지를 개봉했다.

너, 피에르 글렌디닝은, 극악무도하고 위증죄를 범한 거짓말쟁이다. 그 노골적인 거짓말을 네 심장에 새기어, 그것이 거기서부터 네 피와 함께 네 전신에 고동쳐 흐르도록, 너에게 소인을 찍어 그것을 전달하는 것이 이 편지의 유일한 목적이다. 우리는 우리의 증오를 굳히고 공고히 하기 위해, 약간의 막간 시간을 아무 활동도 하지 않고 흘려보냈다. 개별적으로, 그리고 연대해서, 우리는 너에게, 철두철미하게 거짓말쟁이라는 낙인을 찍는다. 그것이 남자에게 가장 경멸적이고 가장 싫은 칭호이고, 그것은 원래 모든 수치스러운 것들의 요약이기 때문에 거짓말쟁이라는 것이다.

(서명)   글렌디닝 스탠리
프레더릭 타탄

그는 오른손에 든 편지를 접어 오른쪽 발꿈치 밑에 놓고 나서 팔짱을 낀 채, 두 통의 편지를 밟고 서 있었다.

"이건 아주 작은 상황들인데, 하지만 방금 나에게 발생하면서, 모든 광대한 것들에 대한 지표가 되는군. 지금 나에겐 증오의 편자가 박혔어! 이것들을 신고 내 임무를 수행하러 미끄러져가듯 뛰어가겠다! 더 이상 나는 무엇과도 타협하지 않겠어. 세상의 생명의 빵과, 세상의 명예의 숨결, 둘 다를 나에게서 채갔지만, 나는 모든 세상의 빵과 숨결에 도전한다. 여기에 나는 아주 넓은 공간에서 정렬한 세계들 앞에 걸어 나가, 그것들 중 어느 것에나 도전한다! 오, 글렌! 오, 프레더릭! 가장 우애 깊은 형제처럼 나는 달려들어 너희의 갈비뼈가 으스러지도록 껴안는다. 오, 고작 멸시나 받을 만한 세상에서, 아직도 나에게 격렬한 증오를 만들어줄 수 있는 너희 두 사람을 내가 얼마나 사랑하는가! 자, 그러면, 이 사기꾼의, 이 위조자의 책은 어디 있는가? 여기에, 위조자가 그 너머로 세상 사람들에게 유통시킬 생각을 한 그 책을, 이 수치스러운 판매대 위에, 들통난 속임수로 단단히 못 박아놓겠다! 그리고 이렇게 지금 단단히 못 박아놓고, 나는 그것에 침을 뱉고, 그것에 대한 현명한 세상의 최악의 매도의 기선을 잡는다! 이제 나는, 거리에서 나를 향해 걸어오고 있는, 나의 운명을 마중하러 나간다."

모자를 쓰고 글렌과 프레더릭의 편지를 보이지 않게 손아귀에 구겨 쥐고, 그가—말하자면 잠결에 걸어 다니듯이—이사벨의 방 안으로 들어가자, 그녀는 그의 놀랄 만큼 창백하고 초췌한 모습을 보고 가냘프고 긴 비명을 질렀다. 그러고는 그를 향해 몸을 움직일 힘도 없이, 방부 처리되어 매우 차가운 유약을 칠한 사람처럼, 의자에 망연자실하여 앉아 있었다.

그는 그녀에게 유의하지 않고, 곧장 계속해서 사이에 낀 두 개의 방을 다 통과하고, 노크도 하지 않고 무심코 루시의 방에 들어갔다. 그는 거기서도 또한 한마디 말도 없이 복도로 나왔을 테지만, 무언가가 그를 멈추게 했다.

그 대리석 같은 아가씨는 이젤 앞에 앉아 있었고, 뾰족한 목탄이 든 작은 상자와 연필 몇 자루가 옆에 놓여 있었다. 그녀는 목탄연필을 두 손가락 사이에 낀 채, 바로 그 손으로 굳어진 빵 조각을 쥐고, 잘못 그렸다고 생각하는 부분을 지우기 위해 도화지를 부드럽게 닦고 있었다. 방바닥엔 빵부스러기와 목탄 가루가 흩어져 있었고, 그는 이젤 뒤를 들여다보고 피골이 상접한 모습을 한 자신의 초상화를 보았다.

처음 그를 흘긋 보았을 때, 그녀는 놀라지도 않았고 꼼짝도 하지 않았지만, 마치 마술에 걸린 듯이 넋을 잃고 앉아 있었다.

"지나간 정열의 타다 남은 불기운이 그대 옆에 놓여 있구나, 그대 창백한 아가씨, 그대는 타다 남은 불씨로 꺼져버린 사랑의 불길을 다시 지피려고 애쓰도다! 그 빵을 그렇게 낭비하지 말고 먹어버리시오. 비통하게!"

그는 돌아서서 복도로 들어선 다음, 두 팔을 뻗치고 이사벨의 방과 루시의 방 바깥쪽 문 사이에 잠시 멈추었다.

"그대들 두 사람을 위해, 나의 가장 순수한 기도는 이제, 그대들이 앉아 있는 자리에서 꼼짝하지 않고 그대로 있기를 바라는 것이오. '진실'의 바보, '미덕'의 바보, '운명'의 바보는, 이제 영원히 그대들 곁을 떠나오!"

그가 지금 긴 나선식 통로를 따라 급히 가고 있을 때, 누군가가 계단에서 그를 열심히 큰 소리로 불렀다.

"뭐야, 뭐야, 내 친구? 어디를 이렇게 돌풍처럼 서둘러 가고 있지? 어이, 이봐!"

그러나 조금도 그를 신경 쓰지 않고 피에르는 계속 돌진해 나갔다. 밀소프는 잠시 동안 깜짝 놀라 걱정스럽게 그의 뒷모습을 지켜본 다음, 뒤쫓아 움직였으나 다시 멈추었다.

"글렌디닝한테는 일찍이 음울한 기질의 피가 흐르는 혈관이 있었는데, 지금 그 혈관이 마치 지혈대를 한 단계 더 단단히 조여놓은 것처럼 부풀어 올랐어. 지금은 그를 뒤쫓아갈 수 없는데, 어쩐지 마음이 불안하군. 그의 방에 가서 무슨 불길한 일이 생겼나 물어볼까? 아냐, 아직은 안 돼. 주제넘게 나선다고 생각할지도 몰라. 나한테 그런 경향이 있다고 사람들이 말하지. 기다려보자. 무언가 곧 밝혀질 거야. 집 앞길로 나가서 산책 좀 해야겠어. 그다음에…… 곧 알게 되겠지."

V

피에르는 사도관 건물의 외딴 구역으로 가서, 알고 지내는 한 사도관 주민의 방으로 불쑥 들어갔다. 안에는 아무도 없었다. 그는 잠시 주저하다가 아랫부분에 서랍장이 달린 서가로 다가갔다.

"그가 여기에 그것들을 넣는 것을 보았어…… 이것…… 아냐…… 여기…… 그래…… 이걸 열어보자."

자물쇠가 잠긴 서랍을 비틀어 열자, 한 쌍의 권총, 탄약통, 탄환 주머니, 그리고 둥근 초록색의 뇌관상자가 그 앞에 놓여 있었다.

"하! 프로메테우스가 무슨 놀라운 도구들을 사용했는지, 누가 알아? 하지만 프로메테우스가 만든 모든 것 가운데 최고인 인간을, 한순간에 파괴할 수 있는 이것들은 대단히 놀라운 것이지. 자, 하를렘*의 천 개의 파이프를 압도할 두 개의 총통이 있군. 총통엔 음악이 있나? 없어? 좋아 그러면, 세 곱절의 높은 소리를 낼 화약이 있고, 테너 음을 낼 충전재가 있고, 끝맺는 저음을 낼 납 탄환이 있어. 그리고…… 그리고…… 그리고…… 그래, 첫머리 충전재용으로, 나는 그들에게 그들의 거짓말을 되돌려 보내겠어. 그리고 그것을 그들의 머리통에 호되게 때려 박겠어!"

그는 글렌과 프레더릭의 편지에서, 더욱 두드러지게 거짓말쟁이라고 책망한 그 부분을 찢어내어, 그것을 반으로 잘라 탄환들 속에 반복해서 쑤셔 넣었다.

그는 외투의 양쪽 품속에 권총을 하나씩 쑤셔 넣고, 배후 통로를 택해 뒤쪽 도로로 내려가 빠른 걸음으로 그 도시의 중앙 대로 쪽으로 향해 갔다.

*네덜란드 서부, 암스테르담 서쪽의 도시. 이곳에 있는 '성 바보 대성당'의 파이프 오르간은 5천 개의 파이프로 되어 있다.

춥지만 맑고 바람 없는 날이었고, 해는 비스듬히 기울어져 있었고, 눈부신 도로에 오만하게 굴러가는 마차와 거만하게 옷 스치는 소리를 내며 산책하는 남녀들이 가장 많이 몰려드는, 오후 3시와 4시 사이의 시간이었다. 그러나 산책하는 사람들은 서쪽 편의 넓은 보도에 대부분 몰려 있었고, 다른 쪽 보도는 짐꾼, 웨이터, 상점 배달원들을 제외하곤 거의 인적이 없었다. 왕복 3마일에 걸친 서쪽 보도에는, 두 줄기의 맵시 있고 숄이나 고급 의상을 걸친 사람들의 흐름이, 눈부시게 빛나는, 길게 늘어진 행렬을 이룬 연적 관계의 공작들이 스치고 지나가듯이, 끊임없이 서로를 스치고 지나갔다.

피에르는 이 흐름의 어느 쪽에도 섞이지 않고, 그 사이 중간에서 으스대며 걸어갔다. 그의 거칠고 파멸적인 모습 때문에, 한쪽 편에서는 사람들이 벽에 붙어서 갔고, 다른 한쪽 편에서는 연석에 가까이 붙어서 갔다. 그는 똑바른, 아주 정확한 목적을 향해 가고 있었다. 그는 가면서 눈으로 사방을 주시했고, 특히 맞은편의 인적이 없는 보도 쪽을 흘긋 건너다보았다.

으리으리한 공공건물들이 빙 둘러 서 있는, 삼각형의 장소―바로 그 도시의 앞무대에 막 도달하면서―그는 글렌과 프레더릭이 멀리 맞은편 보도로 전진해 오는 것을 보았다. 계속해서 가다가 잠시 후 그는 그들이, 그와 정면으로 마주 대하기 위해 비스듬히 그에게로 길을 가로질러 건너오는 것을 보았다. 그는 계속해서 걸었고, 그때 갑자기 (한 사람에 대한 사적인 정면 공격에서, 프레더릭은 둘이서 한 사람을 공격하는 짓을 하고 싶지 않았기 때문에) 약 오른 듯이 정지해 서 있는 프레더릭을 앞질러 달려 나오며, 글렌이 "거짓말쟁이! 악당 놈!" 하고 소리치는 동시에, 피에르를 향해 정면에서 너무나 번개같이 사납게 달려들어 쇠가죽 장갑을 낀 주먹으로 피에르의 뺨을 세게 가격하여, 반은 검푸르고 반은 피투성이가 된 낙인을 남겼다.

순식간에, 사람들이 그들로부터 사방에서 뒤로 물러섰고, 잠시 서로 상대방에게서 뒷걸음질 친 그들을 공포의 링 속에 남겨놓았다.

그러나 피에르는, 갑자기 달려와 그를 움켜잡은 두 여인의 하얀 손을 양쪽 옆구리에서 떨쳐내면서, 양쪽 품속에 양손을 잽싸게 넣어 권총 두 자루를 모두 빼 들고, 앞뒤 가리지 않고 글렌에게 달려들었다.

"네가 한 대 친 것의 대가로, 여기 두 발의 총탄을 받아라! 너를 죽이는 것은 말할 수 없이 통쾌하다!"

친족의 피가 보도 위에 튀겼고, 글렌디닝의 이름으로 법의 은전과 보호를 박탈당하지 않은 유일한 인간을 살해함으로써 그는 제 손으로 자신의 가문을 단절시켰다. 그리하여 피에르는 앞다투어 달려든 많은 사람들의 손에 붙잡혔다.

VI

그날 해 질 녘에 피에르는 시 형무소 지하 감옥에 혼자 서 있었다. 성가신 석조 천장이 거의 이마에 닿을 지경이었고, 그래서 위층의 긴 계단식 육중한 감방 회랑들은 일부 그를 압도하며 쌓아 올려져 있는 것처럼 보였다. 변함없이 냉정하고 창백한 그의 볼은 메말라 있었지만, 석벽 측면에서는 물방울이 똑똑 떨어지고 있었다. 좁은 구내에 갇힌 희미한 빛은, 벽에 뚫린 가늘고 긴 틈으로 들어와, 화강암 바닥 위에 희미한 줄무늬를 그리며 떨어져 내렸다.

"자 여기에, 그러면, 시기상조의 시기적절한 종말이 다가왔어. 인생의 마지막 장이 중간에 철해진 거야. 책도, 책의 저자도, 각기 마지막 쓴 글자는 있지만, 아무런 결과가 없구나! 게다가 애매모호하기 짝이 없어. 내가 새들 메도우스에서 무정하게 그 아가씨와의 관계를 부인하고 상대하지 않고 일축했다면, 나는 지상에서 평생 동안, 그리고 어쩌면 천국에서 영원토록 행복했을 거야! 그런데 지금은 두 세상에 다 지옥뿐이로군. 그래, 지옥이 되려무나. 불꽃의 나팔을 만들어 불꽃의 숨결로 나의 도전을 뿜어낼 것이다! 하지만 먼저 나에게 또 하나의 육체를 다오! 나는 이 창피를 당한 볼따구니를 제거하기 위해, 죽기를 갈망한다. 그대가 죽을 때까지 목을 매다시오. 하긴, 내가 그대를 앞지른다면 안 되지! 아, 이제 사는 것은 죽음이고, 이제 죽는 것이 생명이다. 이제, 맹세코, 칼이 나의 산파역이라면! 쉿! 교수형 집행인가? 누가 왔소?"

"당신의 아내와 사촌이오. 그들이 그렇게 말하는군. 아마 그럴 거야. 12시까지 머물 수 있소." 간수가 씨근거리며 대답하고, 비틀거리는 여자들을 감방 안에 밀어 넣고 문의 자물쇠를 채웠다.

"그대들 창백한 두 유령들, 이곳이 저승이라면 그대들은 환영받지 못할 거요, 가버려요! 착한 천사와 악한 천사 모두! 피에르는 이제 거세된 동물이니까!"

"오, 돌처럼 단단한 지붕, 일곱 겹의 돌로 된 하늘 같은 당신! 당신이 살인자가 아니라 당신의 누이가 당신을 죽였어, 동생, 오 내 동생!"

이사벨의 이 울부짖는 말을 듣고 루시는 소용돌이 꼴처럼 완전히 오그라들면서 소리 없이 피에르의 발밑에 쓰러졌다.

그는 그녀의 심장에 손을 대었다. "죽었어! 아가씨! 아내 아니면 누이, 성녀 아니면 악마!" 그가 손아귀로 이사벨을 움켜잡으면서 말했다. 그러고는 "당신의 가슴에 간직된 것은 유아들을 위한 생명의 힘이 아니라 그대와 나를 위한 죽음의 우유요! 그 약물!" 하고 소리치며 그녀의 가슴을 풀어 헤치고 거기에 자리 잡고 있는 은밀한 약병을 움켜쥐었다.

VII

밤에 땅딸막한 체구의 천식이 있는 간수가 벌집 모양의 감방들이 길게 늘어선 그 앞의 희미하게 불빛이 비친 복도를 쾅쾅거리며 걸었다.

"저기, 저 구멍 속에, 아직 있을지도 몰라, 그 두 마리 생쥐를 내가 들여보냈지…… 흠!"

갑자기 복도 저편 끝에서 흐릿한 사람의 모습이 그쪽 아치길에서 나타나 한 경찰관에 앞서 뛰면서, 자신이 서 있는 곳으로 성급하게 다가오는 것을 간수는 알아보았다.

"친척들이 더 오고 있군. 천식에 걸린 작자들은 언제나 첫 번째 죽음을 보지 못하므로, 언제나 두 번째 죽음 전에 찾아오지. 흠! 저 친구 얼마나 거품을 물고 있는가? 나보다 더 심하게 씨근거리는 소리를 내는군!"

"그녀는 어디 있소?" 프레더릭 타탄이 사납게 소리쳤다. "그녀는 살인자의 방에 없소! 나는 그 격투가 있은 즉시, 거기서 그 착한 아가씨를 찾았지만, 거기서 혼자 있던 벙어리 여자가 고작 말 못하는 손을 비틀어 떼더니 문을 가리켰소. 두 마리 새가 다 날아가고 없었소! 그녀는 어디 있소, 간수? 나는 이곳 말고는 온 사방을 샅샅이 뒤졌소. 어떤 천사가 당신의 화강암 지옥에 날아 내려오지 않았소?"

"저 사람 천식에 걸렸다가 목이 트인 거죠?" 간수가 방금 다가온 경찰관에게 씨근거리며 말했다.

"이 신사분은 맨 나중에 수감된 죄수와 어찌어찌해서 결백하게 관련된, 젊은 숙녀, 그의 누이를 찾고 있소. 어떤 여성들이 그를 면회하러 여기에 왔었소?"

"아, 네…… 두 여자가 지금 저 안에 있어요." 그가 뭉뚝한 엄지손가락으로 자기 뒤쪽을 가리켰다.

프레더릭이 간수가 가리킨 감방을 향해 돌진했다.

"오, 천천히, 천천히, 젊은 양반." 커다란 열쇠꾸러미를 짤랑거리면서 간수가 말했다. "천천히, 천천히, 내가 열쇠를 찾을 때까지…… 나는 이곳의 안주인이오. 이것 봐요, 여기 또 한 사람이 오는군."

똑같은 아치 길을 통해 그들을 향해 서두르며, 지금 또 하나의 성급한 모습을 한 사람이, 또 한 명의 경찰관에 앞서서 달려오고 있었다.

"감방이 어딥니까?" 밀소프가 다그치듯 물었다.

"이분이 맨 나중의 죄수와 면회를 요구합니다." 두 번째 경찰관이 설명했다.

"일석이조로군, 그럼." 간수가 삐걱거리는 감방 문을 열어젖히면서 씨근거리는 소리로 말했다. "그의 멋진 응접실이 있습니다, 신사분들, 들어가시죠. 진짜 쥐구멍이죠? 지구 반대편에서 토끼가 굴을 파는 소리가 들릴지도 몰라요. 사람들이 모두 잠들었나?"

"발부리에 뭐가 걸려!" 프레더릭이 안에서 소리쳤다. "루시! 등불! 등불! 루시!" 그러면서 그는 미친 듯이 감방 여기저기를 손으로 더듬어 찾다가, 무턱대고 밀소프를 붙잡았는데, 그도 역시 미친 듯이 더듬어대고 있었다.

"날 잡아 뜯지 마! 당신의 지겨운 손 치워요! 이봐, 이봐, 등불! 루시! 루시! 애가 기절했군!"

그때 두 사람 모두 다시 발부리가 걸렸고, 감방 안에 서로 나가 떨어졌다. 잠시 동안 마치 모든 호흡이 멈춘 듯 모든 것이 정지한 것 같았다.

이제 등불을 들이밀자, 프레더릭이 바닥에서 누이를 두 팔로 안고 있는 것이 보였고, 밀소프는 피에르의 곁에서 반응 없는 손을 쥐고 무릎을 꿇고 있었고, 한편 이사벨은 힘없이 움직여 두 사람 사이에 끼여 벽에 기댔다.

"그래! 그래! 죽었어! 죽었어! 보이는 상처 하나 없이. 그녀의 아름다운 깃털이 그것을 감추고 있어. 너 흉악한 썩은 고기 같은 놈, 이게 몹쓸 네놈의 짓이야! 네놈이 사기꾼의 총으로 천국의 새를 쏘아 떨어뜨렸어! 오, 슬프다, 슬프다! 네놈이 이 광경으로 나를 먹칠했어!"

"침울한 피의 혈관이 터지고, 대홍수의 난파선이 여기에 완전히 좌초되어 있구나! 아, 피에르! 나의 오랜 동무, 피에르, 학교 친구, 놀이 친구, 벗이여! 우리의 아름다운 소년 시절의 숲속의 산책! 오, 내가 자네의 기력을 회복시키고, 농담조로지만 자네에게 경고하여 지나치게 침울한 버릇을 피하게 했었을 텐데. 하지만 자넨 결코 마음에 새겨두려고 하지 않았어. 무슨 냉소적인 결백이 자네의 입술에 감돌고 있나, 친구여! 손은 살인자의 화약으로 그슬렸지만, 그럼에도 얼마나 여자의 손처럼 부드러운가! 어, 이 손가락들이 움직이네! 말없이 한 번 움켜쥐는구나! 모든 것이 끝났어!"

"모든 것이 끝났어. 그런데 당신은 그이를 몰라!" 하고 벽쪽에서 헐떡거리는 짧은 말이 들려왔고, 이사벨의 손가락 사이

에서 모래가 바닥난 모래시계처럼 빈 약병이 떨어지며 바닥에
부딪혀 산산조각 났다. 몸 전체가 비스듬히 기울어지면서 이사
벨은 피에르의 가슴 위에 무너졌고 긴 머리카락이 그 위로 흘
러내리며 새까만 덩굴인 양 그를 덮었다.

디오니소스적
파괴와 공포의 비극

이용학(방송통신대학 영문과 명예교수)

소설 《피에르, 혹은 모호함》은 '전지적 시점'의 서술자에 의해서 이야기가 진행되고 제반 상황이 묘사된다. 서술자의 관심사는 주인공이 추구하는 삶과 행동의 심층에 파고드는 심리 분석과 개념 규정에 있다. 이러한 심리학적 관심은 주인공의 행적에 따르는 외적 행동보다는, 개념 규정의 통로가 되는 주인공의 심리적 과정에 초점을 둔 스토리를 낳는다. 이 심리학적 통찰의 과정을 통한 모든 개념 규정이 바로 서술자의 비전을 형성하며, 때로는 주인공 자신이 자기가 추구하는 삶의 방식에 대해서 자신의 개념을 형성하고 의미를 부여함으로써 그의 비전이 제시되기도 한다. 그러나 주인공의 비전 역시 소설 전체의 구조에서 서술자의 비전 속에 확고하게 통합되어 있다.

소설의 서두부에서 서술자는 피에르가 당대의 명문가에서

태어난 유복한 상속자임을 설명하고, 젊은 혈기와 자부심에서 선조들이 세워놓은 명성의 기둥의 정점을 자신이 장식하고자 하는 포부를 가지고 있음을 언급한다. 이어서 아직 인생의 경륜이 짧은 피에르가 팔미라의 폐허와 채석장이 상기시키는 불길한 예언적 교훈을 깨닫지 못하고 있음을 지적한다.

옛날 시리아의 동쪽 사막 가운데 솔로몬 왕이 세웠다는 고대 상업 중심지 팔미라의 폐허에는 풍화되어 바스러진 미완성의 돌기둥이 있고, 거기서 얼마간 떨어진 채석장에는 또한 완성되지 않은 기둥머리가 남겨져 있다. 구름 속에 위용을 뽐내며 자랑스럽게 솟아 있어야 할 석조물들이 시간의 포로가 되어 파괴된 채 흙 속에 묻혀 있다. 이것은 시간과 인간 사이의 불구대천의 반목을 나타내며, 젊은 피에르 역시 시간의 포로가 되어 결국 미완의 인생으로 파괴될 운명임을 상징적으로 말해준다.

피에르의 불행은 이사벨의 편지를 받고 그녀가 이복누이라는 사실을 알게 되는 것으로부터 시작한다. 사실상 피에르의 인생에서 주목할 만한 불길한 전조는 이사벨과 관련해서 나타난다. 그녀의 출현으로 피에르가 존경해온 부친의 탈선과 수치가 폭로되고, 그녀는 불가사의한 세계를 상징적으로 반영하는 모든 장비를 갖추고 등장한다. 심지어 그녀의 신원이 밝혀지기도 전에 피에르는 우연히 보게 된 이사벨의 얼굴에서, 그의 전원생활의 목가적 행복을 위협하는 듯한 불길한 예감을 체험한다. 페니즈 자매의 집에서 열린 자선봉제회의 모임에서, 촛불의 불빛 속에 고개를 든 그녀의 얼굴이 피에르의 얼굴과 잠시 마주친 순간, 그는 놀라운 아름다움과 한층 더 놀라운 외로움을, 형언할 수 없는 애소(哀訴)와 함께 그 초자연적인 얼굴에서 보았다.

이 예지적 순간은 은밀하게 폭로적 성격을 암시하면서도 애매모호하고 불가해하다. 또한 유혹적이면서도 두려움을 느끼게 한다. 이 불가사의한 순간에 피에르는 잠시 동안 불길한 예감에 사로잡히고, 갈피를 잡을 수 없고 이해할 수 없는 호기심에 압도되지만, 그는 그것을 무해한 궤도 이탈로 생각하고 잊어버리려고 한다. 그럼에도 그는 그녀의 용모에 반영된 형언할 수 없는 아름다움과 절망적 고통을 담은 표정에 자신이 사로잡혀 있는 것을 깨닫는다.

이사벨로부터 온 편지는 이러한 피에르의 마음속 불안한 상념을 구체화하고, 처음 그녀를 찾아가 만날 때 그녀가 몰고 오는 불길한 조짐은 명확한 이미지로 드러난다. 그녀의 용모에서 피에르는 그녀를 딴 세계에 속하는 사람처럼 만드는 '죽음 같은 아름다움'과 '불멸의 슬픔'을 확인한다. 이사벨이 말해주는, 자신이 살아온 삶의 이야기는 그녀의 상징적 비유에 의해 표현되는 모든 슬픔과 어두운 세계를 반영한다. 그녀는 거친 바다이고, 불온한 어두운 밤이며, 정착할 곳을 찾아 헤매는 천대받는 떠돌이다. 그녀는 생전에 어머니를 본 적이 없고, 오직 희미한 기억 속에서만 지난 인생을 회상할 수 있다. 평론가 셰릴

(Rowland A. Sherrill)은 이사벨이 피에르의 세계와는 상반되는 어두운 세계의 화신이며, 피에르가 존경해온 부친의 이미지를 훼손하는 수치스러운 과거를 되살려놓기 때문에, 피에르의 세계를 황폐화시키는 요인이 된다고 말한다.(셰릴, 192~3쪽)

이사벨과의 첫 번째 만남을 가진 다음 날 아침 피에르는 홀로 깊은 숲 속으로 들어가, 그가 스스로 '멤논 바위'라고 명명한 거대한 바위에 이르렀다. 그 바위의 모양은 이집트 테베 근처에 있다는 고대 이집트 왕의 거상(巨像)을 연상시켰다. 숲 속의 정적 가운데서 이 압도하는 모습의 바위를 바라보면서, 그는 자기가 죽으면 이 바위를 묘석으로 쓰고 싶다는 생각을 가져본 적도 있었다. 그러나 지금 이사벨의 충격이 몰고 온 절망적 심정으로 그가 마치 무덤 속에라도 들어가듯 그 바위 밑의 좁은 틈으로 기어 들어가 누웠을 때, 전에 무의식적으로 떠올리곤 했던 생각이 이제 예언적으로 상기되었고, 또한 우의적으로 실증되고 있었다.

멤논은 전설적인 에티오피아의 왕자이며, 새벽의 여신 에오스의 아들로 장차 이집트의 왕이 될 청년이었다. 그는 젊은 혈기로 그의 숙부 프리아모스를 지원하여 트로이 전쟁에 참전했다가, 힘과 기량이 월등한 아킬레우스에게 패해 아직 앳된 나이에 가슴 아픈 죽음을 당했다. 그의 백성들이 그의 때 이른 죽음을 애통히 여겨 이집트에 기념비를 세웠고, 이 멤논의 석상은 아침 이슬이 닿으면 슬픈 음악 소리를 냈다는데, 사람들은 그 소리를 어머니인 새벽의 여신에게 드리는 아침 인사라고 생각했다. 이렇듯 멤논의 우화는 못다 핀 청춘의 비애를 나타낸다. 소설의 서술자는 이렇게 말한다.

> 헤아릴 수 없는 슬픔의 세계가 여기에 존재한다. 왜냐하면 이 구슬픈 전설에서 우리는 고대 세계의 햄릿주의, 즉 "극히 드문 불운으로 꺾인 미덕의 꽃"이라는 3천 년 전의 햄릿주의가 구현된 것을 발견하기 때문이다.(1권 292~3쪽)

멤논의 우화는 바로 많은 세월이 지난 후의 햄릿이나 로미오의 이야기이며, 그보다 몇백 년이 지난 지금 피에르가 맞게 될 운명인 것을 우의적으로 나타낸다. 피에르는 처음에 '멤논 바위'에 몸을 맡기며 멤논의 운명을 받아들이고, 그 운명에 따라 이사벨을 택하고 새들 메도우스의 낙원을 포기한다.

그러나 피에르의 동기에는 단순하고 명료하게 규정지을 수 없는 모호성이 내재해 있음을 주시할 필요가 있다. 피에르는 부친의 명예를 지켜주고, 부친에 대한 모친의 아름다운 추억에 상처를 주지 않고, 불행한 이사벨을 보호해줄 수 있는 방법을 모색한 끝에, 그와 그녀가 비밀리에 결혼한 부부임을 세상에 공표하고, 앞으로 부부로 행세하며 살아가겠다는 이례적인 결심을 한다. 그러나 그의 모호한 동기가 노출되는 것은 그가 자신의 결의를 행동으로 옮기는 첫 단계에서부터이다.

그는 먼저 루시에게 이 사실을 고백하고, 어머니에게도 알린다. 어머니는 당장 모자의 인연을 끊고, 그의 상속권을 박탈하고 집에서 내쫓는다. 그는 이사벨을 만나 마을에서 버림받은 델리와 함께 셋이 새들 메도우스와 완전히 결별하고 뉴욕으로 떠날 계획임을 알려준다. 그리고 그와 이사벨이 남매간이 아니고 부부로 위장할 수밖에 없는 불가피한 사유를 설명해주고 그녀를 껴안고 자신의 결심을 속삭여준다. 이때 두 사람의 뜨거운 포옹은 이미 남매 간의 우애의 차원을 벗어나, 남녀 간의 농후한 성적 정열이 연소되고 있는 지경에 이르고 있다.

그는 그녀에게 거듭거듭 불타는 키스를 했고, 그녀의 손을 꽉 쥐고 감미롭고 두렵게 순종하는 그녀를 놓아주려 하지 않았다.
그때 그들은 변했고, 서로 감겼고, 엉킨 채 묵묵히 서 있었다.(2권 32쪽)

피에르가 성적 탈선의 결과로 사회적으로 버림받은 델리 얼버를 그의 어머니와 폴즈그레이브 목사 앞에서 기독교의 근본 정신에 입각해 변호한 후에 그의 뉴욕행에 일행으로 포함하는 것은, 그가 모든 인간을 포용하는 공정한 도덕적 원리의 수호자로 자처하고 나선 것을 또 한 번 증명하는 것이었다. 그러나 평론가 머레이 크리거(Murray Krieger)는 그가 모든 인간을 박애적으로 포용할 때, 아무도 육체적으로 범접해서는 안 된다는 것을 지적한다.

> 모든 것을 포용할 때 그는 아무도 범접해서는 안 되며, 그것은
> 그에게 궁극적으로 모든 것을 거부하게 만들 것이기 때문이다.
> 바로 그 범접을 통해서 그의 감춰진, 근친상간의 동기가 드러나
> 고, 그것이 드러났을 때, 잘해야 수상쩍은 그의 행동들이 요구.
> 했을지도 모르는 어떤 정당화도 가치가 격하되고, 결국에 무의
> 미하고, 통제되지 않고, 거의 되는 대로의 파멸로 그를 인도한
> 다.(크리거, 204쪽)

피에르가 이사벨과 델리까지 대동하여 뉴욕으로 가는 도중
에, 그는 마차 안에서 플로티누스 플린림먼이 쓴 〈신의 진리와
인간의 진리〉라는 제목의 유인물을 발견하고 무심코 읽어본다.
이 글의 요지는 대략 다음과 같다. '그리니치 표준시'와 '지방
시' 사이에 존재하는 것과 똑같은 관계가 천국의 지혜와 세속
적 지혜 사이에 존재하는데, 인간은 천사가 아니고, 다소 완전
하지 못한 존재이므로, 그들의 삶을 지방시, 즉 세속적 지혜에
적응시키는 것이 최선이라는 것이다. 인간이 이 세상에서 신의
지혜에 따라 살려고 할 때, 그들은 결국 미처 상상치도 못한 우
행과 죄악에 빠지기 쉽다. 다시 말하면 천사처럼 살려고 시도
하는 사람은, 사탄처럼 결국 악마의 역할에 귀착하고 마는 것
이 당연하다. 지상에서 실제로 실천할 수 없는 천국의 이상은

'오른쪽 뺨을 맞으면 왼쪽 뺨을 대주어라'든가, '가진 것을 모두 가난한 자에게 주어라'와 같은 권고들로 이루어져 있다. 이러한 권고는 불완전한 인간으로서는 궁극적으로 따를 수 없는 것이다. 반면에 세속적 이상은 인간이 실행 가능한 범위 안에 있다. 사람이 관대한 행위를 가난한 사람들에게 베풀고, 어느 누구에게도 노골적으로 해를 끼치지 않고, 모든 사람에게 최선을 다해 선행을 베풀고, 가족과 친구들에게 애정 어린 보살핌을 다해주고, 다른 모든 사람들의 의견에 관용으로 대하고, 정직한 시민이면 신앙이 없는 자에게도 신의 존재를 믿고 그 신념에 입각해서 대해준다면, 그 사람은 일반 대중이 도달할 수 있는 가장 바람직한 세속적 미덕인 '고결한 편의주의'를 실천하고 있다는 것이다. 브래스웰(William Braswell)은 피에르가 플린림먼의 소책자의 가르침을 철저히 이해하고 그에 따라 행동했다면, 그는 재난을 모면했을 것이라고 말한다.(브래스웰, 81쪽)

그러나 피에르는 '고결한 편의주의'에 따라 행동할 인물이 아니다. 영웅적 용기와 인간애의 발로에서 세속적 이해를 초월하여 이사벨을 구하겠다는 그의 열광적 미덕은 도덕적 절대론자의 미덕이다. 따라서 그의 행위는 세속적 지혜에 따른 것이 아니라 신의 지혜에 따른 것이다. 그는 계속해서 천국의 시간에 맞추어 살아가려고 노력하고 있는 반면에, 원죄적 동기가 그의 덕행의 가치를 파괴함에 따라 불가사의한 죄악과 우행이 증가한다.

피에르는 뉴욕에 사는 사촌 글렌디닝 스탠리에게 그와 이사벨이 사촌 소유의 빈집에 거주할 수 있도록 조처해달라는 편지를 미리 부친 바 있었다. 그러나 피에르의 소식을 잘 알고 있는 사촌은 그를 모른 체하며 냉대한다. 피에르 일행은 사무실과 아파트로 개조한 낡은 교회 건물인 '사도관'에 거처를 정하고 도시에서의 생활을 시작한다.

이 대목에서 서술자는 피에르가 작가라는 것과 그가 이미 소네트와 산문으로 명성을 얻고 있다는 것을 말해준다. 그리고 전업작가로서 생계를 꾸려가기로 작정한 피에르는 지금 위대한 걸작을 쓸 결심을 하고 있다. 그는 종래의 경향에서 완전히 탈피한 종합적이고 치밀하게 구상된 작품을 완성하고자 노력한다. 그에게는 작품을 시급히 완성해야 하는 두 가지 절실한 이유가 있었다. 그는 자신이 새로운 진실이라고 생각하는 것을 세상에 알리고 싶은 강렬한 욕망에 사로잡혀 있었고, 하루빨리 책을 완성하여 돈을 벌지 못하면 무일푼이 된다는 생계의 위협에 직면해 있었다. 그러나 많은 양의 독서는 어떤 절대적 진리를 담은 심오한 작품의 창작에 있어서 촉진제가 아닌 장애물이 되기 쉽다는 사실을 그는 모르고 있었다. 창의적 정신에 표준 같은 것은 없으며 기존의 모든 명작들은 현실의 사물들을 왜곡되게 굴절시키는 거울일 뿐이라는 것과, 우리가 사물을 관찰하고자 한다면 그것의 굴절된 투영을 볼 것이 아니라 사물 자체를 우리 눈으로 직접 보아야 한다는 것을 그는 모르고 있는 것이다. 피에르는 과거에 자각하지 못했던 현실세계의 놀라운 사실들을 인식하게 되었지만, 그는 아직 인간 영혼의 실상에는 접근하지 못했다는 것이다. 요컨대 피에르가 세상의 표면적 현실을 보고 심층의 실체에 도달한 것으로 분별없이 착각하고 있지만, 세계는 지층의 누적일 따름이고, 피라미드의 중심에 놓인 석관 속에 아무것도 없듯이, 인간의 영혼만큼이나 광대한 허공처럼 텅 비어 있다는 것이다.

피에르가 정신적으로 아직 미숙한 나이에 원숙한 작품을 시도해야 하는 처지가 된 것은 분명한 불행이었다. 그뿐만 아니라 절박한 가난 속에서 허덕이고 있는 데다 작품을 완성하는 것은 오랜 시간을 요하는 일이었고, 결과적으로 저술 활동을 통해 금전상의 도움을 크게 기대하기는 어려운 일이었다. 그러나 궁핍한 생활에 쫓겨 매번 원고를 쓰는 즉시 그것을 출판업자에게 넘겨야 했고, 그로 인해 또 하나의 난관이 추가되었다. 이미 인쇄된 부분의 내용이 그다음 원고의 내용을 좌우하게 되고, 그에 따라 그의 모든 사고와 창의력이 제약되었다. 따라서 그의 작품은 확정된 윤곽을 갖추고 어떤 결론에 도달하기도 전에 많은 허점과 결함이 드러나고 있었다.

더구나 그는 체력이 현저하게 쇠퇴해버려, 상심, 두통, 허약, 불면, 현기증, 광기에 시달리면서도 반신반인(半神半人)처럼 버텨나가고 있었다. 그러나 그는 냉소적 인간이 되어 무신론자의 영혼으로 경건한 글을 썼고, 불행과 죽음의 감정으로 삶과 기쁨의 세계를 창조하려 했고, 가슴속에 가시처럼 박힌 고통에 대해서 자조적 표현을 일삼았고, 모든 것을 건강부회하는 철학으로 위장했다. 이제 그는 글을 쓰면 쓸수록, 생각을 깊이 하면 할수록 진실은 영원히 포착할 수 없다는 것을 인식하게 되었다. 그의 육체적 쇠약은 심각한 시력 장애까지 동반하여, 어느 날 밤 산책 중에 정신을 잃고 길가에 쓰러진다. 이제 그는 도저히 글을 계속해서 쓸 수 없을 정도로 시력이 현저하게 감퇴되어버려, 죽음을 예고하는 듯한 감각의 마비 상태에 빠져 있었다.

이러한 반무의식 상태, 아니 혼수상태 속에서 놀랄 만한 꿈 또는 환상이 그에게 찾아온다. 그것은 '그의 고향' 새들 메도우스의 저택을 에워싸고 있는 산줄기에서 멀지 않은 곳에 홀로 떨어져 솟아 있는 기이한 모습의 산과 관련된 것이었다. 저택의 현관에서 멀리 안개에 싸인 그 산을 바라볼 때엔 그 모양이 마치 화려한 희망을 기약하는 것 같았기 때문에, 과거에 그 산은 '환희의 산'이라고 불려왔다. 그러나 20여 년의 세월이 지나는 사이에 커다란 바위가 해마다 무너져 내리고, 거대한 수목이 없어져서, 가까이 접근해서 보면 바위와 벼랑이 험하게 파괴된 모습으로 변해 있어, 지금은 '티탄 신들의 산'이라고 이름도 바뀌었다. 딜링험(William B. Dillingham)은 그 산의 이름이 '환희의 산'에서 '티탄 신들의 산'으로 바뀔 때, 그것은 피에르의 판이한 성격 변화를 암시한다고 말한다.

멜빌은 그 산의 이름이 '환희의 산'에서 '티탄 신들의 산'으로 변화한 것을 언급할 때, 피에르가 인생을 즐기는 유쾌한 젊은이로부터 비범한 수준의 도전적 반항아로 변화한 것을 암시한다.(딜링험, 218쪽)

이 산에 흩어진 바위들 가운데 흙 속에서 빠져나오려고 몸부림치며, 팔은 없이 몸통만으로 영원히 공략할 수 없는 거대한 암봉을 향하여 도전적 자세를 취하고 있는 '엔켈라도스'를 연상케 하는 커다란 바위가 있었다. 엔켈라도스는 그리스 신화에서 올림포스 신들에게 대항하여 싸운 거인들 중의 하나였다. 피에르의 꿈속에서 이 바위는, 벼랑에서 붕괴되어 무너져 내리기 전에 과거에 한때 거주했던 벼랑 위를 도전적으로 바라보며, 땅의 속박으로부터 벗어나, 황소 같은 몸통과 거대한 가슴과 양팔이 절단된 어깨를 흔들며 솟구쳐 나왔다. 그리고 하늘을 공략하는 티탄 신들의 선봉이 되어 증오심에 가득 차 난공불락의 암벽에 계속해서 굴하지 않고 부딪치고 있었다. 피에르가 "엔켈라도스! 그건 엔켈라도스다!"라고 소리치는 순간 그 바위는 그를 정면으로 향하고 섰다. 그러나 그가 본 것은 엔켈라도스가 아니고 양팔이 절단된 티탄 신의 몸통 위에 좌절과 비애의 표정을 짓고 있는 그 자신의 얼굴이었다.

스턴(Milton R. Stern)은 최초의 순수했던 시절의 피에르가 팔미라의 채석장에 놓여 있는 미완의 기둥머리에 비유되었듯이, 후

에 불행에 처한 피에르는 신과의 평등권을 되찾기 위해 천국의
성벽을 강습하려고 애쓰는 엔켈라도스와 비교된다고 말한다.

초기의 피에르와 미완의 기둥머리와의 비교는 추후의 피에르와
엔켈라도스, 즉 구름 사이에 서 있어야 마땅했지만 흙 밑에 품
위 없이 남겨진 티탄 신, 신과의 평등권을 되찾기 위해서 천국의
성벽을 강습하려고 애쓰는 티탄 신과의 비교 못지않게 분명하
다.(스턴, 196~7쪽)

피에르의 이러한 자아발견의 순간이 지나자 서술자는 엔켈
라도스와 동일시된 상태의 피에르의 성격에 대해서 최종적으
로 언급한다. 본래 티탄은 천신과 지신의 근친상간에 의해서
태어난 아들이고, 티탄이 다시 어머니 지신과의 재차의 근친
상간의 결합에서 태어난 자식들 중의 하나가 엔켈라도스다. 따
라서 엔켈라도스는 지신 테라의 근친상간에 의한 아들이자 손
자이다. 마찬가지로 피에르의 숭고한 이상과 성적 욕망의 혼
합 상태에서 하늘을 갈망하지만 땅에서 완전히 벗어나지 못한
또 하나의 모호한 감정이 생겨났고, 그 감정은 세속적 특성에
의해서 지신적 욕망에 이끌려 그의 내부에서 이중의 근친상간
을 범한 엔켈라도스를 탄생시켰다. 엔켈라도스가 무모하게 하
늘을 공격하는 것은 천신의 손자다운 것이었다. 왜냐하면 불행
에 빠진 티탄이 맹렬한 공격에 의해서라도 그의 부계로부터 얻

은 생득권을 되찾으려고 노력하는 것은 사물 본래의 합목적성에 따르고 있기 때문이다. 브로드헤드(Richard H. Brodhead)는 엔켈라도스의 신화가 피에르의 심리적 경험의 역학관계를 비유적으로 설명해준다고 말한다.

> 그것은 또한 그의 심리적 경험의 역학에 대한 가장 명백한 설명을 제공하고, 그와 어머니와의 관계가 그에게 성적 욕망과 경건한 사랑의 모호한 혼합을 낳고, 그것이 그의 이사벨과의 관계에서 배가되고 복합되어 그의 티탄적 자아의 공격적 이상주의를 낳는 경위를 보여준다.(브로드헤드, 188쪽)

피에르의 어머니와의 관계가 성적 욕망과 혈육의 정의 모호한 혼합 상태를 낳고, 이러한 상태가 그와 이사벨과의 관계에서 중첩되어 그의 티탄적 호전성을 형성하게 되는 경위를 보여준다는 것이다. 피에르의 본래의 모습, 즉 초월주의적 자기포기의 미덕에 근거해서 구세주와 동일시되던 모습은 근친상간이라는 원죄적 동기로 인해서 반올림포스적 혼돈의 초래자인 엔켈라도스와 동일시되는 모습으로 전도되어버린다.

피에르가 시도한 작품은 물론 실패작이었다. 모든 면에서 미숙한 그가 자신의 경험과 능력을 초과하는 수준에서 창작을 시도한 결과였다. 이러한 실패와 극한적 궁핍과 도를 더해가는 죄의식으로 괴로워하던 그는 사촌 글렌 스탠리와 루시의 오빠인 프레더릭 타탄이 공동 서명으로 보낸 모욕적인 편지를 받고 거의 광적 상태에 빠진다. 그는 권총을 들고 나가 노상에서 마주친 글렌 스탠리를 사살한다.

이사벨과 루시가 피에르의 감방에서 그와 면회가 허용되었을 때, 이사벨이 피에르를 향해 "당신의 누이가 당신을 죽였어, 동생, 오 내 동생!"라고 말하며 통곡하자, 그들이 부부가 아니고 실제로 이복남매인 것을 모르고 있던 루시는 충격을 받고 피에르의 발밑에 쓰러져 죽는다. 그때 피에르는 이사벨이 목걸이에 달아 가슴에 숨기고 있던 독약 병을 낚아채어 독약을 마시고 쓰러져 죽고, 이어서 이사벨도 남은 독약을 마시고 쓰러져, 그녀의 긴 머리가 피에르를 덮은 채 숨을 거둔다.

니체는 과거의 비극에서 혼돈과 갈등의 요소들에 질서를 부여하는 화해의 요소들을 발견하고 찬미한다. 그는 《비극의 탄생》에서 비극 가운데 '아폴론적 동기'와 '디오니소스적 동기'가 융합되어 있는 것을 본다. 전자는 환상적이고 숭고하며 품위 있고 질서정연한 교화적 요소이고, 후자는 융의 '집단무의식'이나 프로이트의 '본능적 충동'과 관계되는 자연 그대로의 야만적 본능의 자유분방한 원시적 발산이다. 니체는 이러한 동기들을, 창조적이면서 절제적인 올림포스 신들이 대표하는 힘과, 혼돈을 가져오는 티탄 신들이 대표하는 힘과 유사하다고 보면서, 고대 그리스 문화에는 올림포스 신들과 티탄 신들 사이의 화해할 수 없는 싸움 대신에 아폴론적 동기와 디오니소스적 동기의 완전한 융합이 존재한다고 본다.

　디오니소스적 동기는 아폴론적 동기에 의해서 변형되도록 존재하는 것이며, 따라서 아폴론적 광휘는 디오니소스적 혼돈을 계속적으로 조명함에 의해서만 그 빛을 보유할 수 있다. 그러나 그 혼돈은 부정되어서는 안 되며 사실상 그 혼돈적 성격 때문에 인정되어야 하는 것이다. 디오니소스적 동기가 없으면 아폴론적 동기는 천박한 낙천주의, 즉 인생에서 불가피한 고통과 공포를 고려에서 제외하는 그릇된 해석을 반영하는 것처럼 보일 것이다. 아폴론적 동기는 고립해서 유지될 수 없고, 디오니소스적 동기와 대립 상태에서 존재할 수 있다.

　반면에 아폴론적 동기가 없이 디오니소스적 동기만이 존재한다면, 거기선 고통이 누적되고 견딜 수 없이 공포가 계속되어 파괴적이고 자멸적이고 악마적인 인생만이 남게 될 것이다. 결국 그것은 상황이 반전하여 세계가 구원되고 온전하게 회복되는 순간이 없는 비극이 될 것이다. 다시 말해서 파괴적인 요소들이 건강하게 노출되어 미학적으로 극복되게 하는 정화 작용에 의한 치유력을 찾아볼 수 없게 되는 것이다.

　피에르는 마지막 절망적 환상 속에서 자기 자신이 엔켈라도스와 동일시된 자아인식의 순간을 가졌다. 엔켈라도스는 바꾸어 말하면 디오니소스의 한 마스크에 불과하다. 자신의 정체를 확인한 피에르는 불굴의 주체성을 행동화하여, 파괴적이고 자멸적이고 악마적인 공격에 나선다. 그 결과 그의 인생은 완전한 전면적 파멸로 끝난다. 그 결말엔 아폴론적 창조와 절제와 우아한 은총의 힘은 완전히 부재하고, 오직 디오니소스적 파괴와 공포만이 남아 있을 뿐이다.

크리거는《모비 딕》에서와 달리 이 소설에서는 작가가 파멸적 절망에 미학적으로 제어된 목소리를 부여함으로써 그 절망을 초월하지 못하고 있다고 말한다.(크리거, 196쪽) 구원의 가망성이 철저히 붕괴된 돌이킬 수 없는 파국의 와중에서 조화와 질서를 회복시킬 수 있는 초월적 은총, 즉 아폴론적 광휘는 찾아볼 길이 없다. 비극적 소설《피에르, 혹은 모호함》에서는 상처받은 가슴을 달래주는 은총의 빛은 찾아볼 수 없고, 구원의 가망이 철저히 배제된 완전 파괴의 '비극적 비전'을 확인한다. 19세기 미국의 소위 로맨스 작가의 비극적 소설에서 20세기 모더니즘 시대의 '비극적 비전'을 발견하는 것은 참으로 놀라운 일이다.

인용문헌

1. Richard H. Brodhead, *Hawthorne, Melville, and the Novel*, Chicago: Univ. of Chicago Press, 1982.
2. William Braswell, *Melville's Religious Thought: An Essay in Interpretation*, New York: Pageant Books, Inc., 1959.
3. Murray Krieger, *The Tragic Vision*, Baltimore: Johns Hopkins Univ. Press, 1973.
4. Rowland A. Sherrill, *The Prophetic Melville: Experience, Transcendence, and Tragedy*, Athens, Georgia: Univ. of Georgia Press, 1979.
5. William B. Dillingham, *Melville's Later Novels*, Athens, Georgia: Univ. of Georgia Press, 1986.
6. Milton R. Stern, *The Fine Hammered Steel of Herman Melville*, Urbana, Chicago: Univ. of Illinois Press, 1968.

8월 1일, 뉴욕 시에서 부친 앨런 멜빌과 모친 마리아 갠즈보트 멜빌의 여덟 명의 자녀들 중 셋째로 태어남.	1819
부친의 무역 사업이 실패한 후 가족이 뉴욕 주 올버니로 이사. 10월, 올버니 아카데미에 입학하여 부친이 사망할 때까지 재학함.	1830
1월 28일, 부친 앨런 멜빌 사망. 많은 부채를 남김. 이때부터 5년 동안 은행 서기, 삼촌 농장의 일꾼, 외사촌의 모피 공장과 상점 점원 등 여러 가지 일을 하며 가족들을 부양함.	1832
5월, 가족이 올버니에서 강을 건너 뉴욕 주 랜싱버그로 이사. 랜싱버그 아카데미에서 측량술을 공부함.	1838
6월 5일, 뉴욕과 리버풀 사이를 정기적으로 왕복하는 우편선 세인트로렌스 호에 사환으로 취업하여 출항했다가 10월 1일 귀환. 뉴	1839

욕 주 그린부시에서 교편 생활.

뉴욕 주 브런즈윅에서 대리교사로 잠시 근무.　1840

1월 3일, 매사추세츠 주 페어헤이븐(뉴베드　1841
포드 항)에서 남태평양으로 가는 포경선 어
쿠시네트 호에 선원으로 승선하여 출항.

6월 9일, 마르키즈 제도의 누쿠 히바에서 리　1842
처드 T. 그린과 함께 포경선에서 탈주함. 추
측건대 타이피 계곡의 신인종 원주민들 틈
에서 한 달을 보낸 후에, 8월 9일 오스트레
일리아 포경선 루시 앤 호의 승무원들과 만
나 탈출함. 다른 승무원들과 함께 타히티에
상륙하여 항명죄로 고발당해 잠시 연금됨.

5월에서 8월까지 하와이 제도의 마우이 섬　1843
과 호놀룰루 섬에서 보냄. 8월 17일, 정규
수병으로 미국 해군에 입대하고, 전함 유에
스에스 호에 승선하여 귀환.

10월 14일, 해군에서 제대하여 랜싱버그로　1844
돌아옴. 그해 겨울, 남태평양 모험 이야기를
소재로 집필에 들어감.

런던 주재 미공사관의 사무관인 그의 외사　1844　《타이피》
촌 갠즈보트가 원고를 출판업자 존 머리에
게 보여주었고, 그가 《타이피》를 출판하기
로 함. 〈토비의 이야기〉가 발표되고, 나중에
에필로그로 책에 추가됨. 곧이어 뉴욕판이
출간됨.

연초에 《오무》 출간. 8월 4일, 전업 작가의　1847　《오무》
포부를 가지고, 매사추세츠 주법원장 레뮤
엘 쇼의 딸 엘리자베스와 결혼하여 뉴욕에
정착함.

2월 16일, 아들 맬컴 출생.《마디》와《레드번》이 출간됨. 10월 11일,《하얀 재킷》의 출판을 준비하기 위해서 유럽 여행을 떠남.	1849	《마디》 《레드번》
《하얀 재킷》출간. 매사추세츠 주 피츠필드로 이사하여, 애로우 헤드 농장을 구입하고, 거기서 취미로 농사짓는 농부이자 작가로 정착함. 당시에 가까운 레녹스에 살고 있던 너새니얼 호손과 만나며 두터운 교분을 다지고 문학적으로 많은 영향을 받음. 호손의 단편집《오랜 목사관의 이끼》에 대한 열렬한 서평을 씀.	1850	《하얀 재킷》
《모비 딕》출간. 10월 22일, 둘째 아들 스탠윅스 태어남.	1851	《모비 딕》
《피에르, 혹은 모호함》출간.	1852	《피에르, 혹은 모호함》
5월 22일, 딸 엘리자베스 태어남. 영사직 임명을 받기 위해 노력했으나 성공하지 못함. 하퍼 앤드 브라더스 출판사의 대화재로 그의 작품들 재고가 상당 부분 소실됨. 이때부터 약 3년간 월간문예지《퍼트넘스》와《하퍼스》에 단편소설과 소품들을 집중적으로 게재함.	1853	
《이스라엘 포터》가《퍼트넘스》에 연재된 후에 단행본으로 출판됨. 3월 2일, 딸 프랜시스 출생.	1855	《이스라엘 포터》
〈필경사 바틀비〉〈베니토 세레노〉등이 수록된 단편집《광장 이야기》가 출간됨. 10월 11일, 뉴욕을 떠나 이듬해 5월 30일까지 유럽과 근동의 성지를 여행함.	1856	《광장 이야기》
마지막 장편《사기꾼》출간.	1856	《사기꾼》

약 3년간 강연을 통해 돈을 벌었으나 크게 성공을 거두지는 못함. 강연 주제는 '로마의 조상(彫像)', '남태평양', '여행' 등이었음.	1857
동생 토머스가 지휘하는 쾌속 범선 미티어 호에 승선하여 항해함. 샌프란시스코에서 하선하여, 파나마를 경유해 귀향.	1860
동생 앨런과 서로 집을 맞바꿔, 피츠필드에서 뉴욕 시로 이사.	1863
남북전쟁 중에 쓴 시들을 모아 시집 《전쟁시》를 출간. 10월 5일 뉴욕항의 세관 검사관에 임명됨.	1866 《전쟁시》
9월 11일, 장남 맬컴이 18세의 나이에 총격으로 사망한 것이 발견되었으나, 정황으로 보아 자살한 것으로 추정.	1867
20년 전의 근동 성지순례여행에 기초한 철학적 서사시 《클레럴》이 출간됨.	1876 《클레럴》
12월 31일, 세관 검사관직을 사임함.	1885
둘째 아들 스탠윅스가 샌프란시스코의 병원에서 병사.	1886
버뮤다로 짧은 휴가 항해를 떠남. 《존 마와 그 밖의 선원들》 출간.	1888 《존 마와 그 밖의 선원들》
마지막 시집 《티몰레온》이 출간됨. 9월 28일, 72세의 나이로 사망함.	1891 《티몰레온》
소설 《빌리 버드》가 유작으로 출간됨.	1924 《빌리 버드》

옮긴이 **이용학**

서울대학교 사범대학 사회교육과를 졸업하고, 동 대학 대학원 영문과와 단국대학교 대학원 영문과에서 멜빌 연구로 박사학위를 받았다. 청주교육대학과 한국방송통신대학교 영문과에서 교수로 재직했고, 미국 펜실베이니아 대학 방문교수를 거쳐, 현재는 방송대 명예교수로 있다. 지은 책으로《멜빌 연구: 비극의 형식과 비전》이 있고, 옮긴 책으로 서머싯 몸의《인간의 굴레》등이 있다.

세계문학의 숲 045

피에르, 혹은 모호함 2

2015년 6월 24일 초판 1쇄 인쇄
2015년 6월 30일 초판 1쇄 발행

지은이 | 허먼 멜빌
옮긴이 | 이용학
발행인 | 이원주

발행처 | (주)시공사
출판등록 | 1989년 5월 10일(제3-248호)

주소 | 서울특별시 서초구 사임당로 82(우편번호 137-879)
전화 | 편집 (02)2046-2851·영업 (02)2046-2800
팩스 | 편집 (02)585-1755·영업 (02)588-0835
홈페이지 | www.sigongsa.com
세계문학의 숲 홈페이지 | www.sigongclassic.com

ISBN 978-89-527-7427-9(04840)
      978-89-527-5961-0(set)

고전의 경계를 넘어 내일을 여는 문학

시공사 세계문학의 숲은 계속 출간됩니다.